Susanne Mischke
Alte Sünden

7

PIPER

Zu diesem Buch

Hauptkommissar Völxen wusste schon immer, dass mit diesem alten Fall etwas nicht stimmt. Oliver Simonsen wurde vor dreizehn Jahren wegen des Mordes an der Schülerin Kristina Brandt zu lebenslänglicher Haft verurteilt. Simonsen war einschlägig vorbestraft, der ideale Verdächtige. Nun ist er seiner Krebserkrankung erlegen. Als Völxen von dessen letzter Beichte erfährt, und der Gefängnisseelsorger wenig später tot aufgefunden wird, muss er sich fragen, ob Kristinas wahrer Mörder womöglich noch auf freiem Fuß ist. Er setzt Kommissarin Jule Wedekin auf den alten Fall an. Doch nicht alles, was Jule bei ihren Ermittlungen herausfindet, gefällt ihren Kollegen ...

Susanne Mischke wurde 1960 in Kempten geboren und lebt heute bei Hannover. Mit ihren fesselnden Kriminalromanen erschrieb sie sich eine große Fangemeinde und erhielt für das Buch »Wer nicht hören will, muss fühlen« die »Agathe«, den Frauen-Krimi-Preis der Stadt Wiesbaden.

Susanne Mischke

ALTE SÜNDEN

Kriminalroman

PIPER

Mehr über unsere Autoren und Bücher:
www.piper.de

Von Susanne Mischke liegen im Piper Verlag vor:
Töte, wenn Du kannst!
Mordskind
Die Eisheilige
Wer nicht hören will, muss fühlen
Wölfe und Lämmer
Liebeslänglich
Die Mörder, die ich rief
Schwarz ist die Nacht
Kalte Fährte

Hannover-Krimis:
Der Tote vom Maschsee
Tod an der Leine
Totenfeuer
Todesspur
Einen Tod musst du sterben
Warte nur ein Weilchen
Alte Sünden
Zärtlich ist der Tod

FSC
www.fsc.org
MIX
Papier aus verantwortungsvollen Quellen
FSC® C083411

Ungekürzte Taschenbuchausgabe
ISBN 978-3-492-31381-0
Februar 2019

erschienen im Verlagsprogramm Paperback
Umschlaggestaltung: FAVORITBUERO, München
Umschlagabbildung: Dragan Todorovic/Trevillion Images;
Ollie Taylor/Trevillion Images
Satz: Kösel Media GmbH, Krugzell
Gesetzt aus der Goudy Old Style
Druck und Bindung: CPI books GmbH, Leck
Printed in the EU

Prolog

Aus der Ackerkrume steigt Bodennebel, der um ihre Beine streicht. Ein erster kühler Hauch nach einem brütend heißen Tag, doch sie nimmt es kaum wahr. Sie hastet weiter, immer entlang der Reifenspur, die ein Trecker schnurgerade durch das Maisfeld gezogen hat. Jetzt nur nicht stolpern! Erdklumpen und Steine bohren sich in die Sohlen ihrer Sneakers. Die Reitstiefel wären jetzt besser, aber die klemmen im Gepäckträger ihres Fahrrads, und das liegt irgendwo im Graben.

Als sie ihn plötzlich vor sich sah, er immer näher kam und sogar ihren Namen rief, ist sie in Panik geraten, hat das Rad hingeworfen und ist in das Maisfeld gerannt. Es schien ihr eine gute Idee zu sein. Inzwischen ist sie sich da nicht mehr so sicher.

Sie wird langsamer, bleibt schließlich stehen. Sie kann nicht mehr, es geht einfach nicht. Ihre Lungen brennen, ihr Herz hämmert gegen ihren Brustkorb, und in ihrem Kopf sirrt es wie von einem elektrischen Draht. Sie lauscht, darauf gefasst, jeden Moment seine Schritte zu hören oder seine Stimme, die nach ihr ruft. Aber da sind nur ihr keuchender Atem, das Wispern der Maisblätter und das Rauschen des fernen Verkehrs auf der Autobahn. Jetzt erst nimmt sie den Geruch wahr: nach Erde und einem scharfen Düngemittel. Sie sieht auf. Auf beiden Seiten der Schneise stehen die Stauden Spalier, wie Speere ragen sie in den blassrosa Abendhimmel, höher als sie selbst.

Sie sollte, so schnell es geht, von hier verschwinden. Wenn er ihr nachläuft, wird auch er diesen Reifenspuren folgen. Oder aber er wartet am anderen Ende des Feldes. Dennoch zögert sie, sich seitwärts zwischen die eng stehenden Stauden zu schlagen. Dort, im Dunkel der hohen Pflanzen, kann alles Mögliche sein. Wildschweine vor allen Dingen. Aber ihr ist klar, dass sie die Schneise verlassen muss. Sie versucht, ihre Panik zu verdrängen, und schlüpft innerlich widerstrebend zwischen zwei Stauden hindurch.

Immer weiter arbeitet sie sich voran, tiefer hinein in den Maisdschungel, wo jetzt kaum noch Licht hinfällt. Es hat lange nicht geregnet, die Erde ist rissig und trocken, doch so sinkt sie wenigstens nicht ein, während sie planlos durch die Reihen taumelt. Längst hat sie die Orientierung verloren. Blätter peitschen gegen ihre vorgestreckten Unterarme. Etwas raschelt vor ihr. Dann, plötzlich, erhebt sich ein Schatten. Sie schreit erschrocken auf und presst sofort ihre Hand vor den Mund, als könnte sie dadurch den Schrei wieder einfangen. Ein Vogel, es ist nur ein Vogel, der mit klatschendem Flügelschlag wegfliegt und sich wahrscheinlich genauso erschreckt hat wie sie. Hoffentlich hat sie sich jetzt nicht verraten. Was, wenn er am Rand des Feldes steht und wartet? Vielleicht kann er die Bewegung der Stauden sehen, wenn sie hindurchkriecht. Der Gedanke lässt sie abrupt innehalten. Ein tiefes Schluchzen bricht sich Bahn, sie schluckt es im letzten Moment hinunter. Sie muss sich langsamer und vorsichtiger vorwärtsbewegen. Oder am besten gar nicht mehr.

Bald, spätestens in einer halben Stunde, wird die Sonne untergegangen sein. Dann kann er nichts mehr sehen, keine Bewegung im Feld. Ja, sie muss die Dunkelheit einfach nur abwarten, um sich aus der Deckung zu wagen. Und dann: weglaufen. Nach Hause, oder besser zurück zum Hof. Dorthin, wo Menschen sind. So lange muss sie hier ausharren, einfach nur still sein und warten. Kräfte sammeln. Ihr Atem verlangsamt sich, die Stiche in der Lunge lassen nach. Sie zittert. Eben schwitzte sie noch, jetzt ist ihr kalt. Sie geht in die Hocke, kauert sich wie ein Embryo zusammen und sagt sich immer wieder: Die Dunkelheit ist mein Freund. Die Dunkelheit ist mein Freund.

Und wenn er genauso denkt? Wenn er wie sie durch dieses Feld schleicht, ungesehen und leise wie ein Tier? Was, wenn er eine Taschenlampe dabeihat? Sie unterdrückt ein verängstigtes Wimmern, indem sie sich in die Hand beißt. Nein, sie darf nicht zu lange hierbleiben, sonst wird der Schutz zur Falle.

Ein dumpfes Grollen lässt sie zusammenzucken. Ein Gewitter? Nicht möglich, der Himmel war eben noch vollkommen klar. Ein Mähdrescher? Die arbeiten ja Tag und Nacht.

Jetzt sieht sie über sich Lichter blinken. Es ist ein Flugzeug im Landeanflug auf den Flughafen Hannover-Langenhagen. Wie gerne säße sie jetzt da drin. An jedem Ort der Welt wäre sie lieber als hier, in diesem Maisfeld. Sie wartet, bis der Motorenlärm verklungen ist.

Inzwischen ist der Drang, dieser Lage zu entkommen, übermächtig. Langsam steht sie auf, ermahnt sich, vorsichtig und lautlos zu gehen, aber ohne es zu wollen, wird sie immer schneller. Sie erreicht wieder eine Treckerschneise und folgt den Furchen mit dem groben Reifenprofil. Wenn sie erst einmal aus diesem Feld raus ist, dann wird sie sich schon zurechtfinden.

Da! Da vorn ist der Mais zu Ende, endlich! Kann es sein, dass das die Landstraße ist? Dann könnte sie ja vielleicht sogar ihr Rad wiederfinden, das sie neben dem Feldweg hingeworfen hat, der von der Straße abzweigt. Sie könnte direkt nach Hause fahren und so tun, als hätte es diesen Zwischenfall nie gegeben. Sie zwingt sich, anzuhalten, ehe sie die letzte Staudenreihe hinter sich lässt. Ein Blick zum Himmel. Ein dunkles Blaugrau, das in ein dunstiges Rosa übergeht, mit einem orangefarben glimmenden Streifen im Westen. Sie horcht. Alles ist still. Noch ein Schritt. Ganz vorsichtig lugt sie zwischen den Pflanzen hervor. Nichts zu sehen, also wagt sie sich aus dem Maisfeld heraus. Sie überwindet den flachen Straßengraben. Auf der Straße stehend sieht sie sich erneut um. Zwei Lichter tauchen auf. Das Auto ist noch ein ganzes Stück weit weg. Sollte sie es anhalten oder sich lieber verstecken? Hin- und hergerissen zwischen Hoffnung und Panik steht sie einfach nur regungslos da, wie ein Reh im Scheinwerferlicht. Die Lichtstrahlen erfassen ihre Gestalt. Bremsen quietschen. Die Tür des Wagens wird geöffnet, und jemand ruft ihren Namen. Diese Stimme … Die kennt sie doch! Wie kann das sein? Ihr Herz beginnt schon wieder wie wild zu klopfen, und endlich kommt Bewegung in ihre Gestalt. Sie streicht sich das wirre Haar aus dem Gesicht und geht auf den Wagen zu.

I.

Samstag, 27. August

Das Wetter meint es gut mit ihnen, und für Ende August besitzt die Sonne noch viel Kraft. Die weißen Anemonen auf der Kühlerhaube lassen jedenfalls schon die Köpfe hängen. Bis wir aus der Kirche kommen, befürchtet Jule, wird das Blumenbukett aussehen wie welker Salat.

»Was haben wir für ein Glück mit dem Wetter!«, freut sich Brigitta, während sie den Mercedes vor der Kirche anhält.

Jule nickt und lächelt. Sie ist ihrer Stiefmutter dankbar dafür, dass sie Mäxchen heute woanders untergebracht hat. In ihren Albträumen hat der Kleine die gesamte Trauungszeremonie zerquäkt.

»Da wären wir«, stellt der Professor fest.

Höchste Zeit. Es ist zehn vor drei, Fernando wird schon nervös sein, ganz zu schweigen von Pedra. Die ist seit Wochen ein einziges Nervenbündel, gerade so, als befürchte sie, dass Jule, das Schicksal, Gott oder der Teufel ihr doch noch einen Strich durch die Rechnung machen und die lang herbeigesehnte Heirat ihres Sohnes verhindern wird. Dabei könnte sie ganz beruhigt sein, denn Fernando Rodriguez und Alexa Julia Wedekin sind schließlich bereits seit gestern vor dem Gesetz ein Ehepaar. Aber die Eheschließung vor der Standesbeamtin im Alten Rathaus zählt für Pedra Rodriguez nicht wirklich – Gesetz hin oder her. *Richtig* verheiratet ist man ihrer Meinung nach erst, nachdem man sich das Jawort vor dem Altar gegeben hat, in Gegenwart eines Priesters.

Die Hochzeitsgesellschaft hat sich vor St. Benno in Linden versammelt, alles scheint nur noch auf die Braut zu warten. Jetzt kann nichts mehr schiefgehen, denkt Jule. Es sei denn, sie erleidet vor dem Altar einen Ohnmachtsanfall, was durchaus möglich wäre in diesem eng auf Taille geschnittenen Kleid.

Aber zunächst müssen erst einmal die Stoffmassen irgendwie heil aus dem Auto raus. Mit der linken Hand versucht sie, das Kleid zusammenzuraffen, die Rechte reicht sie ihrem Vater, der sie am Ellbogen aus dem Wageninneren heraushebt, wobei ihm ein unterdrückter Schmerzenslaut entfährt. Vorgestern hat sich der Professor beim Abschlag mit dem Driver einen Hexenschuss zugezogen, seither hält er sich mit Schmerzmitteln über Wasser.

Jule hingegen, ganz auf ihr Kleid fixiert, hat nicht an ihr hochgestecktes Haar gedacht. Der Turm streift beim Aussteigen den Türholm, und eine Haarnadel bohrt sich in ihre Kopfhaut.

»Au, verdammt!«

»Du sagst es«, ächzt ihr Vater.

Das hätte man üben sollen, erkennt Jule: *elegantes Verlassen einer Limousine mit voluminösem Brautkleid und Marge-Simpson-Frisur.*

Wenn es nach ihr gegangen wäre, hätte sie ihr Haar offen getragen wie sonst auch, aber ihr Friseur meinte, zum Brautkleid *müsse* sie eine Hochsteckfrisur tragen, da gebe es gar keine Diskussion. Jules Einwand, sie würde damit ihren Bräutigam überragen, wischte der selbst nicht gerade hünenhaft geratene neapolitanische Figaro einfach weg, mit dem Hinweis, auf solche Feinheiten könne man keine Rücksicht nehmen, *basta.*

Da muss Fernando jetzt eben durch. Schließlich ist es seine Mutter, der zuliebe man dieses Tamtam veranstaltet: katholische kirchliche Trauung mit allem Drumherum. Hätte man Jule so etwas vor einem Jahr erzählt … Auch Jules Vater, Professor Jost Wedekin, musste erst einmal schlucken, als er davon erfahren hat. Inzwischen hat Jule jedoch Geschmack an der Sache gefunden, und jetzt, da sie die Kirchenglocken läuten hört, wird sie von einer freudigen Erregung ergriffen. *Es ist ihre Hochzeit, ihr großer Tag.* Ob es der sprichwörtlich schönste Tag ihres Lebens werden wird, bleibt abzuwarten, aber auf jeden Fall wird sie den Gang zum Altar und die feierliche Zeremonie in vollen Zügen genießen. Das Leben ist im vergangenen Jahr hart genug mit ihr umgesprungen. Es wird ihr kein Zacken aus der Krone brechen, wenn sie sich ausnahmsweise mal eine gehörige Portion Romantik gönnt. Außerdem ist sie schon gespannt auf die Predigt von Hochwürden Hector Santiago. Hoffentlich wird seine Ansprache nicht zu vertraulich und persönlich. Sie hat dem Pfarrer nämlich viel zu viel von sich erzählt. Santiago ist der Typ, der Menschen zum Reden bringt, und Jule ist ihm nur allzu bereitwillig auf den Leim gegangen. Man sollte ihn vielleicht in Zukunft zum Verhören von Zeugen und Verdächtigen anheuern.

»Warte, dein Haar …«

Jule bleibt stehen, während Brigitta an ihrer Frisur herumnestelt.

»So, jetzt kannst du heiraten«, lächelt ihre Stiefmutter.

Der Schmerz kommt wie so oft ohne Vorwarnung. Sie muss daran denken, dass eigentlich ihre Mutter neben ihr stehen und ihr die Haare richten sollte.

Tief durchatmen. Jetzt bloß keine Tränen, sonst ist das Make-up schon vor der Trauung ruiniert!

»Alles in Ordnung, Liebes?« Professor Jost Wedekin ruckelt an seiner Fliege, während er seine Tochter prüfend mustert. Er sieht prächtig aus in seinem Smoking. Ein wenig overdressed vielleicht, aber der alte Silberlöwe macht noch immer etwas her.

»Alles bestens.«

»Du siehst wunderschön aus.« Er lächelt ihr strahlend zu. »Nervös?«, fragt er.

»Ein bisschen.«

»Das wird schon. Ich bin ja da.«

Brigitta reicht ihr den Brautstrauß, den Jule glatt im Auto vergessen hätte.

»Danke!« Sie hakt sich bei ihrem Vater unter, und dann gehen sie gemessenen Schrittes auf die Hochzeitsgäste zu. Die Kollegen sind alle gekommen. Und wie verkleidet sie alle aussehen! Völxen muss sich ihr zu Ehren doch noch einen neuen Anzug gekauft haben, denn es ist nicht das gute Stück, das er zu Beerdigungen von Mordopfern zu tragen pflegt. Das Jackett sitzt locker um die kompakte Körpermitte, und die Hose hat keine einzige Sitzfalte, gerade so, als hätte man ihren Chef stehend hierher transportiert.

Neben ihm steht Sabine Völxen im himmelblauen Leinenkostüm und mit einem farbenfrohen Halstuch. Jule fragt sich, ob Fernando und sie auch einmal ein so harmonisches Paar abgeben werden wie diese beiden. Frau Cebulla, die Sekretärin des Dezernats, hat ihre Birkenstocks gegen elegante Pumps getauscht und sich in ein marineblaues Kostüm geworfen, das sie gleich zwei Kleidergrößen schlanker aussehen lässt. Du lieber Himmel, ist das da drüben Oda? Oda Kristensen, die man im Dienst nur in Schwarz kennt, trägt ein tief dekolletiertes champagnerfarbenes Seidenkleid und dazu rote, hochhackige Schuhe. Ihr hellblondes Haar, normalerweise streng geknotet, wallt in großen, lockeren Wellen um ihre Schultern. Und als wäre das noch nicht genug, ist ihr Begleiter, Tian Tang, in seinem taubengrauen Seidenanzug geradezu ein Paradebeispiel schlichter Eleganz. Aber auch Dr. Bächle, Odas heimlicher Verehrer, sieht ausgesprochen schick aus im Nadelgestreiften. Vermutlich ein Maßanzug, denn Jule bezweifelt, ob es Anzüge von der Stange für Männer seiner Größe gibt. Wobei *Größe* hier auch wieder das falsche Wort ist. Ach, und dahinten ist ja auch Erwin Raukel. Ein Friseur, dem man gar nicht dankbar genug sein kann, scheint Raukel überredet zu haben, sein Resthaar kurz abzurasieren, anstatt wie sonst die pomadigen Strähnen über die Glatze zu kämmen. Der dunkle Anzug kleidet auch ihn halbwegs vorteilhaft, nur die Hose dürfte einen Tick länger sein. Was hat er da an den Füßen, sind das etwa Lackschuhe? Bleibt nur zu hoffen, dass Raukel sich nachher auf dem Schiff nicht zu schnell betrinken und vor allen Dingen nicht allzu sehr danebenbenehmen wird. Gerade starrt er auf die Beine einer Dunkelhaarigen ... aber das, das ist doch ... Rifkin! Rifkin trägt ein *Kleid*! Und was für eines! Es ist flatterig und reichlich kurz und – rosa. Du lieber Himmel, wo hat sie das nur her? Immerhin können sich Rifkins schlanke, durchtrainierte Beine wirklich sehen lassen. Ob Fernando das auch schon bemerkt hat?

Etwas abseits, im Schatten der Kirchenmauer, glucken die spanischen Verwandten zusammen wie Vampire, die die Sonne fürchten. Warum nur müssen sie alle Schwarz tragen? Es ist doch keine

Beerdigung. Einzig Pedra Rodriguez trägt den weiten, roten Rock, den Jule mit ihr zusammen ausgesucht hat und der jetzt um ihre kleine Gestalt flattert, als sie mit energischen Schritten auf die Braut zueilt. Fernando, der seiner Mutter gefolgt ist, hebt Arme und Schultern, was vermutlich heißen soll: *Wo bleibt ihr denn so lange?* Bestimmt hat Pedra ihm während der vergangenen Minuten die Hölle heißgemacht.

»Ja, ich weiß, wir sind spät dran. Tut uns leid, der Verkehr …«, schwindelt Jule.

In Wirklichkeit haben ihr Vater und Brigitta Jule schon zu spät vom Friseur abgeholt. Woran dies wiederum lag, war nicht herauszufinden. Während der Fahrt hierher schob einer die Schuld auf den anderen, wobei Jule den Verdacht hat, dass ihr Vater sich vertrödelt hat, denn so war es schon immer mit ihm gewesen.

»Wenigstens ist die Braut jetzt da«, bemerkt Fernando und lächelt. »Du siehst … umwerfend aus!«

»Du auch«, entgegnet Jule strahlend.

Ja, es stimmt. Eine vierstellige Summe in den Anzug zu investieren hat sich gelohnt, der edle Stoff fließt elegant an Fernando herab und unterstreicht seine geschmeidigen Bewegungen, die Jule schon immer an ihm gemocht hat. Mit dem Duftwässerchen hat er es wieder einmal übertrieben, das bemerkt Jule, als er sie vorsichtig auf die Wange küsst, aber zum Glück ist es die Edelmarke, die sie ihm geschenkt hat.

»Was heißt hier *wenigstens die Braut?*«, spielt Jule die Eingeschnappte. »Ich dachte, ich wäre heute die Hauptperson.«

»Das ist schon wahr«, knurrt Fernando. »Aber dieser verdammte …«

»Fernando! Wie kannst du hier vor der Kirche fluchen?«, fährt Pedra ihren Sohn an und bekreuzigt sich voller Hast.

»Ich würde auch lieber *in* der Kirche fluchen«, entgegnet Fernando, und für einen, der gleich mit der Frau seiner Träume vor den Altar treten wird, sieht er ziemlich miesepetrig aus.

Ein ungutes Gefühl beschleicht Jule. Irgendetwas stimmt hier nicht. Wieso stehen sie alle *vor* der Kirche und starren sie so seltsam an? Okay, sie ist die Braut, die Hauptperson, aber trotzdem ... Für ein paar Sekunden befindet sich Jule plötzlich wieder im Garten ihres Elternhauses, am Morgen jenes heißen Julitages. Sie rennt über den taufeuchten Rasen, vorbei an Männern in Schutzanzügen, an Flatterband, Stativen, Nummernschildchen, und alle, die auf der Terrasse um den Transportsarg der Rechtsmedizin herumstehen, sehen sie genauso erschrocken an wie jetzt ...

»Da ist ja die Braut!«, ruft irgendwer, und Jule wird zurück ins Hier und Jetzt katapultiert. Sie ringt nach Luft, lächelt automatisch und rollt mit den Schultern, um die Erinnerung abzuschütteln. Nein, die Gespenster haben heute Pause, heute ist ihre Hochzeit, ein glücklicher Tag. Als Nächstes hört sie Pedra rufen: »Es ist zum Verrücktwerden, Pfarrer Santiago ist immer noch nicht da!«

Jule schaut Fernando erschrocken an. »Wie, nicht da? Ist er unterwegs, steht er im Stau?«

»Ich habe nicht die leiseste Ahnung«, gesteht Fernando und flüstert: »Er geht nicht ans Telefon, Völxen hat schon eine Streife hingeschickt.«

»Das darf doch nicht wahr sein«, stöhnt Professor Wedekin gequält und sieht die Umstehenden einschließlich Jule so vorwurfsvoll an, als hätten sie diesen Schlamassel angezettelt, einzig und allein, um ihm den Tag zu verderben.

Jule sieht das Unheil auf sich zurollen wie eine Welle am Horizont. Auf der Suche nach einem Rettungsanker begegnet ihr Blick dem von Völxen. Aber auch der hat nur eine hilflose Geste für sie parat.

Das Gedankenkarussell in Jules Kopf beginnt sich zu drehen. Es muss eine Erklärung dafür geben. Hat er womöglich das Datum verwechselt oder den Termin vergessen? Pfarrer Hector Santiago ist zwar schon im Pensionsalter, aber er machte auf Jule überhaupt keinen vergesslichen oder zerstreuten Eindruck, ganz im Gegenteil.

Nein, Santiago würde ihre Trauung nicht vergessen und erst recht nicht unentschuldigt fernbleiben, auf gar keinen Fall.

II.

Drei Wochen zuvor ...

Der Totenkopf grinst mit riesigen Zähnen, deren grünliches Weiß das Dämmerlicht reflektiert. Jule weicht erschrocken zurück und wendet den Blick ab, aber er fällt nur auf weitere Gesichter mit dämonischen Grimassen. Das ganze Zimmer ist bevölkert von exotischen Kultwesen aus Stein, Holz und – ja, Knochen, eindeutig. Da ist eine Statue mit sieben Köpfen, ein Gehörnter mit drei Augen und ein Krieger mit einem Speer, auf dessen Schultern ein Totenkopf sitzt, der verdammt echt aussieht. Neben ihm steht eine rosa bemalte Frauenfigur, und obwohl nur aufgemalt, wirken die Augen der Statue im Dämmerlicht, das durch die geschlossenen Jalousien fällt, irgendwie ... lebendig.

Jule läuft ein Schauder den Rücken hinunter.

»*Erzulie, la déesse de l'amour et la fertilité*«, hört sie dicht an ihrem Ohr eine Stimme in einem verwaschenen Französisch sagen. Jule fährt erschrocken herum. Pfarrer Hector Santiago ist lautlos neben sie getreten. Der Geistliche hat sie in Leinenhose, einem Hawaiihemd und barfüßig empfangen.

»Darf ich vorstellen: Erzulie, Göttin der Liebe, der Fruchtbarkeit und der Romantik.«

»Dafür schaut sie aber ziemlich böse.«

»Ich nenne es maliziös. Aber es stimmt schon. Sie kann auch Schaden anrichten, wenn sie schlechte Laune hat.« Er lacht über Jules verblüffte Miene. »Sie müssen wissen, es gibt im Voodoo kein reines Gut oder Böse. Jedes dieser Wesen hier hat mehrere Seiten und Launen, so wie wir Menschen auch.«

»Verstehe«, sagt Jule. »Ist sie wertvoll?« *Lieber Himmel, ich bin in die Fänge eines Irren geraten!*

»Ja, möglich. Sie ist ein Original, vor mehr als zweihundert Jahren kam sie mit einem Sklavenschiff von Guinea nach Haiti. Aber ihr spiritueller Wert ist unschätzbar.«

»Sie sehen alle ziemlich furchterregend aus.«

»Kein Wunder. All diese Kultfiguren und Masken stehen für die kollektive Erinnerung an die Gräuel der Sklaverei.« Er geht zurück in die Küche. Jule hört einen Korken ploppen und kurz darauf Santiagos Stimme: »Möchten Sie auch ein Glas Wein?«

Am liebsten gleich zwei, aber sie besinnt sich auf ihre guten Vorsätze und außerdem ist sie mit dem Auto hier, also bittet sie um Wasser.

Er kommt zurück und deutet mit der Weinflasche nach draußen. »Wollen wir uns auf die Terrasse setzen? Es ist so ein schöner Sommerabend.«

Jule hätte sich auch bei strömendem Regen lieber rausgesetzt. Nur nicht hier drin bleiben, zwischen diesen furchterregenden Fratzen. Die Wohnungseinrichtung eines katholischen Priesters hat sie sich wirklich ein bisschen anders vorgestellt.

»Es tut mir leid, dass Fernando nicht pünktlich hier sein kann.« Jule hat an dem runden Tisch Platz genommen, dessen Platte aus kleinen Mosaikfliesen zusammengesetzt ist. Es fällt ihr nicht leicht, ihren Ärger zu verbergen. Vor ein paar Minuten hatte Fernando sie angerufen. Er sei zu einem Einsatz gerufen worden. Unfall mit Verdacht auf Fremdeinwirkung an einer Baustelle. Und nein, natürlich könne er nicht sagen, wie lange das dauert.

»So etwas passiert gerne kurz vor Dienstschluss, und immer dann, wenn man etwas Wichtiges vorhat.«

»Wir sollten den Tod eines Menschen dennoch nicht als lästiges Übel betrachten«, mahnt Hector Santiago.

Fernando hat nichts über den Zustand des Unfallopfers gesagt, aber wenn man für *die Mordkommission* arbeitet, wie ihr *Dezernat für Tötungsdelikte* im Volksmund genannt wird, gehen die Leute automatisch immer gleich vom Schlimmsten aus.

»Auch wenn solche Ereignisse für Sie natürlich zum Alltag gehören«, fügt der Pfarrer hinzu.

»Ja … nein, natürlich, Sie haben recht.« *Schon der erste Fauxpas, das läuft ja großartig.*

»Wir sollten im Angesicht des Todes innehalten und uns über das Geschenk des Lebens freuen und über die vielen guten Dinge, die es für uns bereithält.« Santiago hebt das Weinglas mit dem purpurn funkelnden Rioja und nimmt einen ordentlichen Schluck.

Jule sieht ihm neidisch dabei zu. Fast glaubt sie, selbst den herben Geschmack des Rioja am Gaumen zu schmecken.

»Ein kleines Bestechungsgeschenk von meiner zukünftigen Schwiegermutter«, hat sie gestanden, als sie dem Pfarrer die Flasche bei der Begrüßung überreicht hat. Der zeigte sich hocherfreut und machte sie auch gleich auf.

»Sollen wir den Termin lieber verschieben?«, fragt Jule.

Hector Santiago schüttelt den Kopf. *Don Camillo*, eindeutig. Dieses Pferdegesicht mit den langen Zähnen, die Jule an leicht vergilbte Klaviertasten erinnern, ähnelt auf frappierende Weise dem Antlitz von Fernandel, dem Darsteller des Don Camillo in der Uralt-Serie *Don Camillo und Peppone*. Besonders jetzt, als Hochwürden Santiago schelmisch lächelt. »Im Grunde ist es mir ganz recht, dass wir beide uns erst einmal alleine unterhalten.«

Jule wird mulmig. Klar, Fernando ist fein raus, er kennt den Pfarrer von früher und er hat den Katholikenbonus. Wie will Santiago wohl herausfinden, ob Alexa Julia Wedekin, die Feiertags-Protestantin mit Neigung zum Atheismus, für eine katholische Trauung infrage kommt? Sollte sie zugeben, dass sie schon jahrelang keine Kirche mehr von innen gesehen hat?

Wie es die Vorschrift will, hat Santiago die Brautleute zum Traugespräch zu sich nach Hause gebeten, nach Dedensen, einem dörflich geprägten Ortsteil der kleinen Stadt Seelze, die vor den Toren Hannovers liegt. »Es gibt hier eine wunderschöne gotische Kirche, die sollten Sie sich unbedingt ansehen«, hat er Jule am Telefon empfohlen. »Sie heißt Hase-Kirche nach ihrem Erbauer.«

»Wenn sie so schön ist, könnten wir ja auch dort heiraten.«

»Leider gehört sie der Konkurrenz wie die meisten schönen Sakralbauten hierzulande«, hat Santiago bedauert.

Der Pfarrer bewohnt seit ein paar Monaten das Haus, das sich seine Eltern als Altersruhesitz gekauft hatten: ein gut hundert Jahre altes Backsteinhaus mit Fachwerk und hohen Decken. Das Highlight aber ist der Garten. Er ist im Stil eines traditionellen Bauerngartens angelegt, die Beete, in denen es kunterbunt blüht, sind eingerahmt von kleinen Buchsbäumchen oder niedrigen Natursteinmauern. Aus einem alten Mühlstein plätschert Wasser in einen steinernen Trog. Ein Idyll wie aus einem dieser Landmagazine.

Sie hat gehofft, dass Fernando den größten Teil dieses Gesprächs bestreiten würde, aber jetzt sitzt sie allein hier, auf der weinumrankten Terrasse, und hat keine Ahnung, was der Mann von ihr hören will.

Santiago scheint zu ahnen, was in Jule vorgeht. »Sie müssen sich keine Sorgen machen. Das hier wird keine Prüfung.«

»Gut«, sagt Jule, kein bisschen beruhigt.

»Fernando Rodriguez ...« Santiago atmet schwer. »Er war ein fürchterlicher Schlingel.«

»Das höre ich öfter.«

»Mein größter Fehler war, ihn Ministrant werden zu lassen.«

Jule traut ihren Ohren nicht. »Fernando war *Ministrant*?!«

»Ja, und zwar der schlimmste, den ich je hatte!« Santiagos Faust donnert auf den Steintisch. »Und das will etwas heißen, Linden war schon damals keine einfache Gemeinde.«

Jule versucht, sich Fernando als Jungen in der langen Kutte eines Ministranten vorzustellen. Stand er mit artig gesenktem Blick neben dem Altar und schwenkte den Weihrauchkessel? »Bitte erzählen Sie!« Sie beugt sich über den Tisch, um sich kein Wort entgehen zu lassen.

»Natürlich war Fernando nicht der erste Ministrant, der sich am Messwein vergriffen hat. Wenn er ihn nur wenigstens durch Traubensaft oder meinetwegen durch irgendeinen billigen Fusel ersetzt hätte ... Doch dieser vermaledeite Rotzlöffel ... verzeihen Sie mir, aber Sie können es sich vielleicht vorstellen, wie man reagiert, wenn man bei der Eucharistiefeier vor seiner Gemeinde steht, den

Kelch an die Lippen setzt und plötzlich den Mund voller Balsamico hat.« Santiago seufzt und schüttelt den Kopf. »Zur Rede gestellt, meinte er, er habe sich gedacht, dass der Essig mich an unseren Herrn Jesus erinnern soll, der ja auch von seinen Peinigern Essig zu trinken bekam, als er am Kreuz von Golgatha hing. Ich muss zugeben, als ich das hörte, war ich einen Moment lang sprachlos.«

Jule kann das Lachen nicht mehr zurückhalten. Die Sache mit dem Messwein wundert sie kein bisschen. Garantiert hat er sich auch am Klingelbeutel vergriffen.

Santiago lächelt mild. »Lässliche Jugendsünden, längst verziehen und vergessen. Er hat einen guten Charakter, das habe ich immer gewusst. Wann haben Sie beide sich kennengelernt?«

»Vor ungefähr acht Jahren, als ich meinen Dienst im Dezernat für Tötungsdelikte antrat«, antwortet Jule, die inzwischen ein wenig aufgetaut ist. »Gleich am ersten Tag hat er mich in den Laden seiner Mutter geschleppt. Ich mochte Pedra von Anfang an. Sie war so laut und so resolut und dabei so liebevoll – ganz anders als meine Mutter. Bei Fernando hat es länger gedauert. Ich hielt ihn anfangs für ein Macho-Muttersöhnchen. Was er auch war. Aber inzwischen …« Sie gerät ins Stocken. »Fernando und Pedra sind jetzt meine Familie. Natürlich habe ich auch noch meinen Vater, aber er ist immer sehr beschäftigt, und außerdem hat er seine junge Frau und den gemeinsamen Sohn …«

»Ihren Halbbruder.«

»Meinen Halbbruder, ja.« Jule verscheucht eine Wespe.

»Jule, ich darf Sie doch so nennen? Sie haben ein sehr schweres Jahr hinter sich.«

Sie nickt.

Santiago schwenkt sein halbvolles Weinglas in der Hand und scheint darauf zu warten, dass Jule redet. Schweigen, ein alter Verhörtrick. Die meisten Leute halten die Stille nicht aus. Jule schon, und schließlich ist es Santiago, der fragt: »Wann haben Sie beschlossen, die Frau von Fernando Rodriguez zu werden?«

»Nach dem Tod meiner Mutter. Mir ist dadurch klar geworden,

wie rasch alles vorbei sein kann, und ich fühlte mich so ... entwurzelt. Obwohl ich schon lang nicht mehr bei meiner Mutter gewohnt habe und wir auch nie ein besonders herzliches Verhältnis hatten. Aber als sie dann tot war und aus meinem Elternhaus ein Tatort wurde, habe ich begonnen, über manche Dinge nachzudenken. Ich wollte wissen, wo ich hingehöre. Also sind Fernando und ich nach Sevilla gereist, zu seinen Verwandten. Dort haben wir uns verlobt, so richtig schön altmodisch.« Sie lächelt und hält die Hand über den Tisch. Die Abendsonne lässt den kleinen Diamanten an ihrem Ringfinger aufblitzen. »Ich bin sonst nicht der romantische Typ«, gesteht Jule. »Aber ich wollte all dem Schrecklichen etwas Schönes entgegensetzen.«

»Das verstehe ich sehr gut«, wirft Santiago ein.

»Inzwischen habe ich mich wieder gefangen. Und ich will Fernando heiraten. Ich habe es mir gründlich überlegt und extra so lange gewartet.«

Santiago sieht sie eine Weile an, dann nickt er. »Ich kann gut nachfühlen, wie furchtbar das mit Ihrer Mutter für Sie gewesen sein muss.«

»Es hat mir den Boden weggezogen«, gesteht Jule. »Als ich angegriffen wurde und danach verletzt im Krankenhaus lag, wollte ich sogar den Dienst quittieren. Aber mein Chef, Hauptkommissar Völxen, hatte mir das Versprechen abgerungen, mich erst einmal ein halbes Jahr lang beurlauben zu lassen. Ich sollte nichts überstürzen. Er kennt mich wohl besser als ich mich selbst.«

»Hauptkommissar Völxen ist Ihr Chef?«, fragt Santiago verwundert.

»Ja. Kennen Sie ihn?«

»Nach der Jahrtausendwende war ich einige Jahre als Gefängnisseelsorger tätig. Damals haben sich unsere Wege gekreuzt.« Er nimmt einen gehörigen Schluck Wein und fragt: »Stört es Sie, wenn ich rauche?«

»Nein, nur zu.«

Der Pfarrer verschwindet im Haus.

Jule lässt den Blick schweifen. Im hinteren Teil des Gartens rankt sich eine Rose mit purpurrosa Blüten über einen eisernen Pavillon. Schilf wächst um einen kleinen Teich und raschelt im Wind.

So ein Haus mit so einem Garten müsste es sein – nur ein bisschen näher an der Stadt.

Santiago kommt mit einer Zigarre wieder. »Das ist eine *Flor de Selva*«, erklärt er. »Auf Deutsch *Waldblüte*, und so schmeckt sie auch: fruchtig und holzig. Kommt aus Honduras und ist milder als die kubanischen. So, nun kennen Sie also schon meine Laster. Rotwein und Zigarren. Allerdings habe ich zwischenzeitlich gelernt, Maß zu halten. Das war nicht immer so.«

Jule wird flammend rot. *Weiß er etwa Bescheid? – Quatsch, nein, woher denn? Fernando und Pedra würden doch nie über solche … Vorkommnisse mit dem Pfarrer reden. Ich bilde mir was ein. Wahrscheinlich will Santiago lediglich andeuten, dass auch so mancher Pfarrer weltlichen Genüssen nicht abgeneigt ist.* Doch zum Glück scheint ihr Gastgeber kein Interesse an der Vertiefung des Themas zu haben. Mit einer kleinen Guillotine schneidet er das Mundstück der Zigarre ab, zündet sie an, und als die ersten duftenden Rauchwolken über den Rasen hinwegziehen, sagt er: »Sie sind aber noch immer bei der Polizei. Was hat Sie dazu gebracht, Ihre Meinung zu ändern?«

»Ganz simpel: Ich wurde wieder gesund.«

Santiago nickt mit einem wissenden Gesichtsausdruck.

»Ich habe mich wieder daran erinnert, dass ich immer gerne Polizistin war«, erzählt Jule. »Es war mein Kindheitstraum. Andere wollten Tierärztin werden oder Model, ich wollte Mörder fangen. Und außerdem …«

»Ja?«

»Im letzten Herbst sind so viele Dinge passiert. In der Welt und sogar bei uns. Da wird in Hannover das Fußball-Länderspiel wegen Terrorgefahr abgesagt, eine Fünfzehnjährige mit Kontakten zum IS sticht einen Polizisten am Bahnhof nieder … Da habe ich begriffen, dass die Welt eine andere geworden ist, als sie es noch vor ein oder zwei Jahren war, und ich sagte mir: Du kannst dich doch nicht jetzt aus dem Staub machen, wo man gute Polizisten dringend braucht. Und ich war … ich bin eine gute Polizistin. Also bin ich geblieben.«

»Ist es anders als vor dem Mord an Ihrer Mutter und dem Überfall auf Sie?«, will Santiago wissen.

»Ich weiß jetzt, dass ich verletzlich bin. Eigentlich wusste ich das vorher auch schon, aber es ist etwas anderes, wenn man selbst einen solchen Schicksalsschlag erlebt hat. Momentan mache ich Innendienst, Völxen besteht darauf.« Sie lacht kurz auf. »Er will nicht, dass ich Leichen zu sehen bekomme. Klingt langweilig, ich weiß. Aber es macht mir nichts aus. Ich bin gut im Aktenwälzen, ich mag es, die Nadel im Heuhaufen zu suchen. Bei nächster Gelegenheit werde ich das Dezernat wechseln, damit Fernando und ich uns nicht im Dienst ins Gehege kommen.«

Der Pfarrer quittiert Jules Rede mit einem Lächeln. »Wenn man durch Gewalt verletzt wird, ist das ein gewaltiger Schock für Körper und Geist«, bestätigt er. »Auch ich habe das erfahren, als ich nach dem schweren Erdbeben von 2010 auf Haiti verletzt wurde. Nicht durch das Beben, sondern weil ich den Helden spielen und mich einem Plünderer entgegenstellen wollte, der ein Messer dabeihatte. Danach fragte ich mich: Was mache ich eigentlich hier? Was kann ich schon ausrichten in einem Land, das immer wieder von Katastrophen aller Art heimgesucht wird, das zu den ärmsten der Welt gehört und in dem Hilfsgelder im Sumpf der Korruption versickern? Was nützt es da, wenn man ein paar Brunnen bohrt und ein paar Kinder unterrichtet?«

»Aber Sie haben es auch nicht hingeschmissen.«

»Weil ich gebraucht wurde, genau wie Sie. Unsere Missionsschule und das Kinderheim wurden nach der Katastrophe wichtiger denn je, denn wo sollten die Kinder denn hin? Etliche hatten ihre Eltern verloren, viele Familien waren obdachlos geworden. Die Schule war ein Rettungsanker und gab ihnen ein Stück Normalität zurück. Und ganz ähnlich wie Sie erhielt auch ich noch einen äußeren Ansporn, etwas, das mich in einen heiligen Zorn versetzte, wenn Sie so wollen.«

»Was war das?«, fragt Jule neugierig.

»Nach dem Erdbeben führten Evangelikale aus Nordamerika aggressive Missionskampagnen durch, sie schreckten nicht einmal vor nackter Gewalt zurück. Sie griffen Voodoo-Priester an, attackierten Versammlungen, es gab Brandstiftungen und Fälle von Lynchjustiz. Sie behaupteten, dass der Voodoo-Glaube die Schuld an der Katastrophe trage …«

»So ein Blödsinn!«, wirft Jule ein.

»Diesen Eiferern wollte ich nicht kampflos das Feld überlassen.« Unbewusst streicht sich der Priester mit der linken Hand über seine rechte Faust.

Also doch ein Don Camillo!

Santiago leert sein Glas und schenkt sich noch einmal ein.

»Dabei haben sich der Katholizismus und die Voodoo-Religion hervorragend ergänzt und arrangiert. Die Haitianer verehrten die alten afrikanischen Voodoo-Götter in Gestalt der katholischen Heiligenfiguren. Der Kriegsgott Ogoun entspricht dem heiligen Jakob, Maria ist eigentlich die Liebesgöttin Erzulie und so fort. Dadurch konnte Voodoo die Kolonialzeit überleben, und heute ist er Staatsreligion neben dem Katholizismus. Offiziell sind drei Viertel der Leute katholisch, aber fast alle praktizieren Voodoo. Er ist überall, im Tanz, in der Musik, in der Kunst, im täglichen Leben und in der Sprache, dem Kreol. Aber jetzt suchen immer mehr junge Haitianer den Anschluss an Amerika. Sie lassen sich nicht mehr initiieren und gehen ins Ausland, dadurch verliert sich die Tradition. Die Kultobjekte, die ich besitze, habe ich Voodoo-Priestern abgekauft, die aufgegeben haben. Schon damit sie nicht diesen Fanatikern in die Hände fallen, die sie womöglich verbrennen würden. Die Skulpturen wurden den Göttern geweiht, das verlangt einen gewissen Respekt, finde ich. Aber eigentlich gehören sie ins Land, nicht hierher. Vielleicht kommt irgendwann der Tag, an dem ich sie zurückbringen kann.«

Jule blickt den Priester prüfend an und vergewissert sich: »Sie sind aber schon noch katholisch, oder? Ich meine, ich würde mich auch nach einer Voodoo-Zeremonie trauen lassen, aber ich fürchte, meine zukünftige Schwiegermutter würde ausflippen.«

Santiago legt den Kopf in den Nacken und gibt ein dröhnendes Lachen von sich. »Keine Sorge. Es wird ein durch und durch katholischer Traugottesdienst werden.«

Drinnen schrillt ein Telefon. Santiago, noch immer lachend, entschuldigt sich und eilt ins Haus.

Jule blinzelt in die tief stehende Sonne und horcht auf die gedämpfte Stimme des Pfarrers aus dem Wohnzimmer und die ländlichen Geräusche ihrer Umgebung. Hühner gackern, ein Rasenmäher schnurrt, vorn auf der Landstraße donnert ein Trecker vorbei. Er zieht ein Güllefass hinter sich her, was die Landluft gleich noch eine Prise würziger macht. Aus dem Nachbargarten tönen laute Stimmen. *Du bist doch zu blöde zum Geradeausschauen!*, hört sie einen Mann brüllen, eine Frau kreischt irgendetwas, dann hört man eine Tür zuschlagen. Offenbar wird der Disput im Haus fortgesetzt. Es wäre ja auch naiv, anzunehmen, die Leute wären hier friedlicher als in der Stadt.

Bisher, resümiert Jule, lief dieses *Traugespräch* ja ganz gut. Aber er wird sie bestimmt noch fragen, ob sie an Gott glaubt, wie oft sie in die Kirche geht, ob sie Kinder haben wollen und ob sie diese im christlichen Glauben erziehen werden.

Notfalls muss sie eben lügen, dass sich die Balken biegen, schon Pedra zuliebe.

Vor ein paar Wochen war Hector Santiago so leichtsinnig gewesen, beim Besuch in seiner ehemaligen Pfarrgemeinde auch Pedras spanischen Lebensmittelladen zu betreten, um dort Wein und Serranoschinken zu kaufen. Entzückt über das Wiedersehen nach über dreißig Jahren bestürmte sie den Pfarrer, ihren Sohn und seine Zukünftige zu trauen. Santiago ließ sich nicht lange bitten. Nein, dass die Braut nicht katholisch ist, sei kein Hindernis, versicherte er. Auch nicht, dass er seit Kurzem Pensionist sei und keine eigene Gemeinde mehr betreue. Man müsse nur ein paar Formalitäten klären und die Sache mit dem jetzt amtierenden Pfarrer regeln.

Auch Jule fand die Idee charmant: eine kirchliche Trauung,

durchgeführt von dem Pfarrer, durch den Fernando die Heilige Kommunion und die Firmung erfuhr. Es erschien ihr, als schließe sich damit ein Kreis.

Ihr Blick wird von dem halbvollen Weinglas magisch angezogen, und sie spürt, wie ihr das Wasser im Mund zusammenläuft. *Denk nicht mal daran!* Von der Zigarre im Aschenbecher steigt ein dünner Rauchfaden in die Luft. Plötzlich hat Jule die Zigarre in der Hand und nimmt einen ordentlichen Zug, und gleichzeitig fragt sie sich, was sie da überhaupt macht. Außerdem ist sie nichts mehr gewohnt, denn sie muss prompt husten.

»Zigarren muss man paffen!« Santiago, der wie ein Geist plötzlich wieder da ist, lässt sich ihr gegenüber auf den Stuhl sinken.

Jule läuft knallrot an und legt die Zigarre hastig weg. »Entschuldigung, ich ... das war ein Reflex. Mein Vater hat mich früher immer gebeten, seine Zigarre nicht ausgehen zu lassen. Dabei hat meine Mutter ihm immer vorgehalten, er sei schuld, wenn ich mit zwölf Kette rauchen würde. Aber das Gegenteil war der Fall, ich habe nie geraucht.«

Nur getrunken.

»Schon gut, alles in Ordnung. Sie schmecken wirklich nicht mehr, wenn sie mal ausgegangen sind, und das wäre doch schade gewesen.« Er nimmt einen Zug und hält Jule die Zigarre hin. »Teilen wir sie uns?«

»Nein danke«, wehrt Jule ab.

»Konnten Sie dieser verirrten Seele, die Ihre Mutter auf dem Gewissen hat, verzeihen?«

Jule presst die Lippen aufeinander. Erwartet er allen Ernstes, dass ich Ja sage? Sie denkt an ihren Vorsatz, sich Santiagos Wohlwollen zu erschwindeln, aber eine solche Lüge brächte sie nicht über die Lippen, und Santiago würde es ihr bestimmt nicht abnehmen, er ist schließlich kein Dummkopf. Also antwortet sie: »Nein. Das werde ich auch nie können.«

Wenn es nach ihr ginge, könnte diese *verirrte Seele* für alle Ewigkeit in der Hölle schmoren.

Der Priester schaut sie ernst an und sagt: »Ich kann Sie verstehen. Nur sollten Sie nicht zulassen, dass die Bitterkeit Ihr Leben beherrscht.«

»Ich bin nicht verbittert«, entgegnet Jule. »Ich denke nicht an Rache oder dergleichen. Es gab ein Gerichtsurteil, mit dem ich gut leben kann. Aber für Vergebung sind andere zuständig, nicht ich. Wenn das die Bedingung ist, damit Sie uns trauen, dann tut es mir leid.«

Santiago schüttelt den Kopf und hebt abwehrend die Hände. »Jule ... darf ich Sie so nennen? Es gibt keine Bedingungen. Ich freue mich, dass Sie und Fernando sich den göttlichen Segen für Ihre Verbindung wünschen, und ich wäre der Letzte, der Ihnen diesen aus irgendeinem Grund verweigern würde.«

*

»He, Kommissar! Dein Gesicht ist ja länger als das von deinem Schafbock. Ist einer gestorben?«

»Du wirst lachen, so ist es«, antwortet Völxen seinem Nachbarn, der in seinem Blaumann gerade um die Schafweide herum auf ihn zukommt, zwei Bierflaschen in der Hand.

»Dienstlich?«, fragt Köpcke verunsichert.

»Ja, keine Sorge.«

Der Hühnerbaron öffnet die Bierflaschen an der Zaunlatte durch zwei beherzte Handkantenschläge und hält Völxen eine davon hin. Schaum quillt aus dem Flaschenhals, und wie immer ist das Herrenhäuser lauwarm. *Wegen meinem Magen*, hat Köpcke erklärt, als Völxen sich eines Tages erkundigt hat, ob bei ihnen drüben der Kühlschrank kaputt sei.

»Was Schlimmes?«, forscht der Nachbar nach.

»Vergiss es«, knurrt Völxen. Er hat keine Lust, über die Sache zu reden. Eigentlich will er nicht einmal daran denken. Wie jeden Abend wollte er den Tag am Rand seiner Schafweide ausklingen lassen: nach Doris, Salomé, Matilda, Angelina und dem Bock Amadeus sehen und Oscar ein bisschen Gelegenheit zum Herumschnüffeln geben. Und seinetwegen diese lauwarme Plempe trinken. Völxen greift nach der Flasche und lässt das Bier seine Kehle hinabrinnen, ebenso sein Nachbar.

Nachdem Völxen das Bier zur Hälfte geleert hat, rückt er dann doch mit dem heraus, das ihn beschäftigt: »Ein Typ, gegen den ich mal ermittelt habe, den hat's jetzt erwischt.«

»Wurde er umgebracht?«

»Vom Krebs. Im Knast.«

»Hatte *er* einen umgebracht?«

Völxen nickt. »Eine Fünfzehnjährige.«

»Es gibt also doch einen Herrgott.« Köpcke setzt erneut die Flasche an. »Prost.«

»Prost, Jens.«

An die rauen Zaunbretter gelehnt, starren die beiden in die Landschaft. Ein Bussard zieht Kreise über einem frisch abgeernteten Kornfeld, der Himmel färbt sich langsam orangerot. Die Schafe stehen unterm Apfelbaum und sind mit Wiederkäuen beschäftigt. Oscar hat sich hingelegt, nachdem er eifrig nach Mäusen gebuddelt und eine davon erlegt hat.

»Warum dann das lange Gesicht?«, fragt Köpcke nach einer angemessenen Schweigezeit.

Völxen antwortet lediglich mit einem Seufzen und starrt abwesend in das Buddelloch des Terriers. Wenn er eines nicht leiden kann, dann sind es Löcher. Löcher im Rasen, Löcher in seinen Ermittlungen. Lücken, die nicht geschlossen werden konnten, und offene Fragen, die keiner beantworten kann.

*

»Wieder nichts dabei!« Fernando klappt den Laptop zu, nachdem er wie jeden Abend die Immobilienportale abgeklappert hat. Langsam wird es eng. Heute in zwei Wochen findet die standesamtliche Trauung statt, und am nächsten Tag die Hochzeit in der Kirche. Und sie haben noch immer keine passende Immobilie gefunden. Wenn das so weitergeht, wird er bei Jule einziehen müssen. Er verbringt ja eh schon die meiste Zeit in ihrer Wohnung, und wenn es nach Jule ginge, könnte es auch fürs Erste so bleiben, wie es ist. Wegen des Hochzeitstermins müsse man nicht in Panik und Aktionismus verfallen, hat sie dieser Tage gemeint.

»Ein Ehepaar, das nicht richtig zusammenwohnt – was soll das? Wozu heiratet man denn dann?«

»Dann zieh eben *ganz* hier ein.«

»Das ist deine Wohnung. Ich wäre ein Eindringling.«

Dem hat Jule, wenn er es recht bedenkt, nicht so vehement widersprochen, wie er es sich gewünscht hätte.

Vielleicht sollten sie ein paar Abstriche machen, was die Größe angeht, die Ausstattung oder – die Lage? Fernando würde am liebsten in Linden bleiben, wo er sein Leben lang gewohnt hat. Jule wiederum hätte gern ein Haus, was in Linden schwierig werden dürfte. Linden bietet schöne, große Altbauwohnungen, die sie beide toll finden, für die inzwischen jedoch aberwitzige Preise aufgerufen werden, die zu zahlen Fernando einfach nicht bereit ist. Er möchte nicht vom Geld seiner Frau profitieren, auch wenn er weiß, dass Jule das nicht so eng sieht. Sie konnte ihr Elternhaus für eine knappe Million verkaufen, trotz des Mordgeschehens, das dort ein Jahr zuvor stattgefunden hat. Das, findet Fernando, sagt schon alles über den Immobilienmarkt aus.

»Fernando?«

Er klappt den Laptop zu. »Ja?«

»Warum hast du mir verschwiegen, dass du Ministrant warst?«

»Ich hab's dir nicht verschwiegen. Ich hab einfach nicht daran gedacht.«

»Ist es dir peinlich?«

»Nein. Ja, doch, ein bisschen. Es war die Idee von Mama. Sie dachte, dass ich dadurch geläutert werde.«

»Hat ja voll hingehauen«, bemerkt Jule.

»Ich finde schon«, versetzt Fernando. »Mit ein bisschen Verspätung …«

»Wie lange warst du denn Ministrant?«, will Jule wissen.

»So etwa ein halbes Jahr, glaub ich.«

»Das ist nicht lang.«

»Mir hat's gereicht.«

»Warum hast du so schnell wieder aufgehört?«

Ihr Tonfall ist so harmlos, dass er sein Misstrauen weckt. »Komm, spuck's aus. Was hat er dir erzählt?«

»Dass du eine Weile lang Ministrant warst.«

»Ich … ich hatte eben keine Lust mehr. Ich wollte am Sonntag nicht so früh aufstehen, sondern lieber Fußball spielen oder mit den Kumpels abhängen.«

Jule holt tief Atem und sieht ihn streng an. »Fernando! Wie soll ich mit dir vor den Altar treten, wenn du mich anlügst?«

»Weißt du eigentlich, dass du dich manchmal genauso anhörst wie meine Mutter?«

III.

Eigentlich hat Völxen sich heldenhaft vorgenommen, ab sofort nur noch die Treppe zu nehmen, aber der Aufzug sieht ihn gerade so einladend an, also springt er hinein. Für Oscar mit seinen kurzen Beinen ist das viele Treppenlaufen ohnehin nicht gesund, rechtfertigt er seinen Entschluss. Gerade schließen sich die Türen, als sich ein Fuß, der in blauen Ballerinas steckt, durch den Spalt schiebt. Die Türen gehen wieder auf, und Jule Wedekin steigt zu ihm in den Lift.

»Könnt ihr jungen Leute nicht die Treppe nehmen?«

»Dir auch einen wunderschönen guten Morgen! Hi, Oscar.«

Oscar wedelt.

»Moin!«, brummt Völxen. Allzu gut gelaunte Menschen gehen ihm auf die Nerven, ganz besonders am Morgen.

»Ich soll dich von Hochwürden Hector Santiago grüßen«, zwitschert Jule drauflos.

»Arroganter Pfaffenpinsel!«

Jule schaut ihn prüfend an. »Wohl mit dem falschen Bein aufgestanden?«

»Ja, aber es geht mir besser, seit ich den Hund verprügelt habe.«

Der Aufzug setzt sich in Bewegung.

»Was hast du mit Santiago zu schaffen?«, fragt Völxen.

»Ich war am Freitag zum Traugespräch bei ihm.«

»Ihr lasst euch von Santiago trauen?«

»Pedra kennt Santiago von früher, und Fernando hat bei ihm ...«

»Und ihr habt über *mich* geredet?«, fällt Völxen ihr ins Wort.

»Ja, es gab eine Menge zu lästern, dir müssen die Ohren geklingelt haben«, grinst Jule.

Der Aufzug hält, alle drei steigen aus.

»Komm mit in mein Büro.« Völxens Tonfall lässt keine Widerrede zu.

»Okay«, sagt Jule verwundert. »Kann ich mir noch schnell einen Kaffee holen?«

»Frau Cebulla wird dir einen machen.« Völxen drückt Jule kurzerhand Oscars Hundeleine in die Hand. »Geht schon vor, ich bin gleich da.«

Jule hätte sich lieber einen Kaffee aus dem Automaten geholt, anstatt sich Frau Cebullas Filterplörre einzuverleiben, wagt aber nicht, zu widersprechen. Ihr Chef klang so entschlossen. Hatte er vielleicht einen neuen Job in einem anderen Dezernat für sie aufgetan? Mit gemischten Gefühlen betritt sie Völxens Allerheiligstes und setzt sich auf das Sofa. Oscar dreht ein paar Runden in seinem Korb unter dem Gummibaum, ehe er sich hinlegt, erschöpft von den Mühen des noch jungen Tages.

»Hey, *office dog*! Weißt du eigentlich, dass wir mit dir voll im Trend liegen?«

Mit einem vielsagenden Seufzer lässt der Terrier seine Schnauze auf das Polster sinken, auf dessen hellblauem Stoff sich Schafe tummeln, die wie Wolken aussehen.

»Oscar! Wo ist das Schaf?«

Der Hund spitzt die Ohren.

Jule knautscht das Sofakissen mit dem aufgestickten Schaf, dem prompt ein Blöken entweicht. Oscar schnellt aus dem Korb und wetzt aufgeregt kläffend durch das Büro.

»Das klappt immer wieder. Dabei heißt es, Hunde seien intelligent«, sagt Jule zu dem rasenden Terrier.

Völxen kommt mit Kaffee und einem aufdringlich riechenden Pfefferminztee für sich selbst zurück. »Was ist denn hier los? Oscar, Plaaatz!«

»Keine Ahnung. Ich glaub, er hat ADHS.«

Völxen wirft seinem Hund einen Keks zu, woraufhin dieser sich wieder beruhigt.

»Was weißt du über den Fall Kristina Brandt?«, fragt Völxen ohne Umschweife, nachdem er sich seinen orthopädischen Schreibtischsessel herangezogen hat.

»Nichts. Wer ist das?«

»Oliver Simonsen?«

Der Name kommt Jule irgendwie bekannt vor.

»Er war der Täter, Kristina Brandt das Opfer«, erklärt Völxen.

»Stimmt. Ich erinnere mich, da stand mal was in der Zeitung. Ist aber schon ewig her. Ist das ein alter Fall von dir?«

»Ist dreizehn Jahre her«, präzisiert Völxen. »Erinnerst du dich an den sogenannten *Jahrhundertsommer* 2003? Es war der erste Sommer, der sämtliche Hitzerekorde sprengte, die Hannoveraner begannen sich aufzuführen wie die Spanier, hockten bis tief in die Nacht vor den Kneipen herum ...«

»Ja, es war toll.«

»... es gab deutlich mehr Einsätze als sonst wegen Ruhestörungen, Prügeleien und sexueller Übergriffe.«

»Ich sag doch, es war toll.«

Ihr Chef bleibt ernst. »In dem Sommer verschwand Kristina Brandt, eine fünfzehnjährige Schülerin aus Garbsen. Sie hatte den Samstagnachmittag auf einem Reiterhof im Stadtteil Schloß Ricklingen verbracht. Sie war eines dieser Pferdemädchen, du kennst dieses Phänomen sicher.«

»Ich war nie eins. Oder jedenfalls nicht lange.«

»Ich meine damit, sie war ein braves und noch recht kindliches Mädchen. Ihr Leben drehte sich um Pferde. Ihr Zimmer war praktisch tapeziert mit Pferdebildern ...«

Völxen hält inne, denn er bemerkt, dass das so klingen könnte, als wäre ein Verbrechen an einem Mädchen, in dessen Zimmer Rockstars hängen, weniger schlimm.

»... und sie hatte bestimmt die *Wendy* abonniert«, ergänzt Jule.

»Was?«

»Die *Wendy*. Eine Pferdezeitung für Mädchen. Schon *meine* Schulkameradinnen gingen mir damit auf die Nerven.«

»Stimmt, Wanda hatte die auch«, erinnert sich Völxen an die Pferdephase seiner eigenen Tochter. Er nimmt den Teebeutel aus seiner Tasse und legt ihn auf den Unterteller. »Der 12. Juli war ein Samstag, man feierte eine kleine Grillparty auf dem Reiterhof.

Kristina wurde um sieben Uhr von ihren Eltern zum Abendessen zurückerwartet, aber sie rief vom Gutshof aus zu Hause an und fragte, ob sie noch ein wenig länger bleiben könne. Ihr Vater erlaubte es, ermahnte sie aber, zurückzufahren, solange es noch hell sei, also etwa um neun. Sie war mit dem Rad da. Die Familie Brandt wohnt in einer Doppelhaushälfte in Garbsen-Frielingen, einem Stadtteil, der im Grunde ein Dorf ist, genau wie Schloß Ricklingen. Die beiden Orte sind fünf Kilometer voneinander entfernt. Als Kristina um halb elf noch nicht zu Hause war, telefonierte die Mutter mit dem Reiterhof. Dort sagte man ihr, dass sie schon um halb neun gefahren wäre. Der Vater fuhr die Straßen und Feldwege ab. Dann rief er die Polizei, aber inzwischen war es stockdunkel und man konnte nicht mehr viel unternehmen.«

»Sie hätten den Hubschrauber schicken können«, meint Jule.

»Wenn man jedes Mal gleich den Heli losschicken würde, wenn sich ein Teenager verspätet, bräuchten wir eine ganze Flotte.«

»Schon klar.«

»Die Eltern riefen bei sämtlichen Freundinnen von Kristina an, aber keine wusste, wo Kristina sein könnte.«

»Was für ein Albtraum«, meint Jule.

»Für Eltern der schlimmste, den es gibt«, bestätigt Völxen. »Am Sonntag rückte ein erster Suchtrupp aus, und am Montag schickten sie eine weitere Hundertschaft raus, mit Spürhunden und allem Drum und Dran, aber man fand weder sie noch das Fahrrad. Am Montag hatten wir dann den Fall auf dem Tisch.«

»Wer ist wir?«

Völxen trinkt von seinem Tee und verzieht angewidert das Gesicht. »Na, wir hier. Unser damaliger Chef, der Leitende Hauptkommissar Denner, mein werter Kollege Erwin Raukel …« Er macht eine Kunstpause, die Jule dazu nutzt, die Augen zu verdrehen, »… außerdem Oda Kristensen und ein paar Durchläufer. Und ich natürlich.«

»Fernando?«

»Nein, der war da noch im Drogendezernat. Wir nahmen uns zuerst die Leute vom Reiterhof vor, die beim Grillen dabei waren.

Alle gaben an, bis Mitternacht zusammengesessen zu haben und dann nach Hause gefahren zu sein – bis auf das Ehepaar, das auf dem Hof wohnte, natürlich. Wir sprachen mit sämtlichen Nachbarn, mit Kristinas Mitschülern und Freunden, ihren Lehrern und mit den anderen Pferdemädchen, die auf dem Hof verkehrten. Die Sache wurde dadurch erschwert, dass zwei Tage zuvor die Sommerferien angefangen hatten und etliche Leute schon weggefahren waren, darunter auch Kristinas beste Freundin, Franziska Reuter. Als sie zurück war, berichtete sie von einem Kerl, der ihnen einige Male auf dem Weg von der Schule zur Bushaltestelle gefolgt sei. Er hätte sie *komisch angeglotzt.*«

»Wurde das nicht der Schulleitung gemeldet?«, fragt Jule.

Völxen schüttelt den Kopf. »Die meisten Schülerinnen gaben an, sie hätten sich nichts dabei gedacht. Er hätte ja nur *geglotzt.*«

»Hat er alle Mädchen angestarrt oder nur Kristina?«, fragt Jule.

»Franziska meinte, er hätte es auf Kristina abgesehen. Andere Mädchen behaupteten dasselbe von sich oder ihren Freundinnen. Sie waren in diesem … schwierigen Alter. Ich glaube, ein paar von ihnen fühlten sich sogar geschmeichelt, weil sie angestarrt wurden.«

»Verstehe.«

»Laut Franziska hat der Typ sogar einmal versucht, Kristina eine Rose zuzustecken. Sie rannten aber beide weg. Wir schickten Franziska und noch zwei andere Mädchen zum Phantomzeichner, und heraus kam eine Skizze von Oliver Simonsen, sechsundzwanzig, aktenkundig. Er war des Öfteren beim Spannen in Umkleidekabinen von Schwimmbädern und Kaufhäusern erwischt worden, hatte eine Bewährungsstrafe wegen sexueller Nötigung bekommen, und wegen einer Vergewaltigung saß er schon ein Jahr in der JVA Hameln im Jugendstrafvollzug. Für den Abend des 12. Juli hatte er kein Alibi. Genau genommen druckste er auf die Frage, wo er gewesen sei, nur herum. Gemeldet war Simonsen bei seinen Eltern, die übrigens im selben Dorf wohnten wie dein Pfarrer.«

»Er ist nicht *mein* Pfarrer.«

»Die Eltern waren biedere Leute, und angeblich hatten sie seit Jahren keinen Kontakt mehr zu ihrem Sohn. Simonsen wohnte zur

Untermiete im Stadtteil Horst. Ebenfalls ein eingemeindetes Dorf, das zu Garbsen gehört. Simonsen arbeitete als Aushilfskraft für eine Gärtnerei, die direkt an Kristinas Schulweg zur Bushaltestelle liegt. Er gab zu, Kristina beobachtet zu haben und auch den Versuch, ihr die Rose zu schenken. Mit ihrem Verschwinden wollte er aber nichts zu tun haben. Doch langsam zog sich die Schlinge um seinen Hals zu. Ein anderes Pferdemädchen, das zwei Wochen zuvor mit Kristina zusammen im Pferch geübt hatte, hatte Simonsen in der Nähe des Reiterhofs gesehen und darüber ausgesagt. Leider hat Kristina ihren Eltern nichts von dem Vorfall erzählt, sonst hätten wir viel schneller reagieren können.«

»Klar, sie hatte Angst, dass sie sie dann nicht mehr zum Reiterhof lassen.«

»So wird es wohl gewesen sein. Wir durchsuchten Simonsens Wohnung. Er lebte bei einem Rentnerpaar in dessen Bungalow im Souterrain. Dort fanden wir neben dem üblichen Schmuddelkram selbst aufgenommene Fotos von Kristina. Den Bildern nach hat er sogar nachts vor ihrem Haus herumgelungert.«

»Er hat sie gestalkt?«

»Ja, offensichtlich.«

»Ich glaube, ich erinnere mich wieder. Das ging damals durch alle Medien.«

»Es war damals eine ziemlich große Mordkommission, die an dem Fall arbeitete. Irgendwo hatte es ein Leck gegeben, und auf einmal stand in allen Zeitungen, dass wir gegen *den einschlägig vorbestraften Oliver S.* ermittelten. Wir gerieten unter Druck, denn wie immer bei solchen Fällen hatte die Öffentlichkeit ein reges Interesse daran und lechzte nach einem Täter. Aber bis dahin konnten wir dem Staatsanwalt keinen einzigen gerichtsfesten Beweis liefern. Denner, unser Chef, sprang im Viereck. Die Leiche musste her. Wir ließen die Umgebung des Reitstalls durchsuchen – das Horster Moor, das Meyenfelder Moor, die Leineaue, das Waldgebiet Rettmer Berge. Es waren sogar Taucher im Mittellandkanal. Das Grundstück der Gärtnerei, für die Simonsen arbeitete, wurde mit Hunden abgegangen, und sogar bei den Kunden, bei denen er gearbeitet hatte, waren die Kollegen mit Leichenspürhunden zugange – nichts. Durch Dorfklatsch erfuhren wir, dass der Onkel von Oliver Simonsen, ein gewisser Rolf Meffert, ein Freizeitgrundstück mit einer Hütte direkt am Steinhuder Meer besitzt. Dort sei Oliver immer gern gewesen zum Schwimmen und Angeln. Die Besitzer der Nachbargrundstücke gaben an, Oliver auch in diesem Sommer dort gesehen zu haben. Der Onkel selbst war im Urlaub auf Mallorca. Wir besorgten uns einen Durchsuchungsbeschluss. Der Hund schlug sofort an. In der Hütte fanden wir Blutspuren, die man versucht hatte wegzuwischen. Außerdem wurde auf der Polsterliege ein hellbraunes langes Haar sichergestellt, und zwischen den Dielen und der Wand fanden wir einen goldenen Anhänger mit einem Kreuz. Er gehörte Kristina, die Eltern haben ihn wiedererkannt.«

»Wie schrecklich.«

»Auch das Blut stammte von Kristina. An dem Haar war keine Wurzel, also konnte man zum damaligen Zeitpunkt keine DNA-Analyse durchführen und es nur unter dem Mikroskop mit Haaren aus Kristinas Haarbürste vergleichen. Es war mit großer Wahrscheinlichkeit eines von ihren. Daraufhin erließ der Richter einen Haftbefehl.«

»Wie viel Blut war es denn?«, fragt Jule.

»Das ließ sich nicht mehr genau feststellen, es war in den Boden gesickert und mit einem scharfen Reiniger verdünnt worden. Aber es war großflächig geputzt wurden, also waren es wohl nicht nur ein paar Tropfen.«

Jule nickt.

»Erneut wurde ein Wahnsinnsaufwand betrieben, um die Leiche zu finden. Tagelang waren Taucher und Boote mit Leichenspürhunden im Steinhuder Meer unterwegs. Wäre Kristinas Leiche dort gewesen, hätte man sie bestimmt gefunden, der See ist zwar groß, aber sehr flach.«

»Wie hat er sie zu der Hütte gebracht, hatte er ein Auto?«, fragt Jule.

»Nein. Aber wie sich später herausstellte, stand ihm der Toyota

Corolla des Onkels jederzeit zur Verfügung, er hatte sogar einen Zweitschlüssel dafür.«

»Gab es darin Spuren von Kristina?«

Völxen schüttelt den Kopf. »Nein, leider nicht. Simonsen hatte sich zu dem Zeitpunkt dann auch einen Anwalt genommen. In den folgenden Vernehmungen behauptete er, er litte bisweilen an mehrstündigen Blackouts, vor allen Dingen, wenn er unter Stress stehe oder Alkohol getrunken habe. An jenem Samstag habe er sich mit seinem Chef in der Gärtnerei gestritten und sei rausgeworfen worden. Darüber habe er sich aufgeregt und getrunken, mehr wisse er nicht mehr. Der Gärtnereibesitzer bestätigte den Streit und den Rausschmiss.«

»Warum hat man ihn entlassen?«

»Schlamperei. Außerdem habe sich eine Kundin beschwert, es hätte Unterwäsche von ihrer Wäschespinne gefehlt, nachdem die Gärtner auf dem Grundstück gearbeitet hatten. Simonsen kam in U-Haft und wurde von einem Psychologen begutachtet. Der meinte, *man könne nicht ausschließen, dass der Delinquent gelegentlich an Amnesien litte* … und so weiter, man kennt das ja. Angeblich hatte er auch keine einfache Kindheit und Jugend.«

»Bei den biederen Eltern auf dem Land?«, wirft Jule ein.

»Angeblich ist er von der Dorfjugend wegen seines niedrigen IQs gemobbt worden. Er war in der Tat nicht der Hellste. Er hatte die Hauptschule ohne Abschluss verlassen und zwei Lehren abgebrochen. Aber eine gewisse Verschlagenheit besaß er dennoch. Schließlich behauptete er stur, sich an die Mordnacht nicht erinnern zu können, und hoffte wohl, damit durchzukommen. Und die Chancen standen nicht allzu schlecht. Der vorsitzende Richter in der Hauptverhandlung erklärte Simonsen jedoch für schuldfähig und verurteilte ihn wegen des Mordes an Kristina Brandt zu lebenslänglicher Haft. Es war eine ziemlich aufsehenerregende Verhandlung, weil es ein Indizienprozess war. Mord ohne Leiche, das hat man nicht allzu oft. Das Urteil stützte sich auf die verschiedenen Zeugenaussagen und die forensischen Spuren.« Völxen reibt sich müde die Wangen, ehe er weiterspricht. »Wir wollten auch nach dem Prozess noch unbedingt die Leiche finden. Wir haben ihm Spitzel in die Zelle gesetzt. Aber er verlor ihnen gegenüber kein weiteres Wort über den Vorfall.«

»Die armen Eltern«, meint Jule. »Sicher hoffen sie im Stillen und wider jede Vernunft, dass Kristina doch noch lebt.«

»Schon möglich, ja. Durch einen der Zellenkumpane erfuhren wir immerhin, dass Simonsen einige Male mit Pfarrer Santiago gesprochen hatte. Der war zu der Zeit als Gefängnispfarrer tätig. Doch angeblich hatte Simonsen auch ihm gegenüber nichts gesagt. Als ich Santiago bat, zu versuchen, Simonsen eine Andeutung über den Verbleib der Leiche zu entlocken, meinte er ziemlich von oben herab, da könne er seine Kutte ja gleich an den Nagel hängen, wenn er anfange, sich als Spitzel für die Polizei zu betätigen. Ich habe dann irgendetwas Unfreundliches geantwortet, ich weiß nicht mehr, was. Jedenfalls sind wir nicht im Guten auseinandergegangen. Dieser arrogante Schnösel!«, fügt Völxen schnaubend hinzu.

»Ich finde ihn originell. Und interessant.«

»Das ist der *Dornenvögel*-Effekt«, meint Völxen.

»Wovon redest du?«

»Kennst du die *Dornenvögel* nicht? Ein australischer Mehrteiler aus den Achtzigern. Richard Chamberlain als Pater Ralph, alle Frauen sind dahingeschmolzen, allen voran meine. Google es mal. Also, zur Sache: Am Freitag habe ich einen Anruf aus der JVA bekommen. Simonsen ist gestorben, an Krebs. Er lag zuletzt im Nordstadtkrankenhaus. Man sagte mir, dass Simonsen ein paar Tage vor seinem Tod nach Pfarrer Santiago verlangt hätte. Er wollte unbedingt mit ihm reden, mit keinem anderen Pfarrer, und das, obwohl Simonsen ihn schon jahrelang nicht mehr gesehen hatte. Santiago war ja zwischenzeitlich … wo war er?«

»Auf Haiti. Lass mich raten: Jetzt willst du Santiago nochmals durch die Mangel drehen, weil dir zu Ohren gekommen ist, dass Simonsen vor seinem Tod mit ihm geredet hat.«

»Eigentlich …«, beginnt Völxen.

»Vielleicht solltest du dieses Mal höflicher sein«, setzt Jule hinzu.

»Also, in Wahrheit …«

»… und du weißt schon, dass ein Beichtgeheimnis über den Tod eines Menschen hinaus Gültigkeit hat, oder?«

»Verdammt, jetzt lass mich doch mal ausreden, Jule!«

»Siehst du! Schon wieder hapert es an deiner Impulskontrolle.«

»Treib es nicht zu weit!«, knurrt Völxen, während Jule sich das Lachen verbeißt. »Dieses Mal will Santiago mit *mir* reden. Er hat mich gestern Abend angerufen.« Völxens Blick fällt demonstrativ auf die Wanduhr, die 9:25 Uhr anzeigt. »Und wenn Hochwürden pünktlich ist, dann müsste er in fünf Minuten hier sein.«

Kaum hat Völxen ausgeredet, klopft Frau Cebulla an die Tür, mustert ihren Chef und fragt augenzwinkernd: »Ist mit Ihnen alles in Ordnung, Herr Hauptkommissar?«

»Ja, wieso?«

»Weil Sie nach einem Priester verlangt haben. Der wartet unten an der Pforte.«

»Wohl auch einen Clown gefrühstückt, was? Holen Sie ihn schon ab. Bitte«, fügt Völxen etwas milder hinzu.

»Da macht man *einmal* einen Scherz«, schnaubt die Sekretärin erbost und murmelt im Gehen etwas, das sich wie *so eine Mimose* anhört.

»Tür zu!«, ruft Völxen ihr nach, aber sie hört nichts mehr oder tut jedenfalls so, als ob.

Hector Santiago begrüßt zuerst Jule und dann deren Vorgesetzten mit einem herzhaften Händedruck. Oscar nutzt die Gelegenheit, um des Pfarrers Anzughose aus edlem Mailänder Tuch gründlich zu beschnüffeln. Als dies geschehen ist, setzt er sich wieder in seinen Korb.

»Sie sind also wieder im Lande«, begrüßt ihn Völxen.

»Seit Jahresbeginn bin ich aus Haiti zurück. Ich bin ja nun Pensionist.« Santiago, der im Sessel Platz genommen hat, schlägt die Beine übereinander und lehnt sich wie zu einem gemütlichen Plausch zurück. Der Duft eines herben Eau de Toilette wabert durch das Büro.

»Sie waren recht viel im Ausland, oder?«, erkundigt sich Völxen.

»Allerdings. Ich bin ein Wandervogel, und es ist mir zum Glück immer wieder gelungen, auszubüxen.«

»Ist das denn so schwierig? Sind Missionare aus der Mode gekommen?«

Santiago bleckt sein Pferdegebiss zu einem breiten Grinsen. »Ich fürchte, Sie haben ein falsches Bild von uns. Wir sind längst keine übergriffigen Seelenfänger mehr, sondern wir versuchen vor allem Bildung zu vermitteln.«

»Verzeihung, ich wollte nicht respektlos klingen.«

»Aus bekannten Gründen leidet die römisch-katholische Kirche seit den Nachkriegsjahren an einem eklatanten Priestermangel, besonders im reichen Europa«, führt der Pfarrer aus. »Deshalb ist es gar nicht so leicht, als ordinierter Priester in den Missionsdienst zu kommen, wenn überall im Land die Pfarrstellen unbesetzt bleiben.«

»Verstehe«, sagt Völxen und fragt sich still und leise, wie es Santiago wohl im Laufe der Jahre mit dem Zölibat gehalten hat. Er sieht zwar aus wie ein Pferd, aber er ist dennoch – oder sogar deswegen – der Typ, auf den Frauen abfahren. Sogar jetzt, mit Mitte sechzig, macht der Geistliche immer noch etwas her. Eine schlanke Figur und volles Haar sind die halbe Miete, erkennt der Hauptkommissar neidvoll, der selbst weder mit dem einen noch mit dem anderen aufwarten kann, während Santiago erklärt: »Nicht, dass es mir nicht gefallen hätte, eine Gemeinde zu betreuen. Es war eine schöne Zeit damals in Linden. Aber das bequeme Leben liegt mir nicht so, ich suchte immer die Herausforderung.«

»Wurden Sie deshalb Gefängnisseelsorger?«, fragt Jule, die auf dem Sofa sitzt und Santiago anstrahlt wie ein Stadionscheinwerfer.

»Ja, unter anderem. Ich musste für einige Zeit zurück nach Deutschland, um meine Malaria auszukurieren. Gefängnisseelsorge ist keine einfache Aufgabe, aber dazu geeignet, um sich in Demut zu üben.«

Beim Wort Demut hätte Völxen beinahe laut aufgelacht. »Wobei wir beim Thema wären«, beendet er die Präliminarien, denn dieser Kerl hört sich einfach zu gern selbst reden, da muss man irgendwann einen Riegel vorschieben, sonst nimmt das kein Ende.

»Simonsen«, beginnt Völxen. »Sie sagten, er hätte vor seinem Tod nach Ihnen verlangt.«

»So ist es. Er wusste, dass er nicht mehr lange zu leben hatte. Er hatte Bauchspeicheldrüsenkrebs im Endstadium.«

»War er katholisch?«, will Jule wissen.

»Er fand erst im Gefängnis zum Glauben.«

Jule runzelt die Stirn, und Völxen grollt im Stillen: *Erst ein junges Mädchen ermorden und dann zum Glauben finden. Manche Leute machen es sich wirklich verflucht einfach.*

»Herr Pfarrer, hätten Sie etwas dagegen, wenn wir dieses Gespräch auf Band aufnehmen?«, fragt er.

»Nein, warum sollte ich?«

Völxen holt das Aufnahmegerät vom Aktenschrank und legt es eingeschaltet auf den Tisch. »Oliver Simonsen hat Sie also gebeten, ihn zu besuchen.«

»Ich will vorausschicken, dass das Gespräch, von dem ich Ihnen jetzt berichte, nicht im Rahmen der Beichte stattgefunden hat, sonst müsste ich nämlich auch über den Tod hinaus Stillschweigen bewahren.«

»Das ist uns klar«, versichert Völxen und denkt: *Nun komm endlich zum Punkt!*

Offenbar klappt die Telepathie, denn Santiago erklärt unumwunden: »Bei unserem Gespräch hat Oliver Simonsen mir anvertraut, dass er Schuld am Tod von Kristina hätte.«

»Ein sehr spätes Geständnis, aber immerhin!«

»Nein, nein, warten Sie!«, wehrt Santiago ab. »Er hat nicht gestanden, dass er sie ermordet hat. Er sagte nur, es sei seine Schuld.«

Völxen hebt seine imposanten Augenbrauen. »Hat er das näher erläutert?«

»Ja, denn auch ich bat ihn, mir das zu erklären. Als ich kurz nach der Inhaftierung mit Oliver Simonsen zu tun hatte, beteuerte er nämlich auch mir gegenüber, das Mädchen nicht umgebracht zu haben. Ich muss gestehen, dass ich ihm damals nicht so recht geglaubt habe – zumal er sich ja vor Gericht auf einen Gedächtnisschwund berufen hatte. Ich hatte damals den Verdacht, dass er mich vor seinen Karren spannen wollte.«

Völxen gibt einen zustimmenden Brummlaut von sich. Dieses leise Unbehagen, das ihn seit Freitagabend quält, als er die Nachricht erhielt, verdichtet sich.

»Bei unserem letzten Treffen vor einigen Tagen gab er zu, dem Mädchen am besagten Abend nachgefahren zu sein, als sie den Reiterhof verlassen hatte. Er sagte, er habe sie schon den ganzen Nachmittag von einem nahe gelegenen Wäldchen aus mit dem Fernglas beim Longieren beobachtet.«

»Entschuldigung«, unterbricht Völxen. »Nur eine Frage. Womit ist er ihr nachgefahren?«

»Er sprach von einem Fahrrad. Er sagte, er habe ihr nichts tun wollen, er wollte nur mit ihr reden. Aber sie habe wohl Angst bekommen und sei immer schneller gefahren und sei schließlich in einen Feldweg eingebogen. Als er ihr dorthin folgte, habe er nur noch ihr Rad vorgefunden. Sie musste ins Maisfeld gerannt sein. Er erzählte, er habe noch eine Weile nach ihr gesucht, aber vergeblich. Dann wurde es dunkel, und er entschloss sich, nach Hause zu fahren. Auf der Landstraße hätte ihn schließlich ein Auto überholt, und es sei ihm so vorgekommen, als ob Kristina auf der Rückbank gesessen hätte.«

»Auf der Rückbank?«, wiederholt Völxen.

»Er sagte, es hätten drei Personen im Auto gesessen. Er sei sich aber nicht ganz sicher gewesen, ob eine davon tatsächlich Kristina war. Er habe nur ihre Umrisse gesehen.«

»Was für ein Auto war das?«, will Jule wissen.

»Dazu hat er nichts gesagt. Auch nicht zu den anderen beiden Insassen. Es tut mir leid, ich habe auch nicht insistiert. Es war ein Gespräch mit einem Sterbenden, kein Verhör.«

»Ja, verstehe«, knirscht Jule.

Idiot!, denkt Völxen.

»Er sagte, er fühle Schuld an Kristinas Tod, denn wenn sie nicht aus Angst vor ihm voller Panik in das Maisfeld geflohen wäre, wäre sie ihrem wahren Mörder vielleicht nicht begegnet.«

»Dem *wahren Mörder*, soso. Und was haben Sie ihm geantwortet?«, erkundigt sich Völxen.

»Dass er damit womöglich recht haben könnte«, antwortet Santiago.

»Hat er auch die Güte besessen, Ihnen zu verraten, warum er seine Beobachtung vor Gericht verschwiegen hat?«

»Er war der Meinung, dass man ihm nicht geglaubt hätte. Er sagte, er sei von Anfang an der Hauptverdächtige gewesen, alle hätten immer nur gegen ihn ermittelt.«

»Das wäre vielleicht anders gelaufen, wenn er nicht alle naselang eine andere Story zum Besten gegeben hätte.«

Santiago ignoriert Völxens Kommentar und erklärt: »Sein Anwalt meinte seinerzeit, dass es sich für ihn nachteilig auswirken könnte, zuzugeben, am Abend des Mordes in der Nähe des Reiterhofs gewesen zu sein. Diesen Hinweis würde man gegen ihn verwenden, während man ihm den Rest der Geschichte, das mit Kristina im Auto, womöglich nicht abnehmen würde.«

Und damit hatte er verdammt recht gehabt, der Herr Anwalt.

»Hat Simonsen sonst noch etwas gesagt?« Völxen kann nicht verhindern, dass seine Stimme mürbe klingt.

»Nein. Ich musste ihm allerdings noch versprechen, der Polizei nichts zu sagen, solange er noch lebte. Er wollte seine letzten Tage nicht mit Verhören verbringen. In Anbetracht der Tatsache, dass er todkrank war und ihm nur noch wenig Zeit blieb, habe ich ihm dieses Versprechen gegeben. Aber jetzt ist er verstorben und ich bin hier.«

»Glauben Sie, dass er die Wahrheit gesagt hat?«, fragt Jule.

»Er hatte den Tod vor Augen. Sollte er mich herbestellt haben, um mich anzulügen?«

»Tja, da mögen Ihre Erfahrungen andere sein, aber unsere Klientel lügt gern und hartnäckig und sogar noch über den Tod hinaus«, lässt Völxen den Geistlichen wissen. »Manche lügen sich sogar ein Leben lang selbst etwas vor.«

»Nun, ich kann Ihnen nur meinen Eindruck schildern«, gibt Santiago zurück. »Ich möchte nicht ausschließen, dass seine Absichten bei der Verfolgung des Mädchens womöglich nicht ganz harmloser Natur waren«, räumt er ein. »Das arme Mädchen kam vielleicht nur vom Regen in die Traufe.«

»Das würde ja bedeuten, dass es in den Feldern um Garbsen an diesem Samstagabend geradezu von Triebtätern wimmelte«, bemerkt Völxen.

Santiago lächelt ein wenig von oben herab und meint: »Es gibt immer wieder sonderbare Fügungen. Sherlock Holmes sagte einmal sinngemäß, man müsse bei einer Ermittlung das Unmögliche ausklammern, und was dann noch übrig bliebe, führe zur Lösung, ganz egal, wie unwahrscheinlich es auch sei.«

»Sherlock Holmes«, wiederholt Völxen. »Ah ja.«

Der Pfarrer schaut demonstrativ auf die Uhr. »Ich muss leider gehen, die Pflicht ruft. Ich habe heute noch eine Beerdigung.«

»Doch nicht ...«, beginnt Völxen.

»Nein, nicht Simonsen. Der ist erst nächste Woche dran. Eine ältere Dame aus dem Dorf. Ich muss einen Kollegen vertreten, der kurzfristig erkrankt ist.«

Jule schaltet das Aufnahmegerät aus und schnellt in die Höhe. Völxen dagegen wuchtet sich so schwerfällig aus seinem orthopädischen Sessel, als drücke ihn ein unsichtbares Gewicht nieder. Oscar bellt ganz kurz, ehe er seine Schnauze wieder auf sein Kissen bettet.

»Ich danke Ihnen für Ihr Kommen«, sagt Völxen förmlich, als er Santiago zum Abschied die Hand drückt.

»Ich hielt es für meine Pflicht.« Er wendet sich an Jule. »Wir sehen uns ja bald. Ich bin schon sehr gespannt, Sie als Braut zu sehen.«

»Und ich bin gespannt auf Ihre Predigt.«

Santiago zwinkert und meint charmant lächelnd: »Da machen Sie sich mal auf etwas gefasst.«

IV.

Eine Hydraulik setzt sich in Bewegung, und der Sarg senkt sich wie von Zauberhand langsam hinab in die Grube. Es riecht nach Weihrauch und frisch umgegrabener Erde.

Der Pfarrer tritt ans Grab.

Es ist *der spanische Pfarrer*, wie Santiago, der erst seit Jahresbeginn im Dorfkern wohnt, von der Bevölkerung genannt wird. Manche nennen ihn auch *der komische Pfarrer* oder *der Voodoo-Pfarrer*. Der *richtige* Pfarrer kann die Beerdigung jedenfalls wegen eines akuten Hexenschusses nicht durchführen.

»Erde zu Erde, Asche zu Asche, Staub zu Staub.«

Dreimal hintereinander prasselt die Erde auf den Sarg. Man hat die Grube mit etwas Grünem ausgekleidet, das an Kunstrasen erinnert, wohl um den Trauernden den Anblick der nackten Erde zu ersparen. Dabei war es genau das, was Oma Irmchen immer wollte. *Du darfst nicht zulassen, dass sie mich verbrennen, versprich mir das, Henning,* hatte sie stets zu ihrem Enkel gesagt, und er hatte es ihr versprochen. Obwohl er sich gefragt hat, wie er das alles bezahlen sollte: die Gebühr für die Grabstelle, das Begräbnis selbst und die Grabpflege hinterher. Wie sich dann herausstellte, hatte seine Großmutter schon zu Lebzeiten alles mit der Bestattungsfirma arrangiert und im Voraus bezahlt – sogar die Grabpflege für die nächsten zehn Jahre. Eigentlich hätte er das wissen müssen, sie war immer für Ordnung.

Henning tritt an den Rand der Grube und wirft einen kleinen Blumenstrauß hinab. Die Rede, die der Geistliche vorhin in der Kapelle abgehalten hatte, spendete ihm tatsächlich Trost. Aber jetzt legt sich die Traurigkeit erneut wie ein Ring um seinen Magen, und ein schwerer Seufzer steigt tief aus seiner Brust und geht in einen unkontrollierten Schluchzer über. Er wendet sich ab, um anderen Trauergästen Platz zu machen. Die jüngste Schwester seiner

Oma ist aus Berlin angereist, sie ist die einzige Verwandte außer ihm. Vorhin, vor der Kapelle, hatte sie ihn begrüßt und gefragt, was er eigentlich so beruflich mache. Als er sagte, er sei Dachdecker, hatte sie nur genickt und gemeint, das sei ja ein ehrbarer Beruf und Handwerker seien heutzutage immer gefragt. Aber Henning spürte ihre Enttäuschung, so als ob sie mehr von ihm erwartet hätte.

Etwa ein Dutzend Leute, die man aus dem Dorf kennt, sind da und auch die meisten Nachbarn. Darunter Frau Niggemeyer, die direkt neben der Oma wohnt. Sie weint pausenlos. Bedenkt man, dass Oma Irmchen fünfzig Jahre lang in Seelze-Gümmer gelebt hat und von den Älteren praktisch jeden gekannt hat, hätten es ruhig ein paar mehr Trauergäste sein können. Offenbar wurde sie schon abgeschrieben, als sie vor anderthalb Jahren ins Altenheim nach Wunstorf ging. Eine Handvoll Leute aus dem Heim sind auch hier, darunter die drei Frauen, mit denen Hennings Oma Rommé und Scrabble gespielt hat. Zwei davon sitzen in Rollstühlen, die von gelangweilt wirkenden jungen Kerlen in Jeans und T-Shirts geschoben werden. Für die Alten ist die Beerdigung sicher ein willkommener Anlass, um der Routine des Heims zu entfliehen und an einem so schönen Sommertag mal rauszukommen – und wenn's nur der Friedhof ist. Wahrscheinlich sind sie Oma Irmchen sogar dankbar, dass sie im Juni und nicht im Januar gestorben ist.

Hinter den Alten steht eine junge Frau mit blonden, kurz geschnittenen Haaren, die aus dem ganzen Schwarz herausleuchten wie ein Mond am Nachthimmel. Eine Pflegerin? Henning hat sie noch nie gesehen.

Natürlich ist Hennings Halbbruder Moritz auch da. Um Henning *beizustehen*. In seinem teuren schwarzen Anzug, das blonde Haar ordentlich gescheitelt, gibt er eine deutlich bessere Figur ab als Henning, der sich in seinem günstigen Anzug wie verkleidet fühlt. Aber Moritz war schon immer derjenige, der alle Aufmerksamkeit auf sich zog. Der Schwiegermutterschwarm schlechthin, zumindest äußerlich. Nun steht er regungslos neben Henning, die schmalen Lippen zu einem Strich zusammengepresst.

Die Trauergäste, die nach ihnen ans Grab treten, kondolieren

Henning und viele auch Moritz, obwohl Irmchen gar nicht seine Großmutter war. Moritz und sein Halbbruder Henning haben nur den Vater gemeinsam, und Oma Irmchen war die Mutter von Hennings Mutter.

Die Platinblonde geht direkt nach dem Segen. Henning schaut ihr noch nach.

Nachdem die Letzten fort sind, fragt Moritz: »Du kommst doch klar, Henning?«

»Sicher.«

»Es hat sich nichts geändert, kleiner Bruder. Ich habe immer ein Auge auf dich.«

»Ich weiß.«

»Dann ist es ja gut. Wiedersehen, Henning.«

Henning sieht Moritz nach, der langsam weggeht.

Er kann mir gar nichts mehr vorschreiben. Jetzt nicht mehr, wo Oma Irmchen tot ist.

Ein Motorengeräusch nähert sich, es ist ein Minibagger. Der Fahrer hält an, als er sieht, dass noch jemand am offenen Grab steht.

Um sein Hiersein zu rechtfertigen, betet Henning leise ein *Vaterunser* und dann noch ein *Gegrüßet seist du, Maria.*

Der Arbeiter steht neben dem Minibagger und tritt ungeduldig von einem Fuß auf den anderen. Der Mann will anfangen, damit er pünktlich Feierabend machen kann. Henning versteht das. »Tschüss, Oma Irmchen«, murmelt er und wendet sich ab, Tränen in den Augen. Er geht langsam an den Gräberreihen entlang auf den Ausgang zu, liest die Namen auf den Grabsteinen und rechnet aus, wie alt die Leute geworden sind. Es sind viele dabei, die er kennt und über die Oma Irmchen Geschichten zu erzählen wusste. Und schließlich formt sich ein ganz klarer Gedanke in Henning: *Jetzt könnte ich reden. Vielleicht würden dann die Träume aufhören, vielleicht würde dann dieser Klumpen in meinem Inneren verschwinden.*

*

Die Blonde von vorhin steht neben dem Eingang des Friedhofs, als hätte sie auf ihn gewartet. Als sie ihn sieht, wirft sie ihre Zigarette weg und tritt mit ihren schwarzen, hochhackigen Sandaletten die Kippe aus. Sie trägt, dem Anlass gemäß, ein schwarzes T-Shirt und dunkelgraue Jeans. Ein silberner Ring blinkt an ihrem Nasenflügel. Eigentlich hält Henning nichts von Piercings, aber bei ihr sieht der Ring gut aus. Andere Frauen hätten diese Nase, die wie der Schnabel eines Raubvogels aus dem hageren Gesicht hervorsticht, nicht noch extra betont. So aber wird der vermeintliche Makel zur Besonderheit. Sie ist keine blendende Schönheit, aber sie hat was, findet Henning. Markant sieht sie auf jeden Fall aus. Irgendwie besonders.

»Du musst ihr Enkel sein. Mein aufrichtiges Beileid.«

Ihre Stimme klingt ein bisschen heiser, was er sehr sexy findet. Er nickt und quetscht ein *Danke* hervor.

»Ich bin Ilva. Deine Großmutter war meine Kundin. Sie hat mir oft von dir erzählt.«

Wie alt sie wohl ist? Anfang zwanzig? Nein, ein bisschen älter schon. Vielleicht sogar schon dreißig, so wie er bald. Was sollte er ihr jetzt antworten? Er weiß nicht, wie man flirtet oder Small Talk macht. Als Dachdecker hat er nur Männer als Kollegen, deren Witze und dumme Sprüche beim anderen Geschlecht nicht gut ankommen. In der freiwilligen Feuerwehr gibt es zwar zwei junge Frauen, aber die sind schon vergeben, und wenn sie ihn überhaupt beachten, dann nur, um ihn aufzuziehen.

»Was für eine Kundin?«, fragt er.

»Ich habe einen mobilen Frisiersalon.«

Hennings Gesicht hellt sich auf. »Ja, meine Oma hatte immer ein Mordsgewese mit ihren Haaren.«

»Es ist kein *Mordsgewese*, wenn man auf sich achtet«, sagt Ilva streng.

»Jaja, stimmt schon«, nuschelt er und errötet. Wie kann er so was zu einer sagen, die mit Haaren ihr Geld verdient?

Jetzt lächelt sie, und Henning betrachtet dabei die kleine Lücke zwischen ihren oberen Schneidezähnen.

»War nur Spaß. Es stimmt, sie war wirklich ganz schön eitel für zweiundachtzig. Kaum war da ein winziger grauer Streifen, hat sie mich angerufen, damit ich ihn nachfärbe. Und die Augenbrauen auch, und dann noch alle zwei Wochen eine Maniküre … Aber besser so als andersrum. Ich find's gut, wenn sich die alten Leute nicht gehen lassen, auch wenn sie im Heim leben und kaum noch rauskommen. Schade, dass sie gestorben ist, sie war eine meiner besten Kundinnen.«

Ob sie wohl zu jeder ihrer Kundinnen auf die Beerdigung geht oder nur zu den besten?

»Ich hab sie gemocht«, sagt Ilva, als hätte sie seine Gedanken gelesen. »Sie war noch voll fit hier oben.« Sie tippt sich gegen ihre Stirn, dann kramt sie ohne hinzusehen in ihrer nietenbesetzten Handtasche herum und meint dabei: »Das Gestrüpp auf deinem Kopf könnte auch mal wieder einen Schnitt vertragen.«

Henning streicht sich durch seine widerspenstigen Borsten und merkt, wie er schon wieder rot wird. Macht sie ihn etwa an? Oder nutzt sie Beerdigungen zum Kundenfang? Ein kühner Gedanke kommt ihm. Er könnte sie einladen, einen Kaffee mit ihm zu trinken. Wegen der Beerdigung hat ihm sein Chef für den Rest des Tages freigegeben. Er könnte mit ihr in die Stadt fahren. Allein bei der Vorstellung – sie neben ihm in seinem Auto – wird ihm schwindelig.

»Ich muss los, die Kundschaft wartet.«

Aus der Traum.

Inzwischen hat sie aufgehört, in der Handtasche herumzuwühlen, und drückt ihm eine Visitenkarte in die Hand. »Ruf mich an. Die erste Behandlung ist gratis.« Sie zwinkert ihm zu, ehe sie davonstöckelt. Dieser Gang! Er schaut ihr nach, wie sie die Straße überquert, in einen Uralt-Polo steigt, ausparkt, wendet und davonfährt.

Ilvas Haarschneiderei – mobiler Friseurservice steht auf der Karte. Darunter der Name, Ilva Maniok, und eine Handynummer.

Nicht weit von der Stelle, an der Ilvas Wagen gestanden hat, löst sich jetzt ein dunkler Audi vom Randstein und fährt langsam an ihm vorbei. Henning hebt die Hand zu einem flüchtigen Winken. *Moritz*. Sein Gesicht hinter der Scheibe ist wie versteinert.

Wieder ist da dieser Gedanke: *Jetzt könnte ich reden. Über das, was damals passiert ist.*

V.

Das Kinn auf die linke Hand gestützt, sitzt Oda Kristensen an ihrem Schreibtisch, die rechte hält eine Selbstgedrehte, von der ein dünner Rauchfaden hochsteigt. Völxen hat es längst aufgegeben, Oda wegen des Rauchens im Dienstgebäude zu rüffeln, und den mit Gewebeband abgeklebten Rauchmelder an der Decke ihres Büros übersieht er wohlweislich. Manche Macken seiner Mitarbeiter muss man einfach hinnehmen. Wenigstens ist Hochsommer und man kann das Fenster weit aufmachen.

Außer ihm und Oda sind noch Hauptkommissar Erwin Raukel anwesend sowie Oberkommissarin Jule Wedekin, die auf der Fensterbank sitzt, weil es in Odas verräuchertem Kabuff nur zwei Besucherstühle gibt. Gerade haben sie sich die Aufnahme von Santiagos Aussage angehört.

Raukel meldet sich als Erster zu Wort. Er müsse an sich halten, um nicht vor Trauer über Simonsens Tod zusammenzubrechen, grinst er.

Ehe Völxen antworten kann, fragt Oda aufsässig: »Und haben wir diese neue Variante seiner Geschichte auch als protokollierte Aussage von Simonsen selbst?«

»Nein, natürlich nicht«, knirscht Völxen.

»Tja, dann tut's mir leid. Irgendwann ist der Zug halt abgefahren. Spätestens dann, wenn man sich die Radieschen von unten anschaut.«

»Weise gesprochen, werte Kollegin Kristensen«, schleimt sich Raukel ein.

»Ganz zu schweigen von der Staatsanwaltschaft. Dort würden sie garantiert in Begeisterungsstürme ausbrechen, wenn wir nach dreizehn Jahren mit dem Fall Simonsen ankämen«, fügt Oda hinzu.

»Deswegen rede ich ja mit euch und nicht mit der Staatsanwaltschaft.« Völxen ist genervt. Er hat nicht mit Enthusiasmus gerechnet, aber … ja, womit eigentlich?

»Okay, und was willst du jetzt von uns hören?«, spricht Oda hinter einer Rauchwolke seine Gedanken aus.

Völxen sieht sie nur mürrisch an.

Raukel legt die gefalteten Hände auf seiner Bauchkugel ab, wippt auf dem Stuhl vor und zurück und sagt: »Deckel drauf und Klappe halten. Meine Meinung. Der Kerl ist tot – wozu das alles wieder aufrühren? Der Pfaffe kann sich Gott weiß was aus den Fingern gesaugt haben. Und was Simonsen angeht: Bestimmt haben sie den mit Morphium zugedröhnt, da fällt einem so allerhand ein.«

»Hätten wir davon erfahren, bevor Simonsen den Löffel abgegeben hat, dann hätten wir ihn noch mal durch die Mangel drehen können. Aber so …« Auch Oda winkt müde ab.

»Aber wenn Simonsen doch die Wahrheit gesagt hat, dann läuft Kristinas Mörder noch frei herum. Ist euch das völlig egal?«, fragt Völxen konsterniert.

Raukel schnaubt. »Die Welt ist dermaßen schlecht, da kommt's auf einen Verbrecher mehr oder weniger nicht an. Du willst doch jetzt nicht etwa anfangen, das Schwert der Gerechtigkeit zu schwingen, oder, Völxen?«

»Selbst Denner ist schon seit zwei Jahren tot«, erinnert Oda. »Das sieht dann so aus, als wollten wir unserem alten Chef posthum etwas anhängen.«

»Ja, Friede seiner Asche«, grinst Raukel. »Der alte Stinkstiefel. Wisst ihr noch, wie er uns damals die Hölle heiß gemacht hat, damit wir Beweise ranschaffen?«

»Er hat eben den Druck weitergegeben, den er bekommen hat«, stellt Völxen fest.

»Sag mal, Völxen«, beginnt Raukel, während er zu Jule hinsieht, die die ganze Zeit stumm auf der Fensterbank gesessen hat, »warum nimmt eigentlich unser Ausnahmetalent an dieser diskreten kleinen Sitzung teil? Sollte man so etwas nicht erst mal unter Erwachsenen klären?«

»Ja, das wüsste ich auch gern«, meint Jule.

»Ich habe mir Folgendes gedacht«, beginnt Völxen. »Ich will das Ganze nicht an die große Glocke hängen, und wie ihr ja wisst, will Jule das Dezernat wechseln, sobald sich eine interessante Möglichkeit auftut …«

»Hast recht, Mädchen«, tönt Raukel, »es ist nie gut, wenn man mit seinem Macker zusammenarbeitet. Wenn man schon tagsüber aufeinanderhockt, hat man abends womöglich keine Lust mehr dazu.«

Völxen wirft dem *Enfant terrible* des Dezernats einen gereizten Blick zu und nimmt erneut Anlauf. »Ich habe mir überlegt, Jule könnte sich die Akte noch mal vorknöpfen und prüfen, ob eventuell doch Fehler gemacht wurden. Und ihr könnt ihr helfen, falls Fragen auftauchen.«

»Warte mal!« Jule hebt protestierend die Hand. »Das ist eine undankbare Aufgabe. Was, wenn ich tatsächlich auf irgendwelche Unregelmäßigkeiten stoße und es sich herausstellen sollte, dass man einen Unschuldigen für die Tat belangt hat? Dann werdet ihr mich hassen.«

»Nicht doch, kleine Klugscheißerin«, flötet Oda.

»Ich konnte dich sowieso noch nie leiden«, tröstet sie Raukel.

»Hört schon auf mit dem Blödsinn!«, fährt Völxen die beiden Querulanten an, während Jule jammert: »Ich weiß doch, wie so was bei der Polizei aufgenommen wird. Dann bin ich die Nestbeschmutzerin, die Denunziantin. Niemand wird mir mehr über den Weg trauen, in keinem Dezernat wird man mich dann noch haben wollen.«

»Beruhige dich«, sagt Völxen. »Dein Name muss nirgendwo auftauchen. Sollte, äh … Handlungsbedarf bestehen, nehme ich das auf meine Kappe.«

»Außerdem bist du ja bald weg, dann kann es dir egal sein, wenn wir jeden Tag dein Bild mit Dartpfeilen bewerfen«, ergänzt Oda.

»Wir könnten schon mal so ein Nadelpüppchen basteln«, schlägt Raukel vor, der für ein Lächeln von Oda seine Großmutter verkaufen würde.

»Könnt ihr das nicht ohne mich machen?« Jule sieht Völxen ähnlich flehend an wie Oscar, wenn er am Tisch bettelt.

»Du hast einen frischen und unvoreingenommenen Blick auf den Fall«, hält Völxen dagegen.

»Nimm doch Rifkin, die ist noch frischer«, schlägt Jule vor.

»Wie der junge Morgen«, bestätigt Raukel und schnalzt mit der Zunge.

»Aber du hast einen guten Draht zu Santiago«, argumentiert Völxen. »Wenn er hört, dass du dich darum kümmerst, wird das hoffentlich seiner Eitelkeit schmeicheln, und vielleicht gibt er dann Ruhe.«

»Was ist mit Zeugen? Ich müsste doch auch mit den Zeugen von damals reden. Mit den Eltern …«

»Auf keinen Fall!«, unterbricht sie Völxen. »Du redest mit niemandem, du studierst nur die Akten. Erst danach wird entschieden, was zu tun ist.«

Jule seufzt. »Okay, wenn es nur das ist, dann mach ich es.«

»Ich würde dich nicht darum bitten, wenn es mir nicht besonders wichtig wäre«, sagt Völxen. »Ich weiß, dass sich niemand so gut in Akten verbeißen kann wie du, Jule.«

»Schleimer«, murmelt Raukel.

»Was ist mit Fernando? Der wird früher oder später mitkriegen, dass ich mich mit einem alten Fall beschäftige.«

»Das mit Fernando kläre ich«, sagt Völxen.

»Nicht, dass ihr zwei Turteltäubchen euch noch in die Wolle kriegt«, meint Raukel, woraufhin Völxen meint, langsam sei das mit den Schafswitzen wirklich durch.

»Ich wollte gar keinen Schafswitz machen«, entrüstet sich Raukel. »Kann es sein, dass Ihro Gnaden heute ein bisschen überempfindlich sind?«

»Ich bin dir sehr dankbar, Jule«, sagt Völxen sichtlich erleichtert.

»Noch«, meint Oda trocken.

Völxen beachtet sie nicht. »Dann werde ich mal ins Archiv abtauchen und die Akten besorgen. Siehst du, Jule, dein Name taucht nicht mal in der Liste im Archiv auf …«

Es klopft an die Tür. Die vier sehen sich an, als hätte man sie bei etwas Verbotenem ertappt.

Es ist Frau Cebulla, die demonstrativ den Rauch wegwedelt und dann die versammelte Mannschaft erstaunt mustert: »Was machen Sie denn alle hier drin?«

»Wir halten ein Schäferstündchen ab«, kommt es von Raukel.

Oda hebt den Daumen in seine Richtung.

»Was gibt es denn, Frau Cebulla?«

»Herr Hauptkommissar, Ihr Hund Oscar ...«

»Ich weiß, wie mein Hund heißt.«

»Er hat das Schafskissen ausgeweidet, und jetzt liegt er zwischen den Fetzen auf dem Sofa und knurrt jeden an, der es ihm wegnehmen will.«

»Holen Sie Rifkin. Die ist die Einzige, vor der der Köter Respekt hat. ... Außer vor mir natürlich«, fügt Völxen rasch hinzu.

»Und die Kollegen Rodriguez und Rifkin lassen fragen, ob das Meeting heute ausfällt.«

»Richten Sie den beiden aus, ich bin ... wir sind gleich da. Fünf Minuten.«

»Wie die Herrschaften wünschen«, sagt die Sekretärin und bemerkt im Hinausgehen: »Zustände sind das, ich dreh bald durch.«

*

Regine Brandt schneidet die verblühten Knospen ab und wirft sie in den Sack für den Kompost. Die feuchte Witterung der letzten Wochen hat den Rosen nicht gutgetan, an einigen Stellen hat sich Mehltau angesiedelt. Sie muss nachher gleich Gerald anrufen, damit er auf dem Nachhauseweg von der Arbeit ein Mittel dagegen besorgt.

Inzwischen macht ihr der Garten wieder Freude. Nach Kristinas Verschwinden hat sie sich ein paar Jahre lang nicht darum gekümmert, und Gerald hat nach Feierabend gerade so viel gemacht, dass die Nachbarn keinen Grund zur Beschwerde hatten. Vor vier Jahren ist das Rentnerpaar neben ihnen weggezogen in die Stadt, und ein junges Paar mit zwei kleinen Kindern hat die Doppelhaushälfte gekauft. Wann immer Regine die Stimmen der zwei Jungs hörte, schloss sie Türen und Fenster, setzte sich mit einem Kopfhörer aufs Sofa und hörte Musik oder ein Hörbuch. Sie hatte sogar erwogen, von hier wegzuziehen, so wie Gerald es vorgeschlagen hatte – ein paar Monate nach dem Verschwinden ihrer Tochter Kristina, ihres einzigen Kindes. Damals hat sie sein Ansinnen empört abgelehnt. Auch nach dem Einzug der neuen Nachbarn blieben sie, und mit der Zeit gewöhnte Regine sich an die zwei Jungs. Inzwischen sind sie neun und sieben Jahre alt, und ihre Stimmen und ihr Anblick lösen bei Regine nur noch leise Wehmut aus. Sie hatte die zwei sogar schon einmal kurz beaufsichtigt, als deren Mutter dringend wegmusste.

Nein, wegziehen kam für Regine Brandt überhaupt nicht infrage. Hier im Ort haben sie und ihr Mann wenigstens noch ein paar Bekannte und Nachbarn, die sie ab und zu einladen. Noch immer sehen die Leute sie mit diesem mitleidigen Blick an, hinter dem, so vermutet Regine, sich hauptsächlich die Erleichterung verbirgt, dass es nicht das eigene Kind getroffen hat. In der Stadt wären sie diesen Blicken nicht ausgesetzt, aber dafür wären sie völlig isoliert. Und was, wenn Kristina doch eines Tages zurückkommen sollte? Ein Gedanke, der immer unwahrscheinlicher wird, je mehr Zeit verstreicht. Aber dieser kleine Funken Hoffnung ist noch immer da. Der wird erst erlöschen, wenn sie Kristinas Leiche eines Tages finden sollten. Sie werden ihrer Tochter ein wunderschönes Begräbnis ausrichten. Und danach? Dann könnte sie doch eigentlich ebenfalls dieser Welt den Rücken kehren. Gerald käme auch gut ohne sie zurecht. Besser sogar. Zurzeit kommt er wieder pünktlich nach Hause und muss keine *Überstunden* machen und *Seminare* besuchen, aber das kann sich jederzeit wieder ändern.

Das Telefon klingelt. Sie fährt zusammen, so wie immer, wenn es läutet. *Jetzt,* denkt sie, *jetzt haben sie sie gefunden.* Dabei weiß sie, dass die Polizei ihr das nicht am Telefon sagen würde. Nein, sie würden vor der Tür stehen, zu zweit wahrscheinlich, mit ernsten

Mienen. Sie streift die Gartenhandschuhe ab und betritt das Wohnzimmer durch die Terrassentür.

»Brandt.«

»Frau Brandt, hier spricht Daniela Arnold von der Stiftung Opferhilfe Niedersachsen.«

Daniela Arnold, klein, mollig, dunkle Locken, dicke Brillengläser, ein Energiebündel voller Tatkraft. Als einer der Kripobeamten ihnen kurz nach Kristinas Verschwinden empfahl, sich an die Stiftung Opferhilfe zu wenden, hatte Regine dies abgelehnt. Ihr könne niemand helfen, es sei denn, irgendjemand brächte ihre Tochter lebend zurück. Aber Gerald bestand darauf, es wenigstens einmal zu versuchen, und Regine hatte nicht die Kraft, sich ihm zu widersetzen.

Die Opferhelferin – ein schreckliches Wort, bei dem Regine jedes Mal innerlich zusammenzuckte – hatte gleich zu Beginn resolut klargestellt: *»Das hier ist kein Almosen, meine Hilfe steht Ihnen von Rechts wegen zu. Bedenken Sie, wie viele Leute sich in der nächsten Zeit um den Täter kümmern werden: Polizisten, Anwälte, Gutachter, Psychologen, Therapeuten, Bedienstete der JVA, Bewährungshelfer … Und wo bleiben Sie?«*

Dieses Argument hatte Regine überzeugt. Vor der Hauptverhandlung war Frau Arnold mit ihnen in den leeren Gerichtssaal des Landgerichts Hannover gegangen. Die Brandts sollten sich auf sämtliche Plätze setzen, auch auf den des Richters. Regine war das albern vorgekommen, und sie machte es hauptsächlich, um die engagierte Frau nicht zu enttäuschen. Doch wider Erwarten verlieh ihr der Besuch des Gerichtssaals eine gewisse Sicherheit, und sie sah dem Prozess mit weniger Aufregung und Beklemmung entgegen als noch Tage zuvor. An den drei Verhandlungstagen wich ihnen Frau Arnold nicht von der Seite. Sie achtete darauf, dass ihre Klienten nicht von der Presse belästigt wurden oder gar in den Verhandlungspausen dem Mörder ihrer Tochter auf dem Flur begegneten. Im Nachhinein musste Regine zugeben, dass es gut gewesen war, neben dem Anwalt noch jemanden an ihrer Seite zu wissen.

Vor drei Monaten hatte Frau Arnold sie nach längerer Zeit wieder einmal angerufen, um ihnen mitzuteilen, dass Simonsens Entlassung in den nächsten Wochen bevorstand. Seither hatte Regine keine Nacht mehr durchgeschlafen.

Ach, lebten sie doch nur in Texas! Dort hätten sie vielleicht schon längst seiner Hinrichtung beiwohnen können. Als Kristina noch lebte, war Regine eine überzeugte Gegnerin der Todesstrafe gewesen. Ja, damals hatte sie leicht reden. Aber als Opfer eines Verbrechens überdenkt man seine liberalen Ansichten noch einmal sehr gründlich. Inzwischen fühlt sie sich von der deutschen Justiz verhöhnt. Wo bleibt die Buße des Täters, wo bleibt die Genugtuung für die Opfer und deren Angehörige? Wie sollte sie ab sofort mit dem Gedanken leben, dass Simonsen frei herumläuft, dass sie ihm womöglich eines Tages beim Einkaufen begegnen könnte, während Kristina bis in alle Ewigkeit tot sein wird? Dass ihre Tochter nach all den Jahren tot sein musste, davon musste sie ausgehen, auch wenn da noch dieser irrwitzige Funken Hoffnung schwelt. Diese gottverdammte Hoffnung, die einen fertigmacht, weil sie einen am Trauern hindert.

»Frau Brandt? Hören Sie mich?«

»Ja.«

Ist es jetzt so weit? Kommt er jetzt frei? Ist er vielleicht sogar schon draußen? Regine Brandt spürt, wie ihr der Schweiß ausbricht.

»Frau Brandt, ich möchte Sie darüber informieren, dass Oliver Simonsen vergangene Woche verstorben ist.«

»Verstorben?«, wiederholt sie, und für einen Moment ist es, als hörte sie dieses Wort zum ersten Mal.

»Er erlag einem Krebsleiden, das wurde mir soeben von der JVA mitgeteilt.«

Tot. Dieses Monster war tot!

»Frau Brandt? Haben Sie mich verstanden?«

»Ja«, quetscht sie hervor.

»Ich finde, das sollten Sie wissen.«

»Danke.«

»Dann auf Wiedersehen, Frau Brandt. Wenn Sie reden wollen oder Hilfe brauchen …«

»Warten Sie!«, ruft Regine Brandt mit einem Mal hektisch.

»Einen Moment noch, bitte.« Sie lässt sich auf die Armlehne des Sessels sinken, weil sie fürchtet, dass ihre Kniegelenke, die sich anfühlen wie Watte, gleich nachgeben werden. »Hat er noch etwas gesagt?«

»Sie meinen …«

»Wohin er ihre Leiche gebracht hat, das meine ich!«

»Das weiß ich leider nicht, aber ich nehme an, nein. Sonst hätte die Polizei sicher längst Maßnahmen ergriffen.«

Maßnahmen. »Aber … aber er kann doch nicht einfach so sterben, ohne ein Wort zu sagen! Wieso lassen die das zu? Wurde er denn nicht mehr vernommen?« Ihre Stimme schnappt über.

»Frau Brandt, bitte versuchen Sie …«

»Entschuldigung, ich wollte Sie nicht anschreien. Es ist nur … Was mache ich denn jetzt?« Sie merkt, wie ihr heiße Tränen in die Augen schießen.

Ein paar Sekunden lang bleibt es still in der Leitung, dann sagt Daniela Arnold leise: »Frau Brandt, was ich Ihnen jetzt sage, das haben Sie nicht von mir …«

*

»Oda, warte mal kurz.«

Oda, auf dem Weg in Völxens Büro, dreht sich unter der Tür um. »Was gibt's?«

»Bevor wir uns wegen dieses alten Falls in die Haare kriegen, wollte ich dich etwas fragen.«

»Dann tu's.«

»Würdest du meine Trauzeugin sein?«

Oda ist selten einmal sprachlos, aber jetzt hat es Jule geschafft.

»Ich?«, presst sie schließlich hervor.

»Ja, du.«

»Ist das dein Ernst? Hast du keine Freundinnen?«

»Doch«, sagt Jule, wobei sie sich im Geheimen fragt, welche das wohl sein könnten. »Aber darunter ist keine, die ich darum bitten will.«

»Wie kommt's?«, fragt Oda ungeniert. »Du bist hier aufgewachsen, zur Schule gegangen, du müsstest doch jede Menge gute Freunde haben.«

»Meine Mutter hat sie mir ausgesucht, aber das waren nicht unbedingt die, die ich mir gewünscht hätte und mit denen ich heute noch etwas zu tun haben möchte.«

»Armes Ding«, säuselt Oda.

»Ein paar Leute kenne ich noch von der Polizeischule, von meiner ersten Dienststelle und vom Karate, aber ich bin einfach nicht gut darin, Kontakte zu pflegen. Ich bin nicht mal auf Facebook.«

»Was ist mit dem Schnuckelchen aus der Wohnung über dir?«

»Du meinst Thomas, mit dem du den One-Night-Stand hattest, als ihr völlig bekifft wart?«

»Herrgott«, schnaubt Oda. »Du hast wirklich ein Gedächtnis! Das ist hundert Jahre her!«

»Ich hätte lieber eine Frau. Fernando nimmt seinen Kumpel Giovanni.«

»Diesen kleinkriminellen Autoschrauber?«

»Ja, genau den. Also muss nicht auch noch ich mit dem Grasdealer unseres Viertels vor dem Altar stehen. Ich brauche jemanden Soliden als Ausgleich.«

»Wie, Altar? Du meinst, ich soll auch in der Kirche Trauzeugin sein?«

»Ja, natürlich.«

»Ihr zieht das so richtig durch, ja, mit weißem Kleid und Reis rumwerfen und so?«

»So ähnlich, ja.« Jule stützt die Hände in die Hüften, holt tief Atem, blickt in Odas saphirblaue Augen und fragt: »Oda Kristensen, ich frage dich hier, im Flur unserer Dienststelle, würdest du meine Trauzeugin sein wollen?«

»Warte, warte, nicht so schnell. Muss ich beim Junggesellinnenabschied den Stripper bezahlen?«

»Es gibt keinen Junggesellinnenabschied. Es sei denn, du und Rifkin wollt mit mir um den Maschsee ziehen und euch bis zum Abwinken Prosecco reinpfeifen.«

»Nur wenn Frau Cebulla auch mitkommt«, grinst Oda. »Muss ich Fernando oder dich beherbergen, wenn ihr euch gestritten habt?«

»Musst du nicht. Fernando geht dann zu seiner Mutter, und ich geh zu deinem Freund Tian Tang.«

»Gute Wahl. Was ist, wenn ihr euch wieder scheiden lasst? Fällt das dann auf mich zurück?«

»Wir lassen uns nicht scheiden. Wenn er Scheiße baut, bring ich ihn um.«

»Okay, dann mach ich es«, sagt Oda und fügt hinzu: »Es ist mir eine Ehre. Ich war noch nie Trauzeugin.«

»Du wirst das schaffen«, sagt Jule. »Vorsichtshalber werde ich Santiago fragen, ob die Trauzeugen in der Kirche auch irgendetwas sagen müssen.«

»Santiago?«

»Der wird uns trauen. Er war in den Achtzigern mal Pfarrer in St. Benno, daher kennt er Pedra und Fernando.«

»Das wird ja immer schlimmer«, jammert Oda.

Jule winkt Oda zu sich heran und sagt: »Als meiner künftigen Trauzeugin verrate ich dir auch ein dunkles Geheimnis.«

»Was denn?«, fragt Oda, die bekanntermaßen nichts so sehr liebt wie die Geheimnisse anderer Leute.

Jule hält eine Hand neben ihren Mund und flüstert: »Fernando war bei Santiago Ministrant.«

»Fernando war *Ministrant?*«, kreischt Oda.

»Pscht! Nicht so laut!«

Oda starrt sie ungläubig an.

»So hab ich auch reagiert. Sag ihm nicht, dass du es weißt, ich glaube, es ist ihm peinlich.«

»Ts! Da glaubt man, man kennt einen Menschen seit Jahren – und dann so was. Am Ende erfährt man noch, dass Rifkin mal Nonne war. Obwohl – die ist ja jüdisch-orthodox oder so was. Haben die eigentlich auch Nonnen?«

*

»Na, Rodriguez, wie läuft's denn so mit den Hochzeitsvorbereitungen? Schon alles unter Dach und Fach?«

»Geht so«, antwortet Fernando. »Hast du Rifkin und mich deshalb rufen lassen? Kurz vor Feierabend«, fragt Fernando und mustert seinen Chef voller Argwohn.

»Setzt euch.«

Die beiden tauschen einen fragenden Blick aus.

»Sagt mal, wann war eigentlich eure letzte Fortbildung?«, will Völxen wissen.

»Letzten Herbst. Verhörtechnik«, antwortet Fernando.

»Ja, da war ich auch«, sagt Rifkin.

»Letzten Herbst, ah ja. Ist ja schon ein Weilchen her. Ich hätte da nämlich was …«

Wie Völxen erwartet hat, ist Fernando nicht begeistert. »Och, nee! Kann das nicht warten bis nach der Hochzeit? Es ist wirklich noch eine Menge zu erledigen. Ich hab noch keinen Anzug, und wir sind immer noch auf Wohnungssuche. Diese Besichtigungen kosten dermaßen viel Zeit.«

»Tut mir leid, Rodriguez, aber nicht alle Welt kann auf deine Hochzeit Rücksicht nehmen. Ich habe von oben einen Rüffel bekommen, dass wir, was Fortbildungen angeht, unter dem Schnitt des Vorjahres sind. Und ihr beide habt von allen am wenigsten …«

»Echt? Das kann nicht sein …«, widerspricht Fernando.

»Denkst du, ich lüge dich an?«, schnauzt Völxen zurück.

»Nein, aber vielleicht irrst du dich.«

Diesen Einwand ignoriert Völxen und fährt fort: »Im Moment haben wir Gott sei Dank keinen Fall, der uns auf den Nägeln brennt, und es sind gerade zwei Plätze frei geworden. Ein Seminar an der Polizeiakademie in Bad Nenndorf. Du kannst also am Abend nach Hause fahren. Es nennt sich *Korrekter Umgang mit Haustieren bei Festnahmen und Hausdurchsuchungen*. Am Dienstag geht's los, also morgen. Dauert drei Tage.«

Rifkin und Fernando sehen sich erneut auf diese verschwörerische Art an. Dann sagt Fernando: »Das ist nicht dein Ernst, oder? Umgang mit *Haustieren*?«

»Dabei werden immer wieder gravierende Fehler gemacht!«

»Bei welchen Haustieren?«, fragt Rifkin und schaut kurz hinüber zu Oscar, woraufhin der die Ohren anlegt und den Blick abwendet.

Völxen hebt die Arme. »Hunde, Katzen, was weiß ich? Ihr wisst doch, wann immer bei einem Einsatz ein Kampfhund erschossen wird, gibt's ein Mordsgetöse in der Presse und die Tierschützer lassen einen gewaltigen Shitstorm auf die Polizei niederprasseln.«

»Und was lernen wir da? Wie man dem Köter den Bauch krault, wenn er einem an die Kehle geht?« Fernando ist mehr als deutlich anzusehen, was er von der Idee hält.

»Nein, sondern wie es erst gar nicht dazu kommt. Nehme ich mal an«, setzt der Hauptkommissar hinzu.

»Aber das ist doch was fürs SEK«, hält Fernando dagegen. »Oder für den Trachtenverein. Wenn wir kommen, sind doch schon alle Hunde erschossen und der Goldfisch zieht wieder ganz gechillt seine Kreise.«

»Falls er nicht bei der Hausdurchsuchung ins Klo gekippt wurde«, ergänzt Rifkin.

Querulanten. Lauter Querulanten, die ganze Abteilung! Nicht einem von ihnen kommt es in den Sinn, seine Anordnungen auch einmal ohne Diskussionen und Widerreden zu befolgen. An Tagen wie diesen geht es dem Hauptkommissar wie Erwin Raukel, der regelmäßig den alten Zeiten nachtrauert, als das Wort Hierarchie noch eine Bedeutung hatte. Diese Renitenz ist das Resultat dieser ganzen Teamwork-Scheiße, die einem ständig eingebläut wird. Höchste Zeit, mal ein Machtwort zu sprechen.

»Keine Widerrede, ihr fahrt da hin!«, poltert Völxen. Etwas versöhnlicher fügt er hinzu: »Wir können uns nicht immer nur die Rosinen rauspicken. Wenn wir auch mal solche Kurse buchen, haben wir viel bessere Karten, wenn's mal wieder ein knackiges Profiling-Seminar gibt. Fahrt zu diesem Haustier-Dingsda, dann seid ihr beim nächsten Mal ganz vorn auf der Liste, versprochen.«

»Gut, das merke ich mir«, grollt Fernando.

»Danke, Herr Hauptkommissar. Wir wissen zu schätzen, dass Sie sich um unsere Fortbildung sorgen«, sagt Rifkin. Dann macht sie Fernando ein Zeichen, und die beiden verlassen im Gänsemarsch Völxens Allerheiligstes.

Das wäre geschafft, die zwei wären erst einmal verräumt. Der Hauptkommissar atmet tief durch, und Oscar wechselt vom Korb auf das Sofa, nun, da das Super-Alpha-Wesen Rifkin außer Sicht ist.

VI.

Donnerstag, 18. August

Die Mittagssonne brennt herab, Insekten schwirren durch die Luft. Jule lässt den Blick schweifen. Die Landschaft ist hübsch, aber unspektakulär: Felder – Korn, Rüben, Mais, Gras –, dazwischen kleine Buschgruppen und Feldwege. Sie hat die Landstraße verlassen und steht nun auf einem Feldweg, der direkt zum Gutshof am nordöstlichen Rand des Dorfes führt. Es ist ein für die Gegend typisches Backsteingebäude mit dazugehörigen Ställen und einer Scheune, umgeben von Weiden, auf denen Pferde grasen. Nördlich der Weide beginnt der Wald. Menschen sind keine zu sehen, und Jule hat auch nicht die Absicht, welche zu treffen. Noch nicht. Sie hat während der vergangenen drei Tage die Akten studiert, und jetzt möchte sie einfach nur ein Gespür für den Ort bekommen.

Gespür für den Ort! Das darfst du auch zu keinem laut sagen.

Von hier aus ist Kristina also gestartet, am 12. Juli 2003 gegen neun Uhr abends. Kristina. Auf den Fotos in der Akte hatte sie braunes, in der Mitte gescheiteltes Haar, ein schmales Gesicht mit den unfertigen Zügen eines Teenagers und große, braune Augen. Der Körper war ebenfalls noch unproportioniert: ein schlanker Hals, die Arme zu lang, kaum Brüste, dünne Beine. Kein Mädchen, das einem ins Auge sticht, noch nicht. Sicher wäre sie später, wenn sich die Proportionen harmonisiert hätten, einmal sehr hübsch geworden. Was hat Oliver Simonsen ausgerechnet an ihr gefunden? Was hatte sie an sich? Die Klassenkameradinnen und die Lehrer hatten Kristina Brandt als *eher schüchtern* und *ziemlich still* beschrieben. War es ihre Verletzlichkeit, dieses Zarte, das Simonsen reizte? Oder etwas, das auf den Fotos nicht ersichtlich war? Ihr Gang vielleicht, ihr Lachen, die Art, wie sie den Kopf hielt? Ihre Stimme?

Die Sonne stand damals tief, aber es war noch hell. Kristina war seit dem frühen Nachmittag auf dem Gut. Sie hatte beim Ausmisten geholfen, war auf dem Reitplatz gewesen und anschließend beim Grillen dabei. Hatte Simonsen tatsächlich, wie Santiago es ihnen berichtet hatte, während der ganzen Zeit in dem kleinen Wäldchen gestanden und Kristina beobachtet?

Simonsen behauptete, mit dem Fahrrad dort gewesen zu sein. Aber wie um alles in der Welt hätte er Kristina dann bis zu einer zwanzig Kilometer entfernten Hütte am Steinhuder Meer bringen sollen? Dass sie freiwillig eine abendliche Radtour mit ihrem Stalker unternehmen wollte, kann man ja wohl ausschließen. Die Anklage hatte ihm seinerzeit unterstellt, das Auto seines Onkels benutzt zu haben. Wo hatte er den Wagen gelassen, während er hier herumlungerte? Ein Auto, das stundenlang am Feldrand steht, fällt auf. Irgendjemand – ein Bauer, ein Jogger, ein Radfahrer – hätte sich doch hinterher an den Toyota Corolla erinnert. Hatte er im Dorf geparkt, dort, wo auch Jules Auto gerade stand? Jule versucht, sich in Simonsens Lage zu versetzen. Er wartet im Verborgenen, vielleicht mit einem Fernglas, und beobachtet Kristina und die Geschehnisse auf dem Hof. Er tut das nicht zum ersten Mal. Ganze Nachmittage steht er da und sieht ihr zu, wie sie reitet, longiert, Pferde striegelt, Mist rausfährt und was diese Pferdemädchen sonst noch so alles unentgeltlich leisten, nur um mal ein Stündchen auf einem Pferderücken sitzen zu dürfen. Entgegen ihrer sonstigen Gewohnheit fährt Kristina heute nicht gegen sieben Uhr nach Hause, sondern sitzt noch bei den anderen, zwei Stunden lang. Hat ihn das wütend gemacht, zuzusehen, wie sie sich mit diesen Leuten amüsiert, während sie vor ihm weggelaufen ist? Dann, endlich, sieht er sie mit ihrem Rad wegfahren. Er verlässt sein Versteck ... Und macht – was? Rennt er einen guten halben Kilometer zurück ins Dorf, holt den Wagen, fährt zurück bis zur Hauptstraße und ihr hinterher? Bis dahin kann sie schon fast zu Hause sein, auf der Landstraße sind es nur etwa fünf Kilometer bis nach Frielingen.

Der Vater hatte zu Protokoll gegeben, dass er ihr eingeschärft hatte, die Straße zu nehmen. Hieß das, dass sie sonst über die Feldwege fuhr? Vom Telefonat mit dem Vater konnte Simonsen jedenfalls nichts wissen. Angenommen, er erwischte Kristina noch auf halber Strecke auf der Landstraße. Was dann? Hatte er vor ihr angehalten, sie vom Rad gezogen und ins Auto gezerrt? Das Rad gleich dazu? Ziemlich riskant auf einer Straße, auf der jeden Moment ein Auto vorbeifahren konnte. Oder hatte sie doch die Feldwege genommen? Aber angeblich war Kristina ein braves Mädchen, also hätte sie doch sicher getan, was ihr Vater ihr sagte?

Doch wer sagt eigentlich, dass Kristina so brav war? Völxen. Und der hat wem geglaubt? Ihren Eltern? Was wissen Eltern schon von ihren fünfzehnjährigen Töchtern? Jule muss an ihre eigene Jugend denken, aber sie ist kein gutes Beispiel. Sie war tatsächlich ein ziemlich braves Mädchen gewesen. Aber sogar sie hatte ihre kleinen Geheimnisse gehabt, und die meisten ihrer Schulkameradinnen waren mit fünfzehn ziemliche *bitches* gewesen, auch wenn man es in den Neunzigern noch anders nannte. Was war Kristinas Geheimnis gewesen? Hatte es etwas mit dem zu tun, was ihr geschehen war? Hatten ihr Simonsens Nachstellungen vielleicht doch geschmeichelt? Ihr, die sonst nicht allzu viel beachtet wurde?

Jule merkt, dass ihre Gedanken abschweifen. Das Auto. Wo hatte er es geparkt? Hier, auf dem Parkplatz des Reiterhofs? Das hätte er sich nicht getraut, oder? Auch wenn am Samstag auf dem Reiterhof sicher viel los gewesen war. Nein, Simonsen war nicht mutig. Er war einer, der Frauen nachgeschlichen war und sie heimlich beobachtet hatte. Sehen ohne gesehen zu werden, das war sein Ding. Wobei, das stimmt nicht ganz, fällt Jule ein. Er hatte versucht, Kristina eine Rose zu schenken. Er hatte sich also einmal aus der Deckung gewagt. Aber warum? Weil er in Kristina verliebt gewesen war, weil sie für ihn etwas Besonderes war?

Mit dem Ergebnis, dass sie vor ihm weglief. Doch er gab nicht auf. Er beobachtete Kristina zu Hause und bekommt mit, dass sie mindestens dreimal in der Woche zu diesem Reiterhof fuhr. Das war für ihn ideal, denn er wohnte in Garbsen-Horst, was auf halber Strecke zwischen dem Reiterhof und Kristinas Elternhaus in Frielingen liegt. Er musste ihr nicht einmal folgen, er konnte aufs Geratewohl hierherradeln und nachsehen, ob sie auch da war. Als Radfahrer war man hier unauffällig, Jule war auf ihrer kleinen Erkundungstour bestimmt schon einigen begegnet. Der Toyota seines Onkels steht vor dessen Wohnblock in Seelze-Gümmer, was fünf Kilometer in der anderen Richtung liegt. Es wäre umständlich, das Auto zu holen, um hierherzukommen.

Es sei denn, er hatte den Plan verfolgt, Kristina zu entführen. Dazu brauchte er es.

Angenommen es war so, wie er behauptete: Er war mit dem Rad da, und als Kristina nach Hause fuhr, folgte er ihr und sprach sie an. Er wollte mit ihr reden ohne die störende Anwesenheit von Freundinnen oder Schulkameraden.

Ja, klar! Der Typ hat das Mädchen gestalkt, und er ist vorbestraft wegen Vergewaltigung, solche Kerle wollen immer nur reden.

Wie dem auch sei, Kristina bekam Panik, und das Ganze eskalierte. Sie floh und versteckte sich in einem Maisfeld, so wie Simonsen gesagt hatte. Jule war vorhin an einem Maisfeld vorbeigefahren, aber das muss nicht bedeuten, dass es dasselbe Feld war, die Bepflanzung von Feldern ändert sich.

Wie lange hatte sich Kristina versteckt? Sollte es tatsächlich so gewesen sein, warf es den zeitlichen Ablauf durcheinander – und die Alibis der Gäste des Grillabends.

Jule kennt die Vernehmungsprotokolle der Gäste inzwischen schon fast auswendig. Drei Pferdebesitzerinnen waren beim Grillen anwesend: Anke Westphal, 42, selbstständige Handelsvertreterin von Tupperware. Sie war nach Kristina die Erste, die aufbrach, um kurz vor elf. Sie war nach Wunstorf gefahren, wo sie wohnt. Kathrin Suhr, 29, ehemalige Zahnarzthelferin, und ihr Mann Jürgen Suhr, 52, Zahnarzt, ebenfalls aus Wunstorf, verabschiedeten sich etwa eine Viertelstunde später. Astrid Dahl, 46, und ihre Tochter Anja, 14, wohnhaft in Wedemark-Resse, gingen zusammen mit den Suhrs. Ein mit den Gutsbesitzern befreundetes Paar, Jasmin Lange, 38, Bibliothekarin, und Peter Lühr, 37, Hufschmied, waren noch bis Mitternacht geblieben und dann nach Berenbostel zurückgefahren. Übrig blieben das Ehepaar Boger, die Besitzer des Reiterhofs, und deren siebzehnjähriger Sohn Andreas.

Warum wollte Kristina überhaupt bei diesem Grillen mit überwiegend erwachsenen Menschen dabei sein? Wegen diesem Andreas? War sie vielleicht in ihn verliebt? Leider gab es in der Akte kein Bild von ihm, aber Jule hatte ihn auf Facebook ausfindig gemacht: Inzwischen ist er ein einigermaßen gut aussehender Dreißigjähriger, der als Rechtsanwalt in einer Wunstorfer Kanzlei arbeitet. Er ist verheiratet, hat eine kleine Tochter. Ein Pferdemädchen und der Sohn der Gutsbesitzer – aus Kristinas Sicht könnte das eine Traumkombination gewesen sein. Söhne von Landwirten, überlegt Jule, können im Allgemeinen schon als Teenager Trecker fahren, und wer einen Trecker fährt, kann auch Auto fahren. Wahrscheinlich war er sogar schon dabei, seinen Führerschein zu machen.

Die Bogers gaben damals an, sie hätten noch zusammen aufgeräumt, dann seien sie zu Bett gegangen. Was, wenn sich ihr Sohn danach noch weggeschlichen hatte? Aber sicherlich nicht mit einem Auto, das hätten die Eltern doch bemerkt. Und woher sollte er wissen, dass Kristina sich noch irgendwo da draußen aufhielt? Es sei denn, er wollte noch wohin, auf irgendeine Party. Aber nach Mitternacht? Okay, es war Samstag, aber man war hier auf dem platten Land und nicht in Berlin-Mitte.

Jules Handy klingelt, es ist ihr Vater.

»Hallo, Braut, wie geht es dir?«

»Gut, danke.«

»Der Empfang ist irgendwie schlecht«, hört sie ihn maulen.

»Ich bin auf dem Land.«

» ... Leiche auf dem Misthaufen?«, hört sie ihn fragen. Der Empfang ist wirklich nicht besonders.

»Sonderauftrag. Ich müsste dich töten, wenn ich es dir verrate. Was ist los?«

»Sag mal, Kind, hast du inzwischen schon dein Brautkleid?«

»Äh, nein. Ich wollte ...«

»Brigitta würde es so gern mit dir kaufen. Vielleicht diesen Samstag? Sie traut sich nur nicht, es dir vorzuschlagen.«

Ich weiß, was du da versuchst. Deine Midlife-Crisis und ich sollen Freundinnen werden, davon träumst du. Im Geist siehst du uns von Tüten umringt einen Latte macchiato schlürfen und kichern wie Teenies. Wahrscheinlich hat Brigitta genauso wenig Lust auf diese Aktion wie ich.

Laut sagt Jule: »Samstag wollten wir eigentlich …«

»Nimm sie doch mit!«, fällt er ihr ins Wort. »Es würde sie sehr glücklich machen. Und mich auch. So langsam wird es ja auch wirklich Zeit, meinst du nicht?«

Zeit wofür? Dass ich ein Brautkleid kaufe oder dass ich mit der Frau warm werde, die meine Mutter stets nur die Schlampe *nannte?*

»Was ist mit Mäxchen?«, fragt Jule vorsichtig.

»Nein, nein, Max bleibt bei mir. Damit ihr Frauen ungestört shoppen gehen könnt. Ich sag Brigitta, dass sie dich anrufen soll. Ich danke dir, Schätzchen.«

»Schon gut«, sagt Jule und murmelt leise: »Vielleicht wird es ja ganz nett.« Aber da hat er schon aufgelegt, und Jule wird erst jetzt klar, dass sie eigentlich gar nicht Ja gesagt hat.

Sie sucht Oda Kristensens Nummer aus dem Telefonverzeichnis.

»Jule, was gibt's?«

»Hi, Oda. Sag mal, machst du heute pünktlich Feierabend?«

»Das habe ich vor.«

»Kannst du nach Dienstschluss vielleicht kurz bei mir vorbeikommen? Ich hab da noch ein paar Fragen …«

*

»Du hast gerufen und da bin ich.« Oda ist ein klein wenig außer Atem vom Treppensteigen.

»Toll, danke«, strahlt Jule. Sie führt Oda ins Wohnzimmer und bietet ihr Tee an.

»Tee? Bin ich vielleicht die Queen? Hast du keinen Wein?«

»Ich hab nur Bier da. Ich will mich nicht in Versuchung führen, und Bier mochte ich noch nie, das trinkt nur Fernando.«

»Sorry, ich bin so ein Trampel.« Oda tippt sich an die Stirn. »Du ziehst das jetzt durch, was?«

»Erst mal nur bis zur Hochzeit. Aber es sind schon vier Monate.«

»Hat Tian das von dir verlangt?«

Odas Freund Tian Tang war es, der Jule nach dem Tod ihrer Mutter vor einem Absturz bewahrt hat. Er führt eine Praxis für Naturheilkunde und chinesische Medizin und beschäftigt sich unter anderem auch mit Suchtberatung.

»Nein«, versichert Jule. »Aber ich will nicht so werden wie meine Mutter. Ich muss aufpassen, das Alkoholiker-Gen ist erblich.«

Es wäre überflüssig, ein Blatt vor den Mund zu nehmen, alle Kollegen wussten über Jules Mutter Bescheid. Als Mordopfer nimmt man keine Geheimnisse mit ins Grab. Buchstäblich alles wurde offengelegt, vom Bankauszug bis zu den inneren Organen. Zuweilen kam es Jule so vor, als wäre auch sie vor aller Augen seziert worden.

»Okay, dann Tee«, willigt Oda ein. »Aber nicht Tians chinesisches Gebräu, wenn's geht.«

Jule klappert in der Küche herum. »Was ist so brisant, dass wir uns nach Feierabend heimlich bei dir treffen müssen?«, ruft Oda in Richtung Küche.

»Na ja, ich schaff es irgendwie nicht, Völxen auf den Zahn zu fühlen. Auf Raukels Geschwätz gebe ich eh nichts, also bleibst nur du. Obwohl mir auch das unangenehm ist, das kannst du mir glauben.«

»Weiß Fernando, was du hier so treibst?«, fragt Oda und betrachtet dabei den Aktenstapel, der vor ihr auf dem Tisch liegt, in Szene gesetzt von einem Streifen Sonnenlicht, der durch die Balkontür fällt.

Jule trägt zwei Tassen und die dampfende Teekanne auf einem Tablett herein. »Nein. Völxen hat ihn und Rifkin doch zu diesem Lehrgang geschickt.«

»Stimmt. Die künftigen Meerschweinchen-Experten!«

»Gestern Abend, als er da war, hab ich die Akten unterm Bett versteckt. Und das in meiner eigenen Wohnung!«

»Genieß die letzten Tage deiner Freiheit«, rät Oda mit einem teuflischen Grinsen.

»Das tu ich. Bald wohnt Fernando nämlich ganz hier, wenn wir nicht schleunigst was finden.«

Oda sieht sich demonstrativ um. »Drei Zimmer Altbau mit Balkon in der List, das ist doch ganz kuschelig für ein frisch gebackenes Pärchen. Oder wollt ihr gleich einen Haufen Kinder in die Welt setzen?«

»Nein! Aber trotzdem ...«

»Schon klar. Ihr braucht ein Nest, an dem ihr gemeinsam bauen könnt. Weißt du was? Wir könnten tauschen. Meine große Wohnung brauche ich nicht mehr, jetzt, wo Veronika nur noch ab und zu am Wochenende vorbeikommt. Von hier aus hätte ich es näher zu Tian in die Südstadt.«

Jule setzt die Teetasse ab. »Meinst du das ernst?«

»Durchaus.«

»Das wäre toll. Aber wie soll ich Fernando nach Isernhagen kriegen? Er ist ein Lindener Gewächs durch und durch.«

»Außerdem wäre er ganz schön weit weg von seiner Mama.«

»Das wird nie klappen«, seufzt Jule.

»Ich bin sowieso gespannt, wie das wird, eure Ehe zu dritt. Dir ist schon klar, dass er immer auf der Seite seiner Mutter stehen wird, wenn es mal Differenzen gibt?«

»Ich wüsste keinen Grund, warum ich mit Pedra Differenzen haben sollte. Hey, was gibt's denn da zu lachen? Ich verrate dir was: Seit dem Tag, an dem ich Pedra Rodriguez kennengelernt habe, habe ich mir immer gewünscht, meine Mutter wäre so gewesen wie sie.«

»Du bist aber schon sicher, dass du *ihn* heiraten willst?«

»Findest du es nicht ein bisschen früh für eine Eheberatung?«

»Entschuldige mal! Ich bin deine Trauzeugin.« Oda wird wieder ernst und deutet auf den Tisch. »Du hast also die Akte durchgearbeitet ...«

Jule schlägt den Pappdeckel zurück. Zuoberst liegt das Passbild von Oliver Simonsen. Das dünne blonde Haar ist zurückgekämmt, und sein Gesicht mit den vollen, weichen Lippen und den schmalen Augen ist ausdruckslos wie ein leerer Teller. Lediglich die breite

Nase verleiht ihm etwas Grobes. Jule findet ihn unsympathisch, aber wahrscheinlich ist sie voreingenommen. Würde sie denselben Menschen hinter einem Sparkassenschalter sehen, fände sie ihn wahrscheinlich ganz okay.

»Wir müssen nicht lange drum herumreden«, beginnt Oda. »Simonsen passte zu hundert Prozent ins Täterprofil und außerdem deutete alles auf ihn. Manchmal ist die einfache Lösung auch die richtige. Noch dazu war er der einzige Verdächtige weit und breit.«

Jule nickt und umklammert ihre Teetasse. »Simonsen ist fünf Jahre zuvor wegen Vergewaltigung zu einem Jahr Haft verurteilt worden. Was ist mit dem Opfer? Hat jemand mit der jungen Frau gesprochen?«

»Ich habe es versucht, doch sie wollte nicht. Aber ich konnte mir die Akte ansehen. Das Mädchen heißt Jenny, sie war siebzehn, und er war zur Tatzeit einundzwanzig. Sie haben sich auf einem Dorffest getroffen, sie kannten sich außerdem vom Sehen. Jenny hat wohl ein wenig mit ihm geflirtet, daraufhin hat er sie nach Hause begleitet, zu Fuß. Dabei kam es zu dem Übergriff.«

»Auf offener Straße oder wie?«, fragt Jule.

»In der Garage ihres Elternhauses. Sie hatte ihren Schlüssel vergessen, und in der Garage war ein Ersatzschlüssel versteckt. Er ist ihr dorthin gefolgt, obwohl sie sich schon verabschiedet hatten, und da passierte es dann. Jennys Eltern waren an dem Abend ausgegangen. Das hatte sie ihm dummerweise verraten.«

»Die Garage stand offen?«

»Weiß ich nicht mehr. Aber das Haus befand sich am Ende einer Sackgasse, da kommt niemand zufällig vorbei, der sie hätte hören können. Das Mädchen hatte den Vorfall erst nach ein paar Tagen angezeigt, nachdem sie sich einer Lehrerin anvertraut hatte. Sie hatte – wie das so oft ist – sich selbst die Schuld gegeben. Es gab an ihr natürlich keine forensischen Spuren mehr, aber zum Glück noch an der Kleidung. Die hatte sie in eine Plastiktüte gepackt und in der Garage versteckt. Sie ekelte sich vor den Sachen und wollte sie später unauffällig entsorgen. Simonsen gab an, er hätte gedacht, dass sie sich bloß ein bisschen ziere. Auf dem Fest hätte sie ihn angemacht und so weiter. Die übliche Leier von Typen, die nicht kapieren wollen, dass nein auch wirklich nein heißt. Seiner Darstellung nach sei eine missverständliche Situation außer Kontrolle geraten, unter anderem auch deshalb, weil beide alkoholisiert waren.«

»Hatte er diese Jenny vorher auch gestalkt?«

»Darüber ist nichts bekannt.«

»Also ein völlig anderer Tathergang wie bei Kristina«, stellt Jule fest.

»Ja, aber dazwischen liegen fünf Jahre, davon war er ein Jahr im Knast.«

»Aber nach der Haftentlassung bis zu Kristinas Verschwinden im Juli 2003 war vier Jahre lang nichts, oder?«, fragt Jule.

»Richtig. Auch sein Lieblingshobby, das Spannen in Umkleiden von Schwimmbädern und Kaufhäusern, scheint er aufgegeben zu haben. Jedenfalls gab es keine Anzeigen mehr. Resozialisierung gelungen, hurra«, meint Oda mit einem zynischen Lächeln.

»Klingt, als wärst du nicht wirklich überzeugt.«

»Doch, ich glaube an Resozialisierung«, versichert Oda mit einem bitteren Lächeln. »Ich wünschte nur, sie gelänge öfter.«

Jule sieht ihre Kollegin nachdenklich an. So resigniert klingt Oda normalerweise nicht.

»Was?«, fragt Oda, die Jules Blick bemerkt hat.

»Sag du es mir. Du bist diejenige mit dem Psychologiediplom. Findest du, dass der Mord an Kristina zu Oliver Simonsen passt?«

»Ja, absolut. Die Binsenweisheit, dass Spanner harmlos wären, ist blanker Unsinn. Dass Simonsen sich nicht mit Glotzen zufriedengibt und die Kontrolle verliert, wenn er einer Frau zu nahe kommt, hatte er ja bei Jenny bewiesen. Nur weil seit seiner Haft nichts Aktenkundiges mehr vorgefallen ist, heißt das ja noch lange nicht, dass er nichts getan hätte. Vielleicht ist er nur raffinierter geworden. Im Knast lernen die Jungs ja so einiges dazu. Und vergiss nicht: Viele Vergewaltigungen oder sexuelle Nötigungen werden gar nicht angezeigt.«

»Simonsen sagte zu Santiago, er sei mit dem Rad am Reiterhof gewesen ...«

»Das ist ein Märchen.«

»Er lag im Sterben, warum sollte er lügen?«

»Der Kerl hatte gelogen, wenn er nur den Mund aufmachte. Zum Beispiel hatte er kein Wort von dem Auto seines Onkels gesagt, als wir ihn bei der ersten Vernehmung danach gefragt haben. Er hat angegeben, er wäre an dem Samstagabend zu Hause gewesen. Als wir ihn Tage später nach der Hütte fragten, wollte er am Samstag auf einmal einen Blackout gehabt haben. Vermutlich auf Anraten seines Anwalts. Und jetzt wollte er plötzlich eine abendliche Radtour zum Reiterhof unternommen haben. Komm schon, ich bitte dich!«

»Im Wagen dieses Onkels fand man keine Spuren von Kristina«, hält Jule dagegen.

»Der Wagen war verdächtig sauber. Er hatte ja auch viel Zeit, seine Spuren zu beseitigen. Erst als die Schulfreundin von Kristina nach zwei Wochen aus den Ferien zurückkam, sind wir durch ihre Aussage auf Simonsen gestoßen. Und dann vergingen nochmals einige Tage, bis wir von dieser Hütte erfuhren.«

»Wer hat euch von der Hütte dieses Onkels erzählt?«

»Gute Frage ...« Oda zuckt mit den Schultern. »Steht das nicht in den Protokollen?«

Jule verneint.

»Ich weiß es nicht mehr«, gesteht Oda. »Ist ja auch schon ein Weilchen her. Vielleicht hab ich es verdrängt.«

»Was?«, fragt Jule, die nur Bahnhof versteht.

»Das alles. Die Zeit unter Denner. Das Betriebsklima im Dezernat war nicht so, wie es heute mit Völxen ist. Denner war ein autoritärer Stinkstiefel, der die Leute gern gegeneinander ausgespielt hat. Völxen, Raukel und ich hatten eine Art unausgesprochenen Nichtangriffspakt.«

»Den scheint ihr heute noch zu haben«, bemerkt Jule.

»Das nennt man Loyalität«, sagt Oda nicht ohne Schärfe. »Ist unter Polizisten recht ausgeprägt, und das nicht ohne Grund.«

»Raukel, tatsächlich?«, wundert sich Jule. »Ich achte immer darauf, ihm nicht den Rücken zuzudrehen.«

»Raukel ist ein Kotzbrocken mit total verqueren Ansichten, aber er hat seine lichten Momente, und er war nie ein Kollegenschwein. Damals hat er auch noch weniger gesoffen. Oder er hat es besser vertragen.«

»Du weißt also nicht mehr, von wem der Hinweis kam?«

»Nein. Frag die anderen, vielleicht erinnern sich die. Wir haben mit sämtlichen Leuten gesprochen, die irgendwie mit Simonsen in Verbindung standen: Nachbarn, Schulfreunde ... Das waren bestimmt an die fünfzig Personen. Das wurde nicht immer alles protokolliert, die wurden nicht alle einzeln vorgeladen, das ging auch mal übern Gartenzaun.«

»Aber das mit der Hütte war doch der entscheidende Hinweis«, protestiert Jule. »Es ist doch wichtig, von wem der kam. Es könnte doch sein, dass der wahre Mörder den Hinweis gab, selbst oder über Umwege. Vielleicht wurde Kristina ganz woanders ermordet.«

»Und der *wahre Mörder* hat ihr nicht nur den Anhänger entrissen, sondern Kristina auch noch Blut abgezapft, um einen falschen Tatort damit zu präparieren?«, spottet Oda.

Aber Jule gibt nicht so schnell auf. »Wenn Simonsen so schlau war, den Wagen zu reinigen, wieso hat er dann das Blut in der Hütte gelassen?«

»Das hat er nicht. Es wurde versucht, das Blut abzuwaschen.«

»Jedes Kind, das schon mal ferngesehen hat, weiß, dass das nichts nützt auf rauen Holzdielen. Wäre ich der Täter gewesen, hätte ich die Hütte abgefackelt.«

»Ja, du ...«, meint Oda gedehnt. »Aber Simonsen war wahrlich nicht der Hellste, und bestimmt ist er davon ausgegangen, dass wir nie was von der Hütte erfahren. Wozu also Aufmerksamkeit erregen?«

»Dann ist da noch dieser Anhänger ... Mir will das nicht in den Kopf. Da kommt einer zurück an den Tatort und versucht, das Blut wegzuputzen, und dann übersieht er einen goldenen Anhänger? Für mich sieht das nach einem Setting aus, tut mir leid.«

»Da drin lag kein Fischgrätparkett, Jule, das waren grobe Holzbretter mit Ritzen von ein, zwei Zentimetern und viel Dreck dazwischen. Das Ding ist in die Lücke reingerutscht, wo normalerweise die Fußleiste hingehört. Noch dazu unter diesen Diwan, das konnte man leicht übersehen.«

»Wer hat's denn gefunden?«

»Die Spusi, nehme ich mal an.«

»Gut, lassen wir das«, lenkt Jule ein.

»Schön«, meint Oda erleichtert und macht Anstalten aufzustehen.

»Warte, warte, warte!« Jule wedelt abwehrend mit den Händen. »Ich bin noch nicht fertig.«

»Was denn noch?«

»Die Gäste jenes Grillabends auf dem Reiterhof ... Das waren lauter ältere Leute aus Kristinas Sicht. Bis auf die Tochter der Tupperverkäuferin, Anja Dahl, vierzehn, und dem siebzehnjährigen Sohn der Besitzer des Reiterhofs, Andreas Boger. Kannst du mir zu dem irgendetwas sagen?«

»Meinst du sein Alibi? Er war bis zum Ende in der fröhlichen Runde dabei.«

»Kann es sein, dass Kristina wegen Andreas zum Grillen dageblieben ist?«

Oda schüttelt den Kopf. »Nein, wohl eher wegen Anja. Die zwei waren befreundet. Andreas war ein eitler, eingebildeter Fatzke. Ist ja auch kein Wunder, die ganzen Mädels haben ihn wahrscheinlich ohne Ende angehimmelt, da schwillt einem Teenager leicht der Kamm. Laut Anja fand Kristina ihn doof.«

»Vielleicht hat Kristina das nur behauptet, weil er sie nicht beachtet hat.«

»Das werden wir wohl nie erfahren.« Oda trinkt ihren Tee aus. »Noch was?«

»Hast du es eilig?«

»Nein, aber ...«

»Du wirkst ein bisschen genervt.«

»Bin ich auch«, gibt Oda zu. »Ich verstehe Völxen nicht. Was soll das Ganze? Nur weil Simonsen im Knast angeblich fromm geworden ist und dieser Pfarrer annimmt, dass Sterbende immer die Wahrheit sagen und ihre Worte ein besonderes Gewicht haben? Pfeif drauf! An das Gute im Menschen zu glauben, ist nun mal sein Job. Ich dagegen bin Polizistin, und ich sage dir: Die Leute lügen am laufenden Band und ganz besonders Knackis. Die haben ja auch jede Menge Zeit, sich was auszudenken. Und erklär mir doch bitte, warum Simonsen dem Mädchen abends in dieser einsamen Gegend aufgelauert hat.«

»Böse Absichten sind noch keine Straftat«, entgegnet Jule.

Oda atmet tief durch und sagt dann: »Ich bin sicher, dass es Simonsen war. Aber ich bin nicht sicher, was das Urteil angeht.«

»Das musst du mir jetzt erklären.«

»Wie du schon gesagt hast: Wir hatten kein Geständnis, und die Beweislage war mager. Es hat mich gewundert, dass der Staatsanwalt damit vor Gericht ging. Ich schrieb es seinem Ehrgeiz und seiner mangelnden Erfahrung zu. Er hieß Christof Thörner, ein junger Typ, ich glaube, das war sein erster richtiger Mordfall. Wir haben Wetten abgeschlossen, dass er sich eine blutige Nase holt. Aber der Richter hat anders entschieden. Das fand ich gut, denn wenn Simonsen als freier Mann aus dem Gerichtssaal spaziert wäre, hätte ich angefangen, an meiner Berufswahl zu zweifeln.«

»Aber warum hat Simonsen all die Jahre nicht verraten, was er mit der Leiche gemacht hat und wo sie ist?«, insistiert Jule.

»Weil er ein boshafter Mistkerl ist.«

»Es hätte ihm doch vielleicht etwas genützt. Hafterleichterung, eine frühere Entlassung … Vielleicht hatte er geschwiegen, weil er es wirklich nicht wusste.«

»Ich erzähl dir was, Jule: Als es wegen der Vergewaltigung von Jenny zur Verhandlung kam, hat man Simonsen den üblichen Deal angeboten: ein milderes Urteil, wenn er vor Gericht voll geständig ist und dem Opfer damit die Aussage erspart. Aber er hat geschwiegen, und das Mädchen musste im Zeugenstand alles haarklein schildern. Sein Anwalt hat sie natürlich übel auseinandergenommen – unter anderem, weil sie etwas getrunken hatte –, sodass sie am Ende fix und fertig war und heulend zusammenbrach. Wahrscheinlich ist Simonsen dabei auf der Anklagebank einer abgegangen. Das war ihm wohl ein Jahr Knast wert. So ein Typ war der.«

»Woher weißt du das so genau?«, wundert sich Jule. »Warst du bei der Verhandlung dabei?«

»Jennys Mutter hat es mir erzählt.«

Jule beißt sich auf die Unterlippe.

»Glaub mir, Jule, falls es sich jemals herausstellen sollte, dass Simonsen zu Unrecht für den Mord an Kristina verurteilt wurde, wäre es für unsere Justiz kein Ruhmesblatt. Aber ich ganz persönlich fühle mich deswegen nicht schuldig. Wir haben sorgfältig ermittelt, alle miteinander.«

»Ich sag doch nicht, dass einer von euch an irgendwas schuld ist!«, wirft Jule ein.

»Andererseits bin ich der Überzeugung, dass dadurch, dass Simonsen die letzten dreizehn Jahre im Knast saß, so mancher Frau viel Leid erspart geblieben ist. Aber das ist jetzt nur meine Privatmeinung.«

VII.

Henning fegt die Terrasse vor dem kleinen Siedlungshäuschen und zupft ein paar Gräser aus den Ritzen zwischen den Steinplatten. Er hat das Haus während der letzten anderthalb Jahre top in Schuss gehalten. *Oma Irmchen konnte ja doch noch zurückkommen*, hatte er bis vor zwei Wochen gedacht. Sie litt an Diabetes und einem schwachen Herzen. *Altersschwäche* nannte sie es. Okay, von dort, wo sie jetzt ist, kommt sie ganz gewiss nicht mehr zurück, da wäre sie die Erste. Aber vielleicht sieht sie ihn von dort oben. Nachdem Hennings Mutter gestorben war, hat Oma Irmchen ihm erzählt, die Mama sei jetzt im Himmel und blicke auf ihn herab, deshalb müsse er brav sein, und er solle auch nicht weinen, denn das mache seine Mama im Himmel traurig. Henning war damals fünf Jahre alt und hatte ihr das geglaubt. Er fand in der Erklärung Trost, sie war aber auch ein wenig unheimlich.

Jetzt lagen sie beide dort, Margarete Kramm und Irmgard Kramm. Der Name der Oma muss erst noch vom Steinmetz eingraviert werden.

Aus dem Wohnzimmer hört er den Klingelton seines Handys. Er lässt den Besen fallen und stürzt sich erwartungsvoll dem Geräusch entgegen. Gestern hatte er seinen ganzen Mut zusammengenommen und diese Ilva angerufen. Es meldete sich nur ihre Mailbox, auf der er ein wirres Gestotter hinterlassen hatte, das er schon in der Sekunde des Auflegens bereute. Er hatte wie ein Idiot geklungen, warum sollte sie ihn zurückrufen?

Doch auf dem Display steht *Mo*. Er würde am liebsten nicht rangehen, aber wenn Moritz ihn erreichen will, dann gibt es kein Entrinnen. Also versucht er, sich seine Enttäuschung nicht anmerken zu lassen.

»Hast du es schon gehört?« Mit Begrüßungsfloskeln hat Moritz sich noch nie lange aufgehalten.

»Hallo, Moritz. Was meinst du?«, entgegnet Henning missgelaunt.

»Simonsen ist gestorben. An Krebs. Wie deine Mutter.«

Etwas schnürt Henning die Kehle zu.

»Was ist, Kleiner, hat's dir die Sprache verschlagen?«

»Nein, ich …«

Er hört, wie Moritz an einer Zigarette zieht. »Damit sind wir mit dieser Sache dann wohl endgültig durch, oder?«

Henning schluckt. *Endgültig durch.* Als wäre das Leben von Oliver Simonsen ein unappetitliches Kapitel aus Moritz' Biologieunterricht.

»Oder siehst du das anders?« Da ist er wieder, dieser Unterton, den Henning nur allzu gut kennt.

»Nein, nein. Es ist, wie es ist«, zitiert Henning eine Redensart von Oma Irmchen.

»Genau. Hey, kommst du mit zum Maschseefest?«, fragt Moritz, nun wieder ganz fröhlich und aufgekratzt.

»Ich … ich bin nicht so gut drauf, tut mir leid, Mo. Ich bleib die Tage mal zu Hause.«

Hennings Herz klopft bis zum Hals. Moritz ist es nicht gewohnt, abgewiesen zu werden. Schon gar nicht von Henning.

Das Schweigen am anderen Ende der Leitung zieht sich hin. Endlich sagt Moritz mit einem munteren Ton, der seine Gereiztheit nur schwach übertüncht: »Nun komm schon, du Pfeife, das ist doch nicht dein Ernst! Lass uns feiern und Weiber aufreißen, das ist die beste Ablenkung.«

Weiber aufreißen. Am Ende wird es ja doch wieder nur Moritz sein, der diesen Vorsatz in die Tat umsetzt. Ihn, Henning, braucht er doch nur als Chauffeur und weil es besser aussieht, wenn man nicht allein *auf Beutezug* geht, wie Moritz es ausdrückt. Die Frauen stehen auf Moritz, weil er gut aussieht und quatschen kann. Von Henning will kaum mal eine etwas wissen. *Kein Wunder, wenn du die Zähne nicht auseinanderkriegst*, sagt Moritz immer, und meistens fügt er noch hinzu: *Und so jemand ist mit mir verwandt, ist das zu glauben?*

Aber Henning ist ohnehin nicht nach *Weiber aufreißen.* Falls das

Unwahrscheinliche geschieht und Ilva ihn doch zurückruft, dann möchte er nicht schon mit Moritz verabredet sein.

»Wirklich, Mo, ich fühl mich nicht so gut. Ich muss hier auch noch Papierkram erledigen, du weißt schon, wegen dem Haus und alldem.«

»Hast du dir inzwischen überlegt, was du damit machst?«

»Ich werde es erst mal behalten.«

»Und worauf warten?«, schnaubt Moritz unwillig. »Die Zinsen sind unten, die Preise hoch. Was willst du damit für dich allein? Das macht doch bloß Arbeit.«

»Das schaff ich schon.« Seine Oma hatte den Garten pflegeleicht angelegt. Rasen, Sträucher, ein Rosenbeet im Vorgarten und hinten eins mit Gemüse und Kräutern. Das kann er notfalls plattmachen, wenn es ihm zu viel wird.

»Sei nicht dämlich, Henning. Ich kenne einen Makler, der schlägt dir einen Wahnsinnspreis raus für die Bruchbude.«

Henning muss seinen Ärger mühsam unterdrücken. Das Häuschen stammt aus den Fünfzigerjahren, es hat ein paar Mängel, aber eine Bruchbude ist es noch lange nicht. Oma Irmchen würde nicht wollen, dass er es verkauft und ihre Möbel auf dem Sperrmüll landen. Und wo soll er denn dann hinziehen? Er hat fast sein ganzes Leben hier verbracht, und wenn er es ein bisschen herrichtet, dann kann es richtig gemütlich werden. In einem kühnen Tagtraum sieht er sich im Garten stehen und die Rosen gießen, während Ilva über den Rasen kommt und ihm zuruft, das Abendessen sei fertig …

»Mach, was du willst. Ich kann nicht mehr tun, als dir einen guten Rat geben.«

Moritz klingt eingeschnappt. Er mag es nicht, wenn Henning seinen Ratschlägen nicht folgt.

»Wie sieht's morgen aus?«, fragt er.

»Morgen? Was, womit?«, fragt Henning verwirrt.

»Das Maschseefest, Herrgott, wo hast du nur deinen Kopf?«

»Weiß noch nicht. Ich hab hier wirklich viel zu tun.«

»Henning?« Pause. »Du verheimlichst mir doch nichts, oder?«

»Quatsch. Was sollte ich dir verheimlichen?«

»Was weiß denn ich?«

»Ich muss auflegen, ich hab was in der Mikrowelle. Tschüss, Mo, und viel Spaß. Man sieht sich«, sprudelt Henning hervor.

»Worauf du dich verlassen kannst.«

Henning legt das Telefon weg. Zurück bleibt ein schales Gefühl. Er weiß, dass es nicht klug war, Moritz zurückzuweisen. So was merkt der sich. Und da ist noch diese andere Sache. Simonsen. Er rechnet. Als der Typ eingesperrt wurde, war er 26 Jahre alt gewesen. Dann ist er jetzt also mit 39 gestorben und hat ein Drittel seines Lebens im Knast verbracht. *Weil ich ein Feigling bin.*

Das erneute Läuten des Telefons lässt ihn zusammenzucken. Unbekannte Nummer! »Henning Kramm«, sagt er förmlich.

»Hi, Henning Kramm. Hier ist Ilva.«

VIII.

»Völxen, alter Freund, wie wär's, wenn wir im Biergarten ein Feierabendbier zu uns nehmen, um das Wochenende einzuläuten?«

»Ich dachte, du hättest mit dem Saufen aufgehört«, entgegnet Völxen, während er, verfolgt von Erwin Raukel, mit langen Schritten auf die Fahrstuhltür zustrebt.

»Im Dienst, ja«, erklärt Raukel. »Aber jetzt bin ich im Feierabend. Und wer redet von Saufen? Ein, zwei Bierchen müssen ja wohl noch drin sein, nachdem man sich den ganzen Tag im Namen der Gerechtigkeit den Arsch aufgerissen hat.«

»Ich muss nach Hause, wir kriegen Besuch«, antwortet Völxen. Und das ist nicht einmal geschwindelt. Wanda will ihnen ihren neuen Freund vorstellen. *Scheint was Ernstes zu sein*, hat Sabine mit vielsagendem Augenzwinkern gemeint. So muss es wohl sein, denn Wanda hat es noch nie für nötig befunden, ihnen ihre Freunde offiziell vorzustellen.

»Hätte nicht gedacht, dass du so unterm Pantoffel stehst.«

Völxen ist nicht der Mann, der auf derlei plumpe Provokationen eingeht. Das Wort *Biergarten* hat bei ihm jedoch verführerische Gedanken heraufbeschworen, und das Bild eines goldgelben Weizenbiers mit einer weißen Schaumkrone obenauf geht ihm jetzt nicht mehr aus dem Kopf. Es wird schon nicht so schlimm sein, wenn er eine halbe Stunde später nach Hause kommt, um mit einem dieser bärtigen jungen Mützenträger einen Schluck auf der heimischen Terrasse zu trinken. Was soll man auch bloß den ganzen Abend mit so einem reden?

»Okay, Erwin, aber nur eins, dass das klar ist.«

Der Aufzug ist da, aber im letzten Moment erinnert sich Völxen an seine guten Vorsätze und murmelt, dass er lieber die Treppe nehme, das sei gesünder.

»Tu dir keinen Zwang an«, grinst Raukel.

Feierabend! Und dazu dieses herrliche Wetter. Beide atmen tief ein und aus, als sie das Gebäude verlassen. Der Himmel ist strahlend blau, und es ist immer noch sehr warm, obwohl es auf sechs Uhr zugeht.

»Da drinnen residiert die dunkle Seite der Macht«, bemerkt Raukel, als sie zusammen die Pforte passieren und an der Fassade des alten Polizeipräsidiums vorbeigehen. Ihr Dezernat ist im Neubau untergebracht, der sich, etwas zurückversetzt, neben dem imposanten historischen Bauwerk befindet. »Wo hast du denn heute deine Fußhupe gelassen?«, erkundigt sich Raukel.

»Daheim bei Sabine.« Völxen beschleunigt seine Schritte, wodurch Raukel außer Atem gerät und die Klappe hält, bis sie beim Biergarten angekommen sind. Sie lassen sich an einem Tisch im Schatten nieder. Raukel zupft sich das verschwitzte Hemd vom Bauch. »Verdammt, ist das eine Hitze! Früher war's doch nie so warm, oder? Das muss der Klimawandel sein.«

»Ich schmeiß eine Runde.«

»Nobel von dir!«, strahlt Raukel. »Für mich ein Pils. Aber ein großes.«

Völxen geht zum Tresen und kommt wenig später mit den Getränken zurück. Pils für Raukel, Weizen für sich.

»Was hast du denn da für ein Plastikding um den Arm?« Raukel deutet auf Völxens Handgelenk.

»Nichts.« Rasch lässt Völxen seine Hand unter dem Biertisch verschwinden.

»Wie, nichts? Ich hab doch Augen im Kopf!«

»Nichts, was dich was anginge. Prost!«

»Prost.«

Beide nehmen einen großen Schluck, und für einen Moment herrscht andächtige Stille. Raukel wischt sich den Schaum vom Mund. »Das zischt! Es ist praktisch schon verdunstet, ehe es im Magen ankommt.«

»Also, Erwin, was wolltest du von mir?«

»Kann ich nicht mal mit einem uralten Kollegen ein Bier trinken gehen, ohne was zu wollen?«

»Uralt sind wir noch nicht!«

»Ich wollte mit dir wetten«, sagt Raukel mit einem hinterhältigen Zwinkern seiner kleinen Äuglein.

»Worüber?«

»Wie lange es dauert, bis Madame Wedekin es mitkriegt, dass du sie verarschst.«

»Hättest du die Güte, mir zu erläutern, was du damit meinst?«, fragt Völxen.

»Simonsens Sterbebett-Märchen. Dass er angeblich mit dem Rad bei dem Reiterhof war, das ist doch nicht neu. Also, für den Pfaffen wohl schon, aber für uns doch nicht. Hast du ihr das gesagt?«

Völxen starrt verärgert auf den nassen Rand, den das Bierglas auf dem Tisch hinterlassen hat. Typisch Raukel! Immer kriegt er mit, was er nicht mitkriegen soll. Schließlich fragt Völxen: »Woher weißt du denn davon?«

»Das hat mir seinerzeit ein Vögelchen bei der Staatsanwaltschaft gezwitschert.«

»Ein Vögelchen?«

Raukel breitet die Arme aus. »Ich kann nun mal nichts dafür, dass ich so einen Schlag bei Frauen habe. Da war diese … nein, ich nenne keine Namen, ein Gentleman genießt und schweigt. Aber Frauen sind, wie du weißt, geschwätzig, besonders wenn sie mal wieder ordentlich …«

»Erwin! Erspar mir die Details, bitte!«, stöhnt Völxen. »Sag schon, was weißt du?«

»Simonsen hat reichlich spät gemerkt, dass sein Anwalt sich verzockt hat mit dieser Story von wegen Blackouts und so. Dachte wohl, er wandert damit in die Klapse, legt dort eine Show für die Psychofritzen hin und kommt nach ein paar Jährchen geläutert wieder raus. Aber nachdem das nicht hingehauen hat, hatte er sich diese Geschichte ausgedacht, dass er mit dem Fahrrad in der Nähe des Gutshofs gefahren sei, und sich damit schriftlich an die Staatsanwaltschaft gewandt. Dort hat man ihn abblitzen lassen und ihm erklärt, dass er wiederkommen könne, wenn er dafür Beweise habe. Die hatte er natürlich nicht, und das war's dann. Ist auch gut so. Der Kerl hatte vor der Verhandlung lange genug Zeit, sich seine Aussagen zu überlegen. Wo kämen wir hin, wenn wir die alten Fälle jedes Mal wieder aufrollen, wenn irgendein Knacki einen feuchten Traum hat?«

»Eben«, pflichtet ihm Völxen bei und gesteht: »Ich habe seinerzeit auch nur gerüchteweise davon gehört. Offiziell weiß ich davon nichts. War ja auch nicht mein Problem, sondern das der Staatsanwaltschaft. Und von denen kam nie was.«

»Was ist mit Oda?«

Völxen zuckt die Achseln. »Frag sie selber. Oder nein, lass es lieber.«

»Schon klar«, grinst Raukel. »Schlafende Hunde und so.«

Völxen trinkt von seinem Bier.

»Was ich immer noch nicht kapiere«, beginnt Raukel, »nur weil Simonsen jetzt den Arsch zugekniffen hat und der Pfaffe mit dieser alten Geschichte ankommt, scheißt du dich ein und lässt die Wedekin noch mal auf den alten Fall los?«

»Herrgott noch mal!«, raunzt Völxen sein Gegenüber an. »Irgendwas muss ich doch tun. Wenn Santiago, dieser eitle Gockel, den Eindruck bekommt, dass wir ihn nicht ernst nehmen, macht der am Ende noch einen Mordswirbel.«

Raukel unterdrückt einen Rülpser und meint dann: »Komisch, Völxen, ich dachte immer, wir kriegen die Fälle von der Staatsanwaltschaft zugewiesen und nicht vom Klerus.«

Völxen bereut längst, dass er Raukel in die Sache eingeweiht hat. »Verdammt, Erwin, was ist denn so schlimm daran, wenn Jule ganz inoffiziell ein paar Akten wälzt? Es kann doch nicht schaden, sich die Sache noch mal anzusehen. Nur um ganz sicherzugehen, dass alles mit rechten Dingen zuging und dass niemand irgendwelche Schwachstellen findet, falls die Sache aus irgendeinem Grund noch mal hochkocht. Niemand außer uns vieren muss davon wissen.«

»Und der Pfaffe«, erinnert Raukel.

»Den muss Jule bei Laune halten«, nickt Völxen missvergnügt.

»Na, wenn das so ist ...« Raukel leert sein Glas und wirft einen sehnsüchtigen Blick zum Tresen.

»Es ging doch alles mit rechten Dingen zu, oder, Erwin?« Völxen unterzieht sein Gegenüber einem prüfenden Blick.

Raukels Schweinsäuglein werden schmal wie Messerrücken. »Willst du mir irgendwas unterstellen, Völxen?«

»Nein, wirklich nicht«, beschwichtigt Völxen.

Raukel wiegt seinen Bernhardinerschädel hin und her. »Ich weiß nicht, Völxen. Für mich stinkt das gewaltig nach Ärger.«

»Ich nehme das auf meine ... he!« Völxen zuckt zurück, als Raukel unerwartet flink sein rechtes Handgelenk umklammert und ruft: »Ha! Ich wusste es. Du armer Irrer hast dir so ein Fitnessarmband verpassen lassen!«

»Immer noch besser als deine falsche Rolex.«

Raukel sieht ihn mitleidig an. »Völxen, kannst du denn nicht in Würde alt werden, so wie unsereins?«

»Wenn du damit deine Wampe meinst ...«

Raukel streicht liebkosend über die ausgeprägte Wölbung seiner Körpermitte. »Mein Körper ist ein Tempel, harmonisch gerundet und wohlproportioniert. Ich will gar nicht zum Club der Ausgemergelten gehören. Ein Mann muss wie ein Mann aussehen, nicht wie eine Stabheuschrecke.«

»Wenn ich bis zu Jules Hochzeit nicht mindestens vier Kilo abnehme, passe ich nicht in meinen Anzug und muss einen neuen kaufen«, klagt Völxen.

»Hat das Ding auch einen Schrittzähler?«, will Raukel wissen.

»Klar.«

»Heute hast du dein Pensum sicher noch nicht erfüllt, oder?«

»Wie denn auch? Aus mir ist der reinste Sesselfurzer geworden.«

»Weißt du was, Völxen? Wenn du von hier bis zur Theke gehst und uns noch mal zwei Bier holst, das sind bestimmt hundert Schritte hin und zurück, wetten wir?«

*

Endlich Freitag! Fernando nimmt seine Jacke und den Motorradhelm und wünscht Rifkin einen schönen Feierabend.

Die antwortet nicht. Sie steht am Fenster und scheint ins Nichts zu starren.

»Tschüss, Rifkin, schönes Wochenende!«, sagt er etwas lauter.

Jetzt wendet sie sich um und fragt: »Hast du eine Ahnung, was da läuft?«

»Was meinst du?«, fragt Fernando verwirrt.

»Da ist irgendwas im Busch. Als ich mich heute Mittag in der Kantine an ihren Tisch gesetzt habe, haben sie angefangen, übers Wetter zu reden!«

»Wen meinst du mit *sie*?«

»Völxen, Raukel, Kristensen.«

Fernando zuckt mit den Schultern. »Ich hoffe bloß, sie denken sich nicht irgendwelchen Schwachsinn für die Hochzeit aus.«

»Das glaube ich nicht. Sonst wüsste die Cebulla Bescheid, aber die hat auch keine Ahnung.«

»Vielleicht schwindelt sie dich an.«

Rifkin bedenkt Fernando mit einem mitleidigen Lächeln.

»Vielleicht schwindle ich dich ja auch an«, fordert Fernando seine Kollegin heraus. »Wir alle schmieden ein Komplott gegen dich: *Operation Rifkin zurück zum Kriminaldauerdienst.*«

Rifkin kommentiert das Geschwätz lediglich mit einem nachsichtigen Seufzer und fragt: »Wo war Jule die letzten drei Tage?«

»Äh ... hier, im Dienst, nehme ich doch an? Obwohl ... heute habe ich sie noch gar nicht gesehen.«

»Hier war sie nicht, das weiß ich aus sicherer Quelle.«

Fernando ist verwirrt. »Keine Ahnung. Vielleicht hat sie sich freigenommen wegen der Hochzeitsvorbereitungen. Brautkleid, Brautfrisur, all so was. Aber das hätte sie mir bestimmt gesagt.«

»Sie war nicht hier, und sie hat auch keinen Urlaub genommen.«

»Ich glaub's nicht! Du spionierst Jule nach?« Fernando funkelt seine Kollegin über die beiden Schreibtische hinweg an.

Rifkin, die ihn um fast einen halben Kopf überragt, pariert den Blick kühl und souverän, wie es ihre Art ist. »Ich halte nur Augen und Ohren offen. Solltest du auch tun, hat schon so manchem genützt.«

»Wir sind hier doch nicht beim KGB«, murmelt Fernando.

Ein gefährliches Lächeln kräuselt Rifkins Mund. »Sollte das gerade eine Anspielung auf meine Herkunft sein, Rodriguez, oder wolltest du mich mit deiner einfühlsamen Art daran erinnern, dass der KGB meinen Vater auf dem Gewissen hat?«

Fernando kommt prompt ins Schwitzen. »Sorry, das … das wollte ich nicht. Ich wollte … ich meine nur, dass ich mich um meine eigenen Angelegenheiten kümmere.«

»Ach, wirklich?«, stichelt Rifkin. »Das unterscheidet uns.«

*

Völxen nimmt die letzte Kurve und zieht abrupt die Bremsen seines Fahrrads an, um dem Wagen auszuweichen, der mitten auf dem Hof steht. Ein paar Kieselsteine werden ihm dabei zum Verhängnis, er verliert jäh das Gleichgewicht und findet sich wie ein Käfer auf dem Rücken liegend wieder, das Rad über ihm. Das Ganze ging so schnell, dass es ihm völlig schleierhaft ist, wie das passieren konnte.

»Hoppla«, murmelt er, während er sich aufrappelt. Er hat eine Schramme am Ellbogen, die höllisch brennt, ansonsten scheint er unversehrt zu sein. Er sollte den Hof mal wieder fegen, das ist ja direkt lebensgefährlich hier. Hoffentlich hat das keiner gesehen. Oscar biegt jetzt kläffend um die Ecke, um sein Herrchen zu begrüßen, derweil betrachtet Völxen den Grund seines Ausweichmanövers, ein Jaguar F-Type Cabrio. Der dunkelgrüne Lack glänzt, als käme er geradewegs aus der Fabrik. Neugierig wirft Völxen einen Blick ins Innere. Ledersitze, Sportlenkrad, Navi, alles da. Seit wann fahren Wandas Freunde solche Autos? Die fahren entweder gar keine, weil sie damit die Welt retten wollen, oder alte Schrottkisten. Aha, kombiniert der Kommissar haarscharf, da hat sich einer den Jaguar vom Vater geliehen, um damit aufs Land zu fahren und die Eltern der Angebeteten zu beeindrucken. Der junge Mann muss ja einen mächtigen Bammel vor ihm haben.

»Oscar! Lass das!«, schimpft Völxen halbherzig, als der Hund die Leichtmetallfelge markiert. Man kann es dem Tier nicht verdenken, immerhin steht der Fremdkörper protzig in seinem Revier. Am liebsten würde Völxen ebenfalls … er verwirft diesen Gedanken schnell, streicht sein vom Fahrtwind zerzaustes Resthaar glatt und geht um das Haus herum. Wie erwartet sitzen sie auf der Terrasse, von wo aus man einen schönen Blick über die umliegenden Felder und den Deisterkamm hat.

»Da ist er ja«, hört er die Stimme seiner Frau, und nur wer Sabine so gut kennt wie er, hört den verärgerten Unterton heraus. Völxen lässt sich davon nicht beeindrucken. »Hallo zusammen!«, schmettert er fröhlich in die Runde.

»Hallo, Papa!« Wanda steht auf und drückt ihrem Vater einen angedeuteten Kuss auf die Wange, eine Geste, die Völxen ungewohnt und aufgesetzt vorkommt. Und was ist das für ein Kleid, das sie da anhat? Ist das nicht ein bisschen zu elegant für ein schlichtes Abendessen bei ihren Eltern? Andererseits – was versteht er schon von Mode? Das Muster erinnert an eine Tapete aus den Siebzigern und macht sie älter als … verdammt, wie alt ist Wanda noch gleich? Vierundzwanzig oder schon fünfundzwanzig? Als Nächstes betrachtet er verwundert den mit einem weißen Tuch gedeckten Tisch und die langstieligen Gläser, in denen der Weißwein in der Abendsonne schwitzt. Ist heute irgendein Feiertag, den er vergessen hat? Geburtstag, Hochzeitstag, etwas in der Art? Aber daran hätte ihn Frau Cebulla bestimmt erinnert.

»Papa, darf ich dir Markus vorstellen?« Wanda deutet auf den Herrn neben ihr, der nun aufgestanden ist und sich umdreht, um Völxen die Hand zu drücken.

»Markus de Fries, angenehm.«

»Haupt … äh, Völxen. Bodo Völxen, ja, freut mich.«

Der Gast trägt eine beigefarbene Sommerhose mit Bügelfalte, ein anthrazitfarbenes Sakko und ein blütenweißes Hemd mit einer Krawatte, die ein Muster hat wie ein Schlafanzug. Keine Mütze, kein Bart. Ein glatt rasiertes Gesicht mit Falten, wie sie Männern seines Alters noch gut stehen. Offenbar parkt nicht nur der väterliche Wagen auf dem Hof, sondern der Vater des Jungen ist gleich selbst mitgekommen. Das hätte man ihm ja mal sagen können.

»Und wo ist nun dein neuer Freund?«, fragt er neugierig.

Zuerst wechseln Wanda und ihre Mutter einen Blick, dann versucht Wanda ihren Vater mit Blicken zu erdolchen, während dieser seine Frau sagen hört: »Herr de Fries *ist* Wandas Freund.«

Völxen vergisst, den Mund zu schließen.

»Bodo, sei so nett und hilf mir mal kurz mit der Weinflasche!«

»Mach ich, bring sie her«, antwortet Völxen, der im Begriff ist, sich hinzusetzen.

»In der Küche«, zischt Sabine und ergreift seinen zerschrammten Ellbogen, wobei sich ihr Daumen schmerzhaft in sein Fleisch gräbt.

»Au, sei nicht so grob, Weib, das hab ich nicht verdient nach so einem harten Arbeitstag!«

Sabine schleift ihn in die Küche und schließt die Tür zur Terrasse. »Hauch mich mal an!«

»Ich kann dich auch küssen, herzallerliebste Gattin.«

»Wie kannst du dich nur so betrinken, ausgerechnet heute?«

»Ich hab ein Feierabendbier mit dem Kollegen Raukel zu mir genommen. Es gab was zu besprechen!«

»Eins? Dass ich nicht lache!«

»Lach ruhig, Lachen ist gesund«, grinst Völxen.

»Was ist das? Du blutest ja, da, am Ellbogen.«

»Mein Beruf ist nun mal gefährlich, das hast du immer gewusst«, versetzt Völxen. »Sag mal, hab ich das eben richtig verstanden? Der alte Kerl da draußen ist der Neue von unserer Tochter?«

»Er ist nicht alt.«

»Der Typ könnte ihr Vater sein.«

»Du übertreibst. Markus ist achtunddreißig.«

»*De Fries*. Was ist das, ein holländischer Käseadel? Seit wann fährt Wanda denn auf so Schnösel ab? Was ist mit diesen müffeligen Tieschutz-Zauseln und diesen … diesen bärtigen Nerds von der Uni, die sie sonst anschleppt?«

»Das weiß ich doch nicht.«

»Wo hat sie den denn aufgegabelt?«

»Die Uni hatte irgendein Projekt zusammen mit der HDI, das er betreut hat, und da haben sie …«

»Ich glaub es nicht! Meine Tochter geht mit einem Versicherungsfuzzi?«

»Sei nicht so laut!«, ermahnt ihn Sabine. »Markus ist sehr nett, also reiß dich zusammen und blamiere uns nicht noch mehr!«

»Ich blamier doch niemanden. Wenn's dem Herrn hier nicht fein genug zugeht …«

Sabine stöhnt, während sie ein Tablett mit allerlei Köstlichkeiten aus dem Kühlschrank nimmt. »Finger weg!«, schnauzt sie ihren Gatten an, als dieser sich ein mit kleinen Tomatenstückchen belegtes Minibrot greift und es blitzschnell in den Mund steckt. Er hat einen Bärenhunger. Vorhin musste er schon zusehen, wie Raukel sich zum dritten oder vierten Pils eine Schweinshaxe einverleibt hat.

»Ich überlege gerade …«, beginnt Völxen mit vollem Mund. »Hat eigentlich überhaupt schon mal wer mit einer Krawatte auf unserer Terrasse gesessen?« Ein paar Tomatenstücke purzeln von irgendwoher auf sein Hemd.

»Am besten, du gehst jetzt mal ins Bad duschen. Kalt wäre vielleicht ganz gut. Ich serviere inzwischen die Antipasti. Und bis zum Hauptgang bist du hoffentlich wieder gesellschaftsfähig.«

»*Antipasti!*«, höhnt Völxen, während er die Treppen hinaufwankt. »Was sind wir heute aber hip!«

*

»Und, wo hast du die ganze Woche über gesteckt?«, fragt Fernando, während er etwas lustlos in seinem Muschelsalat herumstochert. Sie sitzen im Laden von Fernandos Mutter, wo sie sich zum Abendessen getroffen haben. Gerade hat sich Fernando lang und breit über seinen idiotischen Lehrgang ausgelassen – und Jule hat sich das Lachen verbeißen müssen.

»Ich hatte eine Menge zu erledigen«, antwortet Jule.

»Für die Hochzeit, oder was?«

»Ja, auch.«

»Hast du dir ein Brautkleid ausgesucht?«, fragt er neugierig.

»Nein. Brigitta und ich gehen morgen zusammen in die Stadt.«

Jule wirft einen zerknirschten Blick hinüber zu Pedra. »Es tut mir leid, ich wäre wirklich viel lieber mit dir das Brautkleid aussuchen gegangen, aber ich konnte nicht Nein sagen.«

»Das verstehe ich doch«, sagt Pedra, wirkt aber ein klein wenig enttäuscht, was wiederum Jule in der Seele wehtut.

»Wir wollten uns Wohnungen anschauen«, erinnert sie Fernando.

»Was soll ich machen? Ich bring das rasch hinter mich und sehe zu, dass ich am Nachmittag wieder frei bin.«

»Unsinn! Ein Brautkleid kauft man doch nicht so husch, husch«, lässt sich Pedra vernehmen.

»Hattest du Urlaub genommen?«, will nun Fernando wissen.

»Urlaub?«

»Na, um ... was auch immer zu erledigen.«

»Was soll das werden, Fernando, ein Verhör?«

»Ich will nur nicht, dass es hinterher heißt, alles bliebe an dir hängen.«

»Ich habe nie etwas Derartiges ...«

»Männer haben doch keine Ahnung, was an so einer Hochzeit alles hängt!«, meldet sich Pedra zu Wort, während sie die Glasscheibe ihrer Kühltheke blank wienert. »Die kaufen sich einen Anzug und suchen die Ringe mit aus, und das war's dann. Die ganzen Kleinigkeiten ...«

»Ist ja gut, Mama!«, fährt Fernando seine Mutter an. Zu Jule sagt er laut: »Wir reden später darüber. Hier kann man sich ja nicht ungestört privat unterhalten.«

Pedra schnaubt und stützt die Hände in die Seiten. »Das ist der Dank! Seit vierzig Jahren koche ich für dich und putze hinter dir her, und dann muss man sich so etwas anhören! Chule, überlege dir gut, was du da tust!«

»Mama!«

»Jetzt hört schon auf, ihr zwei«, lacht Jule, die die Scharmützel zwischen Pedra und Fernando insgeheim stets genießt.

»Ihr könnt euch gern *privat* unterhalten. Ich geh raus und fege den Lagerraum aus.«

»Vergiss aber die Ecken nicht!«, ruft Fernando.

»Sei nicht so frech!« Jule rammt ihm den Ellbogen zwischen die Rippen.

»Ich muss mal kurz rauf in die Wohnung und nach dem Essen sehen. Könnt ihr auf den Laden aufpassen?«

»Klar«, antworten Jule und Fernando wie aus einem Mund.

Kaum ist Pedra verschwunden, sagt Fernando: »Rifkin meint, irgendwas sei im Gange. Und so langsam denke ich das auch.«

»Wie, wovon redest du?«

»Da läuft doch was. Irgendeine Mauschelei. Denkst du, ich merke das nicht?«

Jule gibt klein bei. »Ich erzähle es dir später, das könnte länger dauern. Aber da ist noch etwas: Oda hat mir angeboten, die Wohnungen zu tauschen.«

»Welche Wohnungen?«

»Na, meine gegen die von Oda. Du kennst sie doch, oder? Die hat eine Galerie und einen Kaminofen und einen mit Natursteinen gepflasterten Hof, das Ganze gehört zu einem ehemaligen Gutshof.«

Fernando reißt die Augen auf. »Das ist in Isernhagen!«

»Allerdings.«

»Da ist ... nichts! Kein Laden, kein Kiosk, keine Kneipe ...«

»Ja, aber mal ehrlich, Fernando, wann hängst du denn vor einem Kiosk ab? Wann waren wir zuletzt in einer Kneipe?«

»Mir reicht das Gefühl, dass ich hingehen könnte. Wenn mir abends um zehn einfällt, dass ich was brauche, dann weiß ich in Linden, wo ich hingehen muss. In der Vorstadt kannst du verhungern! Was heißt Vorstadt, nicht mal die Stadtbahn fährt bis zu Oda raus, man muss für das letzte Stück den *Bus* nehmen!«

»Dafür tritt man morgens nicht in zerbrochene Bierflaschen oder halbverdaute Dönerreste auf dem Gehweg.«

»Du übertreibst«, protestiert Fernando.

»Ich habe nicht gesagt, *jeden* Morgen. Fernando, ich bitte dich ja nur, mal darüber nachzudenken. Irgendwie schafft Oda es doch auch, jeden Tag pünktlich zum Dienst zu kommen.«

»Wahrscheinlich steht sie um fünf Uhr auf. Und ihre schwarzen Sachen zieht sie schon am Abend an und schläft darin.«

»Sei nicht albern. Wir könnten doch am Sonntag mal zusammen einen Ausflug dahin machen«, schlägt Jule vor.

»Da! Da hast du es! Ein *Ausflug*. Man fährt da hin, wenn man gar nichts Besseres zu tun hat. Aber da wohnt man doch nicht.«

IX.

Samstagmorgen, Völxen steht im Bad und rasiert sich mit dem Rasiermesser seines Großvaters, das er sorgfältig hegt und pflegt. Er ist vom Biertrinken noch ein wenig verkatert, aber das wird sich geben. Heute wird er den ganzen Tag an der frischen Luft verbringen. Er muss Zäune versetzen, damit sich ein Teil der Schafweide erholen kann, er wollte Lupine ansäen als Vitaminquelle für die Tiere, und er muss ... Völxen entfährt ein Schrei, als plötzlich ein dunkler, kopfloser Schatten hinter ihm auftaucht. Erst nach zwei Schrecksekunden erkennt er, dass es seine Frau ist, die seinen Anzug auf dem Kleiderbügel in die Höhe hält. »Verdammt, jetzt habe ich mich geschnitten!«, beklagt er sich. »Musst du dich so anschleichen?«

»Du schneidest dich jedes Mal, wenn du das olle Ding benutzt«, erwidert Sabine Völxen ungerührt.

»Ich blute. Ein wenig Mitgefühl wäre angesagt.«

»Wie geht's deinem Kopf?«

»Gut, bis auf die Tatsache, dass ich mir beinahe die Kehle durchgeschnitten hätte. Wieso?«

»Na, weil du gestern ganz schön einen sitzen hattest.«

Das muss er sich nun schon zum zweiten Mal anhören. Wanda, sein eigen Fleisch und Blut, hat ihn vorhin auf dem Handy angerufen und sich beschwert: *Ich erzähle Markus die ganze Zeit, was für ein toller Polizist du bist, und du kommst hackedicht vom Dienst nach Hause!*

»Bodo, ich möchte, dass du den Anzug anprobierst. Und wenn er nicht passt, fahren wir nach dem Frühstück in die Stadt und kaufen dir einen neuen für Jules Hochzeit.«

»Rausgeschmissenes Geld, wer schaut mich schon an?«

»Ich zum Beispiel. Und man weiß nie, wann man den Anzug wieder braucht. Vielleicht heiratet Wanda ja bald.« Sie lächelt und zwinkert ihrem Gatten zu, aber der kann darüber nicht lachen, überhaupt nicht. Er weiß, dass er keine Chance hat, also beendet er seine Rasur, bringt die Blutung mit Klopapier zum Stillstand und geht hinüber ins Schlafzimmer, um in den Anzug zu schlüpfen. Ja, das Jackett spannt ein bisschen, aber das kann man doch die meiste Zeit offen lassen. Die Hose dagegen passt noch wie angegossen, da gibt's kein Vertun.

»Atme gefälligst!«

»Tu ich doch. Hör auf, kitzeln gilt nicht!«

»Da hast du es! Die Jacke geht nicht mehr zu, und spätestens beim Nachtisch platzt die Hosennaht.«

»Versteh ich nicht. Ich hab doch so viel Sport getrieben«, verteidigt sich Völxen. »Du hast es doch selbst gesehen auf dieser Fitness-Handschelle, die du mir verpasst hast.«

Sabine sieht ihn mit einer Mischung aus Strenge und Nachsicht an. »Meinst du, ich hab nicht gemerkt, dass du das Ding Oscar umgehängt und ihn damit über die Schafweide gejagt hast?«

*

»Wir suchen ein Brautkleid«, sagt Brigitta.

»Da sind die Damen hier genau richtig.« Die Verkäuferin des Brautmodengeschäfts – eine sehr schlanke Mittvierzigerin – lächelt Jule und Brigitta strahlend an. »Wer von Ihnen beiden ist die Braut?«

»Ich«, sagt Jule.

»Haben Sie schon irgendwelche Vorstellungen?«

»Weiß.«

»Für eine kirchliche Trauung«, ergänzt Brigitta.

»Soll es etwas Romantisches sein, etwas Pompöseres oder eher etwas Schlichtes? Lang oder kurz?«

»Ich weiß nicht.« Jule beginnt die in Folie eingeschlagenen Kleider an der Stange hin- und herzuschieben, während Brigitta stumm danebensteht.

»Und wann ist der große Tag?«, zwitschert die Verkäuferin.

»Nächste Woche«, antwortet Jule.

»Na, dann wird es aber höchste Zeit.«

»Darum bin ich ja hier«, antwortet Jule genervt. Wäre nur Pedra dabei, die wüsste genau, was zu tun ist.

Sie wühlt sich ratlos durch den Kleiderwust, bis sich die Verkäuferin erbarmt, mit geübtem Griff eines herauszieht und sagt: »Probieren Sie das mal an. Es ist elegant, hat als besonderes Etwas den tiefen, mit Spitze gesäumten Ausschnitt am Rücken. Aber es ist auch romantisch durch den mehrlagigen Rock und die Dreiviertelärmel aus transparenter Spitze. Dieses Cremeweiß passt außerdem sehr gut zu Ihrem Haar und Ihren Augen.«

Dankbar verschwindet Jule in der geräumigen Kabine.

»Haben Sie Ihre Brautschuhe dabei?«, ruft die Verkäuferin durch den Vorhang.

»Ich habe noch keine«, keucht Jule, die mit den seidigen Stofflagen des Kleides ringt – und mit ihrer Fassung, nachdem sie das Preisschild gesehen hat. Das ist ja mehr als ein Monatsgehalt!

»Einen Kerl zum Heiraten hat sie schon«, meint Brigitta lakonisch.

»Ich kann Ihnen welche raussuchen.«

»Größe 38. Und bitte nicht so hoch!«, antwortet Jule.

Wenig später steht sie abgekämpft und mit wirrem Haar in Brautkleid und für ihre Verhältnisse recht hohen Pumps vor dem großen Spiegel.

Die Fachkraft zupft und zerrt an ihr herum und meint, natürlich müsse Jule dazu einen anderen BH tragen, einen, der *die Sache* ein wenig besser zur Geltung bringe. »Wunderschön«, haucht sie schließlich, als alles so sitzt, wie es sein muss. »Wie für Sie gemacht.«

»Ja, es ist traumhaft schön«, meint auch Brigitta.

Jule dreht sich vor dem Spiegel und fühlt sich wie ein kleines Mädchen, das Prinzessin spielt.

»Mit hochgesteckten Haaren wird das toll aussehen«, rät Brigitta.

»Meinst du?«

»Sagen Sie bloß, Sie haben Ihre Brautfrisur noch nicht ausprobiert?« Die Verkäuferin scheint kurz vor dem Kollaps zu stehen.

»Ich … ich hatte eigentlich vor, die Haare wie immer …«

»O nein!«, rufen die beiden im Chor.

»Du musst einen Termin machen, sofort!«, ruft Brigitta hektisch.

»Schon gut, keine Panik. Auf jeden Fall nehme ich das Kleid und die Schuhe.«

Ihr Publikum schaut Jule an, als wäre sie nicht ganz bei Sinnen.

»Wie? Du nimmst das erstbeste Kleid?«, fragt Brigitta.

»Es sieht doch gut aus. Habt ihr beide gesagt.«

»Ja, sicher, aber willst du nicht noch andere anprobieren?«

»Warum soll ich noch zig andere anziehen und mich dann mit der Auswahl rumquälen?«

Jule holt ihr Telefon aus der Handtasche, die noch in der Kabine hängt, und streckt es Brigitta hin. »Du kannst ja mal ein Foto machen. Mal sehen, was der Herr Bräutigam dazu sagt.«

»Nein!«, schallt es Jule erneut zweistimmig entgegen, und Brigitta weicht vor dem Telefon zurück, als hätte Jule ihr eine Waffe vors Gesicht gehalten.

»Das dürfen Sie nicht, das bringt Unglück«, flüstert die Verkäuferin.

»Meine Damen, wir leben im einundzwanzigsten Jahrhundert!«

»Trotzdem«, widerspricht Brigitta entschieden. »Man muss das Schicksal nicht herausfordern. Es gibt Dinge zwischen Himmel und Erde …«

»Dann eben nicht.« Jule verschwindet wieder in der Kabine, um das Kleid auszuziehen. Erstaunlich, was eine Hochzeit in den Menschen hervorbringt: den finstersten Aberglauben. Was hat sie sich in den letzten Wochen nicht alles für haarsträubenden Unfug von Pedra anhören müssen! Aber dass selbst Brigitta, die immerhin ein Medizinstudium absolviert hat, an derlei Schwachsinn glaubt …

»Das hätten wir«, strahlt Jule erleichtert, als sie wieder in Jeans und Sneakers aus der Kabine tritt und der Verkäuferin das Kleid überreicht. Sie kramt ihre Kreditkarte heraus.

»Nicht nötig. Ihre Schwester hat das bereits erledigt.«

Schwester?

»Wir sind keine Schwestern«, stellt Brigitta klar.

»Verzeihung. Ich dachte nur ... weil Sie sich so ähnlich sehen.«

Beider Blicke wandern zu dem großen Spiegel.

Wo, bitte schön, fragt sich Jule, ist da die Ähnlichkeit? Die kastanienbraune Haarfarbe vielleicht, aber Brigitta ist in Wirklichkeit dunkelblond. Okay, vielleicht ist die Form der Wangenknochen ein bisschen ähnlich, und die Kinnpartie ...

»Das ist schräg, oder?«, meint Brigitta mit einem schiefen Lächeln.

»Total schräg«, sagt Jule zu Brigittas Spiegelbild. »Wenn es denn wahr wäre.«

»Ist es aber nicht«, sagt Brigitta.

»Nein, gar nicht«, bekräftigt Jule.

Noch immer vergleichen die beiden ihre entsetzten Gesichter, dann, als sie es bemerken, brechen sie plötzlich in Gelächter aus.

»Tut mir leid, wenn ich Sie in Verlegenheit gebracht habe«, sagt die Verkäuferin, die gerade das Kleid in einen riesigen Karton bettet.

»Du solltest aber nicht mein Brautkleid bezahlen.«

»Dein Vater hat das so angeordnet. Gönn ihm die Freude. Es ist seine Art, zu zeigen, dass er dich liebt.«

Oder der Versuch, meine Zuneigung zu dir zu erkaufen.

»Danke. Sag ihm ... ach nein, ich ruf ihn an.« Und weil Jule nun prompt das Gefühl hat, den beiden etwas zu schulden, setzt sie mit einem warmen Lächeln hinzu: »Danke, dass du mitgekommen bist.«

»Hat mir doch Spaß gemacht«, lächelt Brigitta zurück.

Sie ist wirklich ganz okay, denkt Jule. Ich sollte mir wirklich mehr Mühe geben.

X.

Montag, 22. August

Völxen sitzt am Steuer seiner geliebten Citroën DS und schaukelt über die Landstraßen. Normalerweise versetzen ihn die immer seltener werdenden Fahrten mit seiner Staatskarosse in gute Laune, aber heute will sich der Effekt nicht einstellen.

Jule ist inzwischen mit ihrem Aktenstudium durch. Die Frage, wer den Ermittlern damals den Hinweis auf das Wochenendhäuschen am Steinhuder Meer geliefert hat, konnte nicht vollends geklärt werden, auch wenn Erwin Raukel meinte, sich zu erinnern, dass es der Vater von Oliver Simonsen gewesen sein könnte. Es ist nicht die einzige Frage, die offenblieb. Jule hat sie ihm alle aufs Butterbrot geschmiert: die fehlenden Spuren im Wagen, die Frage, wo Simonsen den Wagen gelassen haben soll, während er Kristina beobachtete ...

Aber es ist nicht nur der alte Fall, der ihm Kopfzerbrechen bereitet. Markus de Fries gehört auch dazu. Eigentlich hatte er sich doch recht nett mit dem Mann unterhalten. Sie haben sich die DS im Schuppen angesehen, und Markus hat ein paar sachkundige Fragen gestellt und dem alten Schätzchen den gebührenden Respekt gezollt. Der Typ ist nicht unsympathisch, das kann man so nicht sagen. Aber als Freund seiner Tochter?

»Du bist so still, Völxen, hast du schlechte Laune?«

»Schließlich fahren wir zu einer Beerdigung. Es schickt sich nicht, johlend und pfeifend dort anzukommen.«

Jule verdreht die Augen.

Wieder schweigen beide und hängen ihren Gedanken nach, aber dann beginnt Völxen: »Darf ich dich was Persönliches fragen?«

»Äh, ja?«

»Wie steht dein Vater eigentlich dazu, dass du Fernando heiratest?«

»Du meinst, weil er ein Beamter ist und von spanischen Einwanderern abstammt?«

Jules rasche Auffassungsgabe hatte Völxen immer schon an ihr geschätzt. Er nickt.

»Mein Vater ist egoistisch und hält sich für gottgleich, aber er ist kein Snob. Ich denke, er mag Fernando. Es ist ihm wichtig, dass ich glücklich bin. Bei meiner Mutter wäre das anders. Die hatte einen mordsmäßigen Dünkel. Dabei war sie im Grunde nur eine Metzgerstochter, die ein bisschen Klavier spielen konnte.« Jule beißt sich auf die Lippen. »Gott, sie würde im Grab rollieren, wenn sie mich hören könnte. Aber warum willst du das wissen? Hast du Bedenken hinsichtlich Fernandos Tauglichkeit als Ehemann?«

»Was? Nein. Fernando ist schon nicht verkehrt. Ich habe ja auch viele Jahre in seine Erziehung investiert. Es geht um Wanda. Sie hat einen neuen Freund ...« Völxen berichtet Jule in dürren Worten das wenige, das er über Markus de Fries und seine Familie weiß. Dessen Vater war bis zu seiner Pensionierung ein hochrangiger Diplomat, die Mutter entstammt einer Dynastie hannoverscher Privatbankiers, Markus selbst hat einen einträglichen Posten bei der HDI. Das alles hat Völxen inzwischen von Sabine erfahren, die es aus Wanda herausgekitzelt hat.

»Und was passt dir nicht daran?«, fragt Jule.

»Alles. Ich bin ein kleiner Beamter, der sein Konto bei der Volksbank hat. Mein Vater war Friseur, mein Großvater Bauer. Okay, Sabine ist Dozentin an der Musikhochschule, das macht noch ein bisschen was her, aber trotzdem ...«

»Völxen! Seit wann hast du Minderwertigkeitskomplexe?«

»Hab ich nicht. Aber das ist nicht unser Stallgeruch.«

»Ich bitte dich! Wir leben nicht mehr im neunzehnten Jahrhundert.«

Völxen seufzt schwer: »Aber wir sind immer noch eine Klassengesellschaft, das wird sich auch nie ändern. Menschen neigen dazu, sich jemanden zu suchen, auf den sie herabschauen können. Einen

Einzelnen oder eine ganze Gruppe, egal. Es ist ein Instinkt und nicht gerade unser edelster, und die wenigsten kommen dagegen an. Ich möchte nicht, dass es irgendwann Wanda ist, auf die diese Familie herabsieht.«

Jule scheint über seine Worte nachzudenken. »Ist es ihr denn ernst?«

»Sie hat uns noch nie einen Freund so förmlich vorgestellt. Sonst lungerten ihre Freunde halt irgendwann bei uns herum und kriegten kaum die Zähne auseinander, um einem im eigenen Haus einen guten Morgen zu wünschen, und kaum hatte man sich den Namen gemerkt, war schon ein anderer dran.«

»Na, siehst du.«

»Aber du hättest sehen sollen, wie sie ihn angehimmelt hat.«

»Bist du eifersüchtig?«

»Das hat mir Sabine auch schon unterstellt.« Völxen hatte auch ihr versichert, er sei nicht eifersüchtig, es gefalle ihm nur nicht, wie seine aufmüpfige, rotzfreche Tochter zum devoten Luxusweibchen mutiere.

»Ich hätte auch mal eine Frage«, wechselt Jule das Thema. »Warum fahren wir zu Simonsens Trauerfeier? Doch nicht etwa aus Pietät?«

»Ich möchte Santiago den Eindruck vermitteln, dass wir ihn ernst nehmen, und das tun wir, indem wir Präsenz zeigen.«

»Hast du Angst vor ihm?«, fragt Jule unverblümt.

»Red keinen Quatsch!«

»Bist du heute bockig.«

Sie sind auf dem Parkplatz des Friedhofs angekommen, Völxen stellt den Motor ab.

»Warte kurz«, bittet Jule und sucht seinen Blick. »Sag mir ganz ehrlich: Hat bei diesem Fall irgendwer Dreck am Stecken?«

Völxens Augenbrauen schnellen in die Höhe. »An wen denkst du da zum Beispiel?«

»Raukel vielleicht. Oder ...« Jule zögert.

»Oder?«, hakt Völxen nach.

»Oda.«

»Das kann doch wohl nicht dein Ernst sein«, ereifert sich Völxen.

»Sie war sehr reserviert, als ich ihr ein paar Fragen gestellt habe. Ganz anders, als man sie sonst so kennt.«

»Dreck am Stecken«, wiederholt Völxen. »Wir reden hier von Vorsatz. Hast du dafür irgendeinen Beweis oder auch nur ein winziges Indiz?«

»Nein«, murmelt Jule. »Es war nur so ein Gefühl. 'Tschuldige, wenn das ein bisschen grob rüberkam.«

»Schon gut. Es ist wirklich kein dankbarer Job, das sehe ich ein.«

Jule nickt. »Also, damit du beruhigt sein kannst: Ich habe bis auf die schon genannten offenen Fragen nichts entdeckt. Allerdings mag das daran liegen, dass die Dokumentation an manchen Stellen ein wenig dürftig ist. Verhöre über den Gartenzaun!«

Völxen sieht sie finster an, aber Jule lässt sich nicht einschüchtern. »Ich wusste gleich, warum ich es nicht machen wollte. Jetzt sind alle sauer auf mich, einschließlich Fernando.«

»Was ist mit Fernando, was hast du ihm gesagt?«

»Na, die Wahrheit.«

»Wieso denn das?«, regt sich Völxen auf. »Jetzt weiß er doch auch, warum ich ihn und Rifkin zu diesem Lehrgang geschickt habe.«

»O ja«, grinst Jule. »Er war not amused.«

»Musste das sein?«, grollt Völxen.

»Mir blieb nichts anderes übrig. Rifkin hat Lunte gerochen. Die hört doch das Gras wachsen.«

*

»*Und wenn er heimkommt, ruft er seine Freunde und Nachbarn und spricht zu ihnen: Freuet euch mit mir, denn ich habe mein Schaf gefunden, das verloren war.* Ich sage euch: Also wird auch Freude im Himmel sein über einen Sünder, der Buße tut, vor neunundneunzig Gerechten, die der Buße nicht bedürfen. So heißt es bei Lukas, Vers 15.« Santiago hält inne und mustert seine überschaubare Zuhörerschaft, ehe er fortfährt. »Das muss man sich einmal vor Augen halten: Ein einziger Sünder, wenn er denn bußfertig ist, wiegt mehr und ist für den Himmel interessanter als neunundneunzig Gerechte. Wer unter uns mag das begreifen? Nun, da eines der Schafe fehlt, sind dem Hirten nicht mehr alle Schafe gleich, jetzt dreht sich alles ganz und gar nur noch um das eine Schaf, das verlorene Schaf. Im Lukasevangelium hat die Geschichte ein Happy End. Der Hirte findet das Schaf. *Freut euch mit mir, denn ich habe mein Schaf gefunden, das verloren war …*«

Henning hängt an den Lippen des Pfarrers. Schon bei der Beisetzung seiner Großmutter hatte er ihm gerne zugehört. Des Pfarrers Worte malten Bilder, die er verstand und deutlich vor sich sah. Wann immer er an Oma Irmchen denkt, stellt er sich vor, wie seine Oma im Kreis der Seligen aufgenommen wird, aller Schmerz und alles Leid von ihr abfallen und sie an jenem besseren Ort ihre Tochter, Hennings Mutter, wiedertrifft. Wenn er sich dieses Bild vor Augen ruft, dann hat ihr Tod gar nichts Schreckliches mehr. Und so schlimm Oliver Simonsens Leben auch gewesen sein mag, besonders die Jahre im Gefängnis, so geht er jetzt sicherlich glücklicheren Zeiten entgegen. Ja, Oliver hat es überstanden. Es ist überflüssig, sich seinetwegen noch länger Gedanken zu machen.

Die Worte des Pfarrers nehmen ihm eine Last von den Schultern. Aber schon drängt sich ein anderer Gedanke in den Vordergrund: Ilva. Seit sie in sein Leben getreten ist, verspürt Henning verstärkt den Wunsch, Moritz daraus zu verbannen. Nur wie soll das gehen? Noch nie hatte es Henning geschafft, sich Moritz vom Hals zu halten. Zeitweise wollte er es auch gar nicht. Und *Big Brother Mo*, wie er sich selbst ab und zu nennt, scheint auf rätselhafte Weise immer alles über Henning zu wissen und ihn zu durchschauen. Henning hat längst aufgehört, sich darüber zu wundern. Vielleicht ist Moritz so etwas wie sein Hirte und er, Henning, das Schaf. Ganz bestimmt gibt es nicht nur gute Hirten, sondern auch böse.

*

Jule fröstelt. Es ist kühl in der Friedhofskapelle von Gümmer, einem recht nüchternen Backsteinbau mit hohen Fenstern. Sie und Völxen haben in der vorletzten Reihe Platz genommen und lauschen den Worten Santiagos.

»Bisschen schaflastig, diese Predigt«, bemerkt Jule leise, was Völxen mit einem tadelnden Seitenblick quittiert.

Die Reihen vor ihnen sind leer. Ganz vorn sitzen Oliver Simonsens Eltern. Die Mutter – eine kompakte Figur, graue Kurzhaarfrisur – hält den Kopf gesenkt, ab und zu zucken ihre Schultern. Der Vater neben ihr hält sich aufrecht und bewegt sich nicht. In der zweiten Reihe sitzt ein schmuddelig wirkender Mann in den Sechzigern, braun gebrannt und mit einem Kranz aus grauen Haaren, die sich fettig über den Hemdkragen kringeln. Es ist der Onkel, dem die Hütte gehört hat, wie Völxen ihr zugeflüstert hat.

Jule ruft sich das Vernehmungsprotokoll ins Gedächtnis. Rolf Meffert heißt er, und er ist kein richtiger Onkel, sondern der Cousin von Monika Simonsen, der Mutter des Verstorbenen. Er ist kein unbeschriebenes Blatt. Anfang der Neunziger erhielt er eine Bewährungsstrafe wegen sexueller Nötigung eines Minderjährigen. Es war um einen vierzehnjährigen Jungen gegangen. Ob sich Meffert auch an seinem Neffen vergriffen hat? Werden nicht Opfer sexueller Übergriffe bisweilen selbst zu Tätern? Wie konnten Olivers Eltern zulassen, dass ihr Sohn mit diesem Typen verkehrte? Irgendwie scheint die ganze Sippschaft gründlich verkorkst zu sein.

»*Man kann nicht sagen, dass Oliver Simonsen immer ein vorbildliches Leben geführt hat. Sein Verhalten war oft widersprüchlich. Er war Mitglied der freiwilligen Feuerwehr, weil er dort Kameradschaft suchte und anderen helfen wollte. Doch im Grunde war er ein Einzelgänger, und manchmal verlor er die Kontrolle. Oliver hatte die schlimme Tat, die ihm zur Last gelegt wurde, nie gestanden. War er zu stur? War er unschuldig, wie er stets beteuert hat? Das weiß nur Gott allein. Und Gott allein wird ihn zur Verantwortung ziehen, und an Gott ist es, ihm zu verzeihen, sofern er Buße tut. Buße meint kein Geständnis vor dem irdischen Richter. Buße meint die innere Umkehr vom falschen Weg und die Hinwendung zu Gott. Denn wenn ein Mensch Buße tut, begibt er sich in die offenen Arme Gottes. Und dort ist sein Platz.*«

Jule beobachtet, wie sich Völxens Kiefermuskulatur anspannt. Aber er schaut dabei nicht auf den Pfarrer, sondern auf die andere Seite des Raumes. Dort hat sich in letzter Minute ein Paar in die hinterste Reihe gesetzt, beide schlank und groß, er im grauen Anzug, sie in einem roten Etuikleid, nicht unbedingt zum Anlass passend, aber vielleicht extra so gewählt. Rot, die Farbe des Zorns.

»Sind das die Eltern von Kristina Brandt?«

Völxen nickt.

»Was wollen die denn hier?«, flüstert Jule.

»Was fragst du mich?«

Während Santiago spricht, schielt Jule immer wieder hinüber zu den Brandts. Herr Brandt macht den Eindruck, als wäre er lieber woanders. Er zupft am Saum seines Jacketts herum, und ab und zu schaut er Pfarrer Santiago so flehend an, als wolle er sagen: *Komm zum Ende, damit wir wieder gehen können.*

Frau Brandts Rückgrat scheint aus Stahl zu sein, so aufrecht und reglos sitzt sie da, ein Monument der Anklage, das kastanienbraune Haar streng zurückgeknotet, die Gesichtszüge reglos. Schwer zu sagen, ob sie dem Pfarrer zuhört. Wohl eher nicht. Sie starrt auf den Sarg, so als wollte sie mit ihren Blicken Löcher ins Holz brennen. Da drin liegt der Mörder ihrer Tochter. Der tote Mörder ihrer Tochter. Nun wird sie nie erfahren, was mit Kristinas Leiche geschah. Was überhaupt mit Kristina geschah, wie sie starb.

Jemand hinter ihnen hustet kurz und trocken. Jule blickt sich um. Ein Mann, Ende zwanzig, schmales Gesicht, dunkles, modisch geschnittenes Haar, schwarzer Anzug, der aussieht, als hätte er ihn noch nicht oft getragen. Er scheint der Ansprache des Pfarrers aufmerksam zu lauschen. Gerade als Jule sich umschaut und Santiago von *tätiger Reue* spricht, nickt er kaum merklich, und seine Lippen bewegen sich, als führe er ein stummes Selbstgespräch. Ein Freund Simonsens oder vielleicht ein Knastkumpel?

»*Lasset uns beten!*«

Die kleine Trauergemeinde erhebt sich von ihren Plätzen, um das Vaterunser vor sich hin zu murmeln. Bis auf das Ehepaar Brandt. Die behalten Platz und sehen aus, als wären sie eingefroren. Jule findet ihren Auftritt grenzwertig. Haben Oliver Simonsens Eltern denn nicht das Recht, den letzten Weg ihres Sohnes unbehelligt zu begleiten? In ihrem Furor aus Hass und Trauer scheinen die Brandts die Bedürfnisse anderer nicht zu kümmern.

Santiago spricht den Segen. Die Angehörigen folgen dem Sarg, der von den Männern des Bestattungsinstituts aus der Kapelle getragen wird. Es ist ein schlichtes Modell aus Fichtenholz, geschmückt mit einem bescheidenen Gesteck aus weißen Rosen. Draußen steht der Leichenwagen bereit, um den Leichnam zum Krematorium zu bringen.

Jule und Völxen lassen die kleine Prozession an sich vorbeiziehen. Herr und Frau Simonsen streifen die beiden Ermittler mit einem Seitenblick, aber falls sie Hauptkommissar Völxen von den damaligen Befragungen her wiedererkennen, lassen sie sich nichts anmerken.

»Was für ein Glück für Sie!«, ruft Regine Brandt den Eltern des Toten nach, als diese an ihr vorbeigehen. »Sie können das Monster wenigstens begraben, das Sie in die Welt gesetzt haben!«

»Regine, bitte!«, flüstert ihr Mann und legt ihr beschwichtigend die Hand auf die Schulter.

»Lass mich!« Sie streift seine Hand mit einer heftigen Geste ab.

Die Simonsens sind vor dem Ausgang stehen geblieben. Die Blicke der beiden Frauen verhaken sich ineinander. Da ist sehr viel Wut auf beiden Seiten.

»Mein Sohn ist kein Monster«, antwortet Frau Simonsen mühsam beherrscht. Ihr fülliges Gesicht ist rot angelaufen, das Doppelkinn bebt, während Santiago mit langen Schritten und raschelnder Kutte auf das Ehepaar Brandt zueilt und ruft: »Bitte! Oh, ich bitte Sie! Respektieren Sie die Trauer der Angehörigen!«

»Und was ist mit unserer Trauer?«, entgegnet Frau Brandt giftig.

»Regine, bitte, lass uns gehen«, drängt Herr Brandt, dem das alles sehr peinlich zu sein scheint. Seine Frau beachtet ihn gar nicht. Santiago ist vor den Brandts stehen geblieben. Er wirkt ein bisschen so, als würde er auf ein scheuendes Pferd einreden. Er beteuert: »Wenn Sie reden möchten, stehe ich Ihnen gerne jederzeit zur Verfügung. Nur würde ich jetzt bitte gern die Angehörigen verabschieden. Das ist heute ihr Tag und der ihres Sohnes. Bitte haben Sie dafür Verständnis.«

»Ach ja?«, erwidert Frau Brandt. »Ich soll Verständnis haben? Und hatte irgendjemand Verständnis für uns?« Ehe jemand sie zurückhalten kann, packt Frau Brandt den Pfarrer an seiner Soutane und schüttelt ihn. Santiago gibt sich unbeeindruckt. Unerschütterlich und ohne sich zu wehren steht er da wie ein Fels, während sie an ihm herumzerrt und ruft: »Sagen Sie mir, was er Ihnen gebeichtet hat! Was hat er gesagt? Wo ist meine Tochter, was hat er mit ihr gemacht?«

Völxen eilt herbei, und zusammen mit Herrn Brandt gelingt es ihnen mit sanfter Gewalt, die Aufgebrachte dazu zu bewegen, wieder von dem Priester abzulassen.

Der geht kommentarlos hinaus, um die Angehörigen zu verabschieden. Völxen gibt Frau Brandts Arm frei. Für einen Augenblick sieht es so aus, als sei diese alles losgeworden, was sie loswerden wollte. Aber dann nimmt sie Völxen aufs Korn: »Sie! Was haben Sie in all den Jahren unternommen, um meine Tochter zu finden?«, schleudert sie ihm entgegen. Ehe er überhaupt eine Chance hat, ihr zu antworten, fährt sie fort: »Jetzt stehen Sie hier, auf seiner Beerdigung! Hätten Sie ihn lieber in die Mangel genommen, als er noch lebte. Aber da war's Ihnen egal! Keiner hat mehr einen Finger gerührt für meine Kristina, alle haben sich nur um den da gekümmert!« Sie deutet in Richtung Tür, wo der Sarg längst außer Sichtweite ist.

»Frau Brandt, bitte beruhigen Sie sich«, sagt Völxen. »Wir können darüber reden, aber hier ist nicht der richtige Ort dafür.«

»Reden! Jetzt wollen plötzlich alle reden! Was nützt das denn noch?« Ihre Stimme schnappt über, Tränen stürzen aus ihren Augenwinkeln. Ihr Mann macht Völxen ein Zeichen, dass es besser ist, nichts mehr zu sagen. Er legt den Arm um seine Frau und führt sie Schritt für Schritt zur Tür hinaus, während er leise und beschwörend auf sie einredet.

»Der arme Kerl«, bemerkt Jule.

»Und sie tut dir nicht leid?« Völxen zupft sein Hemd zurecht, das beim Nahkampf mit Frau Brandt in Unordnung geraten ist.

»Doch. Aber heißt es nicht, die Stillen leiden mehr als die Lauten? Er hat seine Tochter verloren, was schon schlimm genug ist, und jetzt muss er mit dieser verbitterten Frau klarkommen. Der Mann ist doppelt gestraft.«

»Ich weiß, was du meinst. Die wenigsten Ehen halten so einen Schicksalsschlag aus.« Völxens Blicke suchen angestrengt den Boden ab. »Verflucht, mir ist ein Knopf von meinem Sakko abhandengekommen.«

»Man flucht nicht in der Kirche«, mahnt Jule.

»Du klingst schon wie Pedra.«

»Komisch, das sagt Fernando auch. Da ist er ja.« Jule hebt den abgerissenen Knopf auf und reicht ihn seinem Besitzer. »Sag mal, Völxen, ist das das gute Stück, das du zu meiner Hochzeit tragen wirst?«

»Und wenn es so wäre?«

»Sitzt ein bisschen ... stramm.«

»Bis dahin nehme ich noch ab.«

»Zehn Kilo in fünf Tagen, das wird ein Rekord«, murmelt Jule.

»Wie bitte?«

»Ich sagte, lass uns rausgehen, mir ist kalt.«

Selten tat die Sonne so gut. Völxen genießt dieses Gefühl, das sich bei ihm einstellt, wenn er Krankenhäusern, Altenheimen, Justizvollzugsanstalten oder Bächles Seziersaal entrinnt. Die Sonne strahlt heller als sonst, die Luft riecht besser, der Himmel ist blauer, und die Vögel singen schöner. Auch Jule atmet erleichtert auf.

Vor der Kapelle verabschiedet Santiago gerade die Eltern des Verstorbenen. Meffert, dieser Kotzbrocken, ist schon gegangen, worüber Völxen nicht traurig ist. Er und Oda haben ihn damals vernommen, nachdem man ihn aus seinem Urlaubsdomizil zurück nach Deutschland beordert hatte. Sein Alibi war nicht zu widerlegen, er hatte am Ballermann rumgehangen, dafür konnte er Zeugen benennen, die ebenfalls befragt wurden. Besonders nahe war ihm das Geschehen in seiner Hütte allerdings nicht gegangen, im Gegenteil. Er schien vielmehr genervt zu sein, weil man ihn damit belästigte, und er war wütend auf Oliver, weil der *so etwas* ausgerechnet in seiner Hütte anstellen musste. Als wäre es woanders in Ordnung.

Der junge Mann, der vorhin hinter ihnen gestanden hatte, geht jetzt auf Pfarrer Santiago zu und unterhält sich mit ihm.

»Wer ist das?« Jule ist neben ihn getreten und deutet mit den Augen auf die beiden.

»Keine Ahnung.«

»Wir können ihn ja fragen«, schlägt Jule vor.

Als hätte er sie gehört, scheint er es plötzlich eilig zu haben. Mit gesenktem Kopf und langen Schritten geht er davon und wirkt dabei, als würde er fliehen.

Santiago kommt auf sie zu, bleckt sein Pferdegebiss zu einem Lächeln und streckt den beiden seine Pranke hin. »Nun kann ich Sie auch gebührend begrüßen. Vorhin ging es ja etwas stürmisch zu«, meint er augenzwinkernd.

»Aber Sie haben sich wacker gehalten«, lobt ihn Völxen.

Jule lächelt zuckersüß und sagt: »Hochwürden, uns würde interessieren, wer der junge Mann war, mit dem Sie gerade gesprochen haben.«

Santiago antwortet, ohne zu zögern. »Sein Name ist Henning Kramm. Ich habe neulich bei der Beisetzung seiner Großmutter Irmgard Kramm gesprochen. Ein Kollege bat mich darum, er war wegen eines Bandscheibenvorfalls verhindert. Der junge Mann hat sich bei mir für die tröstenden Worte am Grab bedankt. Man ist ja immer froh, wenn man einer wunden Seele den Balsam des verbalen Trostes spenden kann.«

»Deswegen ist er extra zu Simonsens Trauerfeier gekommen?«, fragt Völxen. »Um sich zu bedanken?«

Santiago zuckt mit den Achseln: »Das wundert mich auch. Zumal ich den Eindruck hatte, dass er irgendetwas auf dem Herzen hatte. Aber auf einmal ist er ganz nervös geworden und hat sich recht abrupt verabschiedet.«

»Kann es an uns gelegen haben?«, fragt Jule.

»Nein, das glaube ich nicht.«

»Wir werden es in Erfahrung bringen«, antwortet Völxen. »Sie sehen, Herr Pfarrer, wir nehmen Ihr Anliegen sehr ernst.«

»Das freut mich zu hören«, antwortet Santiago und nickt huldvoll.

»Ja, wir arbeiten mit Hochdruck daran«, versichert Jule.

»Na dann. Wir müssen wieder ...«, mahnt Völxen, und Jule meint: »Wir sehen uns ja schon sehr bald. Übrigens, Fernando und ich würden uns sehr freuen, wenn Sie hinterher noch mit uns auf das Boot kämen, um dort zu feiern.«

»Ein Boot?«, ruft Santiago plötzlich entsetzt. »Wieso um Christi willen haben Sie sich denn ein Boot ausgesucht?«

»Wegen der Symbolik. Das Leben ist ein Fluss und man passiert verschiedene Stationen ...«

Völxen verbeißt sich ein Grinsen.

»Kann es sein, dass Sie mich gerade veräppeln?«, erkundigt sich Santiago.

»Nur ein bisschen«, gesteht Jule. »Wir konnten uns auf kein Lokal einigen, deshalb nehmen wir ein Boot.«

»Ich bin aber nicht seefest.«

Jule gönnt dem Geistlichen einen treuherzigen Dackelblick aus ihren Bernsteinaugen und sagt: »Es ist kein Katamaran. Nur ein Ausflugsboot, das ganz gemütlich über die Flüsse und Kanäle tuckert.«

»Ich kann wirklich nicht schwimmen«, bekräftigt Santiago.

»Übers Wasser wandeln?«

Santiago hebt den Zeigefinger. »Junge Dame, Sie kokettieren mit dem Höllenfeuer.«

»Nun seien Sie kein Frosch!«

Der Priester seufzt theatralisch und meint dann, dem Brautpaar und der Mutter des Bräutigams zuliebe werde er die schwankenden Planken eines Schiffs betreten. »Wenn es denn sein muss, in Gottes Namen!«

Jule plumpst auf den Beifahrersitz und schließt die Tür. »Mann, Völxen, jetzt kenne ich dich schon seit acht Jahren, aber dass du so übel rumschleimen kannst, hätte ich wirklich nicht von dir gedacht.«

»Du sei ganz still!«, entgegnet dieser pikiert. »Du hast mit ihm ja regelrecht geflirtet. *Nun seien Sie kein Frosch …*«

»So eine quietschige Stimme habe ich nicht.«

»Dass ihr Frauen so auf Priester abfahrt – ist das der Reiz des Verbotenen?«

»Ich war lediglich freundlich, damit der gute Ruf unseres Dezernats keinen Schaden nimmt.«

»Wir sollten uns beide was schämen«, grinst Völxen.

»Ja, sollten wir«, grinst nun auch Jule. »Das bleibt unter uns!«

»Auf jeden Fall.«

»Sag mal, musst du jetzt gleich zurück zur Dienststelle, oder hättest du noch etwas Zeit?«

»Ich muss gar nichts, ich bin der Chef.«

Eine halbe Stunde später bereut Völxen diese Antwort. »Wir hätten auch mit dem Auto zu dieser Hütte fahren können!«, mault er.

»Ach, ich find's toll. Ich bin schon seit Jahren nicht mehr mit einem Boot über einen See gerudert.«

»Du ruderst auch jetzt nicht«, ächzt Völxen.

»Natürlich nicht«, versetzt Jule. »Du bist schließlich ein Gentleman. Außerdem willst du doch abnehmen.« Sie lächelt schelmisch, während Völxen sich in die Riemen legt.

»Ich hole mir hier höchstens einen Sonnenbrand.«

»Und womöglich kriegt dein Anzug noch einen Möwenschiss ab.«

»Mal den Teufel nicht an die Wand!«

»Genieß es doch, es ist wunderschön hier!« Jule macht eine umfassende Armbewegung. »Wie Urlaub. Die Segelboote, die Möwen … Es hat so etwas Maritimes. Heißt ja nicht umsonst das Steinhuder *Meer*. Dass es an den meisten Stellen nur eins fünfzig tief ist, sieht man ja nicht.«

Völxen schweigt und rudert. Langsam findet er seinen Rhythmus, und das Boot gleitet flott über die glatte Wasseroberfläche. Zu dumm, dass er ausgerechnet heute sein Fitnessarmband nicht anhat. Er betrachtet Jule, die auf der Bank sitzt und das Gesicht in die Sonne hält. Sie hat die Schuhe ausgezogen, und ab und zu streckt sie einen Fuß ins Wasser.

Ich sollte es wirklich genießen, sagt sich Völxen. Wann in meinem Leben werde ich noch mal mit einer hübschen jungen Frau eine Ruderpartie unternehmen? Gleichzeitig wird ihm bewusst, wie bizarr diese Situation ist. Was würden die anderen sagen, wenn sie Jule und ihn so sehen würden? Ganz zu schweigen von Sabine, der er jeden Sommer verspricht, mit ihr hierherzufahren. Natürlich wurde bisher nie etwas daraus, weil zu Hause immer so viel zu tun war. Seit dieser verflixte Santiago aufgetaucht ist, geschehen lauter bizarre Dinge, realisiert Völxen. Ich betrinke mich mit Raukel, ich unternehme romantische Bootsfahrten mit meiner Mitarbeiterin …

»Schau nur, da sind Kormorane!«

Ihre kindliche Begeisterung hat etwas Rührendes. »Es ist eine Schande, ich war schon jahrelang nicht mehr hier«, gesteht Völxen. »Und ich bin nicht sicher, ob ich die Hütte von der Wasserseite her finde.«

»Wenn nicht, war's ein netter Ausflug«, meint Jule leichthin.

»Ich weiß allerdings gar nicht, was du dir davon versprichst.«

»Die Hütte war immerhin der Tatort. Den sollte man doch mal gesehen haben als gewissenhafte Ermittlerin. Wenigstens von außen«, setzt Jule hinzu.

»Deine *Ermittlungen* sind längst abgeschlossen. Du solltest die Akte prüfen, das hast du, fertig.«

»Meinst du nicht, ich könnte ganz unauffällig ein paar Zeugen von damals befragen?«

Völxen klappt die Ruder ein und nimmt Jule scharf ins Visier: »Nein, Jule, hast du verstanden? Wenn wir das wollten, müssten wir die Staatsanwaltschaft mit ins Boot holen, denn wenn wir das nicht tun, gibt's Riesenärger.«

»Es muss doch keiner erfahren.«

»Sei bitte nicht naiv. Von einer Kommissarin befragt zu werden ist für viele Menschen eine sehr spezielle Erfahrung, das wird sofort rumerzählt, dann kriegt die Presse davon Wind, und die fragt bei der Staatsanwaltschaft nach, und wir kommen in Teufels Küche. Thörner, der damals Anklage erhoben hat, ist inzwischen Oberstaatsanwalt am Landgericht Braunschweig. Der würde denken, wir wollen ihm ans Bein pissen, diese Typen sind doch alle eitel ohne Ende. Aber wem erzähle ich das? Schließlich warst du ja mal mit einem von ihnen liiert.«

»Das konntest du dir jetzt nicht verkneifen, was?«

»Nein.« Er nimmt die Ruder wieder auf und legt sich ins Zeug. Sie fahren an einem Schilfgürtel entlang. Haubentaucher ducken sich ins Wasser, ein Stockentenpaar weicht gemächlich aus.

»Ich hätte da noch eine Frage ...«, beginnt Jule.

Er seufzt.

»Es hat zwei Wochen gedauert, bis ihr diese Franziska Reuter gesprochen habt, die Schulfreundin von Kristina, die euch dann auf Simonsen gebracht hat, richtig?«

»Es waren Ferien. Das Mädchen war mit seinen Eltern im Wohnmobil unterwegs, und ein Handy hatten die nicht dabei.«

»Nimm's mir nicht übel, dass ich das frage, aber was habt ihr während der zwei Wochen gemacht?«

»So dies und das. Die meiste Zeit haben wir in der Kantine rumgesessen und Doppelkopf gespielt.«

»Spiel nicht den Eingeschnappten. Ich meine, gab es denn bis dahin gar keine andere Spur?«

»Nein. Wenn es eine gegeben hätte, stünde das ja wohl in den Akten.«

»Okay, ist ja gut.«

»Ich weiß, was du denkst«, räumt Völxen nach einer Weile ein. »Wenn man zwei Wochen lang im Dunkeln tappt, wie es so schön heißt, dann stürzt man sich umso vehementer auf die erste und einzige Spur, die einem zwischen die Finger kommt. Da kann es schon sein, dass man einen Tunnelblick entwickelt und nur noch in eine Richtung ermittelt, das will ich gar nicht bestreiten.«

»War es so?«

»Aus heutiger Sicht würde ich sagen: vielleicht, ja. Aber wir hatten wirklich keine andere Spur. Simonsen war verdächtig wie nur irgendwas, alles passte, alles deutete auf ihn. Manchmal sind die Dinge eben einfach und genau so, wie sie sich darstellen.«

»Das hat Oda auch gesagt.«

Ein paar Minuten lang gleiten sie stumm über den See.

»Dahinten müsste es sein«, murmelt Völxen nach einer Weile.

Vereinzelte kleine Bauten ducken sich ins Grün, Stege ragen ins Wasser.

Völxen wird langsamer, dann dreht er das Boot und zeigt wortlos auf ein Gebäude. Er hat es sofort wiedererkannt, dieses lieblos zusammengeschusterte Bauwerk.

»Gehört das noch diesem Rolf Meffert?«, will Jule wissen.

»Keine Ahnung.« Völxen hat das Boot neben den Steg manövriert. Er rechnet damit, dass Jule aussteigen will, aber sie lässt erst einmal das Ambiente auf sich wirken und macht ein paar Fotos.

Das weit überstehende Dach wirkt erdrückend. Ein paar Dachziegel sind kaputt, auf dem First balanciert eine rostige Satellitenschüssel. Das große Fenster zur Seeseite hin ist schmutzig, vom Rahmen blättert die weiße Farbe ab. Die Bäume hinter dem Haus sind in den dreizehn Jahren kräftig gewachsen, eine nah am Haus stehende Fichte überragt und verdunkelt das Grundstück. Die Terrasse, eine Fläche aus nacktem, rissigem Beton, wird von Plastikelementen überdacht, die ordentlich Grünbelag angesetzt haben. Das architektonische Juwel nimmt eine Fläche von etwa vierzig Quadratmetern ein und steht auf einem Betonsockel, der Rest ist aus Holz, welches dringend einen Anstrich gebrauchen könnte. Jede Menge Gerümpel steht auf dem Grundstück herum. Ein altes Fahrrad, eine Blechbadewanne, ein Kaninchenstall, eine zerschlissene Hängematte an einem rostigen Gestell. Es gibt einen Geräteschuppen mit einem Dach aus Teerpappe, der sich an eine Weide anlehnt und den Eindruck vermittelt, als würde er jeden Moment in sich zusammenfallen. Die ganze Anlage sieht trist und verwahrlost aus, jedoch nicht verlassen. Das Gras muss zwischendurch gemäht worden sein, sonst wäre es höher, die Thujenhecken zu beiden Seiten sehen aus, als wären sie vor Kurzem geschnitten worden, und der Steg wurde ausgebessert, was man an einigen noch neuen Holzplanken erkennen kann.

Jule bindet das Boot am Steg an, beide kraxeln aus dem schaukelnden Kahn. Völxens Kreuz rebelliert, und seine Hände schmerzen vom Rudern, und er spürt, wie sich ein Gefühl der Beklemmung in ihm ausbreitet. Es ist ein seltsames Gefühl, einen Tatort nach so vielen Jahren wieder zu betreten. »Dass das gleich klar ist«, sagt er zu Jule, »wir schauen nur durchs Fenster, wir brechen da nicht ein!«

»Natürlich, Boss!«

Beide spähen durch die trübe Frontscheibe ins Innere. Ein Turm aus leeren Bierkisten steht hinter der Tür, an deren Haken ein Regenmantel hängt. Sonst, stellt Völxen fest, hat sich nichts verändert. Er sieht dieselbe schäbige Einrichtung, den groben Holzboden, die ausgefranste Spitzengardine vor dem winzigen Fenster über der Spüle. »Sogar diese Polsterliege ist noch da«, murmelt er vor sich hin und kann nicht verhindern, dass ihm ein kalter Schauer den Rücken hinabläuft.

»Dieser Meffert scheint wirklich kein Sensibelchen zu sein«, meint Jule dazu. Sie macht mit dem Handy ein paar Fotos durch die Scheibe. Damit hat sie genug gesehen. Sie wendet sich ab, geht noch einmal um das Haus herum, fotografiert das Anwesen vom Steg aus und klettert wieder ins Boot. Völxen macht das Seil los und springt ebenfalls in den Kahn, was diesen bedenklich schaukeln lässt.

»Nicht dass wir noch kentern«, kichert Jule nervös.

»Das fehlt noch.«

»Soll ich zurückrudern?«

»Auf keinen Fall!« Völxen stößt sich mit dem Ruder vom Steg ab und sieht zu, dass sie wieder wegkommen. »Und? Hat es dir neue Erkenntnisse gebracht?«

»Das weiß ich noch nicht. Aber du siehst dir die Tatorte doch auch immer an.«

Völxen nickt. Er weiß, was sie meint. Man möchte einfach möglichst viele Eindrücke sammeln, denn man weiß nie, welches Detail sich plötzlich als wichtig erweist.

»Hat denn dort an dem Abend von den Nachbarn niemand etwas beobachtet?«, fragt Jule, auf die beiden Nachbargrundstücke deutend. Die sehen deutlich gepflegter aus als das von Meffert.

Völxen schüttelt den Kopf. »Das Haus rechts daneben stand damals zum Verkauf, die Leute, denen die linke Hütte gehörte, waren im Urlaub, und die Nachbarn in zweiter Reihe sind in der Nacht nicht dort gewesen. Das sind ja keine Wohnhäuser, nur sogenannte Wochenendgrundstücke.«

»Das ist es ja gerade. Es war ein lauer Abend in einem Jahrhundertsommer und es war Samstag. Wann, wenn nicht an einem solchen Abend, sitzt man vor seinem *Wochenendgrundstück*?«

»Es war aber auch Ferienzeit. Jedenfalls hat sich damals niemand gemeldet, der etwas beobachtet hat«, erwidert Völxen, während er unbeirrt weiterrudert. »Wenn ein junges Mädchen verschwindet, noch dazu in einem kleinen Ort, dann beschäftigt das die Menschen, und zwar wochenlang. Wenn jemand etwas gesehen hätte, hätten wir es garantiert erfahren.«

»Okay. Wird wohl so gewesen sein«, sagt Jule. »Wenn meine Mission also zu Ende ist, dann könnte ich doch Mittwoch und Donnerstag freinehmen, oder? Ich muss noch so viel erledigen. Dieser verrückte Friseur will die Frisur proben, hat man so was schon gehört?«

»Nimm dir frei, wann du willst. Man heiratet ja nur einmal, da soll schon alles stimmen.«

XI.

Dienstag, 23. August

Die Pforte am Jägerzaun quietscht, als Jule sie öffnet. Sie durchquert den Vorgarten, das Brüllen des Feierabendverkehrs der A2 im Ohr, die hier keine fünfzig Meter weit weg verläuft. Der Garten macht einen gepflegten Eindruck.

Henning Kramm, geboren am 4. April 1987, ist seit 25 Jahren bei der Adresse seiner jüngst verstorbenen Großmutter Irmgard Kramm gemeldet. Er hat sich bislang nichts zuschulden kommen lassen, und als Jule ihn gegoogelt hat, kam nur heraus, dass er Dachdeckergeselle bei einer Wunstorfer Baufirma ist. Es ist dieselbe Firma, bei der er seine Lehre als Dachdecker abgeschlossen hat.

Ein geradliniges, einfaches Leben, wie man es selten vorfindet. Sein Name taucht auch nirgendwo in den Akten zu Kristina Brandt auf. Als Simonsen festgenommen wurde, war er 26 Jahre alt gewesen und Henning Kramm 16. Woher kannten sie sich? Sie wohnten nicht in der Nachbarschaft, das Haus der Simonsens befindet sich im Zentrum von Seelze-Dedensen, und das Häuschen von Hennings Großmutter steht auf der anderen Seite des Mittellandkanals, in Seelze-Gümmer, in einer Siedlung mit Vogelnamen, die auf drei Seiten eingegrenzt wird: von der A2, vom Kanal und von der Bahnlinie. Zudem war Oliver Simonsen schon mit achtzehn aus seinem Elternhaus ausgezogen. Deshalb ist Jule wirklich neugierig, was die beiden in Wirklichkeit verbindet. Sie klingelt. Der Gong schallt übermäßig laut durch das kleine Haus. Vielleicht war die alte Dame schwerhörig.

Sie hört, wie jemand eine hölzerne Treppe herunterrennt, dann wird die Tür aufgerissen. Heute trägt Henning Kramm Jeans und T-Shirt, was besser zu ihm passt als der billige Anzug, den er zur Trauerfeier angehabt hatte. Sein Haar ist feucht, und er riecht, als hätte er gerade frisch geduscht. Auf seinem Gesicht zeigt sich unverhohlene Enttäuschung, als er Jule sieht.

»Henning Kramm?«

Er runzelt die Stirn. Offenbar hat er sie gestern in der Kapelle nicht bemerkt, denn er fragt: »Sind Sie eine Maklerin?«

»Erwarten Sie denn eine?«, erwidert Jule.

»Nein.«

»Ich bin Oberkommissarin Wedekin von der Polizeidirektion Hannover.« Jule zeigt ihm ihren Dienstausweis. »Ich würde Ihnen gern ein paar Fragen stellen.«

Das Misstrauen schlägt um in Nervosität.

»Fragen«, wiederholt er und streicht sich durchs Haar. »Zu wem?«

Zu wem. Seltsam. Die meisten Leute würden wohl fragen: *Worüber?* Oder: *Worum geht es?*

»Darf ich reinkommen?«, fragt Jule. Die Einrichtung, so ihr Gedanke, erzählt ja oft aufschlussreiche Dinge über einen Menschen. Das Wohnzimmer, in das Kramm sie nun schleust, erzählt aber höchstens etwas über den Hang zum Gelsenkirchener Barock der Verstorbenen. Jule nimmt auf der Kante des abgewetzten Sofas Platz, Kramm auf der Armlehne des dazu passenden Sessels.

»Sie haben das Haus kürzlich geerbt?«

»Ja.«

»Wollen Sie es denn verkaufen?«

»Nein. Ich will hier wohnen bleiben.«

»Ich dachte nur. Weil Sie mich für eine Maklerin hielten.«

»Es haben schon zwei angerufen. Aasgeier sind das«, stößt Kramm wütend hervor.

»Da haben Sie recht«, sagt Jule und schenkt ihm ein mitfühlendes Lächeln. »Sie waren gestern auf der Trauerfeier von Oliver Simonsen.«

»Äh, ja?«

»Warum?«

»Ist das denn verboten?«, erwidert er.

»Natürlich nicht. Waren Sie ein Freund von Oliver Simonsen?«

»Nein. Wir ... er war bei der Feuerwehr. Also, bevor er ...«

»Bei der Feuerwehr. Und Sie auch?«

»Ja. Bei der Ortsfeuerwehr Dedensen. Da bin ich immer noch. Also, ich war damals bei der Jugend.«

»Damals«, wiederholt Jule. »Was meinen Sie mit damals?«

»Bevor er in den Knast kam«, sagt Henning Kramm. Er wischt seine Hände an der Jeans ab. Seine Wangen sind rot geworden.

»Hatten Sie sonst mit Simonsen zu tun? Außerhalb der Feuerwehr?«

»Nein.«

»Ist das so üblich bei der Feuerwehr, dass man zur Trauerfeier ehemaliger Kameraden geht?«

»Ja, schon.«

»War sonst noch jemand von der Dedenser Feuerwehr da?«

»Nein. Sonst war keiner da.«

»Haben Sie mit Ihren Kameraden besprochen, dass Sie hingehen?«

»Nein.«

»Und warum sind gerade Sie gegangen?«

»Ich ... ich weiß nicht. Ich dachte, es gehört sich. Meine Oma sagte immer, dass es der Anstand verlangt, zur Beerdigung zu gehen, wenn man jemanden kannte. Egal, ob man ihn gemocht hat oder nicht.«

»Sie war wohl eine nette Frau, Ihre Oma?«

Er nickt. »Ja, und ich wollte mich bei dem Pfarrer bedanken. Der hat auch bei der Beerdigung von meiner Oma geredet. Das fand ich gut, was er da gesagt hat, obwohl er nur eingesprungen ist und sie gar nicht gekannt hat. Und als ich hörte, dass er für den Oliver diesen Gottesdienst abhält, da dachte ich, geh ich halt mal hin.«

»Sind Sie katholisch?«

»Ja, aber sonst geh ich nicht in die Kirche. Nur früher mit meiner Oma. Die war auch katholisch. Klar, sonst hätte sie ja ein anderer Pfarrer beerdigt.«

»Woher wussten Sie von Simonsens Trauerfeier? Stand das irgendwo, im Gemeindeblättchen vielleicht?«, erkundigt sich Jule.

»Weiß nicht. Ich hab's beim Metzger gehört.«

»Hat Ihnen die Rede des Pfarrers denn dieses Mal auch gefallen?«, fragt Jule.

»Ja«, sagt Kramm, ohne dies weiter auszuführen.

»Sie wissen, wofür Simonsen im Gefängnis war?«

»Jeder weiß das«, sagt Kramm.

»Gut, ich danke Ihnen.« Jule steht auf.

Henning Kramm schnellt erleichtert vom Sessel hoch und begleitet sie zur Tür.

Sie hat sich schon verabschiedet, als sie sich noch einmal umdreht und fragt: »Kannten Sie eigentlich Kristina Brandt?«

Henning Kramm, der gerade die Tür schließen wollte, hält mitten in der Bewegung inne. »Wen?«

»Kristina Brandt. Das Mädchen, das Simonsen ermordet hat.«

Er schüttelt den Kopf. »Nein, die kannte ich nicht«, murmelt er mit hochroten Wangen. Dann dreht er sich um und schließt rasch die Tür.

*

Natürlich würde es Jule nie in den Sinn kommen, sich einer Anordnung von Hauptkommissar Völxen zu widersetzen. Andererseits findet sie, dass jeder, der A sagt, auch B sagen sollte. Und Punkt B wäre in diesem Stadium der Ermittlung logischerweise die erneute Befragung der damaligen Zeugen, allen voran die nach Jules Dafürhalten wichtigste davon: Franziska Reuter, die einstige Schulfreundin von Kristina.

Jule selbst hatte nie eine *beste Freundin* gehabt, aber ihre Erfahrung als Polizistin sagt ihr, dass Teenager-Eltern oft erstaunlich wenig über ihre Kinder wissen, beste Freunde und Freundinnen dagegen sehr viel. Sie weiß aber auch, dass Teenager von Natur aus maulfaul und misstrauisch gegenüber Autoritäten sind und es lieben, Geheimnisse vor Erwachsenen zu haben. Erst recht vor der Polizei. Aber inzwischen sind dreizehn Jahre vergangen, Franziska Reuter geht auf die dreißig zu.

Hauptkommissar Völxen hat selbstverständlich recht: Sobald

man anfängt, die Zeugen noch einmal zu vernehmen, wird es nicht lange dauern, und die Gerüchteküche fängt an zu brodeln. Jule hat jedoch eine Idee, wie sich Völxens Verbot elegant umschiffen lässt.

Laut Meldedaten ist Franziska Reuter nicht verheiratet und wohnt in der Oststadt. Auch die Festnetznummer hat Jule schon herausgefunden und bereits zweimal dort angerufen, aber auch jetzt meldet sich nur der Anrufbeantworter. Dieses Mal hinterlässt Jule eine Nachricht: »Guten Tag, Frau Reuter. Mein Name ist Julia Müller, ich bin freie Journalistin. Derzeit arbeite ich an einer Serie über unaufgeklärte Verbrechen in Niedersachsen, und dazu gehört auch das Verschwinden Ihrer Schulfreundin Kristina Brandt. Wäre es möglich, dass wir uns treffen für eine kurze Unterhaltung? Es wäre wichtig für mich, mit jemandem zu sprechen, der Kristina wirklich gut kannte. Ihr Name wird in dem Artikel natürlich nicht auftauchen. Am besten erreichen Sie mich unter der Nummer …« Sie gibt ihre Handynummer an. Sollte Frau Reuter den Namen Müller und freie Journalistin googeln, findet sie bestimmt ein paar Dutzend Einträge und kann sich einen davon aussuchen.

Zwei Stunden später – Jule hat es sich mit einer Rhabarberschorle auf dem Balkon gemütlich gemacht – klingelt ihr Handy. Unbekannter Teilnehmer.

»Hallo?«

»Franziska Reuter, spreche ich mit Frau Müller?«

Frau Reuter hatte übers Handy ihren Anrufbeantworter abgehört. Sie sagt, sie sei diese Woche auf einer Fortbildung für Pharmareferentinnen. »Aber wenn Sie wollen, können wir uns nächste Woche treffen.«

»Gern«, sagt Jule. Was bleibt ihr auch anderes übrig? »Wäre Montag für Sie in Ordnung?«

»Ja, gut«, sagt Frau Reuter. »Ich ruf dann noch mal an.« Ehe sie auflegt, hört man Gläser klirren und Gelächter. Scheint ein lustiges Seminar zu sein.

Vielleicht ist es ganz gut so. Diese Woche steht noch so viel an, um das sie sich kümmern muss. Nach der Hochzeit hat sie den Kopf wieder frei und der Terminkalender wird deutlich leerer sein. Und es eilt ja auch nicht. Kristina Brandt ist seit dreizehn Jahren tot, Simonsen liegt bereits im Krematorium, und Pfarrer Santiago soll sich gefälligst in Geduld üben und sich lieber auf seine Predigt für den Traugottesdienst am Samstag konzentrieren. Auf ein paar Tage hin oder her kommt es nun wirklich nicht mehr an.

Sie legt die Beine auf der Balkonbrüstung ab, atmet tief durch und betrachtet ihren Verlobungsring, der in den Strahlen der untergehenden Sonne funkelt.

XII.

27. August, Jules und Fernandos Hochzeitstag

Das Mobiltelefon vibriert in der Innentasche von Völxens brandneuem Anzug. Er fingert es heraus, während um ihn herum die Gespräche verstummen und sich alle Augen auf ihn richten.

»Völxen.«

»Hauptkommissar Dirk Olthoff von der Polizeiinspektion Garbsen. Herr Hauptkommissar, wir sind jetzt hier vor Ort, die hintere Tür war offen, und wir haben im Haus eine leblose männliche Person vorgefunden.«

Völxen wird flau im Magen, obwohl er es schon fast geahnt hat. »Sieht es denn nach Fremdverschulden aus?«, fragt Völxen so leise, wie es eben geht.

»Wie bitte?«

»Ist er ermordet worden?«, zischt Völxen hinter vorgehaltener Hand.

»Tja, also, ich denke schon, ja. Am besten, Sie schicken jemanden von Ihren Leuten her. Mein Kollege und ich halten so lange die Stellung. Die Spurensicherung ist schon verständigt.«

Völxen bedankt sich und legt auf.

»Um Himmels willen, was für ein Albtraum«, hört er Sabine neben sich murmeln. Als er den Kopf hebt, blickt er in Jules weit aufgerissene Augen. »Ist er tot?«, presst sie hervor.

Er nickt.

Jules Vater legt ihr den Arm um die Schulter. »Mein Kind, reg dich nicht auf, das kommt alles wieder in Ordnung.«

»Ach ja? Wie denn?«, ruft Jule, der nun die Tränen aus den Augen schießen.

»¿Es verdad, está muerto?«, schreit Pedra Rodriguez, und als

Fernando dies bejaht, schlägt sie die Hände vor den Mund und ihre Schultern beben. Fernando scheint nicht recht zu wissen, wer seine Zuwendung nun dringender braucht, seine Frau oder seine Mutter. Ratlos und unschlüssig steht er zwischen den beiden, und Völxen kann sich des Gedankens nicht erwehren, dass es für ihn ab jetzt öfter so sein wird.

Die spanischen Verwandten beginnen aufgeregt zu schnattern und sich zu bekreuzigen.

»Ja, aber … was machen wir denn jetzt?«, ruft Brigitta und sieht ihren Mann an, als könne der einen lebendigen Priester herbeizaubern.

»Ich weiß es nicht«, erwidert dieser.

»Jule, Fernando, das tut mir so leid für euch!« Oda hat sich ebenfalls zu der Wabe von Menschen gesellt, die sich um das Brautpaar gebildet hat.

»Was passiert denn jetzt mit dem schönen Essen?«, sorgt sich derweil Frau Cebulla.

»Jemand von uns sollte an den Tat… zum Wohnhaus des Pfarrers fahren«, sagt Völxen.

»Ich würde lieber bei Jule bleiben«, antwortet Oda.

»Ich auch«, sagt Fernando, der sich auf seine Pflichten als Ehemann besonnen hat und die inzwischen hemmungslos schluchzende Jule im Arm hält.

»Ich fahre hin«, entscheidet Völxen. Er schaut dabei seine Frau an. »Tut mir leid«, flüstert er.

»Muss es nicht. Fahr! Ich sehe, ob ich hier was tun kann.«

Völxen lächelt ihr dankbar zu und wird sich auf einmal bewusst, wie glücklich er sich schätzen kann, an eine Frau wie Sabine geraten zu sein. Wäre es nicht ein gänzlich unpassender Zeitpunkt, würde er ihr glatt eine Liebeserklärung machen. Stattdessen drückt er ihr nur verstohlen die Hand, ehe er sich nach Dr. Bächle umschaut, der wohl denselben Gedanken hatte und gerade auf ihn zukommt. »Dr. Bächle, würden Sie …«

»Ja, freilich, Herr Hauptkommissar«, sagt Bächle und schwäbelt etwas vor sich hin, was sich für Völxen so anhört, als wolle er seine

Ausrüschtung holen und dann zum Leichenfundort fahren. Zumindest würde das Sinn machen.

»Ich schicke Ihnen die Adresse aufs Handy«, sagt Völxen.

»Des wär net schlecht.«

»Rifkin?«

»Ja, Herr Hauptkommissar«, tönt es direkt hinter ihm.

»Würden Sie mich begleiten?«

»Natürlich, Herr Hauptkommissar.«

»Wo ist Raukel?«

»Der wollte kurz austreten, hat er gesagt.«

»Ich ahne, was das bedeutet«, entschlüpft es Völxen ungewohnt indiskret. »Kommen Sie, Rifkin, wir gabeln ihn unterwegs auf.«

Rifkin flattert in ihrem rosa Fähnchen neben ihm her. Gäbe es einen Wettbewerb, welches Kleidungsstück am wenigsten zu Rifkin passt, wäre dieses Exemplar ganz vorn dabei. Und wann und wo hat sie gelernt, auf so hohen Hacken zu gehen? Im Dienst sieht man sie jedenfalls nur in Turnschuhen. Mit den Dingern ist sie so groß wie er, und auch ihre Schultern dürften so breit sein wie seine. Aber im Gegensatz zu ihm hat Rifkin bestimmt kein überflüssiges Gramm Fett am Körper.

»Und dafür habe ich mir einen neuen Anzug gekauft«, seufzt Völxen.

»Sie können ihn zur Beerdigung des Pfarrers anziehen.«

Wieder einmal ist Völxen nicht sicher, ob Rifkin ihren trockenen Humor spielen lässt oder einfach nur sagt, was sie denkt. Sie steigen in sein Auto ein.

Insgeheim ist es Völxen gar nicht so arg, dem Drama den Rücken kehren zu können. Weinende Frauen machen ihn hilflos, und er wüsste nicht, was er Jule und der ebenso verzweifelten Pedra im Moment Tröstliches sagen könnte. Da ist ihm die Tatortroutine allemal lieber.

Zwei Straßen weiter sehen sie Raukel gerade aus einem Kiosk herauskommen, eine Bierflasche in der Hand. Völxen bremst scharf und winkt ihn heran.

»Sorry, Leute, ich war von der Warterei in der Hitze schon ganz ausgedörrt, fast schon pulverisiert, und da dachte ich, ich trink noch ein Schlückchen, bevor der Zirkus losgeht. Ist der verdammte Pfaffe jetzt endlich aufgetaucht?«

»Steig ein, Erwin, aber ein bisschen fix!«, schnauzt ihn Völxen an.

»Nun mal ganz sachte, Völxen, ich verbitte mir diesen Ton. Ich bin schließlich nicht im Dienst.«

»Doch, das bist du. Und jetzt steig ein, aber ohne Flasche, wenn ich bitten darf!«

Raukel, schon im Begriff einzusteigen, hält inne, legt den Kopf in den Nacken und schüttet den Inhalt scheinbar ohne zu schlucken in sich hinein. Dann quetscht er sich auf den Rücksitz und fragt: »Was ist denn eigentlich los?«

Normalerweise sind die Kripoleute die Letzten, die am Tatort eintreffen. Heute sind nur die zwei Beamten von der PI Garbsen vor Ort: Hauptkommissar Olthoff, ein Mann in den Vierzigern, der mit Völxen telefoniert hat, und Oberkommissar Cevik, sein jüngerer Kollege.

»Wir haben geklingelt, dann sind wir ums Haus herumgelaufen. Die Terrassentür stand sperrangelweit offen, und da haben wir ihn liegen sehen«, sprudelt Olthoff hervor, kaum dass Völxen und seine Kollegen aus dem Auto ausgestiegen sind. Völxen ist sich bewusst, dass sie ein seltsames Bild abgeben, zwei Herren im feinen Zwirn, davon einer mit Lackschuhen und Bierfahne, und eine Muskelfrau im rosa Tutu.

»Wir kommen von einer Hochzeit«, erklärt Völxen. »Der Pfarrer hätte die Trauung vornehmen sollen.«

»Das ist ja übel«, meint Olthoff. »Besonders für die Brautleute. Für den Pfarrer natürlich auch.«

»Voll gruselig da drin«, sagt Cevik, während er Rifkin anstarrt.

»Ist die Leiche denn so übel zugerichtet?«, fragt Völxen.

»Sie werden schon sehen«, grinst Cevik, hört aber auf einen strengen Blick von Völxen hin sofort wieder auf damit.

Im Wohnzimmer des Pfarrers angekommen, erkennt Völxen,

was der Streifenbeamte meint. Das Interieur ist in der Tat sehr gewöhnungsbedürftig. Verglichen mit den Masken an den Wänden und den Figuren, die überall herumstehen, sieht der Leichnam vergleichsweise harmlos aus.

Hochwürden Hector Santiagos sterbliche Überreste liegen vor einer halbhohen Kommode, auf der ein auf antik getrimmtes Telefon steht. Dem Geruch nach könnte er schon seit gestern tot sein. Auch die Fliegen krabbeln schon zahlreich auf ihm herum. Leichenfunde im Sommer sind immer die schiere Pest, muss Völxen wieder einmal erkennen. Der Kopf ist zur Seite gewandt, im Haar des Opfers erkennt man angetrocknetes Blut, etwas davon ist auf das Parkett gelaufen. Eine Wange ist bläulich verfärbt. Sind das Totenflecke? Santiago trägt eine helle Leinenhose, einen weiten, blauen Kittel und an den Füßen Flipflops.

Neben dem Kopf des Toten liegt eine etwa sechzig Zentimeter hohe Holzfigur, bemalt in Bonbonfarben. Sie stellt eine Frau mit üppigen Kurven dar, deren Augen Völxen von unten herauf boshaft anblicken. Im Zimmer herrscht jene besondere Art von Stille, die Völxen nur in Gegenwart von Toten wahrnimmt: die sprichwörtliche Totenstille, ein friedlicher, fast feierlicher Moment.

Doch der ist jetzt vorbei. »Hier sieht's ja aus wie in einer Geisterbahn!«, ruft Raukel.

Auch Rifkin widmet sich interessiert den Masken und Skulpturen. »War er ein Voodoo-Priester?«

»Er war lange auf Haiti«, erklärt Völxen. »Scheint auf ihn abgefärbt zu haben.«

»Der Katholizismus und der Voodoo-Glaube harmonieren mehr, als man annehmen würde«, meint Rifkin, und wieder einmal fragt sich Völxen, ob das nun eine Feststellung oder blanke Ironie ist.

Rifkin beendet ihre Kunstbetrachtungen, holt ihr Handy aus ihrem rosa Glitzerhandtäschchen und macht Fotos von der Leiche, der Figur und schließlich vom ganzen Zimmer.

»Das scheint ja dann die Täterin zu sein.« Raukel zeigt auf die Figur neben Santiago und denkt laut nach: »Könnte es ein Unfall gewesen sein? Er stößt gegen den Schrank, die Figur fällt ihm auf den Kopf …«

»Dann muss sie ihn angesprungen haben«, sagt Rifkin.

Völxen versteht, was sie meint: Der Schrank ist etwa eins fünfzig hoch, Santiago war so groß wie er, also etwa eins sechsundachtzig.

»Vielleicht hat er einen gehoben, ist im Suff vor dem Schrank herumgerobbt, hat dabei die Figur umgeworfen und die ist ihm auf den Schädel gekracht«, schmückt Raukel seine Theorie weiter aus.

»Möglich«, räumt Völxen ein.

»Oder er hat davor gekniet und das Dingsda angebetet«, spinnt Raukel den Faden weiter.

»Würde ich nicht ausschließen, so, wie es hier aussieht«, meint Rifkin. »Aber ob das Runterfallen der Figur ausreicht, um ihn gleich ins Jenseits zu befördern?«

»Kommt auf das Gewicht der Figur an«, meint Völxen. »Ich mag sie jetzt nicht anfassen ohne Handschuhe. Aber für mich sieht es mehr danach aus, als hätte man sie ihm über den Schädel gezogen.«

»Sehe ich auch so«, pflichtet ihm Rifkin bei, und Raukel seufzt: »Also Fremdverschulden. Der Kerl macht uns sogar posthum noch Ärger.«

»Was hat er denn zu Lebzeiten für Ärger gemacht?«, fragt Rifkin hellhörig.

»Wir kennen den Pfaffen …«, beginnt Raukel.

»Von früher«, ergänzt Völxen, nachdem er Raukel angesehen hat, als wolle er ihn gleich fressen. »Frau Rifkin, wollen Sie sich vielleicht mal in den oberen Räumen umsehen? Aber fassen Sie nichts an ohne Handschuhe.«

Rifkin nickt und macht sich kommentarlos daran, den Auftrag auszuführen.

Völxen geht nach draußen, auf die Terrasse. Auf einem Tisch steht eine Flasche mit edlem Burgunder. Sie ist noch halb voll, und in einem langstieligen Glas befindet sich ein Rest Wein. Etliche Obstfliegen haben darin den Tod gefunden. Im Aschenbecher liegt eine halb fertiggerauchte Zigarre, und auf dem Tisch steht ein aufgeklappter Laptop. Falls Santiago nicht extrem derbe Frühstücksgewohnheiten pflegte, wurde er wohl gestern Abend getötet. Wahrscheinlich hat er seinem Mörder – oder seiner Mörderin – sogar die Tür geöffnet, denn von Einbruchsspuren war keine Rede. Es sei denn, der Täter kam durch den Garten. Kannten sie sich? Vielleicht ist Santiago reingegangen, um seinem Gast etwas zu trinken zu holen?

Die Figur als Mordwaffe deutet auf eine spontane Tat hin. Jemand kam zu Besuch, vielleicht jemand, der mit dem Pfarrer ein Hühnchen zu rupfen hatte. Es gab Streit, die Situation eskalierte. Vielleicht wollte Santiago zum Telefon eilen, um die Polizei zu rufen? Um dies zu verhindern, griff der Täter zur erstbesten Waffe …

Aber so eine große Figur ist nicht gerade handlich, man muss sie mit beiden Armen hochstemmen. Das erfordert einen gewissen Kraftaufwand und Zeit. Und der Pfarrer war ja kein Zwerg. Wie kann es sein, dass Santiago den Angriff nicht hat kommen sehen, warum ist er nicht ausgewichen oder hat sich gewehrt? Auf einen Kampf deutet nämlich nichts hin. Vielleicht wurde er aber auch mit einem Faustschlag niedergestreckt, und der Täter griff erst dann, als das Opfer am Boden lag, zu der Figur. Das erscheint plausibler.

Völxen hört Stimmen im Flur. Die Spurensicherung rückt an. »Na großartig!«, lamentiert gerade Rolf Fiedler. »Typisch Völxen, da latscht er mir wieder seelenruhig über den Tatort!«

Im ersten Stock sieht die Wohnung ganz anders aus. Rifkin entdeckt keine Voodoo-Masken mehr. Die Wände im Arbeitszimmer sind mit Bücherregalen zugestellt. Eine ganze Wand ist bestückt mit klerikalen und weltanschaulichen Werken, zwei Regalreihen sind voller Kunstbildbände, darüber tummeln sich einige Dostojewskis und das ziemlich zerfledderte Gesamtwerk von Karl May. Außerdem etliches zum Thema Voodoo, eine kleine Sammlung an Bibeln und ein paar Lehrbücher für den Deutschunterricht. Der Rest der Bibliothek besteht aus spanischen Titeln. Rifkins Spanischkenntnisse halten sich in Grenzen, aber es kommt ihr so vor, als seien die meisten davon ziemliche Schmonzetten. Der Schreibtisch ist ein schönes altes Möbelstück aus dunklem Holz. Ein museumsreifes Nokia-Handy liegt ausgeschaltet neben einem Becher mit Stiften und einer Wagenfeld-Lampe. In den Schubladen findet sich nur der übliche Krimskrams und vier Fünfzig-Euro-Scheine in einer kleinen Ledermappe. Auf einem niedrigen Aktenschrank stehen ein Multifunktionsdrucker, der WLAN-Router und die Ladestation für ein Schnurlostelefon. Die vielen Ordner, die im unteren Bereich der Regale stehen, wird man am besten alle zur Dienststelle schaffen lassen und sie in Ruhe durchsehen. Alles sieht ordentlich aus, nichts wurde durchwühlt.

Das Gästezimmer liegt nebenan und diente wohl eher als Aufbewahrungsort für ererbte Möbelstücke, die nicht dem Geschmack des Hausherrn entsprachen, und als Rumpelkammer für so sperrige Dinge wie ein Bügelbrett, zwei Koffer und den Staubsauger. Das Schlafzimmer ist groß und hat zwei Fenster zum Garten hinaus. Es sieht aus, als hätte Santiago die Möbel und die geblümten Vorhänge von seinen Eltern übernommen, nur das französische Bett aus Rattan sieht neu aus. Darüber hängt ein schlichtes Holzkreuz. Auch hier kein Voodoo-Kram, registriert Rifkin. War ihm wohl doch zu unheimlich im Schlafzimmer. Ihr Blick fällt auf den hohen Spiegel hinter der Tür, der sie selbst in ihrem rosa Kleid zeigt. Sie muss auflachen, so fremd sieht sie aus. Die Exfreundin ihres Bruders hatte einen halben Schrank voll Sachen bei ihm gelassen. Sie möge sich bedienen, hatte Sascha zu seiner Schwester gesagt, das Zeug wandere sonst nur in die Altkleidersammlung. Und als Rifkin das Kleid samt Accessoires sah, hatte sie sich gedacht: *Eine überflüssige Ausgabe gespart. Hochzeiten sind per se schon albern und kitschig, da kann man auch etwas Entsprechendes anziehen.* Das lässige Gehen in den High Heels hat sie allerdings anhand von YouTube-Videos üben müssen, ehe sie halbwegs mit sich zufrieden war.

Sie löst sich von ihrem Spiegelbild, nachdem sie sich noch einmal die Lippen mit dem scheußlich pinkfarbenen Lippenstift nachgezogen hat, und konzentriert sich wieder auf ihre Aufgabe. Auf einer Wäschekommode stehen eine Spieldose mit einer Balletttänzerin darauf und etliche gerahmte Fotos: ein älteres Paar, auf der Terrasse dieses Hauses sitzend, vermutlich die Eltern. Santiago als junger Mann in einer Priester-Soutane, neben ihm eine junge Frau in einem eleganten Kostüm. Auch sie hat dieses markante Pferdegesicht mit der hohen Stirn, das offensichtlich von mütterlicher Seite vererbt wurde. Seine Schwester, vermutet Rifkin. Ein anderes Foto zeigt ein großes, schlichtes Holzhaus im Kolonialstil. *Ecole de …* steht über der Tür auf einem Schild, der Rest wird allerdings verdeckt von Santiago, der inmitten einer Gruppe dunkelhäutiger Kinder steht. Er hat die Arme ausgebreitet, und mit seinen riesigen Zähnen strahlt er wie ein Karussellpferd. Ein anderes Foto zeigt eine schlanke, brünette Frau, etwa Ende dreißig. Sie trägt ein buntes Kleid, im Hintergrund sieht man dürres Gras und Palmen. Haiti? Sie hat eine gewisse Ähnlichkeit mit Santiago; das längliche Gesicht, die herben, aber nicht unattraktiven Züge. Seine Tochter? Warum nicht, auch katholische Pfarrer sind nur Männer. Oder seine Nichte. Auf ihrem Schoß sitzt ein dunkelhäutiger kleiner Junge, der lächelt und mit ihrem langen Zopf zu spielen scheint. Dann noch einmal der Junge, schon größer, elf, zwölf vielleicht. Definitiv nicht auf Haiti aufgenommen, sondern, wenn Rifkin nicht alles täuscht, am Maschsee. Sie macht Fotos von den Bildern und geht dann ins Badezimmer. In einem Schränkchen finden sich ein paar Medikamente: Aspirin, ein leichtes Schlafmittel, Erkältungsmittel, dazu Rasierzeug, ein Eau de Toilette. Nichts Ungewöhnliches. Alles ist ziemlich sauber. Nirgendwo liegt Staub, die Badezimmerarmaturen glänzen. Entweder hatte der gute Mann einen Putzfimmel oder eine Putzfrau. Und die kann erst vor Kurzem hier gewesen sein, gestern wahrscheinlich, denn am Waschbecken sind ein paar wenige Spritzer zu sehen, in der Dusche jedoch gar keine. Am Waschbeckenrand liegt eine mit blauem Gel gefüllte Kühlkompresse.

Unten geht die Haustür auf. Nach der Spurensicherung ist nun auch Dr. Bächle eingetroffen, man hört ihn herumschwäbeln, und seine Rasierwasserwolke zieht bis ins obere Stockwerk hinauf.

Während Rifkin die Räume inspiziert und fotografiert, denkt sie über Raukels Bemerkung von wegen posthumem Ärger mit Santiago nach. Wenn Raukel und Völxen den Pfarrer *von früher* kennen, warum haben sie dann auf der Fahrt hierher kein Wort darüber verloren? Während der letzten zwei Wochen, erinnert sich Rifkin, herrschte ein seltsames Klima in Völxens Dezernat. Da waren diese konspirativen Meetings in Odas verräuchertem Kabuff, dieser unheimlich wichtige Haustier-Lehrgang, zu dem Völxen sie und Fernando geschickt hat, der Montag, an dem Völxen nicht da war und niemand ihr sagen konnte, wo er war. Dazu Jule, die kam und ging, wie es ihr passte, und die nicht durchblicken ließ, woran sie arbeitete. Seit Beginn dieser Woche hüllte sich dann auch noch Fernando in Schweigen und spielte den Unbedarften. Allerdings ziemlich schlecht. Und jetzt also dieser tote Pfarrer. Der Pfarrer, der Jule und Fernando trauen sollte. Der Pfarrer, den Völxen und Raukel *von früher* kennen.

Irgendetwas ist da faul.

Rifkin will gerade die Treppe hinuntergehen, als Völxen ihr entgegenkommt. »Was Interessantes hier oben?«

»Familienfotos, ich wollte sie Ihnen gerade zeigen, Herr Hauptkommissar.«

Völxen folgt ihr bis zur Schlafzimmerkommode.

»Die Frau mit dem dunkelhäutigen Kind, wer ist das?«, fragt Rifkin.

»Woher soll ich das wissen?«, versetzt Völxen.

»Ich dachte nur … sie und der Kollege Raukel scheinen das Opfer ja näher zu kennen«, sagt Rifkin mit Unschuldsmiene.

»Ich weiß nur, dass es für eine talentierte Kriminalbeamtin wie Sie sicher kein Problem sein wird, herauszufinden, wer Santiagos nächste noch lebende Angehörige sind«, erwidert Völxen barsch.

»Natürlich. Ich habe außerdem den Eindruck, dass er eine Putzhilfe beschäftigt.«

»Finden Sie heraus, wer das ist. Die kann uns sicher viel erzählen.«

»Schade, dass er keine Haustiere hatte«, bemerkt Rifkin, die gerade der Hafer sticht. »Dann hätte ich die frisch erworbenen Kenntnisse meiner letzten Fortbildung gleich praktisch anwenden können.«

Völxens Brauen gehen auf Kollisionskurs, aber er schweigt, was kein gutes Zeichen ist.

Während sie wieder ins Erdgeschoss hinuntergehen, fragt Rifkin: »Was sagt Dr. Bächle?«

»Noch nicht viel. Todeszeitpunkt irgendwann gestern Abend. Das Opfer hat außer der Kopfwunde, die mit ziemlicher Sicherheit von der Figur stammt, auch noch eine Prellung an der linken Wange.«

»Also wurde er niedergeschlagen?«

»Er wurde auf jeden Fall geschlagen.«

»Das würde ja Sinn machen«, findet Rifkin. »Erst der Schlag, dann, als er am Boden liegt, die Figur über den Schädel. Andererseits liegt im Bad eine Kühlkompresse.«

»Die Abfolge der Geschehnisse wird uns Bächle nach der Obduktion hoffentlich genauer schildern können«, sagt Völxen übertrieben förmlich. »Rifkin, haben Sie Ihren Dienstausweis dabei?«

»Ja, Herr Hauptkommissar.«

»Gut. Sie und der Kollege Raukel fangen dann am besten schon einmal mit der Nachbarschaftsbefragung an.«

»Jawohl, Herr Hauptkommissar«, sagt Rifkin, die am liebsten salutiert hätte. Aber sie darf es nicht übertreiben, sonst schickt er sie am Ende noch zum Aufbaukurs von *Korrekter Umgang mit Haustieren bei Festnahmen und Hausdurchsuchungen.*

*

»Sie sind von der Polizei?« Die Nachbarin, hoch in den Siebzigern, die schon seit geraumer Zeit am Zaun steht und vorgibt, ihre Rosen zu beschneiden, betrachtet mit kritischer Miene zuerst Raukels Lackschuhe und dann Rifkins Kleid.

»Sind wir«, sagt Rifkin, zückt ihren Dienstausweis und streckt ihn der Frau über den Zaun entgegen.

»Stimmt es, dass er tot ist?«

»Wer sagt das?«, erwidert Rifkin.

»Der Leichenwagen.« Sie deutet mit der Rosenschere auf das schwarze Fahrzeug, das sich in die Schlange der Einsatzfahrzeuge eingereiht hat, die die enge Anwohnerstraße fast völlig zuparken.

»Und Sie sind …?«, will Rifkin wissen.

»Hermine Böhlke. Mein Mann und ich wohnen schon seit vierzig Jahren hier. Wurde er ermordet?«

»Das wissen wir noch nicht«, sagt Rifkin.

Frau Böhlke wendet sich um, als hinter ihr die Terrassentür geöffnet wird und ein mickriger alter Mann in einem Trainingsanzug in vorsichtigen Trippelschritten über den Rasen auf sie zukommt. Er wird den Ermittlern mit »Egon, mein Mann« vorgestellt, ehe sie weiterspricht: »Wir kannten die Santiagos sehr gut – also, die Eltern. Sie stammten aus Spanien, das hört man ja schon am Namen. Das waren sehr anständige Leute, Haus und Garten waren immer tipptopp.«

»Die würden sich im Grab umdrehen, wenn sie wüssten, was er aus diesem Haus gemacht hat!«, kommt es krächzend aus Egon Böhlkes Mund, dessen kranzförmige Falten an einen zugeschnürten Turnbeutel erinnern.

»Inwiefern?«, fragt Rifkin.

»Na, dieses ganze Teufelszeug da drin! Wenn Sie mich fragen, war er gar kein richtiger Pfarrer, sondern ein Satanist!«

»Aber Egon, wie kannst du das sagen?«, weist Frau Böhlke ihren Mann zurecht. »*Im Grab umdrehen*. Die alte Frau Santiago lebt doch noch.«

»Ja, völlig gaga in einem Pflegeheim. Das nennst du Leben?«, versetzt der Hausherr.

»Herr Santiago hatte also Kontakt zu Satanisten«, hält Rifkin fest.

»Was? Nein, das … das hab ich nicht gesagt!«, protestiert Herr Böhlke mit heiserer Stimme.

»Waren Besucher hier, die auf Sie den Eindruck machten, als wären sie Satanisten?«, präzisiert Rifkin ihre Frage.

»So Typen in schwarzen Klamotten?«, ergänzt Raukel, dem wegen der Hitze die Schweißperlen auf der Stirn stehen.

Frau Böhlke schüttelt den Kopf. »Nein, natürlich nicht. Das war nur so dahingesagt …«

»Waren Sie denn oft drüben bei Ihrem Nachbarn?«, hakt Rifkin nach.

»Nein! Nachdem ich einmal dieses Zeug gesehen habe, wollte ich da nicht wieder rein. Verstehen Sie mich nicht falsch. Ich kann gegen den Herrn Pfarrer als Nachbarn nichts sagen, er war ruhig und freundlich. Nur dieses Zeug … ich weiß, er hatte es aus … aus …«

»Haiti«, hilft Rifkin der Frau auf die Sprünge.

»Ja, genau. Er hat gesagt, es sei Kunst.« Frau Böhlkes gerümpfte Nase verrät, was sie davon hält.

»Wohnte der Pfarrer denn ganz alleine hier?«, erkundigt sich Raukel, der sich mit der Hand Luft zufächelt. »Oder hatte er vielleicht eine Haushälterin?«

Frau Böhlke gibt Auskunft: »Er hatte eine Putzfrau, die Frau Klavic, einmal in der Woche kam die. Das ist eine anständige Frau, die habe ich ihm ja empfohlen. Die putzt bei uns schon seit zehn Jahren. Sie stammt aus dem Kosovo. Eine ganz ordentliche Frau.«

»Ein Besen ist die Klavic«, erklärt Egon Böhlke an Raukels Adresse. »So groß kann die Not selbst bei einem Pfaffen nicht sein, wenn Sie wissen, was ich meine.«

»Egon!«, faucht seine Ehefrau und erklärt den Beamten: »Frau Klavic geht auf die sechzig zu, sie würde an so etwas nicht einmal denken!«

»Sag das nicht!«, widerspricht ihr Mann. »Wenn alte Scheunen brennen …«

Seine Frau zieht scharf die Luft ein und sieht Raukel, der das Thema aufgebracht hat, strafend an. Der setzt eine perfekte Unschuldsmiene auf und sagt hinter vorgehaltener Hand zu Egon Böhlke, da habe er vollkommen recht, diesbezüglich könne er, Raukel, ihm Sachen erzählen …

»Wissen Sie zufällig, wann die Putzfrau zum letzten Mal da war?«, lenkt Rifkin das Gespräch wieder in geordnete Bahnen.

»Sicher weiß ich das. Gestern von zehn bis eins. Weil sie danach immer zu uns kommt«, antwortet Frau Böhlke.

»Hatte Santiago außer der Mutter im Heim noch Verwandte, von denen Sie wissen?«, erkundigt sich Rifkin.

»Er hatte noch eine Schwester. Sie ist mit dem Auto tödlich verunglückt, vor fünfzehn Jahren etwa.«

»Gibt's auch welche, die leben?«, fragt Raukel und tupft sich mit einem Papiertaschentuch den Schweiß vom Gesicht.

»Ja, seine Nichte, sie lebt in Hannover. Sie ist verheiratet. Clara heißt sie. Auf den Nachnamen komme ich jetzt nicht. Du, Egon?«

»Was?«

»Wie die Nichte vom Pfarrer mit Nachnamen heißt?«, wiederholt sie laut.

»Weiß ich nicht.«

»Ist aber auf jeden Fall ein Deutscher, der Mann«, erklärt Frau Böhlke.

»Ja, und zwar ein Schlappschwanz. Oder einer, der mit Platzpatronen schießt!«, krächzt es neben ihr.

»Egon, also wirklich!«

»Was denn, was denn? Wenn's nicht so wäre, hätten sie ja den kleinen Mohrenkopf nicht adoptieren müssen.«

»Egon, du bist unmöglich!«, zischt Frau Böhlke peinlich berührt.

»Ist doch wahr.«

Während Raukel keinen Hehl daraus macht, dass er sich amüsiert, zeigt Rifkin der Frau auf dem Handy die Fotografie der Frau mit dem dunkelhäutigen Kind.

»Ja, das ist Clara. Und der Junge.«

»Kommt er aus Haiti?«, fragt die Kommissarin.

»Ich denke schon, ja. Gefragt habe ich nicht.«

»Na, woher denn sonst? Der Onkel saß ja sozusagen an der Quelle«, krächzt Egon Böhlke.

»Kennen Sie die beiden?«, fragt Rifkin die Böhlkes.

»Nur vom Grüßen. Sie waren hin und wieder zu Besuch. Clara

kam öfter zu ihrem Onkel, auch ohne den ... Sohn.« Das Wort scheint Frau Böhlke schwer über die Lippen zu gehen.

»Ist eine ganz Flotte, die Clara«, stellt Herr Böhlke fest.

»Sie meinen ...«, beginnt Raukel und zwinkert süffisant.

»Er meint gar nichts«, geht Frau Böhlke energisch dazwischen. »Herrgott, Egon! Sie ist ... war seine Nichte!«

»Na und? Die ist schon eine Sünde wert.«

»Halt einfach deinen Mund, wie wäre das?« Für einen Moment sieht es so aus, als gäbe es gleich das zweite Tötungsdelikt in dieser Straße.

»Wann haben Sie Ihren Nachbarn zuletzt gesehen?«, fragt Rifkin alle beide.

»Weiß ich nicht«, sagt Egon Böhlke, wobei er mürrisch zu seiner Frau hinschaut.

»Am Freitagnachmittag, also gestern, gegen zwei Uhr. Ich habe die Wäsche reingeholt, und da war der Pfarrer im Garten«, sagt Frau Böhlke.

»Allein?«

»Ja. Er ist da herumspaziert mit einem Zettel in der Hand und hat vor sich hin gemurmelt. Das machte er öfter. So hat er seine Predigten geübt. Er war ja schon in Pension, aber er hat ab und zu einen Gottesdienst abgehalten als Krankheitsvertretung.«

»Den Katholiken fehlt's ja immer an Nachwuchs«, lässt sich Egon Böhlke vernehmen. »Da muss dann eben so ein altes Schlachtross noch mal ran.«

»Ist Ihnen gestern Abend etwas aufgefallen?«, fragt Rifkin.

Beide verneinen.

»Brannte Licht im Haus?«

»Darauf habe ich nicht geachtet. Du, Egon?«

»Nein, ich auch nicht«, sagt der Ehemann. »Wir haben ferngesehen.«

»Ab acht«, sagt Frau Böhlke. »Wir schalten immer erst zur Tagesschau ein.«

»Wehner!«, ruft Herr Böhlke.

»Wie bitte?«, fragt Rifkin.

»Wehner! So heißt die Nichte. Wie diese alte linke Socke von der SPD. Der sich immer mit dem Strauß gefetzt hat.«

»Ja, jetzt, wo du es sagst!« Frau Böhlke fasst sich an die Stirn. »Clara Wehner, und sie wohnen in der List.«

Rifkin tippt die Angaben in ihr Handy und schickt sie an Völxen.

»Hatte er am Freitag oder die Tage davor Besuch?«, fährt Raukel derweil fort.

Hermine Böhlke zuckt mit den Schultern. »Weiß ich nicht, kann schon sein. Es kamen öfter mal Leute bei ihm vorbei. Aber ich stehe ja nicht den ganzen Tag am Fenster und beobachte, wer bei meinem Nachbarn ein und aus geht.«

»Stimmt, manchmal bist du ja auch einkaufen«, bemerkt Egon Böhlke und erntet dafür einen vernichtenden Blick von seiner Gattin.

Rifkin bittet um die Adresse und Telefonnummer der Putzfrau, und Frau Böhlke geht ins Haus, um sie aufzuschreiben.

»Und Sie?«, wendet sich Rifkin in der Zwischenzeit an den alten Herrn. »Erinnern Sie sich an jemanden?«

»Der Mohammedaner war da. Am Donnerstag.«

»Wer?«, fragen Rifkin und Raukel fast gleichzeitig.

»Er macht den Garten«, erklärt Herr Böhlke. »Hat den Rasen gemäht – während der Mittagsruhe! Aber was will man von denen schon erwarten, Manieren etwa?«

»Wen meinen Sie mit *denen*?«

»Das ist einer von diesen Flüchtlingen, denen der Santiago Deutsch beibringen wollte. Drüben, in der Grundschule, jeden Dienstag und Donnerstag. Stand neulich fett im Wochenblatt. Uns hat er auch mal gefragt, ob wir den Mann bei uns beschäftigen wollen.« Es klingt, als wäre allein die Frage schon eine Zumutung gewesen.

»Aber Sie wollten nicht«, errät Rifkin.

Böhlke schüttelt den Kopf wie ein Wackeldackel. »Den Garten schaffen wir schon noch selbst, und wenn wir Hilfe brauchen …« Er unterbricht sich und schüttelt erneut den Kopf. Nein, den

Namen des Mannes kenne er nicht, versichert er auf Rifkins Frage hin. »Mine, weißt du, wie dieser Ayatollah heißt, der immer zur Mittagszeit da drüben den Rasen mäht?«, ruft er seiner Frau zu, die mit einem Zettel in der Hand zurückkommt.

»Nein!«

Vermutlich hatten sie sich im Haus verbarrikadiert, solange der Gärtner bei Santiago werkelte, spekuliert Rifkin und überreicht der Frau ihre Karte. Sie verabschiedet sich mit der Bitte an beide, noch einmal gründlich nachzudenken und sie anzurufen, falls ihnen noch etwas einfalle.

XIII.

Professor Jost Wedekin genehmigt sich einen tiefen Seufzer, während er in die Runde blickt: Die Spanier, die aussehen wie eine Schar Krähen, schnattern wild durcheinander und bekreuzigen sich dabei. Seine Tochter ist in Tränen aufgelöst und der Bräutigam mit der Situation völlig überfordert. Er bekommt es nicht einmal hin, seine lautstark auf Spanisch lamentierende Mutter zu beruhigen. Und dann ist da noch der Rest der Hochzeitsgesellschaft, der betreten vor der Kirchentür herumsteht, allenfalls zu flüstern wagt und – jedenfalls kommt es dem Professor so vor – darauf wartet, dass er, der Vater der Braut, etwas unternimmt.

Wer auch sonst?

Professor Jost Wedekin wäre nicht dort, wo er heute ist, nämlich an der Spitze der Abteilung für Transplantationschirurgie der Medizinischen Hochschule Hannover, die landesweit und international einen ausgezeichneten Ruf hat, wenn er nicht in der Lage wäre, Krisen zu bewältigen. Hauptkommissar Völxen, dem der Professor als Einzigem – neben ihm selbst – ausreichend Verstand, Entschlusskraft und Autorität zutraut, um einem Desaster dieses Ausmaßes Herr zu werden, ist ja leider schon weg, um seine Pflicht zu tun.

Der Professor wendet sich an Pedra Rodriguez, zieht sie mit sanfter Entschlossenheit beiseite und sagt: »Ich fürchte, es ist an uns beiden, diese missliche Lage unter Kontrolle zu bekommen.«

Sie sieht ihn mit weit aufgerissenen Augen an. »Was?«

»Wir müssen was tun!«

»Ja, das müssen wir!«, ruft sie verzweifelt. »Aber wo sollen wir denn jetzt einen Pfarrer herbekommen?«

Einen Pfarrer? Wovon träumt die Frau? Ein völlig irrationaler Lösungsansatz, urteilt der Professor und sagt: »Ich brauche Ihre Hilfe beim Übersetzen.«

»Sie halten eine Rede?« Ihr Gesichtsausdruck zeigt schiere Verwunderung.

»So ist es«, antwortet Wedekin und wendet sich ans Volk: »Wenn ich mal kurz um Ruhe bitten dürfte!« Seine sonore Stimme und der entschlossene Tonfall lassen die Anwesenden verstummen, sogar die Spanier hören auf zu zischeln. Alle Augen sind auf ihn gerichtet, so wie er es gewohnt ist. Der Spannung wegen wartet er noch ein paar Takte lang, dann beginnt er: »Es ist nun leider anders gekommen als erwartet. Das bedaure ich sehr, vor allem für den Verstorbenen, aber auch für das Brautpaar und für Sie, die werten Gäste.« Er hält inne und schaut Pedra Rodriguez auffordernd an, die nach einigen Sekunden des sich Sammelns seine Worte auf Spanisch weitergibt.

Der Professor fährt fort: »Wegen der tragischen Umstände müssen wir für diesen Tag auf den göttlichen Segen vorerst verzichten. Aber es gibt dennoch etwas zu feiern. Diese beiden jungen Menschen …«, dabei deutet er mit wohlwollendem Kopfnicken und einer knappen Geste auf Fernando und Jule, die ihn ansehen wie kleine Kinder, denen man einen Zaubertrick vorführt, »… haben sich gestern vor dem Standesbeamten das Jawort gegeben. Also sind sie vor dem Gesetz Mann und Frau, ein Ehepaar, und deshalb …«, hier macht er eine Kunstpause, schaut in die Runde und hebt dann die Stimme ein ganz klein wenig, »… und deshalb, werte Anwesende, haben wir eine Hochzeit zu feiern!«

Er lässt den Satz kurz wirken, ehe er fortfährt: »Das wäre sicher auch im Sinne des Herrn Pfarrers, Gott hab ihn selig.« Er registriert, wie Brigitta bei seinen letzten Worten verwundert die Augenbrauen hochzieht, während er Pedra zunickt, damit die übersetzt. Danach fährt er fort: »Unsere liebe Pedra Rodriguez, die Mutter des Bräutigams, hat sich tagelang die allergrößte Mühe gegeben, um uns ein wunderbares Festmahl zuzubereiten, das nun auf uns wartet. Wir sollten ihre Mühe honorieren, indem wir jetzt zusammen zur Anlegestelle fahren und uns dort auf das Boot begeben und so, wie es geplant war, das schöne Essen genießen und das Brautpaar hochleben lassen. Die kirchliche Trauung werden die beiden sicherlich beizeiten nachholen.« Er lächelt seiner Tochter zu und fügt hinzu: »Wozu habe ich schließlich ein paar tausend Euro für das Kleid hingeblättert?«

Die deutschsprachige Hochzeitsgesellschaft erlaubt sich ein paar dezente Lacher. Na also, ein kleiner Scherz wirkt immer.

Er macht Pedra ein Zeichen, die seine Worte zögernd und leicht errötend auf Spanisch wiedergibt, wobei ihm die Übersetzung dieses Mal gekürzt vorkommt, und die Spanier lachen auch nicht. Im Gegenteil, es scheint bei der iberischen Fraktion Unstimmigkeiten zu geben, jedenfalls klingt es, als würde gemurrt. Andererseits hört sich diese Sprache für ihn immer etwas nach Knurren an. Der Name Rodriguez ist das beste Beispiel dafür. Wenigstens hat seine Tochter Alexa Julia Wedekin ihren Nachnamen behalten. Es reicht ihm schon, dass sie sich Jule nennen lässt …

Und schon wieder werden Kreuze geschlagen. Wahrscheinlich sind die Spanier nicht nur hoffnungslos bigott, sondern auch abergläubisch und sehen im Tod des Priesters ein böses Omen für diese Ehe, denkt sich Jost Wedekin.

Doch schließlich gelingt es Pedra Rodriguez, die Unkenrufe ihrer Sippschaft zum Verstummen zu bringen, und in der darauffolgenden Stille sehen alle zum Brautpaar. Die beiden scheinen zu zögern. *Jetzt mach du mir keinen Strich durch die Rechnung, wertes Fräulein Tochter!*

Oda Kristensen, die Trauzeugin – eine wirklich bemerkenswerte Person – flüstert Jule etwas zu, und wenn den Professor sein scharfes Auge nicht täuscht, rammt sie Fernando dabei den Ellbogen zwischen die Rippen. Offenbar hat sie damit etwas erreicht, denn nun nickt Fernando seiner Mutter zu, und Jule sagt mit ungewohnt piepsiger Stimme: »Ich finde, Papa hat recht.«

Da muss erst ein Pfarrer sterben, damit ich diesen Satz aus dem Mund meiner Tochter höre.

»Ja, so machen wir es«, bekräftigt der Bräutigam.

Der Professor erlaubt sich einen zweiten Seufzer, dieses Mal vor Erleichterung über den Sieg der Vernunft.

»Also dann, meine Herrschaften, *vamos*!« Die Gattin untergehakt, bewegt er sich gemessenen Schrittes in Richtung Wagen. Die Meute folgt dem Leitwolf, wie es sich gehört. Fast wie bei der Chefarztvisite. Professor Jost Wedekin ist – wieder einmal – hochzufrieden mit sich.

*

Erwin Raukel wird von einem rasenden Durst gequält. Er war ganz und gar nicht darauf eingestellt, heute arbeiten zu müssen. Nein, den Tag hatte er sich wirklich anders vorgestellt. Das Brimborium in der Kirche hätte er gern in Kauf genommen für die verlockende Aussicht auf ein feines Essen danach und etliche Bierchen dazu und ein paar Verdauer. Wirklich nett von Fernando und Jule, ihn einzuladen, auch wenn sie es vermutlich nur anstandshalber getan hatten. Egal, er hatte sich wirklich auf den Tag gefreut. Stattdessen muss er hier in der Hitze herumlaufen und Klinken putzen. Aber wenigstens wohnte Santiago in einer Stichstraße, in der nur drei Häuser stehen. Der einzige Lichtblick dieses verkorksten Tages ist Rifkin, die neben ihm herstöckelt, als hätte sie nie etwas anderes getan, als hüftschwingend auf hohen Hacken die Straße entlang zu flanieren. *Ja, ja, diese Russinnen. Die haben das Lasterhafte einfach in den Genen.*

Während sie das nächste Nachbarhaus ansteuern, sagt Rifkin: »So einen wie Böhlke wünscht man sich glatt als Großvater.«

»Ich mag Leute, die kein Blatt vor den Mund nehmen.«

»Ich weiß. Wenn wir den kleinen Mohrenkopf verhören, bringen wir ihm eine Schachtel Negerküsse mit.«

»Und dem Mohammedaner auch«, grinst Raukel, dem Rifkins Humor gefällt. Wobei es Dinge an ihr gibt, die ihm noch mehr zusagen und die besonders heute so richtig zur Geltung kommen. »Bin mal gespannt, wie lang man noch *Führerschein* sagen darf«, murmelt er. »Übrigens, Rifkin ...«

»Was?«

»Du siehst heiß aus in deinem rosa Flatterdings.«

»Danke, Erwin. Deine Lackschuhe sind aber auch nicht ohne.«

Sieh an, die russische Kampflesbe! Obwohl die Gerüchte da auseinandergehen. Aber im Grunde weiß man ohnehin kaum etwas über Rifkins Privatleben. Kein Wunder bei ihrer Herkunft. Die hatte es sicherlich mit der Muttermilch aufgesogen, keinerlei Informationen über sich preiszugeben.

»Die hab ich gestern die halbe Nacht poliert.«

Rifkin verzieht das Gesicht. »Wieso nur klingt das bei dir komisch?«

»Gib es zu, Rifkin, im Geheimen bist du scharf auf mich.«

»Das wird's wohl sein.«

Raukel grinst.

»Sehr berührt hat dich der Tod dieses Pfarrers nicht gerade«, wechselt Rifkin das Thema.

»Bei der Mordkommission musste ich lernen, meine tiefen Gefühle zu unterdrücken und mein ganzes Denken in den Dienst der ehrenvollen Aufgabe zu stellen.«

»Schon klar.«

»Du bist auch nicht gerade vor Trauer zusammengebrochen«, meint Raukel.

»Ich kannte ihn ja nicht. Aber du schon.«

»Nicht gut«, wehrt Raukel ab, der ahnt, worauf das raffinierte Luder hinauswill.

»Aber du hattest Ärger mit ihm«, bohrt Rifkin nach.

»Ich? Nein.«

»Wer dann, Völxen?«

»Frag ihn doch selber«, ziert sich Raukel.

»Ich frage aber lieber dich.«

Raukel winkt ab. »Ein alter Fall, bei dem wir mit ihm zu tun hatten. Kräht kein Hahn mehr danach. Vergiss es, Rifkin. Aus mir kriegst du kein Wort raus.«

»Wie es aussieht, bleibt diese Ermittlung wohl größtenteils an uns beiden hängen«, erwidert Rifkin und zupft dabei ihren Ausschnitt zurecht. »Da müssen wir doch offen zueinander sein.«

Raukels Blick versinkt in den Abgründen von Rifkins Dekolletee – gar nicht mal schlecht, auch wenn er es persönlich lieber üppig mag –, während er nachdenkt. Jetzt, wo der lästige Pfaffe tot ist, wird sich ohnehin kein Mensch mehr für den Fall Simonsen interessieren. Andererseits wiederum schadet es nie, wenn man bei einer Kollegin einen Stein im Brett hat. Außerdem ist Raukel noch immer ein wenig sauer auf Völxen: Wie herablassend der ihn vorhin behandelt hat, noch dazu vor Rifkin. Nein, er schuldet dem Schafstölpel in dieser Sache keinerlei Loyalität. Und es gilt, die Gunst der Stunde zu nutzen: Rifkin will etwas von ihm wissen, und Wissen ist Macht. Diese Situation darf er ruhig ausreizen. Schließlich hat alles im Leben seinen Preis. Also stellt er widerstrebend wieder Augenkontakt her, setzt ein listiges Lächeln auf und sagt: »Wie weit würdest du denn gehen, um mir ein Geheimnis zu entlocken?«

Rifkin ist stehen geblieben und rückt jetzt so nah an ihn heran, dass er ihr herbes Parfum und einen Hauch Schweiß riechen kann. »Weiter, als du es dir vorstellen kannst«, sagt sie mit einer Schlafzimmerstimme, die ihm prompt die Sinne vernebelt.

»Täusch dich nicht, ich kann mir so einiges …« Mitten im Satz wird Raukel gegen den gemauerten Pfosten eines Gartenzauns gedrückt, und ein greller Schmerz aus der Lendengegend schießt durch die Wirbelsäule bis hinauf in sein Hirn.

»Rifkin!«, keucht er. »Lass los!«

»Du wolltest mir was sagen?«, flötet sie, während ihre stählernen Klauen seine Testikel zu zerquetschen drohen.

»Lass los!«, fleht Raukel.

»Du wolltest wissen, wie weit ich gehe. Das ist noch nicht das Ende der Skala«, sagt Rifkin, ohne den Griff zu lockern.

»Simonsen«, röchelt Raukel. »Der Fall Simonsen, ich erzähl es dir, lass mich los!«

Rifkin lässt von ihm ab und tritt zurück.

»Bist du eigentlich wahnsinnig?«, schreit Raukel sie an. »Ich könnte bleibende Schäden davontragen!«

»Und wenn schon. Also? Der Fall Simonsen, ich höre.«

Raukel tupft sich den Schweiß von der Stirn und erklärt diesem rabiaten Weibsbild in dürren Worten, was es mit dem Fall Simonsen und Hector Santiago auf sich hat. Er schließt mit den Worten: »Und deshalb hat Völxen Jule gebeten, die alte Akte noch einmal zu prüfen.«

»Was ist dabei rausgekommen?«, fragt Rifkin.

»Na, nichts. Die Akte ist sauber.«

»Das ist ja die Hauptsache.«

Kluges Mädchen. Und ein knallhartes Miststück obendrein. Raukel schwankt zwischen Abscheu und Bewunderung.

»Danke, Erwin, du hast was gut bei mir.« Rifkin schenkt ihm ein engelsgleiches Lächeln. Dann öffnet sie die Gartenpforte und setzt ihr Wahnsinnsfahrgestell in Bewegung.

»Hast es wohl genossen, was?«, meint Raukel. »Endlich mal was Anständiges zwischen den Fingern.«

»Ich würde sie mir gern waschen«, knurrt Rifkin.

Obwohl die Nachwehen ihres Angriffs noch nicht ganz abgeebbt sind, fragt er: »Was meinst du, Rifkin, wollen wir mal zusammen einen trinken gehen?«

Rifkin schickt einen Blick zum Himmel und drückt auf den Klingelknopf neben dem Namen Kunisch.

Dirk Kunisch ist Mitte vierzig und auf eine etwas verlebte Art gut aussehend. Das T-Shirt setzt seine durchtrainierten Bizepse in Szene, die allerdings nicht so recht zu der kleinen Bierplautze passen wollen, die sich über den Gürtel seiner Jeans wölbt. Seine Glanzzeit ist definitiv vorbei, stellt Rifkin fest. Dem Dienstausweis, den sie ihm unter die Nase hält, schenkt er wenig Beachtung, und langsam beginnt Rifkin dieses Kleid zu verwünschen. Reicht schon, dass Raukel sie pausenlos anstiert, jetzt kriegt auch dieser Typ hier Stielaugen.

Allerdings scheint ihn die Nachricht vom Tod seines Nachbarn wirklich zu treffen.

»Der … der Pfarrer? Tot? Aber … aber wieso denn?«, stottert er. »Das kann doch nicht sein, wie ist das denn passiert, wann war das?«

Ein bisschen arg viele Fragen auf einmal, findet Rifkin und sagt:

»Wir ermitteln noch.«

»Ermitteln? War es … wurde er getötet?«

»Wir ermitteln noch«, wiederholt Rifkin energisch. »Kannten Sie ihn gut?«

Kunisch wiegelt ab: »Nein, er war eben mein Nachbar. Wir haben uns gegrüßt. Gut gekannt habe ich den nicht.«

Dafür warst du aber eben ganz schön von der Rolle.

»Waren Sie schon mal in seinem Haus?«

»Nein. Wüsste nicht, was ich da verloren hätte. Ich bin nicht katholisch, ich hab mit Pfaffen nichts am Hut, mit keinem von denen.«

Während Kunisch redet, schielt Rifkin über seine Schulter. An der Garderobe hängt eine Jacke mit Blümchenmuster, und auf dem roten Läufer liegt eine Puppe mit struppigem Haar neben einer Packung mit Buntstiften.

»Herr Kunisch, waren Sie gestern Abend zu Hause?«

»Gestern? Ja ja, klar. Ich bin um sechs von der Arbeit gekommen und dann war ich hier.«

»Haben Sie drüben im Nachbarhaus etwas Ungewöhnliches beobachtet?«

»Nein. Gar nichts. Ich war in der Garage und hab was am Auto gemacht.«

»Und wo war Ihre Frau?«

»Die war gestern nicht da.«

»Ist Ihre Frau denn jetzt da?«, will Raukel wissen.

»Nein. Sie ist zu ihrer Schwester, nach Hamburg. Schon seit Donnerstag, zusammen mit der Kleinen. Sie kann also nichts beobachtet haben.«

»Wann kommt sie wieder?«, fragt Rifkin.

»In ein paar Tagen.«

»Sie waren also allein hier«, hält Rifkin fest.

»Brauche ich ein Alibi?«

»Sagen Sie es mir«, antwortet Rifkin.

»Ich sage bald gar nichts mehr«, droht Kunisch.

Rifkin registriert die verhaltene Wut in seinen Augen.

»Das sind Routinefragen«, erklärt Raukel in beruhigendem Tonfall. »Sie brauchen nicht nervös zu werden.« Er grinst jovial. »Es sei denn, Sie haben den Pfarrer auf dem Gewissen.«

»Ich war hier und habe ferngesehen.«

»Eben sagten Sie, Sie seien in der Garage gewesen.«

»Ja, zuerst. Dann habe ich ferngesehen. Ich habe nichts bemerkt. War's das jetzt?« Er sieht bei dieser Frage Rifkin bohrend an.

Die fragt weiter: »Ist Ihnen vielleicht in den letzten Tagen etwas aufgefallen? Besucher oder dergleichen?«

»Nein. Oder ja, doch. Vor ein paar Tagen, da ist so ein Typ ums Haus herumgeschlichen. Ein Schwarzer.«

»Herumgeschlichen?«, wiederholt Rifkin. »Wie meinen Sie das?«

»So, wie ich es sage. Rumgeschlichen ums Haus. Es war am Nachmittag. Muss Montag oder Dienstag gewesen sein, da hatte ich Frühschicht und war schon um zwei Uhr zu Hause. Ich arbeite bei VW in Stöcken.«

»Sah es so aus, als ob der einbrechen wollte?«, fragt Raukel.

»Was weiß denn ich?«, kommt es mürrisch zurück.

»Hatte er zum Beispiel Werkzeug dabei?«, hilft ihm Raukel auf die Sprünge.

»Einen Rucksack«, antwortet Kunisch. »Und er hatte so einen dämlichen Kapuzenpulli an. Als ich rübergesehen und ›Hallo, Sie da!‹ gerufen habe, ist er wie ein geölter Blitz raus aus dem Garten und die Straße heruntergerannt.«

»Können Sie den Mann beschreiben?«, fragt Raukel.

»Nein. Er hatte ja die Kapuze auf. Ich hab nicht viel vom Gesicht gesehen. Nur dass es schwarz war. Also, nicht so schwarz wie ein Autoreifen, eher so wie das von Obama.«

»War er jung oder eher älter, groß oder klein?«

»Eher ein Halbstarker, würde ich sagen. Er war höchstens so groß.« Er deutet an sein Schlüsselbein.

»Haben Sie dem Pfarrer davon erzählt?«, fragt die Kommissarin.

»Nein, hab ich nicht«, nuschelt Kunisch.

»Sie beobachten also, wie ein Fremder im Garten Ihres Nachbarn herumschleicht und rufen nicht die Polizei und sagen ihm auch nichts davon«, stellt Rifkin fest. »Verstehen Sie das unter guter Nachbarschaft?«

»Ich wollte ja, Herrgott noch mal!«, herrscht Kunisch die beiden an. »Ich bin einfach noch nicht dazu gekommen. Konnte ja nicht ahnen, dass der ... dass der so schnell tot ist. Mal wieder typisch Bullen, da will man helfen und wird auch noch angeschissen.«

»Jetzt kommen Sie mal wieder runter«, ermahnt ihn Raukel.

»Hat Ihre Frau ein Handy?«, will Rifkin wissen.

»Nein.«

»Nein?«

»Sag ich doch. Red ich vielleicht Chinesisch?«

»Wie alt ist Ihre Tochter, Herr Kunisch?«

Anscheinend muss er erst darüber nachdenken. »Sechs, wieso?«

»Muss sie nicht zur Schule?«

»Was soll die Frage? Sind Sie von der Kripo oder vom Jugendamt? Und jetzt gehen Sie bitte, ich habe zu tun.«

Rifkin reicht ihm ihre Karte. »Ihre Frau soll mich bitte anrufen.«

»Seh ich vielleicht aus wie ein Sekretär?«

Rifkin hat schon längst die Nase voll. Sie betrachtet ihn mit einem Ausdruck, als wäre sie in Hundescheiße getreten, ehe sie sagt: »Wäre wirklich besser, Ihre Frau meldet sich bei mir. Und zwar recht bald.«

XIV.

»Und, Henning, gibt es etwas Neues in deinem Leben?«

Henning, der gerade von seinem Bier trinken wollte, rutscht das Herz in die Hose. »Nö«, sagt er. »Alles beim Alten.«

Moritz und er sitzen auf der Bank vor Oma Irmchens Haus, das jetzt genau genommen Hennings Haus ist, aber es fühlt sich für ihn noch nicht so an.

Bis jetzt war für Henning nicht herauszufinden, warum Moritz hier ist. Vielleicht war es nur einer seiner *Kontrollbesuche*, wie er sein unangekündigtes Erscheinen in unregelmäßigen Abständen scherzhaft zu nennen pflegt.

Henning weiß, dass er die Sache mit Ilva nicht ewig verheimlichen kann. Eines Tages wird Moritz auftauchen, wenn sie da ist. Heute hatte er noch einmal Glück gehabt, denn Ilva wollte erst am Abend gegen sechs kommen, also in drei Stunden. Bis dahin muss er Moritz also wieder loswerden. Und sich schon mal eine Ausrede überlegen, falls Moritz mit ihm später wieder einmal *um die Häuser ziehen* will. Glücklicherweise hat der jetzt ein anderes Thema gefunden. Er deutet über den Kanal: »Im Dorf stehen zwei Streifenwagen und jede Menge sonstiges Gedöns. Weißt du, was da los ist?«

»Keine Ahnung«, sagt Henning aufrichtig.

Schweigen. Für ein paar Minuten hört man nur das Rauschen der Autobahn und das Summen der Insekten im Garten.

Doch seit Moritz hier ist, ist die Luft wie elektrisch aufgeladen. Irgendetwas Unausgesprochenes treibt ihn um. Etwas, das ihn wütend macht. Henning kann die Wut spüren, auch wenn Moritz ganz entspannt dasitzt und einer Hummel zusieht, die um die Sonnenblumen herumschwirrt. Henning hat in all den Jahren ein geradezu seismisches Gespür für die Stimmungen und Launen seiner Nemesis entwickelt.

»Du warst auf Simonsens Trauerfeier.«

Henning schluckt und nickt. Also ist es das. Er hatte sich doch nicht getäuscht, es war Moritz' schwarzer Audi gewesen, den er hatte bei Simonsens Beerdigung wegfahren sehen. Ein Wunder, dass ihn Moritz nicht noch am selben Abend zur Rede gestellt hatte. Ein Wunder oder eher ein schlechtes Zeichen. Vielleicht hat er in den vergangenen fünf Tagen auch irgendeinen fiesen Plan ausgeheckt, wie er Henning bestrafen kann.

Moritz funkelt ihn an, der Blick kalt vor Zorn: »Wieso, zum Teufel, tust du das?«

»Ich dachte ... ich wollte halt hin. Weiß nicht, wieso.«

Das ist die Wahrheit, und leider hat Henning auch keine bessere Antwort parat.

Moritz schlägt ihn mit der flachen Hand auf den Hinterkopf, aber nicht besonders fest. »Du bist ein Idiot!«

Henning zuckt mit den Schultern. Irgendwie stimmt es ja, was Moritz sagt. Es war dumm von ihm, zu der Trauerfeier zu gehen. Der Besuch der Polizistin hinterher hat ihm das eindrücklich bestätigt. Und noch idiotischer war es, mit dem Auto dorthin zu fahren und es in der Nähe der Kapelle zu parken. Aber wer rechnet auch damit, dass Moritz ausgerechnet dort vorbeifährt? Doch, erkennt Henning jetzt, damit war zu rechnen. Mit Moritz muss man immer rechnen. Auf eine rätselhafte Weise scheint er stets zu wissen, was Henning gerade tut.

»Tut mir leid«, murmelt er.

»Fühlst du dich jetzt besser?«, kommt es hämisch.

Henning weiß nicht, was er darauf antworten soll, also zuckt er nur mit den Schultern.

»Du bringst uns noch in Teufels Küche, ist dir das klar? Hast du dort mit jemandem geredet?«

Henning denkt an Pfarrer Santiago und an die Polizistin. »Nein.«

»Lüg mich nicht an, Henning!«

»Ich habe mich nur vom Pfarrer verabschiedet, das ist alles. Es war derselbe wie bei Oma Irmchen.«

»Hat er dich gefragt, warum du dort warst?«

Henning schüttelt den Kopf. »Wenn, dann hätte ich gesagt, dass ich mit Oliver bei der Feuerwehr war.« *Wenn er von dem Besuch der Polizistin erfährt, bringt er mich um!*

»Mit Oliver bei der Feuerwehr«, wiederholt Moritz nachdenklich. Er lässt eine quälende halbe Minute verstreichen. »Dann also: Auf die gute, alte Feuerwehr.« Moritz hebt seine Flasche und trinkt sie leer.

»Willst du noch eine?«, fragt Henning beflissen.

»Bist du verrückt? Ich bin mit dem Auto hier. Was meinst du, was an der Schule los ist, wenn ich den Schein wegen Trunkenheit am Steuer abgeben muss? *Der betrunkene Lehrer.* Da wäre ich ja ein tolles Vorbild für meine Schüler, das würde mir ewig nachhängen.«

»'Tschuldige. Daran hab ich nicht gedacht.«

»Du denkst ja nie. Das ist dein Problem.«

Moritz lehnt sich zurück, blinzelt in die Sonne. Das Thema scheint gegessen. Da Moritz kein Bier mehr will, kann man zudem hoffen, dass er bald abhaut.

»Henning, Henning«, seufzt Moritz in gutmütigem Ton. »Was soll ich nur mit dir machen? Du bist ein hoffnungsloser Fall.« Er wendet den Kopf und sieht seinen Halbbruder mit einem beinahe zärtlichen Ausdruck an. Manchmal, wenn Moritz so schaut und lächelt wie jetzt, geht etwas Warmherziges und Vertrauenerweckendes von ihm aus. Der Kerl hat wirklich zwei Gesichter. Kein Wunder, dass er bei seinen Schülern und vor allem bei den Schülerinnen überaus beliebt ist. Henning lächelt vorsichtig zurück.

»Ich frage mich wirklich, was so ein heißes Teil wie diese Ilva von einem Loser wie dir will, Henning. Fragst du dich das nicht auch? Ist sie vielleicht scharf auf das Häuschen hier?«

Das Lächeln verschwindet schlagartig aus Hennings Gesicht. Stattdessen spürt er, wie ihm heiß wird. Panik steigt in ihm hoch. Woher weiß Moritz von Ilva? Und vor allen Dingen: Was wird er mit diesem Wissen anfangen?

*

Völxen, Rifkin und Raukel stehen im Schatten eines Kirschbaums in Santiagos Garten, wo die Temperatur angenehm ist und sie den Leuten von der Spurensicherung nicht im Weg sind.

»Dieser Kunisch kommt mir allerdings nicht ganz koscher vor, den überprüfe ich so bald wie möglich«, schließt Kommissarin Rifkin gerade ihren Bericht über die Ergebnisse der Befragung der Nachbarn.

»Ja, würde mich nicht wundern, wenn der zu unserer Kundschaft gehört. Mit den Jahren entwickelt man ja ein Näschen für seine Pappenheimer«, ergänzt Raukel.

»Die Putzfrau kommt morgen um elf Uhr zur Dienststelle«, fügt Rifkin hinzu.

»Gut. Was ist mit diesem Gärtner?«

»Wir kennen seinen Namen nicht«, antwortet Raukel.

»Dann findet ihn raus«, entgegnet Völxen. »Kann doch nicht so schwer sein. Irgendwer wird doch wissen, wo diese Flüchtlinge leben, die Santiago unterrichtet hat.«

»Ich kümmere mich darum«, verspricht Rifkin.

Völxen nickt. »Aber gehen Sie ganz, ganz vorsichtig zu Werke, Rifkin. Ich möchte nicht auf Facebook lesen müssen, dass muslimische Flüchtlinge etwas mit dem Tod eines katholischen Pfarrers zu tun haben.«

»Und wenn es stimmt?«, fragt Raukel. »Vielleicht ist der Pfaffe einer von den Schleiereulen zu nah gekommen. In der Hinsicht verstehen diese Brüder ja gar keinen Spaß.«

»Davon will ich nichts mehr hören!«, zischt Völxen. »Ein falscher Verdacht, ein falsches Wort, und ihr könnt euch vorstellen, was dann los ist.«

»Ich sehe schon, der Fall kann noch lustig werden«, bemerkt Raukel.

»Ich weiß, was Sie meinen, Herr Hauptkommissar. Es wird nichts an die Öffentlichkeit dringen«, versichert Rifkin.

Völxen nickt und hängt kurz dem Gedanken nach, dass es etwas Bizarres und Komisches hat, wie sich Rifkins fast schon militärischkorrekte Art mit ihrem heutigen Outfit beißt.

Völxens Handy klingelt. Es ist nicht Jule, deren Anruf er eigentlich erwartet hat, sondern Oda, die sich nach dem Stand der Dinge erkundigt.

»Dem ersten Anschein nach hat ihm gestern Abend jemand eine seiner Voodoo-Statuen über den Kopf gezogen.« Er kann hören, wie Oda die Nachricht weitergibt, dann hört er Jules Stimme: »Welche?«

Völxen beschreibt die Figur und fügt hinzu, dass sie auf dem Highboard – das Wort hat er soeben von einem der Spurensicherer gelernt – gestanden hat.

»Das war Erzulie«, sagt Jule, wobei sie das seltsame Wort mit französischem Akzent – *Ersülie* – ausspricht.

»Wenn du es sagst.«

»Die Göttin der Liebe und der Schönheit. Sie ist die Voodoo-Entsprechung der Muttergottes.«

Völxen staunt, was Jule so alles weiß, fragt sich allerdings, ob diese Information relevant ist für die Aufklärung der Tat. Ein katholischer, im Zölibat lebender Priester, niedergestreckt von der Liebesgöttin. Hat ja was.

»Wir sind jetzt auf dem Boot«, fährt Jule fort. »Mein Vater meinte, wir sollten trotzdem unsere Hochzeit feiern, und da ist ja auch das ganze viele Essen, das Pedra gemacht hat. Meinst du, ihr könnt noch nachkommen?«

Sie klingt schon wieder recht munter, findet Völxen und sagt: »Ich werde mal sehen ...«

Jetzt ist wieder Oda am Apparat. »Kann ich irgendetwas tun?«

»Hm, tja, ich weiß nicht recht. Wie geht's Jule denn so und wie ist die Stimmung?«

»Die Stimmung ist besser, als zu befürchten war. Das Ganze hat einen makabren Beigeschmack, so als würde man auf einem Friedhof feiern, wenn du verstehst, was ich meine. Aber man gewöhnt sich daran. Um Jule kümmert sich praktisch jeder. Ich bin also entbehrlich, falls es das ist, was du wissen wolltest.«

»Die Kollegen von der Bereitschaft haben mir die Adresse von Santiagos Nichte gegeben. Das ist seine nächste Angehörige neben einer wohl ziemlich dementen Mutter.«

»Ich soll der Nichte die Todesnachricht überbringen?«

»Wir beide. Ich könnte dich dort treffen, es ist in der List.«

»Wir schippern hier gerade auf der Ihme herum. Warum fährst du nicht mit Rifkin hin?«, fragt Oda, um sich gleich darauf die Frage selbst zu beantworten: »Ach so, das Kleid! Stimmt, in so einem Fetzen kann man keine Todesnachricht überbringen.«

*

»Mein Gott, wie konnte das nur passieren?« Zitternd sitzt Clara Wehner am Küchentisch ihrer edlen Altbauwohnung.

»Bisher wissen wir nur, dass Ihr Onkel tot aufgefunden wurde«, antwortet Völxen. »Aber es gibt Anzeichen, die auf ein Tötungsdelikt hinweisen. Mehr kann ich Ihnen dazu leider noch nicht sagen, wir müssen die Auswertung der Spurensicherung und die Obduktion abwarten.«

Am anderen Ende des Tisches wippt Frau Wehners Sohn Joshua auf einem Küchenstuhl herum. Er hat noch kein Wort gesagt, nur mit großen Augen und einem erschrockenen Gesichtsausdruck zugehört, als Oda den beiden die traurige Botschaft übermittelt hat. Joshua ist älter als auf dem Foto, das Völxen im Schlafzimmer des Pfarrers gesehen hat, inzwischen dürfte er dreizehn oder vierzehn sein. Sein Körperbau ist schmal und feingliedrig, seine Haut von einem hellen Braun. An der rechten Wange hat er eine Schürfwunde. Jetzt blickt er starr auf sein Handy.

»Wir stehen noch ganz am Anfang unserer Ermittlungen«, erklärt Oda mit sanfter Stimme. »Wären Sie denn in der Lage, uns ein paar Fragen zu beantworten?«

Clara Wehner nickt und tupft sich die Augen mit einem Blatt von der Küchenrolle trocken.

»Hatte Ihr Onkel Feinde? Probleme mit irgendwem?«

Sie schüttelt den Kopf. »Nein. Er ist ja erst seit Kurzem wieder hier in Deutschland, wie könnte er da schon Feinde haben?«

»Hatte er denn auf Haiti welche?«, fragt Völxen.

»Davon weiß ich nichts. Er war ein netter Mensch, er hat es

immer nur mit allen gut gemeint. Ich verdanke ihm sehr viel.« Bei diesen Worten schaut sie ihren Sohn Joshua an, der sich immer noch an seinem Smartphone festhält.

»Wann haben Sie Ihren Onkel zuletzt gesehen?«, fragt Völxen.

»Am letzten Sonntag waren Joshua und ich bei ihm zum Kaffee.«

»Und Ihr Mann, wo war der?«, erkundigt sich Völxen.

»Exmann. Wir sind seit vier Jahren geschieden. Er hat keinerlei Kontakt zu meinem Onkel.«

»Darf ich fragen, was Sie von Beruf sind?«, fragt Oda.

»Ich bin selbstständige Eheberaterin und Familientherapeutin und arbeite unter anderem für die Caritas.«

Oda hebt erstaunt die Augenbrauen, woraufhin Frau Wehner lächelt und meint, ja, so reagiere man oft auf ihren Beruf. Aber auch Ärzte bekämen Krankheiten. Manchmal sei eine Trennung eben die bessere Lösung.

Oder man lässt den Unfug gleich ganz.

»Joshua, Zeugen haben etwa Anfang der Woche eine Person auf dem Grundstück bemerkt. Die Beschreibung passt ziemlich gut auf dich«, sagt Völxen mit ernstem Blick.

Immerhin gelingt es Joshua, seinen Blick vom Display zu lösen. »Was haben die denn gesagt? Dass da ein Nigger war?«

»Joshua!«, mahnt seine Mutter.

»Also, Joshua, denk noch einmal nach«, fordert Völxen ihn auf. »Sonst müssen wir eine Gegenüberstellung veranlassen.«

»Ja, kann sein, dass ich letzte Woche mal da war«, nuschelt der Junge.

»Was? Wieso denn? Davon hast du mir gar nichts gesagt«, ruft Clara Wehner bestürzt.

»Wann genau war das?«, fragt Oda.

»Am Dienstag.«

»Aber … aber wie bist du denn da überhaupt hingekommen?«, fragt seine Mutter, noch immer aufgeregt.

»Mit der S-Bahn?«, erwidert Joshua trotzig, wobei er seine Mutter herablassend ansieht. »Ich bin fünfzehn, ich kann schon allein aufs Klo.«

»Was wolltest du denn bei ihm?«, löchert Frau Wehner ihren Sohn.

»Ich wollte was über Voodoo wissen. Es war was für die Schule«, entgegnet Joshua wütend.

»Hättest du ihn das nicht am Sonntag fragen können?«

»Joshua, es wäre wichtig für unsere Ermittlung, dass du uns alles über diesen Besuch sagst«, mischt sich Oda ein, wobei sie Joshuas Mutter einen genervten Seitenblick zuwirft. »Wir müssen genau wissen, was dein Großonkel in den Tagen vor seinem Tod gemacht hat.«

»Aber ich habe ihn doch gar nicht besucht«, stößt Joshua trotzig hervor, »weil er nämlich gar nicht da war.«

»Wart ihr denn nicht verabredet?«, wundert sich Oda.

Joshua schüttelt den Kopf.

Völxen und Oda wechseln einen verstohlenen Blick.

»Es ist doch ein ziemlicher Aufwand, mit der S-Bahn da rauszufahren, warum hast du dich nicht vorher vergewissert, ob er auch da ist?«, fragt Oda.

»Keine Ahnung.«

Jedes Mal einen Euro, wenn ein Teenager keine Ahnung sagt, seufzt Oda im Stillen. Sie lässt die Sache vorerst auf sich beruhen. Gut möglich, dass Joshua mit seinem Großonkel etwas besprechen wollte, das seine Mutter nichts angeht. Die scheint ein bisschen kontrollsüchtig zu sein. Man wird die beiden noch einmal getrennt befragen müssen.

»Diese Figuren«, wendet sich Völxen an Clara Wehner, »sind die eigentlich wertvoll?«

»Sie meinen, auf dem Kunstmarkt? Ich glaube nicht. Aber heutzutage weiß man ja nie. Für meinen Onkel hatten sie eher ideellen Wert. Meines Wissens hatte er nie eine davon verkauft. In erster Linie wollte er sie vor Schaden bewahren.«

»Er hat sie gestohlen und entführt!«, stößt Joshua wütend hervor.

»Josh, bitte. Onkel Hector ist tot, sei nicht so respektlos.«

»Sie gehören nicht hierher. Genauso wenig wie ich!« Joshua steht auf und geht türenknallend aus dem Zimmer.

»Bitte entschuldigen Sie sein Benehmen«, sagt Clara Wehner.

»Wir haben ... Joshua hat im Moment Probleme in der Schule. Er wird gemobbt wegen seiner Hautfarbe. Deshalb ist er gerade etwas empfindlich, was das angeht.«

Oda schenkt der geplagten Mutter ein mitfühlendes Lächeln und sagt: »Und außerdem ist er ein Teenager.«

»O ja!«, sagt Frau Wehner mit einem tiefen Seufzer.

»Meine Tochter hatte in dem Alter ausgesehen wie ein Zombie. Aber irgendwann ist es vorbei und sie sind die nettesten Menschen der Welt«, prophezeit Oda.

»Diesen Tag sehne ich herbei«, lächelt Frau Wehner zurück. Eine kleine Verschwisterung teenagergeplagter Mütter.

»Woher hat er die Schramme?«, fragt Völxen und tippt sich an die Wange.

»Er behauptet, vom Sport.«

»Sie glauben das nicht.«

»Nein. Es ist nicht das erste Mal, dass er mit Blessuren von der Schule kommt. Ich fürchte, er erzählt mir längst nicht alles.«

»Wie alt war er, als Sie ihn adoptiert haben?«, fragt Oda.

»Fünf.«

»Wie war Joshuas Verhältnis zu dem Verstorbenen?«

»Joshua ist jetzt in einem Alter, in dem man nach seiner Identität sucht. In letzter Zeit interessierte er sich sehr für die Kultur und Religion Haitis«, erklärt Frau Wehner. »Damit stieß er bei meinem Onkel natürlich auf fruchtbaren Boden.« Sie seufzt. »Er war ein Waise, der in einem Heim lebte, das von der Mission betreut wurde. Es war mir klar, dass das irgendwann so kommen wird. In seinem Alter hatte ich auch das Bedürfnis, meine spanische Herkunft zu betonen, und wollte mit meiner Mutter nur noch Spanisch sprechen, obwohl ich Deutsch viel besser konnte. Das legt sich alles wieder. Hoffe ich jedenfalls.«

»Was stört Sie denn daran?«, fragt Oda.

»Gar nichts im Grunde. Aber ich will nicht, dass er sich noch mehr von den anderen abgrenzt. Deshalb sehe ich diese Voodoo-Sache ein wenig mit Sorge. Joshua weiß das, obwohl ich nichts sage. Ich nehme an, es ist seine Art, gegen mich zu rebellieren.«

»Hat Ihr Onkel damals die Adoption vermittelt?«, will Oda wissen.

»Er hat die Kontakte hergestellt. Es war alles legal, ich kann Ihnen die Papiere zeigen. Eigentlich wollten mein Mann und ich ein Baby adoptieren, aber dann sahen wir Joshua – es war Liebe auf den ersten Blick.«

»Auch bei Ihrem Mann?«, fragt Oda.

Clara Wehner presst die Lippen zusammen und schüttelt den Kopf. »Unsere Scheidung hat nichts mit Joshua zu tun. Die beiden haben immer noch einen guten Draht zueinander.«

Oda fängt Völxens Blick auf, der in Richtung Tür geht.

»Frau Wehner, ich muss Sie das fragen. Wo waren Sie und Ihr Sohn gestern Abend?«

Ihre großen, graugrünen Augen sehen Oda an, als würde sie erst jetzt den Ernst der Lage begreifen. »Ich ... ich war hier. Zu Hause. Und Josh auch. Sie denken doch nicht ...«

Oda überlässt Völxen das Wort.

»Frau Wehner, ich muss Sie und Ihren Sohn bitten, beim Erkennungsdienst Ihre Fingerabdrücke registrieren zu lassen, damit wir sie von anderen, insbesondere von denen des Täters, unterscheiden können.«

»Jetzt, sofort?«

»Das wäre am besten, ja. Wir schicken Ihnen eine Streife, die bringt Sie hin.«

»Was? Nein, kommt gar nicht infrage! Ich fahre selbst. Wenn wir in einen Streifenwagen steigen, denkt doch die ganze Nachbarschaft, dass Joshua etwas angestellt hat. Sie wissen doch, wie die Leute sind.«

*

»Das hat sich die Gute damals sicher einfacher vorgestellt mit einem farbigen Adoptivkind«, meint Oda, als sie wieder auf der Straße stehen.

»Wie meinst du das?«

»Vor zehn Jahren hat dieses Land noch anders ausgesehen. Da gab's noch keine Pegida und keine AfD …«

»Rassisten gab's immer schon«, hält Völxen dagegen.

»Ja, aber noch vor Jahren haben sie das Maul nicht so weit aufgerissen und hatten weniger Rückhalt in der Bevölkerung. Mir tut der Junge leid. Wenn du heutzutage fünfzehn und farbig bist, solltest du besser aussehen wie ein Schrank und nicht schmächtig und wie dreizehn. Möchte nicht wissen, was der in der Schule auszuhalten hat.«

»Vielleicht wollte Joshua mit seinem Großonkel darüber reden. Und es vor seiner Mutter nicht zugeben«, meint Völxen.

»Gut möglich«, antwortet Oda und fragt: »Was ist, stoßen wir noch einmal zur Hochzeitsgesellschaft?«

»Ich weiß nicht«, zögert Völxen. »In Stimmung dafür bin ich nicht gerade.«

»Wir gehen trotzdem«, entscheidet Oda. »Sonst hättest du dir deinen neuen Anzug ja ganz umsonst gekauft. Und ich muss sowieso hin.«

»Stimmt, du bist ja die Trauzeugin.«

»Nicht nur deswegen. Ich will sehen, ob deine Frau immer noch mit meinem Freund flirtet.«

XV.

Sabine Völxen lehnt sich gegen den Kissenberg, nippt an ihrem Tee und knabbert ein winziges Stück von einer Scheibe Zwieback ab. Ihr Gatte, der auf der Bettkante sitzt, beobachtet sie dabei. »Geht's dir schon ein wenig besser?«

»Mal sehen. Sobald der Zwieback drinbleibt, geht's aufwärts.«

»Wie kann man nach einer so verkorksten Hochzeit so einen Kater haben?«

»Ganz einfach: Ich bin über fünfzig und vertrage nichts mehr!«

»Sei froh, dass ich gekommen bin und dich zur Ordnung gerufen habe. Sonst hätte dich dieser hinterlistige Chinese noch total abgefüllt.«

»Du meinst Tian Tang? Der hat damit gar nichts zu tun. Und so verkorkst war die Hochzeit doch gar nicht. Ich habe mich gut amüsiert.«

»Das habe ich bemerkt.«

»Bist du eifersüchtig?«

»Unsinn! Ich hab dir deinen Flirt mit Monsieur Tang von Herzen gegönnt.«

»Ich habe nicht geflirtet.«

»Du hast gegiggelt und gegackert, schlimmer als Köpckes Hühner!«

»Wir haben uns lediglich angeregt unterhalten«, widerspricht Sabine und nimmt einen Schluck Tee. »Er und ich gehörten schließlich zu den Sitzengelassenen. Er ist ein sehr interessanter und charmanter Mann. So jemanden treffe ich im Alltag ja nicht oft«, fügt sie mit einem Seitenblick in Richtung Bettkante hinzu.

»Er mag seine Qualitäten haben«, räumt Völxen ein. »Aber ich weiß, dass er mal versucht hat, mich zu verarschen.«

»Oh, du kannst ja so nachtragend sein! Wie ein Elefant.«

»Ich bin nicht nachtragend, ich vergesse nur nichts.«

»Dann weißt du sicher noch, dass wir heute die Büsche neben der Garage zurückschneiden wollten.«

Das eheliche Wir, denkt sich Völxen. Eigentlich will seine Frau damit sagen, dass das seine Aufgabe ist, noch dazu unter diesen besonderen Umständen.

»... und heute Nachmittag um fünf sind wir bei Familie de Fries zum Tee eingeladen.«

»Was? Wann habt ihr denn das ausgeheckt?« Völxen steht das blanke Entsetzen ins Gesicht geschrieben.

»Sag bloß, du hast es vergessen.«

»Ich kann es nicht vergessen haben, weil ich noch nichts davon wusste«, verteidigt er sich. *Fünf-Uhr-Tee. Geht's noch?*

»Vielleicht sollte ich mir ein Schafskostüm überziehen, damit du mir auch mal zuhörst!«

»Damit würdest du sicherlich ganz entzückend aussehen«, grinst Völxen und fügt hinzu: »Ich kann nicht versprechen, dass ich es schaffe. Ich muss um elf in die PD, ich habe schließlich einen Mordfall aufzuklären.«

»Es ist Sonntag.«

»Sag das den Verbrechern. Du weißt, die ersten 48 Stunden nach einem Mordfall ...«

»Bodo, bitte!«, keucht Sabine. »Ich bin seit bald dreißig Jahren Polizistenfrau, erzähl mir nicht so einen Schmarrn! ... Oh ... Rück mal zur Seite, ich muss ...« Die Hand auf den Mund gepresst, springt sie aus dem Bett und verschwindet im Bad, wo sie ziemlich undamenhafte Geräusche von sich gibt.

Völxen horcht vor der Tür, halb besorgt, halb belustigt, und als sich die Lage beruhigt zu haben scheint, sagt er: »Wir könnten den Herrschaften de Fries doch eine Depesche zukommen lassen, dass Madame heute leider unpässlich sind.«

»Bis dahin bin ich wieder ...« Ein neuer Würgereiz unterbricht sie.

»Och, du armes Häschen«, säuselt Völxen durch die Tür.

»Spar dir dein falsches Mitleid! Geh zu deinen Schafen!«

Das ist in der Tat nicht die schlechteste Idee, findet Völxen, nachdem er sich einen Pulverkaffee aufgegossen hat und die Tasse nach drei Schlucken angewidert stehen lässt. In Begleitung von Oscar begibt er sich zur Schafweide.

Die fünf Tiere sind mit Wiederkäuen beschäftigt. Zu dieser Uhrzeit rechnen sie nicht mit ihm – vorausgesetzt, Schafe sind überhaupt dazu in der Lage, mit einem Ereignis zu rechnen. Ein frischer Wind streicht über die Grasstoppeln, die manch heikles Biest stehen gelassen hat. Es ist kühl geworden, und ein paar Wolken ziehen auf. Der Sommer geht zu Ende. Oscar buddelt einem Maulwurf hinterher, ein Kohlweißling setzt sich auf den Zaunpfosten, Fliegen laben sich an einem Haufen Schafsköttel. Vom Dorf her ertönt Glockengeläut.

Ob ihm das nicht langsam zu langweilig sei, fast jeden Tag dort am Zaun herumzustehen und in die Gegend zu schauen, hat ihn seine Tochter Wanda neulich gefragt.

Überhaupt nicht, hatte er geantwortet. Erstens sei es nicht *langweilig*, sondern entspannend. Und zweitens gebe es immer etwas zu beobachten, und sollte es doch einmal fade sein, so würde er das schiere, ereignislose Nichts willkommen heißen und in vollen Zügen genießen. »Denn die besten Ideen und Erfindungen sind aus *Langeweile* entstanden, nicht durch Stress und Ablenkung.«

Auch heute setzt schon bald die meditative Wirkung der Schafsbeobachtung ein. Das Gedankenkarussell hört auf, sich zu drehen, Völxen ist ganz im Hier und Jetzt. Jedenfalls so lange, bis sich Jens Köpcke nähert, der eine ordentliche Fahne vor sich herschwenkt.

Zur Begrüßung tippt er sich an seine blaue Schiebermütze und sagt: »Spät dran heute.«

»Hochzeit.«

»Dicken Kopp?«

Völxen schüttelt denselben und deutet mit dem Daumen über seine Schulter. »Madame. War voll wie eine Haubitze.«

»Oha!« Köpcke stützt sich ebenfalls auf die rauen Bretter des Zauns, die sich unter der Last der beiden Schwergewichte bedrohlich durchbiegen. Schweigend beobachten sie einen Trecker, der hinter Köpckes Hühnerställen ein Feld umpflügt.

»Und selbst?«, fragt Völxen zwei Treckerreihen später.

»Stammtisch vom Männergesangsverein. Ging bis zwei.«

Wonach wieder Stille einkehrt.

Warum, grübelt Völxen, können Gespräche mit Frauen, insbesondere Ehefrauen, nicht auch so effizient ablaufen?

*

»Treffer!« Rifkin grinst ihren Bildschirm an. Dirk Kunisch, Santiagos Nachbar, hat vor acht Jahren eine Vorstrafe wegen Körperverletzung erhalten. Offenbar hatte er beim Schützenfest eine Schlägerei angezettelt oder war zumindest darin verwickelt, die Details sind Rifkin egal. Nach einem kurzen Telefonat mit der KTU, der Abteilung für kriminaltechnische Untersuchungen des Landeskriminalamts, schickt sie die Akte per E-Mail weiter, mit der Bitte, man möge Kunischs Fingerabdrücke mit denen im Haus des ermordeten Pfarrers vergleichen.

Danach telefoniert sie mit der PI Garbsen, um herauszufinden, ob man Dirk Kunisch dort vielleicht zufällig kennt.

*

Ivanka Klavic, die Putzhilfe von Hector Santiago, erscheint wie verabredet pünktlich um elf Uhr auf der Dienststelle. Völxen bringt sie in sein Büro. Oscar steht auf, um die Besucherin einer olfaktorischen Prüfung zu unterziehen, aber auf einen winzigen Fingerzeig von Rifkin dreht er um und rollt sich in seinem Korb zusammen. Völxen hat den Hund vorsichtshalber mit ins Büro genommen, damit er zu Hause keinen Unsinn anstellt, während seine Frau ihren Kater auskuriert. Falls ihn die Verbrechensaufklärung bis über die *tea time* hinaus in Atem halten sollte, ist wenigstens der Hund versorgt. Dann kann Sabine notfalls allein zu den de Frieses fahren. So sein Hintergedanke.

Rifkins Anwesenheit ist auch der Grund für das tadellose Benehmen des Terriermischlings. Neulich hat Völxen seinen Stolz überwunden und sie gefragt, wie sie das anstellt. Dafür, so Rifkin, gebe es eine einfache Erklärung. Oscar sei ein Alphatier mit Führungsanspruch. Deshalb würde er sich gern in den Vordergrund spielen. Spüre er jedoch, dass ein ihm überlegenes menschliches Alphatier im Raum sei, fiele die Last der Verantwortung – die ihn ohnehin überfordere – von ihm ab, und er sei entspannt und dankbar für jede Anweisung.

Worte, die Völxen schwer zu denken gegeben haben.

Frau Klavic ist achtundfünfzig, eine kleine, drahtige Person mit rabenschwarz gefärbtem Haar. Sie stammt aus Bosnien, lebt aber schon seit den Achtzigerjahren in Deutschland. Ihre Betrübnis über den Tod des Pfarrers scheint aufrichtig zu sein. Er sei ein guter Arbeitgeber gewesen. Etwas pingelig zwar, aber dafür habe er ihr fünfzehn Euro die Stunde gezahlt, und das sofort bar auf die Hand, nicht nur zehn wie die geizigen Böhlkes. Noch dazu sei er sehr reinlich und ordentlich gewesen, manchmal habe sie gar nicht gewusst, wie sie die verabredeten drei Stunden ausfüllen sollte, weil nichts schmutzig war. »Nur einen Haufen Weinflaschen musste ich jede Woche wegbringen«, sagt sie augenzwinkernd. Ihr Deutsch ist fehlerfrei, aber sie hat einen Akzent.

»Ein Haufen?«, wiederholt Völxen. »Von wie vielen Flaschen sprechen wir?«

»So acht bis zehn Flaschen. Pro Woche. Wenn er Besuch hatte, mehr.«

»Hatte er oft Besuch?«

»Hin und wieder.«

»Wissen Sie, wer ihn besuchte?«

»Nein, woher denn? Seine Nichte kam häufiger. Aber sonst kenne ich niemanden.«

»Die Böhlkes«, sagt Rifkin, »mochten die Santiago?«

Die Frau schüttelt den Kopf. »Sie taten zwar so, aber in Wirklichkeit war er ihnen unheimlich. Besonders seine Sammlung.«

»Wie standen Sie denn dazu?«, will Völxen wissen.

»Zuerst bin ich schon erschrocken. Aber man sieht ja so einiges in meinem Job. Die einen sammeln Bierdeckel, die anderen so ein Zeug. Ich hab mal bei einem geputzt, der hielt giftige Schlangen in einem riesigen Glaskasten. Die hab ich immer erst nachgezählt, bevor ich angefangen habe.« Sie schaudert beim Gedanken an die Tiere, ehe sie fortfährt: »Der Herr Santiago hat mir die Bedeutung der einzelnen Figuren und Masken erklärt. Allerdings hätte er sich das sparen können, wer kann sich schon diese komischen Namen merken? Wenn ich ganz ehrlich bin, hat es mich vor den Dingern immer ein bisschen gegruselt.«

Völxen lächelt verständnisvoll und fragt: »Erinnern Sie sich an die Figur auf dem Schrank mit dem Telefon?«

»O ja. Die Liebesgöttin.«

»Haben Sie die Liebesgöttin am Freitag abgewischt?«, fragt Rifkin.

»Nein, ich bin nur mit dem Staubwedel drüber. Santiago hat mir verboten, die Sachen feucht abzuwischen, er hatte Angst, dass die Farben abgehen könnten. Aber ich hätte das Ding eh nicht angefasst. Die guckte immer so boshaft.«

»Hat Santiago mal davon erzählt, dass er mit jemandem Probleme hat?«, erkundigt sich Völxen.

»Nein. So dicke waren wir beide nicht, dass er mir sein Herz ausgeschüttet hätte. Ich hab geputzt, er hat bezahlt, das war alles.«

»War am letzten Freitag etwas anders als sonst?«, will Völxen wissen.

»Nein, alles ganz normal. Er war zuerst in seinem Arbeitszimmer, und später ist er einkaufen gefahren. Das war meistens so: Wenn ich da war, hatte er seinen Wocheneinkauf gemacht, so konnte ich ungestört arbeiten.«

»Hat er erwähnt, dass er an dem Tag noch Besuch erwartet?«

»Erwähnt hat er nichts, aber am Nachmittag hatte er Besuch. Als ich nämlich um vier bei den Böhlkes Schluss gemacht habe, habe ich meine Strickjacke vermisst. Ich dachte, ich hätte sie bei Santiago auf der Terrasse liegen gelassen. Ich wollte nicht extra klingeln, also bin ich durch den Garten gekommen. Die Terrassentür stand offen und drinnen habe ich Stimmen gehört. Von Santiago und einer Frau. Sie haben sich gestritten.«

»Haben Sie mitbekommen, worum es ging?«

»Nein. Der Herr Pfarrer redete sehr leise, aber die Frau hat geschrien: *Verstecken Sie sich nur hinter Ihrem Scheißglauben, Sie Feigling!*«

»Kannten Sie die Frau?«, fragt Völxen.

»Nein. Ich habe mich sofort wieder aus dem Staub gemacht, weil ich nicht wollte, dass der Pfarrer mich bemerkt und womöglich noch denkt, ich belausche ihn. Ich hab meine Jacke geschnappt und bin zurück zum Auto.«

»Könnte es Santiagos Nichte gewesen sein?«

»Nein, das glaub ich nicht. Die würde ja auch nicht *Sie* zu ihm sagen.«

»Stimmt auch wieder. Haben Sie vielleicht vor dem Haus ein Auto bemerkt?«

»Darauf habe ich nicht geachtet.« Sie sieht Völxen mit großen Augen an. »Hat die ihn etwa ...«

Völxen bleibt ihr die Antwort schuldig und sagt: »Danke, Frau Klavic, Sie haben uns sehr geholfen.«

»Ich hätte noch eine Frage«, wirft Rifkin ein. »Der Mann, der ab und zu im Garten hilft – kennen Sie den?«

»Ja, ich habe ihn zwei- oder dreimal getroffen.«

»Kennen Sie seinen Namen?«

»Moment.« Frau Klavic holt ihr Smartphone aus der Handtasche. »Er heißt Arif Al Zeno. Brauchen Sie auch seine Handynummer?«

»Das wäre schön«, sagt Völxen verblüfft, und Rifkin notiert die Nummer, die Frau Klavic vorliest. »Wissen Sie zufällig auch, wo er wohnt?«

»In Seelze, aber wo genau, weiß ich nicht. Jedenfalls nicht im Asylantenheim. Er hat erzählt, dass er mit seiner Familie in einer Mietwohnung lebt. Er ist mit seiner Frau und drei Kindern hier.«

»Wie kommt es, dass Sie seine Nummer haben?«, fragt Völxen neugierig.

»Er ist fleißig und verlangt nicht viel Geld. Ich wollte ihn für meine Schwester engagieren, die jammert nämlich immer, dass ihr der Garten so viel Arbeit macht. Dabei ist der winzig. Aber sie sagt, sie will keinen *von denen* beschäftigen, schon allein wegen der Nachbarn. Hat wohl vergessen, dass wir selber Muslime sind, zumindest auf dem Papier. Seit sie vor dreißig Jahren einen Deutschen geheiratet hat, ist sie deutscher als ein Schäferhund, sag ich immer. Na ja, gegen Dummheit kann man halt nichts machen.«

»Das wäre dann erst einmal alles«, schmunzelt Völxen. »Nur Ihre Fingerabdrücke brauchen wir noch für die Spurensicherung.«

»Ich habe das schon organisiert«, sagt Rifkin.

Völxen nickt Rifkin anerkennend zu. *Es geht doch nichts über ein Team, das selbstständig denkt. Rifkin war wirklich ein guter Fang.*

»Herr Kommissar, wollen Sie mich denn gar nicht nach meinem Alibi fragen?«

»Wenn Sie darauf bestehen«, antwortet Völxen. »Wo waren Sie vorgestern, am Freitagabend, den 27. August, Frau Klavic?«

»Da war ich bei meiner Nichte in Stöcken, auf die Kinder aufpassen. Die sind vier und drei. Meine Nichte ist nämlich mit ihrer Mutter – also mit meiner dämlichen Schwester – in ein Musical nach Hamburg gefahren. Das war ein Geburtstagsgeschenk.«

»Sie wissen aber schon, dass Alibis von Drei- und Vierjährigen vor Gericht nicht sehr viel hermachen«, gibt Völxen zu bedenken.

»Das kann schon sein. Aber der Nachbar, der gegenüber wohnt, ist rübergekommen, nachdem die Gören im Bett waren.« Sie zwinkert Völxen zu. »Das macht der immer, wenn ich dort Babysitten bin. Der ist Witwer, der hat ein Auge auf mich geworfen. Aber da läuft nichts, ich bin ja nicht bescheuert, mir kurz vor der Rente noch einen Kerl aufzuhalsen. Aber er ist nett, wir haben die Hausbar ein bisschen … wie sagt man … dezimaliert?«

»Die ist ja ein Feger«, grinst Völxen, als Frau Klavic wieder gegangen ist.

»Da sag noch einer, dass Resozialisierung nicht funktioniert«, lacht Rifkin.

»Wie meinen Sie das?«, fragt Völxen.

»Sie hat in den Neunzigern vier Jahre wegen Totschlags gesessen.«

Völxen starrt seine Kommissarin an, die ungerührt fortfährt: »Das Opfer war ihr Mann, seinerseits auch nicht zimperlich im Austeilen. Ja und eines Tages hat sie zurückgeschlagen. Mit einem Schürhaken, auf die Schädeldecke. Sie wurde zu sechs Jahren verurteilt und vorzeitig entlassen.« Rifkin grinst. »*Home, sweet home.*«

Völxen schaut sie mit gerunzelter Stirn an. »Seit wann wissen Sie das?«

»Heute Morgen habe ich alle Zeugen überprüft, wie Sie es mir aufgetragen haben, Herr Hauptkommissar.«

»Und warum haben Sie mir das nicht *vor* der Befragung gesagt?«

»Ich hatte keine Gelegenheit. Sie haben mich dazugeholt, und im nächsten Moment kam auch schon die Zeugin herein.«

»Mag sein, aber das ist kein Grund, um Informationen zurückzuhalten. Notfalls wartet die Zeugin eben einen Moment.«

Rifkin senkt den Blick. »Ja, Herr Hauptkommissar, es tut mir leid.«

Völxen fragt sich, ob ihre Zerknirschtheit gespielt ist. Dass ausgerechnet Rifkin so ein Schnitzer passiert, ist höchst ungewöhnlich.

»Es gibt übrigens noch einen vorbestraften Zeugen. Dirk Kunisch, der Nachbar mit den schlechten Manieren. Bewährungsstrafe wegen Körperverletzung, eine Schlägerei. Und es gab Einsätze der Garbsener Kollegen wegen häuslicher Gewalt, der letzte war vor sechs Wochen. Und raten Sie mal, wer die Polizei gerufen hat.«

»Santiago?«

»Jawohl. Angeblich ist Kunischs Frau seit Donnerstag bei ihrer Schwester in Hamburg. Sie hat eine schulpflichtige Tochter, sechs Jahre alt. Da muss wieder etwas vorgefallen sein. Man fährt doch nicht weg, wenn das Kind in die Schule muss.«

»Manche Eltern nehmen es mit der Schulpflicht nicht so genau«, meint Völxen.

»Mag sein, aber Frau Kunisch hat gar keine Schwester.«

»Ah! Na dann ... Gibt es noch etwas, das ich wissen muss? Gehören die zwei Alten, die nebenan wohnen, zu den Hells Angels?«

»Wenn, dann sind sie gut getarnt. Keine Vorstrafen. Brave, rechtschaffene Bürger.«

Völxen schaut auf die Uhr. Es ist noch nicht mal halb zwölf, aber da das Frühstück ausgefallen war, bekommt er schon langsam Hunger. Dumm, dass Frau Cebulla nicht da ist. Es ist Sonntag, die Markthalle hat heute geschlossen. Pizzaservice? Dauert zu lang. Während er weiter grübelt, hört er Rifkin sagen: »Was glauben Sie, Herr Hauptkommissar, wer die Frau war, mit der der Pfarrer gestritten hat?«

»Woher soll ich das wissen?«, entgegnet Völxen, der allerdings schon eine Idee hat.

»Kann es womöglich sein, dass der Mord an Santiago etwas mit diesem alten Fall zu tun hat?«, fragt Rifkin mit unschuldigem Augenaufschlag.

»Was für ein alter Fall?«, fragt Völxen alarmiert.

»Der Fall Simonsen, Herr Hauptkommissar.«

Völxen lehnt sich in seinem orthopädischen Stuhl zurück und schließt die Augen. Daher weht also der Wind. »Raukel«, stöhnt er, »eines Tages erwürge ich ihn mit bloßen Händen.«

Als er die Augen wieder öffnet, steht Rifkin noch immer vor ihm, mit einem Mona-Lisa-Lächeln und offenbar auf eine Antwort wartend. »Das weiß ich nicht«, sagt Völxen. »Aber ich kann es mir eigentlich nicht vorstellen.«

Rifkin nickt und macht Anstalten, zu gehen.

»Ach, Rifkin. Treiben Sie diesen Gärtner auf und befragen Sie ihn. Notfalls mit einem Dolmetscher. Nehmen Sie Raukel oder Rodriguez mit. Und bitte ... Fingerspitzengefühl, ja?«

»Selbstverständlich, Herr Hauptkommissar.« Sie verlässt sein Büro.

Völxens Magen knurrt, und die Müsliriegel, die normalerweise in seiner Schreibtischschublade liegen, sind auch ausgegangen. Er hätte auf Sabine hören und zu Hause bleiben sollen. Er steht auf. Wenigstens einen Kaffee sollte er sich gönnen.

»Handauflegen nützt da nichts.«

Erwin Raukel, der gerade den Versuch unternimmt, Frau Cebullas Kaffeemaschine in Gang zu bekommen, blickt auf, als der Schatten seines Vorgesetzten auf ihn fällt.

»Moin, Völxen!«

»Wie hat sie's angestellt?«, fragt Völxen, der mit Bullenbeißermiene und verschränkten Armen vor ihm steht.

»Wovon redest du, bitte schön?«

»Warum konntest du deinen Mund nicht halten?«

Raukel ist versucht, Rifkins Foltermethoden zu erwähnen und dass sie überhaupt ein raffiniertes und obendrein gemeingefährliches Weibsstück ist. Aber wenn diese Geschichte erst in allen Details in der PD herumgeht – und man weiß ja, dass die Leute bei so etwas gerne übertreiben –, dann wird er zur Lachnummer. *Lässt sich von Rifkin die Eier auf links drehen!* Also breitet man lieber den Mantel des Schweigens über diese Sache.

»Komm schon, Völxen, diese Heimlichtuerei war doch von vornherein zum Scheitern verurteilt.«

»Ich hätte nicht gedacht, dass du so ein Tratschweib bist, Erwin.«

»Ist doch jetzt auch egal. Der Pfaffe ist tot – niemand wird die Nase in den alten Fall stecken. Gras drüber und gut ist es. Sag mir lieber, wie das Ding hier funktioniert, die Lampe am Schalter brennt, aber es tut sich nichts.«

Völxen tritt neben ihn und verpasst der Maschine einen gezielten Faustschlag. Sekunden später ertönen die ersten Blubbergeräusche.

»Gewalt«, seufzt Raukel. »Hätte ich mir denken können.«

Vielleicht sollte ich den Gärtner lieber hierher schaffen lassen, überlegt Völxen auf dem Weg zurück in sein Büro. So eine Befragung kann ja dauern. Besonders, wenn man noch einen Übersetzer auftreiben muss. Und das am Sonntag. Das kann sich leicht bis zum Abend hinziehen. Aber was nützt das Lamentieren, hin und wieder verlangt der Beruf eben Opfer von einem …

Völxen, du kommst doch ohnehin nicht drum herum, diese de Frieses zu besuchen, warum also Sabine unnötig verärgern? Ist es das wert?

Er trinkt von dem Kaffee, der viel zu stark geraten ist, fährt derweil seinen Computer hoch, um seine E-Mails zu checken, als sein Blick auf ein zusammengefaltetes Blatt Papier fällt, das ihm jemand auf den Schreibtisch gelegt haben muss.

Es ist der Ausdruck einer Liste der ein- und ausgehenden Anrufe der letzten 30 Tage von Hector Santiagos Festnetzanschluss. *Wie, zum Teufel* … nein, er will es lieber nicht wissen. Die Nummer eines eingegangenen Anrufs am letzten Donnerstag ist mit rotem Filzstift unterstrichen und dahinter steht in Rifkins klarer, steiler Handschrift ein Name, den Völxen nur allzu gut kennt.

Auf dem Weg zum Besprechungsraum kommt Völxen sein junges Ehepaar entgegen, beide beladen mit Körben und Kühlboxen. Pedra hat für die Hochzeit so viel Essen vorbereitet, als gälte es, ein Heer zu verköstigen. Für Völxen grenzte es an ein Wunder, dass das Boot nicht sank.

»Es ist ein bisschen was übrig geblieben«, grinst Jule. »Da dachte ich, ich bring es mit hierher.«

Oscar schnüffelt aufgeregt und hocherfreut die Körbe ab.

»Habt ihr am Tag nach eurer Hochzeit nichts Besseres zu tun, als zu einer Dienstbesprechung zu kommen?«, fragt Völxen die beiden.

»Irgendein Scheißkerl hat mir meine Hochzeit versaut. Da bleib ich doch nicht zu Hause und dreh Däumchen«, antwortet Jule, während Fernando schicksalsergeben mit den Schultern zuckt und leise bemerkt, dass ihm da schon was eingefallen wäre … Dann fragt er: »Erst Essen oder erst das Meeting?«

»Erst Essen«, antwortet Völxen, dem der Hunger schon an den Eingeweiden zerrt.

Was das Meeting angeht, sollte Sabine recht behalten. Es gibt noch nicht viel Neues zu berichten. Die Spurensicherung hat gemailt, dass man *mit Hochdruck* an der Auswertung der Fingerabdrücke und DNA-Spuren arbeite.

»Wer's glaubt, wird selig«, meint Fernando.

Schlechte Nachricht auch aus der Rechtsmedizin: Dr. Bächle hat Oda wissen lassen, es könne mit der Obduktion durchaus noch ein paar Tage, wenn nicht sogar länger dauern.

»Was, wieso?«, ruft Jule entrüstet.

»Bächle sagte, es herrsche akuter Personalmangel, weil die Hälfte des Personals damit beschäftigt sei, in Bremen und Umgebung ehemalige Patienten dieses Krankenpflegers aus Delmenhorst – oder sollte man besser Massenmörder sagen – zu exhumieren«, erklärt Oda.

»Das hat uns noch gefehlt«, murmelt Völxen. »Okay, also, das haben wir: Santiago starb am Freitagabend. Wie es aussieht, hat er den Täter hereingelassen oder derjenige kam durch den Garten, als Santiago noch auf der Terrasse saß. Es sieht nach einer spontanen Tat aus. Santiago hat eine Prellung an der linken Wange. Er wurde offenbar geschlagen, und zwar höchstwahrscheinlich von einem Rechtshänder. Dann wurde ihm die Figur, diese ...«

»Erzulie. Liebesgöttin«, souffliert Jule.

» ... über den Schädel gezogen. Er hinterlässt eine demente Mutter, die im Pflegeheim lebt ...«

»Das stimmt, ich habe dort angerufen«, wirft Rifkin ein. »Laut Heimleitung ist sie völlig weggetreten, sie weiß nicht einmal mehr, dass sie einen Sohn hat.«

»Gott, wie traurig«, meint Jule.

Oda fährt fort: »Dann sind da noch seine Nichte, Clara Wehner, von Beruf selbstständige Eheberaterin und Familientherapeutin, geschieden, und ihr fünfzehnjähriger Sohn Joshua, ein Adoptivkind aus Haiti. Die beiden wohnen in der List. Joshua wollte am Dienstagnachmittag seinen Großonkel besuchen, der aber nicht da war. Die Frage, warum er nicht vorher angerufen hatte, um sich zu vergewissern, hat er nicht beantwortet. Die beiden sind seine Erben. Zu gleichen Teilen. Ich habe vorhin das Testament in seinen Ordnern gefunden.«

»Lohnt es sich?«, fragt Raukel.

»Kann ich noch nicht sagen. Aber das Haus ist ja auf jeden Fall schon mal nicht schlecht.«

»Weiß jemand, wie weit das LKA mit seinem Computer und dem Handy ist?«, fragt Völxen.

Kopfschütteln.

»Dann hakt da noch mal nach und seht zu, dass bis morgen etwas auf dem Tisch liegt.«

Als Nächstes berichtet Rifkin von der Befragung der Nachbarschaft und der Putzfrau des Pfarrers und endet damit, wie Frau Klavic den Streit hörte, bei dem die Besucherin Santiago anschrie mit den Worten: *Verstecken Sie sich nur hinter Ihrem Scheißglauben, Sie Feigling!* Anschließend sieht Rifkin fragend zu Völxen hinüber.

Zeit, die Katze aus dem Sack zu lassen, nun, da alle mehr oder weniger Bescheid wissen. Alles andere wäre albern und bei der Aufklärung dieses Falles hinderlich. Völxen räuspert sich und sagt dann: »Es könnte sein, dass es sich bei der Frau um Regine Brandt handelt. Das ist die Mutter der im Jahr 2003 verschwundenen Kristina. Ihr wisst schon – der Fall Oliver Simonsen.«

So, da habt ihr was zu knabbern! Er schaut in die Runde. Jule und Fernando wechseln erstaunte Blicke, Rifkin macht einen auf Pokerface, Oda runzelt die Stirn, Raukel fuhrwerkt mit einem abgebrochenen Zahnstocher in seinen Molaren herum, und Oscar hockt sabbernd unter dem Tisch mit den Überbleibseln des Buffets. *Ein Glück, dass dies ein inoffizielles Treffen ist ohne den Staatsanwalt und Vertreter anderer Dezernate,* sagt sich Völxen.

»Verrätst du uns auch noch, wie du zu diesem Schluss kommst?«, erkundigt sich Raukel.

»Wegen des Wortlauts ihres Vorwurfs.«

»Aber sie war nachmittags da, und Santiago starb am Abend«, wendet Oda ein.

»Ist der Todeszeitpunkt sicher?«, will Fernando wissen.

Völxen nickt. »Sagt jedenfalls Dr. Bächle, und ich nehme auch nicht an, dass der Pfarrer schon am helllichten Nachmittag Rotwein trank und Zigarren rauchte.«

»Bei dem kann man nie wissen«, meint Fernando.

»Wenn ich dann fortfahren dürfte …«, sagt Völxen. »Die Tat geschah also am Freitagabend, davon müssen wir vorerst ausgehen. Wahrscheinlich am frühen Abend, denn als wir ihn fanden, brannte kein Licht, weder im Wohnraum noch auf der Terrasse.«

»Die kann auch der Täter ausgeschaltet haben«, wirft Raukel ein.

»Warum sollte er das tun? Um Strom zu sparen?«, entgegnet Völxen. »Wie dem auch sei, vielleicht ist Frau Brandt nach dem Streit erst einmal nach Hause gefahren, hat sich dort aber in ihren Zorn hineingesteigert und ist dann noch einmal zu Santiago gefahren …«

»Stimmt, sie schäumte ja schon auf Simonsens Trauerfeier vor Wut«, wirft Jule ein. »Aber wäre sie rein körperlich dazu in der Lage, den Pfarrer niederzuschlagen und ihm die Figur über den Schädel zu ziehen?«

»Möglicherweise, mit genug Adrenalin im Blut«, antwortet Völxen, der sich noch gut erinnern kann, wie Regine Brandt in der Friedhofskapelle Santiago am Wickel hatte. »Aber das ist ja auch vorerst nur eine Hypothese.«

»Entschuldigt bitte …«, beginnt Fernando, »… vielleicht war's gestern doch ein bisschen zu viel vom Rioja. Aber ich komm da gerade nicht mit. Was soll denn das Motiv dieser Frau Brandt sein? Und dieser Spruch, den sie losgelassen hat, was bedeutet der? Kann mir das mal einer erklären?«

Völxen tut ihm den Gefallen: »Sie leidet seit dreizehn Jahren darunter, dass Simonsen nie gesagt hat, was mit der Leiche ihrer Tochter geschehen ist. Deshalb auch der peinliche Auftritt in der Friedhofskapelle bei Simonsens Trauerfeier, wo sie den Eltern des Toten vorhielt, dass diese ihren Sohn wenigstens begraben können …«

»Kann man ja irgendwie auch verstehen, dass einen diese Ungewissheit auffrisst«, meint Oda.

»Ja, natürlich«, gibt Völxen ihr recht. »Möglicherweise hatte Frau Brandt mitbekommen – fragt mich jetzt nicht, woher –, dass Oliver

Simonsen wenige Tage vor seinem Tod mit Santiago gesprochen hatte. Sie hat ihn daraufhin besucht und versucht, etwas von ihm zu erfahren, und das Ganze ist eskaliert.«

»Verstehe«, nickt Fernando.

Um peinliche Nachfragen über den Fall Simonsen gleich im Keim zu ersticken, sagt Völxen rasch: »Das wäre es für heute, morgen wissen wir sicher mehr von der Spusi. Rifkin, Rodriguez, ihr redet mit diesem Gärtner. Jule, du kannst die Unterlagen aus Santiagos Arbeitszimmer sichten, du hilfst ihr dabei, Erwin. Oda, wir beide fahren zu den Brandts.«

»Kann ich nicht mitfahren?«, fragt Jule.

»Nein«, sagt Völxen entschieden.

»Ich hätte nur gern mal gesehen, wo Kristina aufgewachsen ist.«

»Habe ich mich eben unklar ausgedrückt?«, entgegnet Völxen und erkennt, dass es nicht so einfach ist, einen Terrier von einer Fährte abzubringen, auf die man ihn einmal gesetzt hat. »Noch einmal: Der Fall Santiago hat ab sofort oberste Priorität. Das ist eine Dienstanweisung. Hast du das verstanden?«

»Jawohl, Herr Hauptkommissar.«

Völxen macht Oda ein Zeichen, um zu gehen.

»Ach, Jule?« Völxen ist noch etwas eingefallen.

»Ja?«

»Würdest du dich bitte so lange um den Hund kümmern? Ich möchte ihn nicht mitnehmen, und im Auto kann er nicht bleiben, das wird ihm zu heiß.«

»Natürlich, Herr Hauptkommissar«, zischt Jule, die gar nicht erst den Versuch macht, zu verhehlen, dass sie stinksauer ist.

XVI.

»Henning, hast du es schon gehört?« Frau Niggemeyer, klein und weißhaarig, ist an den Zaun getreten. Sie wohnt seit ewigen Zeiten im Nachbarhaus und kennt Henning von klein auf.

Henning geht ihr entgegen, denn er weiß, dass sie schwerhörig ist. »Was soll ich gehört haben?«, fragt er mit lauter Stimme.

»Der spanische Pfarrer, der deine Oma beerdigt hat. Der ist tot.«

»Was?!«

»Tot!«, brüllt Frau Niggemeyer, die es gewohnt ist, auf Nachfragen hin angebrüllt zu werden. »Man munkelt, dass er ermordet wurde. Jedenfalls war gestern sehr viel Polizei da.«

»Aber ... wann war das?«

»Das weiß ich nicht. Am Samstag ist er gefunden worden.«

»Wer hat ihn ermordet?«, ruft Henning.

»Das weiß man nicht«, sagt Frau Niggemeyer. »Ist das nicht furchtbar? So was hier, bei uns?« Ihre wässriggrauen Augen blicken ihn erwartungsvoll an.

»Aber ... aber warum?«, fragt Henning und stammelt verwirrt: »Er war doch ... er hat doch so gut gesprochen an Omas Grab.«

Sie winkt ab. »Ja, reden konnte der. Aber dass er diesen Verbrecher gesegnet hat, das haben ihm viele im Dorf übel genommen.«

»Wann ist das denn passiert?«, fragt Henning.

»Ich weiß es nicht, mein Junge. Aber die Böhlke, Santiagos Nachbarin, sagt, sie hätte ihn am Freitag noch quicklebendig im Garten gesehen. Und am Samstag kam dann plötzlich die Polizei.«

»Am Freitag ...«, murmelt Henning.

»Man erzählt sich komische Sachen über ihn«, dringt Frau Niggemeyers Stimme zu ihm durch. Sie biegt eine Sonnenblume beiseite und beugt sich weit über den Maschendraht, der die Grundstücke teilt. »Angeblich soll er an Voodoo geglaubt und schwarze Messen abgehalten haben.«

»Schwarze Messen?«, wiederholt Henning verwirrt. »Das ist doch Humbug!«

»Und dass er diese Asylanten unterrichtet hat, das fanden auch nicht alle gut. Aber wer weiß – vielleicht war es ja einer von denen.«

»Warum sollten die Asylanten ihn umbringen? Er hat ihnen doch nur helfen wollen.«

»Es hat Ärger gegeben«, sagt Frau Niggemeyer mit wissender Miene. »Santiago wollte, dass die Männer auch ihre Frauen zum Sprachkurs mitbringen. Das hat einigen nicht gepasst. Weil da andere Männern sind, ledige. Die könnten den Frauen ja was wegschauen!« Sie tippt sich an die Stirn. »Die sind doch völlig plemplem, wenn du mich fragst.«

Henning nimmt Frau Niggemeyers Geschwätz nur noch unterschwellig wahr.

Moritz!

»Vielleicht war's auch jemand aus dem Ort«, ergeht sich Frau Niggemeyer in weiteren Spekulationen. »Er war ja nicht bei allen beliebt.«

»Wieso nicht?«, fragt Henning, an dem der Dorfklatsch offenbar spurlos vorübergegangen ist.

Sie winkt ab. »Kommt direkt aus der dritten Welt zu uns aufs Dorf, wohnt da kaum ein dreiviertel Jahr, und schon steckt er seine Nase überall rein. Aber du hast natürlich recht, mein Junge. Dass er umgebracht wurde, ist eine üble Sache. So was hier bei uns, das glaubt man ja nicht.«

Es gelingt Henning, sich loszueisen. Mit ausgreifenden Schritten geht er ins Haus und greift zum Telefon.

»Na, kleiner Bruder, hast du Langeweile? Hat dich deine Flamme sitzen gelassen?«, antwortet ihm Moritz sofort.

»Sag mir, ob du was damit zu tun hast!«, schreit Henning, völlig außer sich.

»Hey? Was ist denn los? Womit soll ich was zu tun haben?«

»Der Pfarrer. Santiago, mit dem ich geredet habe, der ist tot. Ermordet. Ich will wissen, ob du was damit zu tun hast.«

Am anderen Ende entsteht eine Pause, dann tönt es scharf an

Hennings Ohr: »Sag mal, hast du den Verstand verloren?! Was ist denn nur los mit dir?«

»Schwör mir, dass du es nicht warst.«

»Schwören? Drehst du jetzt völlig durch? Natürlich war ich das nicht, ich bin doch nicht wahnsinnig! Aber du anscheinend. Jetzt komm mal wieder runter, aber ganz schnell!« Den letzten Satz hat Moritz ins Telefon gebrüllt. Das kommt selten vor, dass Moritz brüllt. Er muss wirklich sehr wütend sein.

»Okay«, sagt Henning halb verängstigt, halb beruhigt. »Ich glaub dir. 'Tschuldige. Ich war nur ...«

Aufgelegt. Henning beschleicht das Gefühl, dass er gerade etwas ziemlich Dummes gemacht hat.

*

»Wir müssen diese Befragung sensibel durchführen«, sagt Rifkin, die den Dienstwagen lenkt. Fernando hatte sie gebeten zu fahren, aus Furcht, er könnte noch Restalkohol im Blut haben. »Leute aus gewissen Ländern haben aus guten Gründen Angst vor der Polizei«, fügt Rifkin hinzu.

Fernando wendet den Kopf, nimmt die dunkle Sonnenbrille ab, die seine Augenringe verdeckt hat, und sagt: »Okay, Rifkin, ich bin zwar mit Abstand der Dienstältere von uns beiden, aber wenn du glaubst, ich sei nicht in der Lage, diesen Zeugen zu befragen, ohne dass er das große Muffensausen kriegt, dann kannst du das gerne übernehmen.«

»Nun sei nicht gleich eingeschnappt.«

»Bin ich nicht. Mach ruhig, ich bin eh viel zu müde. Diese Simonsen-Sache habe ich auch nur zur Hälfte verstanden, aber ich will darüber auch gar nicht so genau Bescheid wissen. Und erst recht nicht heute.«

»Anstrengende Hochzeitsnacht?«, lächelt Rifkin süffisant.

»Kein Kommentar.«

»Ich wollte ja nur sagen, dass wir ein gutes Beispiel abgeben müssen, damit wir sein Vertrauen gewinnen.«

»Ich gebe immer ein gutes Beispiel ab«, antwortet Fernando gutmütig grinsend. »Meine Mama hat mich streng erzogen.«

»Und du warst ja auch mal Ministrant.«

Fernando stöhnt. »Das weiß also auch schon wieder jeder!«

»Ich bin nicht jeder.«

»Stimmt. Übrigens – scharfes Outfit gestern, mein lieber Scholli!«

»Wer ist Scholli?«

»Niemand. Sagt man so. Gott, ich werde alt. Die Jugend versteht mich nicht mehr.«

*

Regine und Gerald Brandt haben es sich auf der heimischen Terrasse gemütlich gemacht. Auf dem Tisch liegt eine ausgebreitete Sonntagszeitung, dazwischen leere Kaffeetassen. Gerald Brandt schleppt zwei Stühle für die unerwarteten Besucher heran. Ob er ihnen etwas anbieten könne?

Völxen lehnt dankend ab. Sie hätten nur ein paar Fragen.

»Gut, dass Sie da sind«, sagt Frau Brandt. »Ich wäre sonst morgen sowieso zu Ihnen gekommen.«

»Aha«, sagt Völxen, während er sich auf dem Klappstuhl niederlässt. Für einen Augenblick ist er versucht, sie zu fragen, warum, aber er will sich nicht schon gleich zu Beginn das Heft aus der Hand nehmen lassen. *Wir stellen hier die Fragen.* Es reicht ihm schon, wenn ihm seine Mitarbeiter reihenweise auf der Nase herumtanzen.

»Frau Brandt, waren Sie vorgestern bei Herrn Pfarrer Santiago in Dedensen zu Besuch?«

»Ja. Am Nachmittag. Er hatte mir angeboten, dass ich mit ihm reden könne. Also habe ich das getan.«

»Es soll recht laut zugegangen sein.«

Auch das leugnet Frau Brandt nicht. »Ich habe mich aufgeregt. Das hätten Sie wohl auch an meiner Stelle.«

»Worum ging es?«

»Ich wollte von ihm wissen, was Simonsen zu ihm auf dem

Sterbebett gesagt hatte.« Sie sieht Völxen und Oda über den Tisch hinweg wütend an. »Seit dieser Dreckskerl tot ist, liegt die Chance, meine Tochter zu finden, gleich bei null. Nicht zuletzt, weil Sie und Ihresgleichen ja nichts mehr in der Sache unternommen hatten. Fall abgeschlossen, das war's!« Sie schnaubt voller Wut. »Und dann erfahre ich, dass dieser Pfarrer vor seinem Tod noch mit Simonsen gesprochen hatte. Da wollte ich natürlich wissen, was er gesagt hat.«

»Woher wussten Sie eigentlich von dem Gespräch zwischen Simonsen und dem Pfarrer?«, will Völxen wissen.

»Ich wusste es eben«, antwortet sie. »Von wem, ist meine Sache.«

»Was hat Ihnen Pfarrer Santiago denn nun über dieses Gespräch gesagt?«, fragt Völxen.

Sie holt tief Atem und verkündet empört: »Dieser Mensch sagte mir nach all den Jahren ernsthaft ins Gesicht, dass Simonsen am Tod unserer Tochter möglicherweise unschuldig war. Deshalb wollte ich zu Ihnen. Haben Sie damals den Falschen eingesperrt? Oder hat der Pfarrer das nur erfunden, damit ich Ruhe gebe?«

Ehe Völxen den Mund aufmachen kann, sagt Oda: »Wissen Sie, Frau Brandt, die Haftanstalt ist voller *Unschuldiger*. So etwas hören wir nicht zum ersten Mal. Und nicht jeder, der im Sterben liegt, sagt deshalb automatisch die Wahrheit. Im Gegenteil, manchem gefällt der Gedanke, auch noch nach seinem Tod Verwirrung zu stiften. Außerdem waren Sie doch von Anfang bis Ende bei der Gerichtsverhandlung dabei. Hatten Sie den Eindruck, dass da ein Unschuldiger verurteilt wurde?«

Frau Brandt beißt sich auf die Lippen. »Aber warum sagt er dann so etwas? Warum gesteht er nicht wenigstens auf dem Sterbebett, wo meine Tochter ist?«

»Das wissen wir leider nicht«, antwortet Völxen. »Aber wenn Pfarrer Santiago in dieser Richtung irgendetwas erfahren hätte, hätte er es Ihnen gesagt, das dürfen Sie mir glauben.«

»Da bin ich mir nicht so sicher. Er ist selbstgerecht und eingebildet. Und Sie sollten mal sein Haus von innen sehen. Da stehen lauter grässliche Voodoo-Figuren, das reinste Gruselkabinett. Und das bei einem katholischen Priester. Ich trau dem nicht über den Weg, Pfarrer hin oder her.« Ihre Stimme ist immer lauter geworden.

»Regine, beruhige dich bitte«, mahnt Gerald Brandt und schickt ein entschuldigendes Lächeln in Völxens Richtung. Der nickt ihm zu. Er muss an Jules Worte denken, die sie nach der Trauerfeier über Kristinas Vater gesagt hatte. Dass er still leide und gleich zweifach, da er nicht nur seine Tochter, sondern auch seine Frau, wie sie vielleicht einmal gewesen war, verloren habe. Aber ihm sieht man das Leid nicht an. Gerald Brandt ist noch immer ein ansehnlicher Mann. Athletischer Körperbau, ergrautes, aber noch recht volles Haar, dazu die Ausstrahlung eines in sich ruhenden Menschen. Ihm scheint es gelungen zu sein, mit den Umständen zu leben. Seine Frau dagegen wirkt verhärmt, und die Verbitterung steht ihr ins Gesicht geschrieben. Nun wirft Frau Brandt ihrem Mann einen kurzen, gereizten Blick zu und wendet sich wieder an Völxen. »Warum sind Sie hier? Hat er mich etwa angezeigt?«

»Gab es denn dafür einen Grund?«, entgegnet Völxen.

»Nein. Also ... möglicherweise. Ich war enttäuscht und wütend und habe ihm deutlich zu verstehen gegeben, was ich von ihm halte.«

»Und sonst ist nichts passiert?«

»Was meinen Sie?«

»Sind Sie vielleicht handgreiflich geworden?«

Frau Brandt richtet sich in ihrem Gartensessel auf: »Behauptet er das etwa? Das ist eine glatte Lüge! Wofür halten Sie mich denn?«

»Ich darf Sie an die Szene in der Friedhofskapelle erinnern. Deshalb frage ich.«

Frau Brandt wirkt für einen Augenblick recht verlegen, dann lenkt sie ein: »Ja, ich habe ihn bei sich zu Hause einen Feigling genannt und einen Lügner. Vielleicht habe ich auch noch Schlimmeres gesagt. Über seine Kirche und so Typen wie ihn. Aber das war, weil ich so aufgebracht war.«

»Und dann?«, fragt Oda.

»Wie *und dann*? Dann bin ich gegangen. Ich habe ihn nicht angefasst.«

»Sind Sie freiwillig gegangen, oder hat er Sie rausgeworfen?«, fragt Oda direkt.

Frau Brandt sieht sie finster an. »Er hat mich nicht *rausgeworfen*. Er meinte, wir sollten das Gespräch ein andermal fortsetzen. Also bin ich gegangen. Das war alles.«

»Und was geschah danach?«, fragt Oda.

»Ich bin nach Hause gefahren.«

»Da waren Sie – wie lange?«, will Völxen wissen.

»Ich verstehe nicht ... ich bin hiergeblieben. Ich habe im Garten gearbeitet, um mich zu beruhigen, dann kam Gerald, wir haben zusammen gegessen ...«

»... und dann haben wir ferngesehen«, sagt Gerald Brandt, der wohl langsam etwas zu ahnen beginnt. »Es hört sich für mich so an, als bräuchte meine Frau ein Alibi. Ist irgendetwas vorgefallen?«

Völxen klärt ihn auf: »Hector Santiago wurde am Samstag tot aufgefunden. Er starb am Freitagabend, die Umstände lassen den Schluss zu, dass er eines gewaltsamen Todes starb.«

Frau Brandts Mund klappt auf und wieder zu. Dann sinkt sie in sich zusammen, als hätte jemand die Luft herausgelassen. »Das darf nicht wahr sein«, flüstert sie. »Das darf doch einfach nicht wahr sein! Die können doch jetzt nicht einfach alle sterben! Und Sie ...« So langsam scheint es ihr zu dämmern, warum die beiden hier sind. »Sie denken doch nicht etwa ...?«

»Es gab einen Streit zwischen Ihnen kurz vor seinem Tod, dafür gibt es Zeugen, dem müssen wir nachgehen«, erklärt Oda.

»Dieser Pfarrer war der letzte Mensch, der vielleicht noch etwas über Kristina wusste. Den bringe ich doch ganz gewiss nicht um, was glauben Sie denn? Das wäre doch bescheuert!«

»Eine Frage noch«, sagt Oda. »Sind Sie durch den Vordereingang gekommen oder über die Terrasse?«

»Durch den Vordereingang natürlich.«

»Waren Sie auch auf der Terrasse?«

»Nein. Er hat vorgeschlagen, dass wir uns raussetzen, aber ich wollte nicht. Es war ja ein sonniger Tag, und da draußen war es mir zu heiß.«

»Sie haben also rausgesehen?«

»Ja.«

»Was stand auf dem Tisch, erinnern Sie sich noch?«

»Ich glaube ... ein Aschenbecher und eine Tasse und ein Buch, ja. Ich dachte noch, der muss ja Hitze gewohnt sein, wenn er sich da raussetzt, so ganz ohne Sonnenschirm.«

»Also kein Rotwein, Zigarren und ein Laptop?«

»Nein.«

»Wissen Sie noch, was Santiago anhatte?«

»So einen komischen Kittel und eine Leinenhose. Und nicht einmal Schuhe hatte er an. Ich fand das ein wenig respektlos. Dabei wusste er doch, dass ich komme, wir hatten ja am Tag zuvor telefoniert.«

»Das wäre es dann fürs Erste. Danke«, sagt Völxen und hievt sich aus seinem Stuhl.

»Fürs Erste? Was soll das heißen?«

»Dass wir wiederkommen, falls wir noch Fragen haben. Und Ihre Fingerabdrücke müssen wir zum Abgleich nehmen.«

*

Fernando und Rifkin sitzen artig auf einem Kunstledersofa und trinken pappsüßen Tee aus kleinen Gläsern. Ihre Schuhe haben sie brav vor der Eingangstür abgestellt. Arif Al Zeno sitzt ihnen gegenüber in einem Sessel aus grünem Veloursstoff, seine Frau hat etwas abseits auf einem Küchenstuhl Platz genommen. Sie trägt ein lose geschlungenes, schwarzes Tuch um den Kopf und dürfte zehn, fünfzehn Jahre jünger sein als Al Zeno, den Rifkin auf Mitte vierzig schätzt. Im Nebenzimmer hört man Kinderstimmen.

Die Nachricht von Santiagos Tod hat der Syrer mit gelindem Schrecken aufgenommen, wobei Rifkin den Eindruck hat, dass er den Erschrockenen nur spielte und es bereits wusste.

Santiagos Unterricht scheint noch nicht allzu viel gefruchtet zu haben, Al Zenos Deutsch ist noch recht rudimentär. Also versucht es Rifkin auf Englisch, doch auch damit kommt sie nicht weit. Erst als Fernando dem Syrer auf Englisch klarmacht, man werde ihn mit aufs Revier nehmen und dort womöglich bis Montag auf einen Dolmetscher warten müssen, verbessern sich die Sprachkenntnisse des Mannes schlagartig, und er versteht plötzlich auch Deutsch.

»Sie kennen Pfarrer Santiago vom Sprachkurs«, beginnt Rifkin langsam und deutlich.

Al Zeno schaut hinüber zu Fernando.

»Herr Al Zeno, *ich* spreche mit Ihnen, also sehen Sie mich an«, fordert Rifkin den Mann auf. Der streift Rifkin mit einem bösen Blick und schaut dann lieber auf den Fußboden. »Also noch einmal: Waren Sie in Santiagos Sprachkurs?«

»Ja.«

»War er ein guter Lehrer?«

»Ja.«

»Finden Sie das auch?«, wendet sich Rifkin an die Dame des Hauses.

Sie blickt die Polizistin verständnislos an, während ihr Mann erklärt: »Sie nicht zu Sprachkurs.«

»Warum denn nicht?«, fragt Rifkin.

»Ich sie lernen.«

»Davon merkt man aber nichts«, bemerkt Rifkin. »Okay, zurück zu Santiago. Sie haben für ihn als Gärtner gearbeitet …«

»Arbeit eine Tag.«

»Wir wissen, dass Sie dort mindestens einmal in der Woche waren.«

Al Zeno zuckt zusammen und starrt Rifkin finster an. Die starrt ebenso finster zurück.

Fernando räuspert sich und stößt Rifkin mit dem Ellbogen an. »Wir wollten doch ein gutes Beispiel abgeben«, erinnert er sie leise, ehe er sich an sein Gegenüber wendet und in verbindlichem Ton sagt: »Herr Al Zeno, sagen Sie einfach die Wahrheit. Sie sind nur Zeuge, Sie haben nichts zu befürchten.«

Widerwillig gibt er zu, dort öfter gearbeitet zu haben. Ja, er sei am vergangenen Donnerstag auch bei Santiago gewesen. Nein, ihm sei nichts Ungewöhnliches aufgefallen. Er verstummt und es scheint, als suche er nach Worten.

»Ja, ist noch etwas?«, ermuntert ihn Fernando.

Nach kurzem Zögern sagt er: »Nicht der Tag ... andere Woche.«

»In der vorigen Woche? Was war da, erzählen Sie ...«

*

»Ich fürchte, da haben wir schlafende Hunde geweckt«, meint Oda auf der Rückfahrt zu Völxen. »Wetten, in ein, zwei Tagen steht Frau Brandt auf der Matte und fragt, wann wir endlich den wahren Mörder ihrer Tochter fassen werden?«

»Glaubst du?« Völxen, der den Dienstwagen steuert, wirft Oda einen fragenden Seitenblick zu.

»Das ist so sicher wie das Amen in der Kirche. Diese Frau kann aus irgendeinem Grund nicht trauern, ihr Ersatz für Trauer ist Hass, und der wird immer wieder angefacht von dem winzigen Funken Hoffnung, dass Kristina noch leben könnte. Ziel ihres Hasses war erst Simonsen, dann Santiago und jetzt wird es der große Unbekannte sein. Oder vielmehr wir, weil sie sich innerhalb kürzester Zeit in ihre neue Theorie hineinsteigern wird.«

»Denkst du, sie hat Santiago genug gehasst, um ihn umzubringen?«, fragt Völxen.

»Mir scheint, die Frau hasst die ganze Welt«, antwortet Oda. »Wäre er schon nachmittags gestorben, wäre sie meine Hauptverdächtige. Aber dass sie ein paar Stunden später wiederkommt und dann aber keine Waffe dabeihat, sondern zu dieser Figur greift, das halte ich für sehr unwahrscheinlich.«

»Und was ist mit ihrem Mann?«, fragt Völxen.

»Er macht auf mich einen gefestigteren Eindruck, er scheint das traurige Schicksal akzeptiert zu haben. Wie er es allerdings mit dieser Frau aushält, ist mir schleierhaft ... entweder er ist ein Heiliger, oder er tröstet sich anderweitig. Ich tippe auf Letzteres.«

»Ich spinne nur mal rum«, sagt Völxen. »Seine Frau kommt von ihrem missglückten Gespräch zurück, erzählt ihm davon, daraufhin fährt er am Abend hin, um es noch einmal von Mann zu Mann zu versuchen, Santiago bügelt ihn ab …«

»Wäre möglich, aber solange wir ihm das nicht beweisen können …«

»Darf ich dich was fragen?«, fragt Völxen.

»Klar.«

»Bist du wirklich hundertprozentig überzeugt davon, dass wir seinerzeit mit Simonsen den richtigen Täter gefunden haben?«

Oda überlegt. »Ich würde sagen: zu achtundneunzig Prozent. Aber das sage ich aus heutiger Sicht. Damals war ich vollständig überzeugt, wir alle waren es.«

»Aber vielleicht haben wir uns geirrt.«

»Ich habe auch schon darüber nachgedacht«, gibt Oda zu. »Ich finde nicht, dass wir damals leichtfertig gehandelt haben. Und Jule hat auch nichts in der Akte gefunden …«

»Papier ist geduldig, das weißt du selber.«

»Vielleicht würden wir heute manches anders machen«, räumt Oda ein. »Wir würden uns vor allen Dingen mehr Zeit lassen. Aber ich glaube nicht, dass etwas anderes rauskommen würde.«

Völxens Handy klingelt. »Gehst du mal ran?«

»Kristensen, Apparat Völxen.«

»Rifkin hier. Wir haben mit dem Gärtner gesprochen. Santiago hat sich letzte Woche angeblich mit unserem Herrn Kunisch von nebenan am Gartenzaun heftig gestritten.«

»Worüber?«, fragt Völxen, nachdem Oda den Lautsprecher angeschaltet hat.

»Das wisse er nicht. Aber er sagt, es sei laut zugegangen und Kunisch habe Santiago den Mittelfinger gezeigt. Sollen wir Kunisch zur Vernehmung bringen lassen?«

»Warten wir noch ab, was die Spusi sagt. Vielleicht finden sie seine Fingerabdrücke auf der Tatwaffe. Dann hätten wir gleich eine ganz andere Gesprächsbasis.«

»Und wenn er bis dahin flieht?«, gibt Rifkin zu bedenken.

»Das Risiko müssen wir eingehen, die Aussage des Gärtners allein ist etwas wenig. Ich mach der Spusi noch mal Dampf.«

»In Ordnung, Herr Hauptkommissar.«

»Hat dieser Gärtner ein Alibi?«

»Nur von seiner verhuschten Frau.«

»Sie klingen irgendwie aufgebracht, Rifkin, war was?«

»Nein, Herr Hauptkommissar, alles bestens. Wir bringen gerade den Zeugen in die PD für ein Protokoll seiner Aussage, und unterwegs fahren wir noch beim Erkennungsdienst vorbei.«

»Das volle Programm?«, wundert sich Völxen.

»Jawohl, Herr Hauptkommissar«, sagt Rifkin. »Herr Al Zeno behauptet zwar, dass er nie im Haus war, aber man weiß ja nie …«

»Rifkin«, grinst Völxen, nachdem Oda aufgelegt hat.

»Was ist mit ihr?«

»Ach, nichts. – Na ja, sie erinnert mich an dich, als du noch jung warst.«

»Vielen Dank auch, du Charmeur!«

XVII.

Jule taucht hinter Türmen von Ordnern auf und geht hinüber zu Erwin Raukels Schreibtisch. Oscar springt von seiner Decke auf.

»Nein, es passiert nichts. Leg dich wieder hin. Platz!«

Der Terrier schaut Jule mit schief gelegtem Kopf an, macht aber keine Anstalten, ihr zu gehorchen. Jule beschließt, ihn einfach zu ignorieren. So wie manches andere auch ...

Sie muss sich mit Raukel das Büro teilen, seit sie nach ihrer Verletzung wieder den Dienst angetreten hat und es bekannt wurde, dass sie und Fernando ein Paar sind. Es ist das kleinste Büro, in dem der in Pension gegangene Kollege Richard Nowotny die ganzen Jahre über allein gesessen hatte. Das ist eine Zumutung, findet Jule, und allein schon ein Grund, sich einen neuen Job zu suchen. Manchmal kann sie sogar noch Stunden nach Dienstschluss Raukels Schweißgeruch und seine Fahne vom Vortag riechen. Zumindest kommt es ihr so vor. Außerdem hegt Jule den Verdacht, dass Völxen ihr den Kollegen Raukel in pädagogischer Absicht vor die Nase gesetzt hat: ein lebendes Mahnmal dafür, wie man endet, wenn man sich und sein Alkoholproblem nicht in den Griff bekommt.

Jetzt legt Jule ein paar Papiere vor ihn hin und fragt: »Was würdest du sagen, was das ist?«

»Ist das eine Fangfrage?«, erwidert Raukel misstrauisch.

»Nein, wie kommst du denn darauf?«

Raukel nimmt sich die Papiere vor und meint schließlich: »Ich würde sagen, das sind Kontoauszüge von einer Bank in Liechtenstein. Das Konto läuft auf den Namen ... *Maison ... Dingsda ... Haiti.*«

»*Maison pour orphelins d'Haïti*, das bedeutet übersetzt *Heim für Waisen aus Haiti.* Das gehörte zu Santiagos Projekten dort«, erklärt Jule.

»Mann, da hat er ja ganz schön Kohle eingesammelt. Dreißigtausend Euro, vierzigtausend, fünfzigtausend … Wen hat er da bloß angezapft, frage ich mich?«

»Nicht nur du«, antwortet Jule. »Was fällt dir noch auf?«

»Er hat das Geld weitergeleitet, und zwar alles, auf die … ah, scheiß französische Namen!«

»… die *Banque de la République d'Haïti.* Aber was fällt dir bei den Geldeingängen auf?«

»Hol mich der Geier! Das sind lauter Bareinzahlungen.« Raukel zieht die Augenbrauen hoch. »Kohle in bar auf eine Liechtensteiner Bank … Ein Schelm, wer Böses dabei denkt.«

»Ich hab's zusammengezählt, es sind insgesamt 690 000 Euro. Eingezahlt seit 2010 bis jetzt, im Schnitt sind es zwei Einzahlungen pro Jahr.«

Raukel stößt einen Pfiff aus. »Santiago schlüpft also in sein Pfaffengewand und reist mit einem Geldköfferchen ins schöne Vaduz. Einen katholischen Priester kontrolliert niemand. Hatte er die Geldbündel unter seiner Kutte? In einer ausgehöhlten Bibel?«

»Nette Vorstellung, aber da gibt es ein Problem: Von 2010 bis Dezember 2015 war er noch auf Haiti. Das wäre etwas umständlich, von Port-au-Prince bis nach Vaduz. Das Geld muss also jemand anderer eingezahlt haben.«

»Oder er war zweimal im Jahr auf Heimaturlaub.«

»Oder das, ja.«

»Wissen wir denn, was bei der *Banque de la Dingsbums* mit der Kohle geschehen ist?«, fragt Raukel.

»Bis jetzt habe ich darüber nichts gefunden.«

Raukel lehnt sich zurück und setzt eine Denkermiene auf. »Was, wenn Santiago ein paar hiesigen Besserverdienern geholfen hat, ihr sauer verdientes Schwarzgeld ins Ausland zu schaffen? Dafür hat er natürlich eine Provision eingestrichen für die armen Waisen.«

Auch Jule denkt laut nach, während sie Oscar zusieht, der den Papierkorb ausräumt. »Aber dann hätte er das Geld doch gleich auf die Konten seiner Auftraggeber einzahlen können. Wozu der Umweg über seine Organisation? – Oder nein, warte! Vielleicht waren diese Summen nur die Provision, die er vor Ort gleich abgezogen und auf dieses Waisenkonto eingezahlt hat? Zum Beispiel zehn Prozent von der geschmuggelten Summe. Das wären dann knapp sieben Millionen.«

»Jetzt kommen wir der Sache schon näher«, meint Raukel.

»Wow! Das wäre ja wirklich ein Ding«, schnaubt Jule.

»Tja, manchmal entpuppen sich auch Leute, die man mag, als Gauner.« Raukel nickt wissend und fügt hinzu, er spreche da aus Erfahrung.

Jule lenkt ein: »Mir ist klar, dass Santiago kein Heiliger war. Gut möglich, dass er irgendwelche Gaunereien veranstaltet hat, um seine Missionsschule und dieses Heim auf Haiti am Leben zu erhalten. Ihm lag viel daran. Er hat mal erwähnt, dass die Kirche ihm die Gelder dafür gekürzt hat.« Sie beugt sich noch einmal über die Kontoauszüge. »Im Januar 2010 war das schwere Erdbeben. Und schau, hier ... Die erste Einzahlung war im April 2010. Ab da fing es an. Vielleicht brauchte er Geld zum Wiederaufbau oder weil es nach dem Beben viele Kinder ohne Eltern gab, die man unterbringen und verpflegen musste.«

»... und da hat er sich was Pfiffiges einfallen lassen«, ergänzt Raukel.

»Aber ich weiß nicht ... Schwarzgeld ... Das passt irgendwie nicht zu ihm. Vielleicht hängt es mit diesen Figuren zusammen, diesem Voodoo-Zeug, das überall in der Wohnung herumsteht. Womöglich sind die Sachen doch wertvoll. Als ich ihn danach gefragt habe, ist er ausgewichen. Vielleicht hat er eine Art Kunsthandel mit haitianischen Kultgegenständen betrieben.«

»Gibt es dafür einen Markt?«

»Was weiß ich? Heutzutage gibt es für fast alles einen Markt, die Leute wissen ja nicht mehr, wie sie ihr Geld anlegen sollen.«

»Wenn, dann lief der Handel wohl komplett an der Steuer vorbei«, ergänzt Raukel. »Wozu sonst das Konto in Liechtenstein?«

»Jetzt bin ich aber echt gespannt, was die Nerds vom LKA alles auf seinem Laptop finden«, meint Jule. »Wenn wir Glück haben, gibt es aufschlussreichen Mailverkehr oder Ähnliches.«

»Vielleicht können uns auch die Jungs von der Wirtschaftskriminalität weiterhelfen«, schlägt Raukel vor. »Die kennen die meisten Tricks.«

»Gute Idee.« Jule geht wieder hinüber zu ihrem Schreibtisch.

»Es tut mir leid, Jule, ehrlich«, sagt Raukel. »Das mit deiner geplatzten Hochzeit, meine ich. So was wünscht man keinem jungen Paar. Ich hoffe, du kommst drüber weg. Und dein Fernando auch.«

»Danke, Erwin, das ist nett von dir. Es war schon ein Schock, besonders für Pedra. Die tat mir fast noch mehr leid als ich mir selbst.«

»Ihr könnt es ja nachholen. Ich komm auch noch mal«, versichert Raukel.

»Ja«, seufzt Jule. »Aber es wird nicht mehr ganz dasselbe sein.«

Jules Handy klingelt. »Wedekin.«

»Äh ... spreche ich mit Frau Müller, Julia Müller?«

Verdammt!

»Augenblick bitte.« Jule verlässt eilig das Büro. Oscar nutzt die Gelegenheit, witscht durch den Türspalt und wetzt den Flur entlang.

»Oscar! Bleib hier, verfluchter Köter! Oscar, hiiiier!« Raukels Rufe verhallen ungehört. Aber den Hund kann Jule später einfangen, jetzt ist erst mal der Anruf wichtig. Sie schließt die Tür zum Büro und sagt dann: »Verzeihung, ich habe kürzlich geheiratet, manchmal vergesse ich noch, wie ich jetzt heiße. Frau Reuter, nicht wahr? Schön, dass Sie sich melden. Sie sind also zurück von Ihrem Seminar?«

»Ja, ich wollte fragen, ob wir uns schon heute treffen könnten. Mein Terminkalender für die nächste Woche ist schon wieder so voll.«

»Sicher. Soll ich zu Ihnen kommen? Sagen wir ... gegen 18 Uhr?«

Das ist ja gerade noch mal gut gegangen. Diese ehemalige Schulfreundin von Kristina Brandt hatte Jule zwischenzeitlich vollkommen vergessen. So viel ist seither passiert, es ist, als wären Wochen vergangen, seit sie mit der Frau telefoniert und sich als Journalistin ausgegeben hatte. Sie muss an Völxens harsche Worte von heute Mittag denken. Aber Jule hat sich nicht tagelang in den Fall hineingekniet, um das Ganze nun, da Santiago tot ist, sang- und klanglos hinzuwerfen. Sie spürt mehr als dass sie weiß, dass da noch etwas ist. Und schließlich spreche ich ja als freie Journalistin Julia Müller mit der Frau. Also quasi als Privatperson. Nicht einmal Amtsanmaßung ist das, jeder x-Beliebige kann sich freier Journalist nennen. Völxen, der alte Griesgram, wird also gar nichts davon erfahren.

Rifkin kommt den Flur entlang, das Handy am Ohr und Oscar bei Fuß. Sie macht Jule ein Zeichen, abzuwarten, und sagt ins Telefon: »Jawohl, ich veranlasse das, Herr Hauptkommissar.« Sie legt auf und wendet sich an Jule. »Treffen in zehn Minuten in Völxens Büro. Es gibt erste Ergebnisse von der Kriminaltechnik.«

Völxen lehnt sich entspannt zurück, während sein Hund im Körbchen schlummert und Rifkin berichtet: »Ein Großteil der in der Wohnung von Santiago sichergestellten Fingerabdrücke konnte von der Kriminaltechnik zugeordnet werden. Darunter befinden sich die Putzfrau Frau Klavic sowie die Nichte, Clara Wehner, und ihr Sohn Joshua. Vom Gärtner fanden sich keine Abdrücke, der hat also die Wahrheit gesagt. Dafür fand die Spusi andere, und zwar die des Nachbarn Dirk Kunisch.«

»Interessant. Wo?«, will Völxen wissen.

»An der Türklingel, am Türrahmen zum Wohnzimmer und am Küchentresen.«

»Nicht an der Tatwaffe? Schade«, bedauert Oda.

»An der Figur finden sich allerdings Abdrücke von Joshua Wehner.«

»Das lässt sich erklären«, meint Völxen. »Er war am vergangenen Sonntag mit seiner Mutter dort, und sie hat erzählt, dass Joshua sich sehr für die Voodoo-Kultur interessiert.«

»Ja, und die Putzfrau hatte Order, die Figuren nur abzustauben«, ergänzt Rifkin.

»Außerdem ist Joshua ein Hänfling. Ich kann mir nicht vorstellen, dass er seinen Großonkel mal eben so niederschlägt«, wirft Oda ein.

»Deswegen finde ich die Abdrücke von Kunisch interessanter«, fährt Rifkin fort. »Zumal wir wissen, dass ihm Gewaltausbrüche nicht ganz fremd sind. Die Putzfrau verließ das Haus von Santiago um dreizehn Uhr, und ich gehe mal davon aus, dass sie den Küchentresen abgewischt hat, denn darauf fanden sich außer wenigen Abdrücken von Santiago selbst nur noch die von Kunisch. Er muss also nach dreizehn Uhr dort gewesen sein. Davon hat er uns kein Sterbenswörtchen gesagt.«

Völxen reibt sich nachdenklich das Kinn. »Okay, wir machen es so: Der Junge und seine Mutter wollten morgen sowieso vorbeikommen, um ein Protokoll anzufertigen. Wir wollen versuchen, die beiden bei dieser Gelegenheit getrennt zu befragen. Ich will immer noch wissen, warum er letzten Dienstag aufs Geratewohl da rausgefahren ist. Oda und ich werden das übernehmen.«

»Und Kunisch?«, fragt Rifkin.

»Der wird morgen früh sanft geweckt«, beschließt Völxen, woraufhin Rifkin zufrieden nickt.

»Sonst noch was?« Völxen schielt auf die Uhr. Mit etwas gutem Willen könnte er es noch zu diesen de Frieses zum Tee schaffen …

»Ja«, meldet sich erstmals Jule, die noch immer eingeschnappt zu sein scheint, zu Wort. »Es gibt da ein Konto in Liechtenstein mit lauter verdächtigen Bareinzahlungen, insgesamt 690 000 Euro seit 2010.«

»Wie bitte?« Völxen sieht Jule ungläubig an.

»Tja, wir sind auch ganz erschüttert über das Treiben unseres Gottesmannes«, grinst Raukel. »Das riecht förmlich nach Geldwäsche, organisiertem Verbrechen oder Kunsthandel mit Voodoo-Krempel an der Steuer vorbei. Und wer weiß, vielleicht ist das nur die Spitze des Eisbergs.«

XVIII.

Ilva packt die Zutaten für die Lasagne in ihren Korb und dazu noch eine Flasche Chianti, die sie von einer Kundin geschenkt bekommen hat. Sie hat sich mit Henning verabredet, um bei ihm zu Hause zu kochen. Seine Kochkünste, hatte er ihr gestanden, beschränken sich auf Rühreier, Tiefkühlpizza und Nudeln mit Fertigsoße, aber er wäre glücklich, wenn sie ihm das Kochen beibrächte. Seine Oma habe das zwar auch versucht, aber ihr habe man nie etwas recht machen können, deshalb habe er bald die Lust daran verloren.

Henning. Ilva lächelt, als sie an ihn denkt, während sie in ihre Strickjacke schlüpft und die Tür ihrer Wohnung hinter sich abschließt. Ein ungeschliffener Diamant ist er, da ist sich Ilva ganz sicher, und es grenzt an ein Wunder, dass er mit fast dreißig noch Single ist. Sonst sind die Guten doch immer alle schon in festen Händen. Okay, er ist schüchtern, aber dazu hat er eigentlich keinen Grund. Lieber schüchtern und ein bisschen unbeholfen als ein Schwätzer. Von denen hat Ilva die Nase gründlich voll. Henning ist etwas Besonderes, das hat sie schon gespürt, als sie ihn bei der Beerdigung seiner Oma zum ersten Mal gesehen hatte. Manchmal jedoch umgibt ihn eine melancholische Aura wie eine dunkle Wolke. Ilva hat bisher darauf verzichtet, ihn nach dem Grund dafür zu fragen. Er wird schon irgendwann mit der Sprache herausrücken und ihr sagen, was ihn bedrückt. Sie an seiner Stelle würde auch nicht wollen, dass man in ihrem Seelenleben herumstochert. Vielleicht leidet er noch am Verlust seiner Oma. Immerhin hatte die ihn großgezogen. Ilva hat ihn nach seinem Vater gefragt. An den, so Henning, könne er sich kaum erinnern. Seine Eltern seien nicht verheiratet gewesen, und sein Vater sei abgehauen, nachdem Hennings Mutter die Krebsdiagnose bekommen hatte. Was für ein Feigling, hatte Ilva gedacht.

Sie tritt ins Freie. Die Hitze der vergangenen Wochen hat nachgelassen, ein frischer Wind lässt ahnen, dass der Sommer zu Ende geht. Sie trägt den Korb bis zu ihrem alten Polo, der etwas weiter die Straße hinunter vor einem Lagerhaus parkt. Es herrscht sonntägliche Ruhe, kein Mensch ist unterwegs. Sie schließt den Kofferraum auf – eine Zentralverriegelung hat das zwanzig Jahre alte Fahrzeug nicht –, stellt den Korb hinein, neben die lederne Arzttasche, die ihre Friseurausrüstung beherbergt. *Das müsste gehen, so kann er nicht …* Sie zuckt zusammen. Da ist jemand hinter ihr. Sie will sich umdrehen, als sich ein Arm um ihren Hals legt, ihr die Luft abschnürt und ihren Aufschrei erstickt. Sie greift nach dem Arm, gräbt ihre Fingernägel hinein, doch der Arm ist wie ein Schraubstock, und schon steigt ihr ein stechender Geruch in die Nase. Er kommt von einem Lappen, den ihr der Angreifer aufs Gesicht drückt. Dann wird ihr schwindelig. Sie merkt noch, wie sie an den Schultern gepackt und auf die Rückbank ihres Wagens geworfen wird, ehe vor ihren Augen alles verschwimmt.

*

Franziska Reuter schaudert. »Es hat mein Leben verändert. Ich konnte es gar nicht begreifen. Wir kamen vom Urlaub zurück, und dann stand plötzlich die Polizei vor der Tür. So was liest man sonst in der Zeitung oder sieht es bei Aktenzeichen XY. Und dann trifft es die beste Freundin.« Aus Franziska Reuter ist inzwischen eine hübsche junge Frau geworden: blaue Augen, kurzes, blondes Haar, kecke Nase und volle, rosa geschminkte Lippen. Sie hat Tee aufgesetzt, und nun sitzen sie und Jule am Tisch ihrer sorgfältig herausgeputzten Wohnung in der Oststadt. Ein typisches kleines Single-Nest, hat Jule auf den ersten Blick erkannt.

Ihr ist gar nicht wohl. Der Anruf war eine Sache, aber eine andere ist es, nun hier zu sitzen und zu lügen, was das Zeug hält. Die junge Frau scheint aufgeschlossen und ehrlich zu sein. Sie ist sympathisch, eine Freundin, wie man sie sich gewünscht hätte, als Teenager und auch später. Für einen Moment ist Jule versucht, ihr reinen Wein einzuschenken, aber dann denkt sie daran, was das für Konsequenzen haben könnte, und lässt es lieber. Im Stillen verwünscht sie Völxen und seine Halbherzigkeit.

Frau Reuter ist einverstanden, dass Jule das Gespräch mit ihrem Handy aufzeichnet. Jule beginnt mit der Frage: »Wie war Kristina denn so?«

»Sie war eher ein ruhiger Typ. Nicht schüchtern, aber sie hielt sich gern im Hintergrund. Aber sie konnte auch lustig sein, ziemlich albern manchmal. Na ja, und sie hatte diesen Pferdefimmel. Sie mochte alle Tiere, aber ganz besonders Pferde.«

»Waren Sie auch so pferdeverrückt wie Kristina?«

»Nicht ganz. Sie hat mich ein paar Mal zu dem Reiterhof mitgenommen, aber ich bin mal runtergefallen und habe mir das Schlüsselbein gebrochen, und danach war es mit meinem Pferdefimmel vorbei. Manchmal war ich ein wenig sauer, weil sie nach wie vor so viel Zeit auf dem Gutshof verbracht hat. Das fand ich doof. Wir waren sonst immer sehr viel zusammen gewesen, wir kannten uns schon aus dem Kindergarten.«

»Wie lief es in der Schule?«

»Gut. Sie tat sich leicht, sie war viel besser als ich, vor allen Dingen in Sprachen. Im Unterricht war sie eher ein bisschen zu still. Sonst hätte sie bestimmt lauter Einsen gehabt, aber einige Lehrer legten viel Wert auf die Mitarbeit im Unterricht. Da hat sie dann von manchen nur eine Drei bekommen. Wenn man sie fragte, wusste sie immer alles, aber sie hat sich selten von sich aus gemeldet. Sie wollte nicht als Streberin gelten.«

»Wurde Kristina von irgendjemandem gemobbt?«

»Nein. Die meisten mochten sie, anderen war sie egal. Für die Schulzicken bot sie zu wenig Angriffsfläche. Und da war ja auch noch ich.« Franziska Reuter lächelt.

»Sie haben sie also beschützt?«

»Sagen wir so: Es war nie notwendig, aber alle wussten, dass sie sich mit mir anlegen würden, wenn sie Kristina irgendwie dumm kommen sollten.«

»Hatte Kristina außer Pferden auch noch andere Interessen?«

»Sie hat gern gemalt, und sie mochte diese Puzzles mit tausend oder noch mehr Teilen. Sie hat auch viel gelesen. Pferdebücher natürlich. Aber nicht nur.«

»Wie war ihr Verhältnis zu den Eltern?«

Frau Reuter muss kurz nachdenken, ehe sie sagt: »Sie war recht behütet, ein bisschen zu sehr vielleicht. Die Mutter war ... na ja, nicht gerade eine Helikoptermutter, aber es ging schon in die Richtung. Aber Kristina war ein Papakind. Sie liebte ihren Papa heiß und innig, während sie von ihrer Mutter häufig genervt war. Ich weiß noch, die Mutter wollte, dass sie ein Instrument lernt. Aber Kristina hatte keine Lust und keine Begabung dafür. Es hat etliche Fehlversuche und Auseinandersetzungen gegeben, bis Frau Brandt eingesehen hat, dass es zwecklos ist, sie zu zwingen.«

»Also gab es oft Streit?«

»Nein, nicht oft. Es hielt sich in Grenzen. Die typischen Mutter-Tochter-Reibereien halt. Wenn sie Frust hatte, ging sie Ställe ausmisten, dann war es wieder okay.«

»Was war mit Jungs?«

»Das fing gerade so langsam an damals. Wir haben natürlich schon mal über den einen oder anderen Jungen geredet. Ich war hoffnungslos verliebt in unseren Klassensprecher, genau wie die anderen auch. Aber Kristina hat sich nie mit einem Jungen getroffen, das hätte ich gewusst. Aus heutiger Sicht betrachtet, war sie sehr hübsch, auf eine unschuldige, natürliche Art. Aber sie war nicht der Typ, auf den pubertierende Jungs flogen. Zu wenig Busen, nicht blond, nicht geschminkt, kein aufreizendes Gehabe, kein Posen. Das hatte sie einfach nicht drauf.«

»Hat sie mal was über Andreas Boger erzählt, den Sohn der Gutsbesitzer?«

»Für den schwärmten sie alle, ich glaube, auch Kristina mal ganz kurz. Aber da war sie erst dreizehn. Später fand sie ihn dämlich und eingebildet. Das war er auch, wenn ich mich recht erinnere.«

»Erinnern Sie sich noch, wann Oliver Simonsen zum ersten Mal in Kristinas Nähe auftauchte?«

»O ja.« Sie verzieht angewidert das Gesicht. »Das war nach den

Osterferien. Da stand der ab und zu an der Bushaltestelle herum. Nicht jeden Tag, aber doch so oft, dass es uns irgendwann aufgefallen war. Wir haben uns darüber lustig gemacht.«

»Kristina hatte also keine Angst vor ihm?«

»Angst direkt nicht. Wir fanden ihn halt komisch. Sie war ja nie allein, ich war dabei und manchmal noch andere. Nur das eine Mal ... Wir kamen um die Ecke, und da stand er plötzlich vor uns und hatte diese Rose in der Hand. Wir sind stehen geblieben, und er hat sie Kristina entgegengestreckt.«

»Hat er was gesagt?«

»Er sagte, *für dich.* Kristina hat ihn erschrocken angestarrt, ich weiß noch, dass ich zu kichern anfing, dann habe ich sie am Arm gepackt und weggezogen und dabei ganz laut gesagt: *Los, verschwinden wir, der ist ein Psycho!* Ich wollte es Flemming erzählen, unserem Bio- und Chemielehrer. Aber Kristina hat sich mit Händen und Füßen dagegen gewehrt. Das wäre so peinlich und sie würde mich umbringen, wenn ich auch nur ein Wort zu ihm sagte.«

»War Flemming Ihr Klassenlehrer?«

»Nein, das war Frau Gerling.«

»Warum dann gerade diesem Lehrer?«, fragt Jule.

Franziska Reuter lacht und verdreht die Augen. »Wir schwärmten alle für Flemming. Wenn er reinkam, ging ein kollektives Seufzen durch die Klasse. Der arme Kerl konnte einem leidtun, er war Referendar, selbst erst Anfang zwanzig und einer Horde pubertierender Mädchen hilflos ausgesetzt. Wahrscheinlich wollte ich damals nur die Gelegenheit nutzen, um außerhalb des Unterrichts mit ihm zu reden. Aber wie gesagt, Kristina war strikt dagegen.«

»Sie hätten es einem anderen Lehrer sagen können.«

»Ja, das hätten wir. Aber wir waren dumme, fünfzehnjährige Gänse, die die Situation völlig unterschätzten. Es erschien uns nicht so wichtig. Und nach diesem Vorfall mit der Rose hat sich der Psycho ja auch erst einmal nicht mehr blicken lassen.«

»Dieser Referendar, Flemming. Wie hieß der mit Vornamen?«

»Moritz«, antwortet Frau Reuter und muss lächeln. »Wir nannten ihn den *schönen Moritz*. Er ist noch immer oder wieder an unserer alten Schule, meine kleine Cousine hat es mir erzählt. Inzwischen ist er aber out, die Achtklässlerinnen schwärmen jetzt für den Sportlehrer.«

»Flemming ist inzwischen ja schon ein alter Mann von Mitte dreißig«, Jule lächelt und überlegt, ob sie den Namen schon in der Akte gelesen hat. Sie ist sich nicht sicher.

»Dabei fällt mir gerade ein, wie Kristina mal ihr Notizbuch runtergefallen ist«, erzählt Frau Reuter. »Ich habe es aufgehoben, und da war eine Doppelseite nur mit seinem Namen vollgeschrieben, in verschnörkelten und verzierten bunten Buchstaben. Sie ist richtig sauer geworden und hat es mir grob aus der Hand gerissen.«

»Simonsen soll auch auf dem Gutshof aufgetaucht sein ...«

»Das war kurz vor den Ferien. Kristina hat es mir erzählt, und ich sagte, sie solle es ihrem Vater sagen. Aber sie hatte Angst, dass der es ihrer Mutter sagt und die sie nicht mehr allein dorthin lässt. Sie meinte, die Gutsbesitzerin hätte ihn schon verjagt. Und dann haben wir es auch wieder vergessen. Es gab Zeugnisse, die Ferien standen vor der Tür ...« Sie seufzt. »Sie könnte noch leben, hätten wir damals etwas gesagt.«

»Die Polizei hat Bilder gefunden. Simonsen muss Kristina auch zu Hause beobachtet haben. Hat sie je etwas davon erwähnt?«

»Nein. Was für ein kranker Scheißkerl! Bloß gut, dass er tot ist. Der wäre sonst sicher bald rausgekommen. Ein unerträglicher Gedanke. Stellen Sie sich vor, die Eltern würden ihm eines Tages über den Weg laufen.« Sie schaudert erneut. »Solche Leute gehören für immer weggesperrt, wenn Sie mich fragen.«

»Haben Sie noch Kontakt zu Kristinas Eltern?«

»Nein. Es ist ... ich wusste danach nicht, wie ich mich verhalten sollte. Ich dachte, vielleicht schmerzt es sie nur noch mehr, wenn sie mich sehen, wie ich älter werde, das Abi mache und so weiter. Die denken dann womöglich, warum hat es unsere Kristina getroffen ...« Sie unterbricht sich.

»... und nicht Sie«, ergänzt Jule.

»Das ... das wollte ich so nicht sagen. Bitte schreiben Sie das nicht.«

»Keine Sorge«, versichert Jule. »Aber ich weiß, was Sie meinen.«

»Es hat auch mein Leben verändert. Ich war fünfzehn, aber an dem Tag, als die Polizei vor der Tür stand, war die Unbeschwertheit vorbei. Noch heute habe ich Probleme, Menschen zu vertrauen. Ich lasse die Jalousien runter, sobald es dämmert, ich kann keine Krimis lesen oder anschauen, und wenn ein Mann auf der Straße längere Zeit hinter mir geht, bleibe ich stehen und lasse ihn vorbei.«

Jule stellt die Aufnahme ab und steht auf. »Ich danke Ihnen, Frau Reuter. Das war ein sehr ... produktives Gespräch.«

»Ich finde es gut, dass Sie über Kristina schreiben werden. Das Verbrechen an ihr darf nicht in Vergessenheit geraten, auch wenn dieser Kerl nun gestorben ist.«

*

Henning tigert in der Küche auf und ab. Das Telefonat mit Moritz hat er inzwischen bereut. Ich Idiot! Was habe ich eigentlich erwartet? Dass er sagt: Ja, ich habe Santiago um die Ecke gebracht, reg dich nicht auf? Manchmal hat Moritz schon recht, er müsste wirklich öfter sein Gehirn einschalten, bevor er handelt. Allein die Idee, Moritz könnte Santiago auf dem Gewissen haben, nur weil Henning mit ihm geredet hat, ist dermaßen absurd ... Ja, er hat überreagiert, wieder einmal. Vielleicht lag es an Ilva. Die raubt ihm offenbar das letzte bisschen Verstand. Jetzt ist Moritz begreiflicherweise sauer. Nicht nur sauer, das ginge ja noch, aber er denkt jetzt bestimmt, dass Henning kurz vorm Durchdrehen ist. Wer weiß, was er sich überlegt, wie er seinen kleinen Bruder zur Vernunft bringen kann.

Er muss Ilva heute Abend von Moritz erzählen. Irgendwann werden sie sich begegnen, und dann muss Ilva Bescheid wissen. Sie muss wissen, dass hinter seinem Charme die schiere Bosheit lauert und dass man ihm auf keinen Fall trauen darf. Ob sie ihn wohl auch so toll finden wird wie die meisten Frauen? Er muss ihr davon berichten, wie mies er seine Freundinnen behandelt. Nicht dass

Ilva noch auf ihn hereinfällt und sich einreiht in die Schar der von Moritz ausgenutzten und gedemütigten Frauen ...

Er geht noch einmal die Treppe hinauf, putzt sich die Zähne und fährt sich mit angefeuchteten Fingern durch seine neue Frisur. Dann geht er hinüber ins Schlafzimmer, wo er das Bett frisch bezogen hat. Vielleicht passiert es heute. Sie kochen zusammen, essen, trinken Wein ... Sollte er doch lieber damit warten, ihr von Moritz zu erzählen? Nicht dass dadurch am Ende noch die Stimmung verdorben wird. Er kann es ihr auch morgen erzählen, falls sie wirklich über Nacht hierbleibt. Die Vorstellung lässt seinen Herzschlag beschleunigen.

Noch nie zuvor wünschte sich Henning so sehr wie jetzt, zu Moritz sagen zu können: Verpiss dich! Verschwinde aus meinem Leben, lass dich nie wieder blicken, ruf mich nie wieder an, scher dich zum Teufel. Ja, das wäre toll, wenn das so einfach wäre. Aber das ist es nicht.

Henning war neun, als Moritz zum ersten Mal bei ihm aufkreuzte. Sein großer Bruder, schon fünfzehn! Oma Irmchen hingegen war nicht begeistert gewesen. Halt dich von ihm fern, der hat einen schlechten Charakter, hatte sie Henning geraten – natürlich vergeblich. Henning fand es aufregend, einen älteren Halbbruder zu haben, der coole Sachen machte, der einen auf Partys mitnahm, zu denen man sonst keinen Zutritt haben würde. Mit Moritz trank er seinen ersten Wodka und rauchte das erste Gras. Moritz war jemand. Alle in der Gegend kannten ihn, keiner kam ihm blöd, obwohl Moritz kein Athlet war und sich niemals prügelte. Aber er strahlte eine natürliche Autorität aus, und in seinen Augen lauerte etwas Gefährliches, das sogar die übelsten Schläger davon abhielt, sich mit ihm anzulegen. Ein finsteres Charisma würde Henning es heute nennen. Damals kannte er das Wort noch nicht, aber er spürte es, und es war ihm unmöglich, sich dem zu entziehen. Henning war ein Niemand, aber wenn er mit Moritz zusammen war, dann war auch er akzeptiert und stand unter dessen Schutz. Dafür hatte Henning in Kauf genommen, dass Moritz ein launenhafter Tyrann war, der ihm grenzwertige Mutproben und Loyalitätsbeweise abverlangte. *Es hat eben alles im Leben seinen Preis, kleiner Bruder*, pflegte Moritz zu sagen.

Er hätte auf Oma Irmchen hören sollen, das ist Henning inzwischen klar. Sie hatte Moritz von Anfang an durchschaut.

*

Jule ist froh, als sie wieder draußen ist. Sie schämt sich noch immer ein wenig, aber andererseits hat sie auch etwas erfahren. Hab ich es mir doch gedacht! Kristina wäre die erste Fünfzehnjährige, die nicht für irgendjemanden schwärmt, und sei es ein Rockstar. In der Akte, erinnert sich Jule, sind diverse Protokolle von Gesprächen mit Lehrkräften hinterlegt. Sie hat sie nur überflogen, denn sie waren langweilig: Alle hatten dasselbe ausgesagt: Kristina sei ein ruhiges, nettes, wohlerzogenes Mädchen gewesen, es habe nie Probleme mit ihr gegeben und sie sei weder besonders beliebt noch unbeliebt gewesen. Die Unauffälligkeit in Person, eine Schülerin, wie die meisten Lehrer sie sich wünschen, außer dass sie vielleicht ein bisschen zu ruhig war. So der Tenor der Aussagen. An die Namen der Lehrer erinnert sie sich nicht. Aber selbst wenn dieser Flemming wusste oder ahnte, dass Kristina in ihn verliebt war, so hat er es bestimmt keinem Polizisten auf die Nase gebunden.

Jule überlegt. Völxen hatte heute Mittag gesagt, der Fall Santiago habe oberste Priorität. Priorität heißt nicht, dass er ihr ausdrücklich verboten hätte, sich mit dem alten Fall zu beschäftigen. Und da nun die Telefonnummer der Eltern des ermordeten Mädchens in den Verbindungsnachweisen von Santiago aufgetaucht ist, hängen die Fälle doch offenbar irgendwie zusammen. Völxen selbst ist ja auch zu den Brandts gefahren. Ohne sie mitzunehmen, was Jule ihm nach wie vor übel nimmt. Nun ist ein neuer Zeuge auf den Plan getreten. Ein Mann, in den Kristina verliebt war oder für den sie zumindest geschwärmt hat. Sie muss mit dem Mann reden, und zwar am besten gleich. Am Sonntagabend sind die meisten Leute zu Hause, und wer weiß, welches Beschäftigungsprogramm Völxen ihr morgen auferlegen wird.

Sie greift zum Telefon. »Fernando? Bist du noch im Büro?«

»Ja«, knurrt er. »Aber ich hau jetzt gleich ab, mir reicht's. Der Boss hat sich schließlich auch schon verdrückt, weil er zum Tee eingeladen ist.«

»Zum Tee, oh, er wird vornehm auf seine alten Tage«, lacht Jule, die sich denken kann, was es damit auf sich hat.

»Ja, und wir dürfen hier Santiagos Nachlass sichten«, jammert Fernando. »Irgendwie habe ich mir den Tag nach meiner Hochzeit ein bisschen anders vorgestellt.«

»Ich mir auch, falls dich das tröstet. Hör mal, kannst du mir einen Gefallen tun …?«

Drei Minuten später hat sie Moritz Flemmings Adresse in Garbsen-Berenbostel – nachdem sie Fernando hoch und heilig versprechen musste, ihm heute Abend zu erklären, was sie eigentlich hinter Völxens Rücken so treibt.

»Ach, übrigens: Wir sind heute Abend bei Mama zum Essen eingeladen«, sagt Fernando.

»Wirklich? Ich hätte einen ruhigen Abend zu Hause bitter nötig.«

»Ich doch auch. Aber vorhin ist die Verwandtschaft in Richtung Sevilla abgeflogen, und ich will nicht, dass sie jetzt in ein schwarzes Loch fällt.«

»Was für ein schwarzes Loch?«

»Na, weil ich ja ab jetzt bei dir wohne. Ich habe die meisten meiner Sachen in Kartons gepackt, die werde ich nachher rüberschaffen.«

»Rüber?«

»In unsere Wohnung.«

»Ach so, ja«, sagt Jule, der gerade ein bisschen komisch wird.

»Ist irgendwas?«

»Nein, nein.«

»Das haben wir doch so abgesprochen«, erinnert sie Fernando.

»Ja, klar«, sagt Jule. »Stimmt, das wird Pedra sicher ein bisschen mitnehmen, dieser offizielle Auszug.«

»Ja, eben. Deswegen dachte ich, essen wir heute bei ihr.«

»Gut. Du kannst aber auch weiterhin dort übernachten. Ab und zu wenigstens. Damit sie merkt, dass du nicht aus der Welt bist.«

»Mal sehen«, meint Fernando. »Bis später.«

Die meisten meiner Sachen. Welche Sachen? Die umfangreiche DVD-Sammlung seiner Bollywood-Filme? Wird sie, wenn sie nach Hause kommt, zwei Dutzend alberner Motorradmodelle in ihrem Bücherregal wiederfinden? Wo sollen in dem engen Bad seine ganzen Duftwässerchen und Haargels hin? Reicht ihm die unterste Kommodenschublade für seine Hemden? Wo soll der Rest hin? Diese dicken, sperrigen Motorradklamotten, zum Beispiel. *Unsere* Wohnung. Tja, Jule, das war es dann wohl mit der Freiheit.

*

Gleich halb acht, so langsam könnte Ilva mal kommen. Sie ist doch sonst immer pünktlich, und hat sie nicht etwas von 18 Uhr geschrieben? Ob er mal anrufen soll? Lieber noch etwas warten. Er will nicht aufdringlich sein oder den Eindruck erwecken, als würde er sie kontrollieren oder gleich durchdrehen, nur weil sie sich um eine halbe Stunde verspätet. Cool bleiben! Es gibt tausend Gründe dafür. Ein Anruf, ein Stau, sie hat jemanden getroffen und sich verquatscht ... Andere Gründe wollen ihm nicht einfallen, und auch die sind nicht besonders plausibel. Ein Stau am frühen Sonntagabend auf der Strecke von Wunstorf bis hierher? Und warum schickt sie dann keine Nachricht, dass es später wird?

Okay, es reicht. Ein Anruf, weil er sich Sorgen macht, wird schon nicht allzu uncool wirken.

Er lässt es klingeln, bis die Mailbox anspringt, dann legt er mit hochroten Wangen auf. Bestimmt sitzt sie gerade im Auto und will nicht rangehen, um keine Strafe zu riskieren, oder?

Henning fällt jetzt nichts anderes ein, als sich ans Fenster zu stellen und die Straße im Blick zu behalten. Wenn sie unterwegs ist, müsste sie spätestens in zwanzig Minuten hier sein.

Noch nie waren zwanzig Minuten so lang. Inzwischen ist es schon nach sieben. Noch ein Anruf. Wieder nur die Mailbox.

Verdammt, was ist da los?

Hat sie es sich anders überlegt? Will sie ihn nicht mehr? Aber Ilva würde ihm das ins Gesicht sagen oder wenigstens am Telefon. Aber wieso sollte sie innerhalb weniger Stunden ihre Meinung geändert haben? Vorhin hatte sie noch ein Herz und einen Kussmund in der Nachricht mitgeschickt. Das macht doch keine, die vorhat, mit ihm Schluss zu machen, noch ehe es überhaupt richtig angefangen hat. Es sei denn ... *Moritz!* Er hatte am Samstag ihren Namen genannt, er weiß sicher schon, wo sie wohnt, kennt ihre Telefonnummer. Vielleicht ist er zu ihr gefahren und hat ihr irgendeine Lüge über ihn erzählt, aus Rache dafür, dass Henning ihn wegen Santiagos Tod verdächtigt hatte? Oder als Warnung an ihn. Oder einfach nur, um zu beweisen, dass er nach Lust und Laune in Hennings Leben herumpfuschen kann.

*

Flemmings Wohnung liegt in einem gepflegten, nichtssagenden Wohnblock mit sechs Parteien. Jule drückt mehrmals auf den obersten Klingelknopf mit dem Namen M. *Flemming*, aber es rührt sich nichts. Pech gehabt, dann muss das eben warten. Sie kann den Lehrer auch morgen nach der Schule abpassen. Sie ist auf dem Rückweg zum Auto, als ein Wagen mit einem abrupten Bremsmanöver am Straßenrand anhält, ein junger Mann aussteigt und mit langen Schritten und hochgezogenen Schultern auf die Haustür zugeht. Seine Haltung und seine Bewegungen haben etwas von einem schnaubenden Stier. Jule beobachtet, wie der Mann klingelt, mehrmals und anhaltend. Wenn ihr Scharfblick sie nicht täuscht, dann hat auch er auf den obersten Klingelknopf gedrückt. Und er hat genauso Pech wie sie. Mit geballten Fäusten tritt er den Rückweg an. In dem Moment dämmert es Jule.

»Henning Kramm?« Sie stellt sich zwischen ihn und seinen 3er BMW. »Wedekin, Polizeidirektion Hannover, Sie erinnern sich an mich?«

Kramm starrt sie an, als hätte er einen Geist gesehen.

»Habe ich Sie erschreckt?«

»Nein«, presst er hervor. »Was wollen Sie denn von mir?«

»Eigentlich wollte ich zu Herrn Flemming. Und Sie offenbar auch.«

Sein unruhig flackernder Blick weicht dem ihren aus.

»Herr Kramm, wollten Sie zu Herrn Flemming?«, beharrt Jule.

Er schluckt und sagt dann mit etwas atemloser Stimme: »Moritz ist mein Halbbruder.«

»Ihr Halbbruder?«, wiederholt Jule überrascht, während ihr Gegenüber unruhig von einem Fuß auf den anderen tritt.

»Ist alles in Ordnung?«, fragt sie dann.

»Ja.«

»Sie machten mir eben den Eindruck, als seien Sie sehr wütend. Warum?«

»Bin ich nicht«, leugnet er, besinnt sich dann aber eines Besseren und sagt: »Hab mich nur geärgert. Er hat sich meine Bohrmaschine geliehen und sie nicht mehr zurückgegeben. Ich brauch sie aber. Deswegen bin ich sauer. Er geht nicht ans Handy, aber das macht er öfter. Deswegen dachte ich, ich fahr mal vorbei und hol mir das Ding.«

»Verstehe«, sagt Jule. »So was macht einen rasend, kenn ich auch. Haben Sie eine Ahnung, wo er sein könnte?«

»Nein.«

»Schade.«

»Und was wollten Sie von ihm?«, will Henning Kramm nun von Jule wissen.

»Nichts Besonderes«, sagt Jule. »Schönen Abend noch, Herr Kramm.«

Sie schaut ihm nach, wie er einsteigt und davonfährt.

Im Geist fasst sie zusammen: Moritz Flemming, heute sechsunddreißig Jahre alt, ist der frühere Lehrer von Kristina Brandt. Sein jüngerer Halbbruder Henning Kramm war auf der Beerdigung von Oliver Simonsen. Angeblich, weil sie beide bei der Feuerwehr waren. Eine Geschichte, die Jule ebenso an den Haaren herbeigezogen vorkommt wie die mit der Bohrmaschine. Kristina und Henning Kramm dürften gleich alt gewesen sein. Kannten sie sich? Mist, sie hätte Henning Kramm fragen müssen, ob er und Kristina vielleicht Schulkameraden waren. Kramm ist Dachdecker, fällt Jule ein, seit der Lehre im selben Betrieb. Es ist nicht ausgeschlossen, dass er davor auf einem Gymnasium war, aber sehr wahrscheinlich ist es nicht.

Henning Kramm und sein Halbbruder Moritz Flemming und Kristina Brandt und Oliver Simonsen. Wie passen diese Puzzleteilchen zusammen, wo gehören sie hin?

Es ist kurz nach acht, als Jule in Linden ankommt. Im Herd duftet ein Auflaufgericht, doch ihre Schwiegermutter ist in Tränen aufgelöst.

»Wo ist Fernando?«, fragt Jule hilflos.

»Bringt seine Sachen weg«, schluchzt Pedra. »Essen ist in einer halben Stunde fertig.«

Jule nimmt sie in den Arm. »Pedra, ich verspreche dir, ich schicke ihn so oft wie möglich zu dir. Und ich komm natürlich auch ganz oft. Wir können doch gar nicht ohne dich sein. Wer kocht uns denn ein vernünftiges Essen? Wer rückt Fernando den Dickkopf zurecht, wenn nicht du?«

»Deswegen weine ich doch gar nicht«, sagt Pedra. »Ich bin doch froh, dass der endlich unter dem Hut ist.«

»Unter der Haube, meinst du«, lächelt Jule.

Pedra schiebt Jule die Zeitung vom Wochenende rüber. »Das hat mir der Schiffmann aus dem zweiten Stock gerade vorbeigebracht. Ich bin ja die Tage nicht zum Zeitunglesen gekommen.«

Es ist der Immobilienteil, und eine Anzeige ist mit Markierstift eingekreist. Dort wird ein Mehrfamilienhaus mit sieben Wohnungen und einer Gewerbeeinheit in Linden-Mitte als Renditeobjekt angeboten. Es ist auch ein Bild dabei, und man kann ganz deutlich die Gewerbeeinheit in Form des Schaufensters von Pedras Laden darauf erkennen. Das Ganze soll zwei Millionen kosten.

»Sie werden es renovieren und die Mieten erhöhen, das passiert gerade überall in Linden. Wenn ich mehr Miete zahlen muss, kann ich meinen Laden zumachen. Er rentiert sich ja jetzt schon kaum noch. Was soll ich denn machen ohne meinen Laden? Dann kann ich gleich ins Altenheim ziehen!«

»Niemand zieht hier ins Altenheim«, sagt Jule. Sie drückt Pedra zurück auf den Küchenstuhl und nimmt ihre Hand, während ein Leuchten in ihre Augen tritt. »Pedra, hör mir zu. Das ist kein Unglück. Im Gegenteil, alles wird gut. Aber ich brauche deine Hilfe. Du und ich, wir müssen jetzt zusammenhalten und wir brauchen einen Schlachtplan …«

*

Gerald Brandt kommt aus dem Keller und trägt einen Karton vor sich her.

»Bin kurz weg«, sagt er zu seiner Frau Regine, die in der Küche die Reste des Abendessens wegräumt.

Sie nickt nur.

Er stellt den Karton in seinen Wagen und fährt zur Brücke. Dort hält er an, nimmt den Karton aus dem Kofferraum, wuchtet ihn über das Geländer und lässt ihn hinabstürzen, ins träge dahinfließende Wasser des Mittellandkanals.

Als man ihnen gesagt hatte, dass bei Oliver Simonsen eine Lockerung des Entzugs anstehe, hatte er begonnen, den kleinen, fensterlosen Raum neben dem Heizungskeller auszuräumen und auszustatten. Zwei eiserne Bügel an die Wand, befestigt mit sehr starken Schrauben. Eine Lage schallschluckender Putz. Dann hatte er nach und nach all diese … Dinge besorgt, die ihm notwendig oder brauchbar erschienen.

Unmöglich, dass Regine von diesen Aktivitäten nichts mitbekommen hatte. Er hatte sich ja auch keinerlei Mühe gegeben, sie zu verschleiern, und spätestens der Einbau der eisernen Tür, die die vorhandene Holztür ersetzte, blieb ihr nicht verborgen. Aber sie verlor kein Wort darüber, hatte nichts gefragt und nichts dazu gesagt. Und er auch nicht. Es herrschte ein stilles Einverständnis, dass getan werden musste, was eben notwendig war.

Gerald Brandt ist kein gewalttätiger Mensch. Eher ruhig und besonnen. Aber er hätte alles getan, wirklich alles, um seine Frau zurückzubekommen. Die Frau, die Regine war, bevor Kristina verschwand. Doch er weiß: Um auch nur ansatzweise wieder die zu werden, die sie früher war, muss sie es schaffen, endlich loszulassen. Zu trauern. Aber wie, wenn sie nicht einmal ihre Tochter begraben können? Wenn da immer noch diese wahnwitzige Hoffnung in einem Winkel ihres Hirns hockt.

Er hätte aus diesem Kerl herausgequetscht, wo Kristina ist. Dessen war er sich absolut sicher. Er wäre vor nichts zurückgeschreckt. Ein Baumarkt steckt voller nützlicher Instrumente, um Leute zum Reden zu bringen.

Dieser Typ hätte geredet. Und dieser Pfarrer ebenso.

Wie kann es sein, dass nun beide tot sind? Als wollte das Schicksal ihn verhöhnen.

Der Karton treibt ein paar Meter auf dem Wasser, dann geht er unter. Für einen Moment hat Gerald Brandt den Wunsch, einfach hinterherzuspringen. Aber er denkt an Regine. Sie braucht ihn. Außerdem ist er ein guter Schwimmer. Er setzt sich wieder in den Wagen, legt die Arme auf das Lenkrad und vergräbt den Kopf darin. Er weint. Weint wie ein kleines Kind, mit einem hohen Jammerton und Schluchzern, die seinen ganzen Körper schütteln.

Dann, nach einer Weile, wischt er sich Tränen und Rotz ab und fährt nach Hause, zu seiner Frau.

IX.

Das Erwachen ist nicht wie sonst. Eher so, als müsse sie sich durch eine zähe, wattige Masse kämpfen. Fahles, graues Licht fällt durch einen Spalt. Ilva ist kalt, und ein muffiger Geruch dringt ihr in die Nase. Was ist heute für ein Tag? Sie weiß es nicht. Panik befällt sie. Zeit, Ort, es ist, als wären ihr sämtliche Koordinaten verloren gegangen, als schwebte sie im luftleeren Raum. Immerhin weiß sie noch, wer sie ist, aber der Rest … Als sie sich aufrichtet, fährt ihr ein glühender Schmerz durch den Kopf. Sie stöhnt und sinkt zurück auf die Unterlage. Schließt die Augen. Nur für einen Moment, einen kleinen Moment Kraft schöpfen, dann wird sich alles klären. Sie lässt sich zurückgleiten in diese wohltuende, weiche Schwärze, die sie umhüllt und davonträgt.

*

Die Morgendämmerung lässt sich allenfalls erahnen, als Dirk Kunisch unsanft geweckt wird, weil es an der Tür Sturm klingelt. Als er in Unterhose und T-Shirt die Tür öffnet, in der Annahme, seine heißgeliebte Gattin stünde reumütig davor, sieht er sich einem halben Dutzend schwarz gekleideter, maskierter Typen gegenüber, die ihn sofort packen und gegen die Wand drücken. Auf dem Gehweg steht mit undurchdringlicher Miene diese Polizistenschlampe, die am Samstag noch in diesem Nuttenfetzen hier aufgekreuzt ist. Der Typ neben ihr ist auch ein anderer, nicht der Fettsack in Lackschuhen, der hier ist kleiner als sie und hat dunkle, ölige Locken.

Man erlaubt ihm gnädigst, pinkeln zu gehen und sich anzuziehen, wobei ihn zwei von diesen Schränken nicht aus den Augen lassen. Er wird abgeführt und in den Wagen mit den vergitterten Fenstern gesetzt. Als wäre er ein Schwerverbrecher! Aus einschlägiger Erfahrung weiß Kunisch, dass man ihn jetzt erst einmal ein paar Stunden in einer Zelle schmoren lassen wird, ehe man ihn vernehmen wird. So springen diese Scheißbullen immer mit Leuten um, die regelmäßig ihre Steuern zahlen. Und an alldem ist nur Bea schuld, dieses undankbare, miese Dreckstück von einer Ehefrau!

*

Henning hat die ganze Nacht über kaum ein Auge zugemacht. Die schlimmsten Szenarien haben sich vor seinem geistigen Auge abgespielt: Ilva, die aus einem zertrümmerten Wagen herausgezogen wird, der gegen einen Baum gefahren war; ein Lastwagen, der Ilvas Auto unter sich begraben hat; Ilva auf der Intensivstation eines Krankenhauses, an Schläuchen hängend; Ilva, die tot im Mittellandkanal treibt. Ermordet von Moritz. Henning muss an Mimmi denken. Sie war eine wilde Katze, die immer wieder mal vorbeikam. Henning hatte sie gefüttert, und ab und zu verbrachte sie ein paar Stunden im Haus, ehe sie wieder ihrer Wege ging. Eines Tages hing sie aufgeschlitzt und mit heraushängendem Gedärm an der Tür des Geräteschuppens.

Die Katze hatte Henning heimlich begraben, ehe Oma Irmchen sie zu sehen bekam. Sie hätte sofort gewusst, wer dahintersteckte und hätte Moritz womöglich angezeigt. Aber wegen einer toten Katze, die im Grunde niemandem gehört, wird keiner eingesperrt, das war Henning schon damals klar. Moritz jedoch hätte wegen der Anzeige eine Mordswut auf Oma Irmchen gehabt. Und Moritz war unberechenbar, wenn er wütend war. Eigentlich war er immer unberechenbar. Sogar, wenn er freundlich war. Dann erst recht. Er konnte wütend sein und freundlich, das war das Tückische daran. Wann immer sich Moritz lächelnd nach dem Befinden von Oma Irmchen erkundigt hatte, hat sich bei Henning im Inneren dieser Angstkloß gebildet, der dann tagelang brauchte, bis er wieder auf ein erträgliches Maß schrumpfte. Aber er verschwand nie ganz.

Irgendwann in dieser Nacht, als er sich schlaflos hin- und herwälzte, ist ihm auch wieder eingefallen, was Moritz eines Tages über seine Mutter gesagt hatte: Sie wäre eine Schlampe gewesen. Eine anständige Frau mache sich schließlich nicht an verheiratete Familienväter heran. *Denkst du, es war einfach für mich, als er meine Mutter und mich verlassen hatte und mit deiner Schlampenmutter im Nachbardorf herumspaziert ist, sie mit einem dicken Bauch und später mit dem Kinderwagen? Du bist ein Bastard, Henning. Aber dafür kannst du ja nichts. Und deine Alte hat ihre Strafe ja bekommen. Krebs! Kein Wunder, dass unser Alter abgehauen ist. Sind ihr eigentlich die Haare ausgegangen, hat sie am Ende ausgesehen wie ein Zombie?*

Nur dieses eine Mal hatte sich Henning widersetzt, indem er Moritz eine Gegenfrage gestellt hatte: *Warum ist er dann eigentlich nicht zu euch zurückgekommen?*

Den Blick, den Moritz ihm damals zuwarf, wird Henning nie vergessen. Er sah in Augen wie Stahl, kalt und voller Hass.

Zwei Tage später hing die Katze an der Schuppentür.

Moritz hasst mich. Das war Henning noch nie so klar wie an diesem fahlgrauen Morgen. Moritz macht meine Mutter und mich für seine miese Kindheit verantwortlich und dafür, dass seine Mutter soff wie ein Loch. Denn nachdem sie verlassen worden war, war es mit Petra Flemming nur noch bergab gegangen. Wann immer sie zur Kur war, wurde Moritz in einem Heim oder in Pflegefamilien untergebracht. Verglichen damit hatte Henning es bei Oma Irmchen geradezu paradiesisch.

Moritz hasst mich, und deshalb wird er nie aus meinem Leben verschwinden und immer alles daransetzen, um das Schöne in meinem Leben zu zerstören.

*

Völxen steht am Rand seiner Schafweide und sieht zu, wie die fünf Schafe den Zwieback fressen. Montagmorgen, eine neue Arbeitswoche liegt vor ihm, dabei war das Wochenende alles andere als erholsam. Der Tee bei Herrn und Frau de Fries hat sich natürlich bis zum Abendessen und darüber hinaus hingezogen, sodass von seinem Sonntagabend nichts mehr übrig geblieben war. Zugegeben, es war nicht gar so furchtbar, wie er erwartet hatte. Eigentlich war es sogar ganz nett. Die beiden sind in Ordnung, Frau de Fries ist sogar sehr lustig und ziemlich unverblümt, und dass die beiden älteren Herrschaften heute in einer Villa im Zooviertel wohnen, kann man ihnen nicht verübeln. Auch Wanda hat sich gestern wieder halbwegs normal benommen.

Seine Besorgnis ist zu einem leisen Unbehagen geschrumpft, und vielleicht wird sich das auch noch legen. Er muss wohl einsehen, dass seine Tochter jetzt erwachsen ist. Mein Gott, wann ist das passiert? Eben war sie doch noch ein aufsässiger Teenager, der den Schafen pinkfarbene Irokesenkämme verpasst hat. Ich werde alt. Gut, das blüht jedem. Aber ich hätte nicht gedacht, dass es so schnell geht …

Auch im Dienst hat er in letzter Zeit ein paar Federn gelassen. Durch diese ganze Heimlichtuerei um den Fall Simonsen hat er selbst seine Autorität untergraben und seinem Image einen dicken Kratzer verpasst. Dazu kommt, dass die Jüngeren in seinem Team, allen voran Jule, nun glauben, er habe etwas zu verbergen. Was aber gar nicht stimmt. Da war nur diese … Unsicherheit.

Das Alphatier hat sich angreifbar gezeigt, um es mit Rifkins Worten auszudrücken, und das ist immer schlecht. Er hätte von vornherein auf Oda und Raukel hören sollen, die ihm dazu geraten hatten, die Finger von dem alten Fall zu lassen. Und Santiago hätte er beizeiten sagen sollen, er möge sich zum Teufel scheren. Umso wichtiger ist es nun, den Mordfall Santiago so schnell wie möglich aufzuklären, damit wieder Ruhe einkehrt.

In derlei Gedanken verstrickt, begegnet er dem Blick seines Schafbocks Amadeus, der ihn ansieht, als würde er ihm die Gedanken von der Stirn ablesen. »Schau du nur«, knurrt Völxen. »Dir passiert so was nicht, du hast deine Mädels im Griff. Aber hinterher ist man immer schlauer.«

»Wenn ich euer Gespräch kurz unterbrechen darf …«

Völxen fährt herum. Sabine steht hinter ihm und streckt ihm sein Handy entgegen.

»Was schleichst du dich so an?«

»Ich schleiche mich nicht an. Mach mal einen Hörtest. Sei froh, dass ich dir dein Telefon nachtrage, warum lässt du es auch in der Küche liegen? Oda ist dran.« Sie drückt ihm den Apparat in die Hand und geht kopfschüttelnd zurück ins Haus, nicht ohne zu bemerken, das Verhältnis zwischen ihm und den Schafen würde langsam bedenkliche Formen annehmen.

»Ja?«

»Na endlich!«

»Ich war bei den Schafen.«

»Ich hörte davon.«

»Was gibt es denn so Dringendes?«

»Mich hat gerade Clara Wehner angerufen. Ihr Sohn ist verschwunden. Er war nicht in seinem Zimmer, als sie ihn für die Schule wecken wollte. Muss sich wohl nachts rausgeschlichen haben. Sie ist völlig von der Rolle.«

»Das fängt ja gut an«, seufzt Völxen. »Sieh zu, dass sämtliche Dienststellen benachrichtigt werden.«

»Hab ich schon«, sagt Oda. »Wollte nur, dass du Bescheid weißt.«

*

Jule genießt ihren Morgenkaffee vor dem aufgeklappten Laptop, als sie hört, wie sich der Schlüssel im Schloss dreht. Dann ein spanischer Fluch, als Fernando vermutlich über die Umzugskartons stolpert, die den Flur verstopfen.

»Guten Morgen, *mi amor*!«, strahlt Fernando sie an. »Du arbeitest schon?«

»Nicht wirklich«, sagt Jule und klappt den Laptop zu, wo sie zuletzt auf der Seite eines Kreditrechners mit schwindelerregenden Summen herumjongliert hat.

Fernando schwenkt eine Papiertüte. »Croissants?«

»Ja, herrlich. Wie war der Einsatz?«

Fernando winkt ab. »Alles cool. Der Typ ist auf dem Weg in die PD. Ich hab mich kurz abgeseilt. Dachte, ich frühstücke noch mit dir.«

»Früher wärst du zu deiner Mama gefahren«, bemerkt Jule.

»Ehrlich gesagt war ich da auch gerade.«

Da ist es ja: sein typisches schiefes Lächeln, das er immer aufsetzt, wenn ihn der Schuh drückt.

»Das ist gut«, meint Jule. »Sie hat gestern Abend wirklich einen ziemlich geknickten Eindruck gemacht. Ich habe schon langsam ein schlechtes Gewissen, weil ich dich geheiratet habe. Übrigens wollte ich vorschlagen, ob wir gleich heute nach Dienstschluss zu Oda rausfahren und uns die Wohnung ansehen. Was hältst du davon?«

»Äh, ich wollte eigentlich mit dir über was reden. Es geht um Mama.«

»Ist was passiert?«

»Ja, irgendwie schon. Es ist furchtbar: Unser Haus soll verkauft werden. Es steht in der Zeitung und im Internet. *Renditeobjekt*. Und du weißt ja, was das bedeutet.« Zur Anschauung legt er ihr den Zeitungsausschnitt hin, den Jule aufmerksam studiert, obwohl sie ihn schon kennt.

»Oje! Wenn die Miete steigt, dann kann sie ihren Laden dichtmachen. Schrecklich, das wird sie umbringen!« Jule presst ihre Hand auf die Lippen. »Tut mir leid. Ich wollte nur sagen …«

»Du hast schon recht«, jammert Fernando. »Nicht nur wegen des Ladens. Sie wohnt seit über vierzig Jahren in dieser Wohnung, meine Schwester und ich sind dort groß geworden.«

»Ich weiß«, sagt Jule traurig. »Das tut mir so leid!«

»Weißt du, Jule, und deswegen wollte ich dich was fragen. Es fällt mir nicht leicht, denn ich habe ja immer gesagt, dass ich dein ererbtes Geld nicht will …«

»Das hast du. Nicht nur einmal.«

»Ja, das stimmt. Aber mir ist da ein Gedanke gekommen. Nur mal so rumgesponnen. Was hältst du davon, wenn wir beide das Haus kaufen? Von dir stammt das Anfangskapital, und wir zahlen dann von den Mieteinnahmen die restlichen Schulden und die Zinsen, und wenn eine Wohnung frei wird, könnten wir dort einziehen. Ich glaube, die Familie mit den drei Kindern aus dem ersten Stock will bald wegziehen, die haben gebaut.«

»Wir sollen in das Haus ziehen, in dem deine Mutter wohnt?«, fragt Jule.

»Ist das ein Problem?«

»Nun ja …«

»Äh … ich … ich dachte, du magst sie?« Fernando hat feuerrote Wangen bekommen, fast noch schlimmer als bei seinem Heiratsantrag.

»Ja, sicher mag ich sie. Aber sie mögen und im selben Haus wohnen … darüber habe ich noch nie nachgedacht, weißt du? Das müsste man ja auch erst mal gründlich durchrechnen, ob das geht. Nicht dass wir uns in Schulden stürzen und sie uns dann das Haus unterm Hintern wegpfänden.«

»Ja, klar, das muss man prüfen. Aber wenn wir schon die Hälfte des Preises aufbringen …«

»Wäre das Pedra denn recht?«, fragt Jule mit großen Augen. »Sie hat doch auch einen ziemlichen Stolz, genau wie du.«

Fernando lässt den Kopf hängen und sagt: »Ehrlich gesagt kommt der Vorschlag sogar von ihr.« Er sieht Jule aus feuchten Augen an. »Das macht mir wirklich große Sorgen. Sie ist normalerweise die Letzte, die jemanden um etwas bittet. Sie muss wirklich verzweifelt sein. Ich habe ihr schwören müssen, dass du nichts davon erfährst. Deshalb tu bitte vor ihr so, als wäre das meine Idee gewesen. Ich bin dir auch gar nicht böse, wenn du Nein sagst, wirklich nicht, ich meine, es ist ein Haufen Geld. Du sollst auch nur mal darüber nachdenken.«

»Okay, ich denke darüber nach«, sagt Jule und schaut auf die Uhr. »Aber jetzt sollten wir langsam in die Gänge kommen.«

»Ich geh schon wieder«, sagt Fernando und drückt Jule einen Kuss auf den Mund. »Danke.«

»Ich habe noch nicht Ja gesagt.«

»Danke, dass du nicht gleich Nein sagst. Ich liebe dich!« Die Tür fällt zu, er poltert die Treppen hinab.

Jule verschlingt genüsslich das Croissant, dann greift sie zum Telefon. »Pedra? Jule hier. Es läuft alles nach Plan. Ich rufe jetzt den Finanzberater meines Vaters an.«

XX.

Da ist ein Sonnenstrahl, in dem Staub tanzt. Sie fährt in die Höhe. Ihr Kopf schmerzt noch immer, aber weniger als vorhin. Wie spät es wohl ist? Sie sieht sich um. Was ist das hier für ein ekelhafter Raum? Möbel wie Sperrmüll, Brandlöcher in der Polsterung der Liege und überall Schmutz. Bierkästen stapeln sich neben der Tür. Es stinkt nach kaltem Rauch, Feuchtigkeit und Schimmel. Sie schaut an sich hinunter. Sie trägt ihre Lieblingsjeans, das blaue T-Shirt und die dünne rote Strickjacke. Jetzt bemerkt sie etwas Feuchtkaltes zwischen den Beinen. Verdammt, sie hat sich in die Hose gepinkelt. Wann ist das denn passiert? Was ist überhaupt passiert, wie kommt sie hierher, wo ist *hier*? Schlagartig überkommt sie Panik, sie springt auf und hastet zur Tür. Sie hat irgendwie damit gerechnet, dass sie abgeschlossen ist, aber als sie die Klinke drückt, lässt sie sich ganz leicht öffnen, nur die Angeln quietschen ein wenig. Sie macht ein paar Schritte nach draußen. Geblendet von der plötzlichen Helligkeit blinzelt sie. Ihre Augen tränen, und ihr Kopf dröhnt. Sie steht vor einem schäbigen kleinen Haus in einem ziemlich verwilderten Garten, in dem eine Menge Gerümpel lagert. Dahinter … Wasser. Schilf, Segelboote, Möwen. *Das Steinhuder Meer*, jetzt erkennt sie es. Ein Steg ragt ins Wasser. An der Seite des Grundstücks ist eine Lücke in der Hecke, dort führt eine rostige Gartenpforte hinaus auf einen sandigen Weg. Hohes Gras wächst in der Mitte. *Nichts wie weg jetzt!* Wer immer sie hierhergebracht hat, könnte jeden Moment wieder auftauchen. Das Gartentor klemmt, sie steigt einfach darüber und rennt dann, so schnell sie kann, den Weg entlang.

Wieder diese Stiche im Kopf, aber die muss sie jetzt einfach ignorieren und weiterrennen. Sie bemerkt eine weitere Hütte hinter einer Strächerhecke, und dann sieht sie ihren Polo. Er ist das einzige Fahrzeug, das in der kleinen Parkbucht steht, die Platz für vier oder fünf Autos bietet. Sie schaut sich hastig um. Weit und breit ist niemand zu sehen. Vorsichtig nähert sie sich dem Wagen, jeden Moment darauf gefasst, dass irgendjemand aus dem Gebüsch auftaucht und ... was? Sie wieder zurückbringt? Wo sind überhaupt ihre Schlüssel? Doch das Wunder geschieht: Die Fahrertür lässt sich öffnen und der Zündschlüssel steckt. Hastig steigt sie ein und lässt den Motor an. Das Radio geht an, sie erschreckt sich fast zu Tode und dreht es hektisch ab. Sie will losfahren, aber die Reifen, deren Profil nicht mehr das allerbeste ist, drehen auf dem sandigen Untergrund durch. *Ruhig, ganz ruhig! Keine Panik jetzt.* Sie drückt die Knöpfe an den Türen herunter und versucht es noch einmal mit weniger Gas und mehr Gefühl, und es kommt ihr erneut wie ein Wunder vor, dass sich der Wagen in Bewegung setzt und den holprigen Weg entlang fährt, der schließlich auf eine schmale, asphaltierte Straße trifft, der sie ohne zu überlegen folgt. *Fort, nur fort von hier!* Immer wieder schaut sie in den Rückspiegel. Aber da ist nichts und niemand, auch kein anderes Fahrzeug, weder hinter ihr noch vor ihr. Das Sträßchen mündet in eine größere Straße, und nach hundert Metern sieht sie einen Wegweiser, der links nach Mardorf zeigt und rechts nach Steinhude. Sie biegt rechts ab. Sie fährt langsam, weil ihr die Tränen übers Gesicht laufen. Vor Erleichterung? Wut? Autos fahren dicht auf und überholen sie, die Fahrer sichtlich genervt von ihrer langsamen Fahrweise.

Was ist nur geschehen? Sie war in ihrer Wohnung und hat Sachen zusammengepackt, um mit Henning zu kochen. Das ist das Letzte, woran sie sich erinnert.

Sie sollte zur Polizei gehen. Nein, lieber erst einmal nach Hause. Die verpisste Jeans ausziehen. Alles ausziehen und wegschmeißen. Ein schrecklicher Gedanke taucht auf: *Und wenn ich vergewaltigt worden bin? Aber das müsste ich doch merken. So etwas merkt man doch, oder?* Sie ist nicht sicher, und ein überwältigendes Ekelgefühl veranlasst sie, ihre Tränen abzuwischen und schneller zu fahren. Sie will nach Hause, einfach nur nach Hause. Die Tür hinter sich abschließen und duschen und schlafen. Wo ist ihre Handtasche, der Schlüssel? Die Nachbarin hat einen Ersatzschlüssel, hoffentlich ist sie da.

Sie schaltet das Radio wieder ein. Die Zeitansage: neun Uhr, Montagmorgen. Nachrichten. Kriege, Flüchtlinge, Politikersprüche. Die Verkehrsdurchsage, Stau auf der A2. Musik. Der scheppernde Klang der Lautsprecher. Alles ist so *normal*. Leute fahren zur Arbeit, eine neue Woche fängt an. Als ob nichts gewesen wäre. *Was ist passiert?*

Sie erreicht ihr Haus, den leicht heruntergekommenen Wohnblock. Um diese Zeit sind alle Parkplätze frei, sie hält vor der Tür. Beim Aussteigen merkt sie, wie ihr die Knie zittern. Da ist ein Erinnerungsfetzen: Der Kofferraum! Sie war am Kofferraum und hat ihren Einkaufskorb hineingestellt. Dann war da ein Schatten ... Danach ist alles wie weggewischt. Mit gemischten Gefühlen schließt sie die Klappe auf. Der Korb steht neben der Ledertasche mit ihrer Ausrüstung, und ihre Handtasche liegt daneben. Die Geldbörse ist da, ihr Handy, das Schminktäschchen, die Schlüssel. Es fehlt nichts. Auch nicht im Korb. Das Gemüse, die Weinflasche, alles ist da, als hätte sie es eben erst hineingestellt. Es kommt ihr fast gespenstisch vor. So als hätte sie sich das alles nur eingebildet. Sie trägt die Sachen wieder hinauf in ihre Wohnung. Kaum hat sie die Tür hinter sich zugemacht, stellt sie den Korb hin, reißt sich ihre Kleider vom Leib und hastet ins Bad. Als sie sich nackt im Spiegel sieht, entfährt ihr ein Schrei. Auf ihrem Bauch sind große, rote Buchstaben in der Farbe ihres Lippenstiftes: *Keine Polizei, sonst bist du tot.*

*

Dirk Kunisch trägt ein nicht ganz frisches Holzfällerhemd mit aufgekrempelten Ärmeln und dazu Handschellen. Sein Deo hat definitiv versagt, entsprechend stickig ist die Luft im Vernehmungsraum.

Rifkin und Oda sitzen ihm gegenüber. Oda macht den Anfang: »Herr Kunisch, Sie haben am Samstag gegenüber meiner Kollegin, Kommissarin Rifkin, behauptet, Ihre Frau wäre seit Donnerstag bei Ihrer Schwester in Hamburg. Nur hat Ihre Frau aber gar keine Schwester. Was sagen Sie dazu?«

»Dass sie ein Einzelkind ist.«

»Sehr witzig, wirklich.« Oda lächelt, doch in der nächsten Sekunde gefriert ihr Blick zu Eis. »Herr Kunisch, wo ist Ihre Frau?«

»Okay, ich weiß es nicht. Die verfluchte Schlampe ist einfach abgehauen mit der Kleinen, ohne mir zu sagen, wohin.«

»Sie geben also zu Protokoll, dass Ihre Frau Sie verlassen hat«, hält Oda fest.

»Sie hat mich nicht *verlassen*. Sie ist abgehauen. Die kommt schon wieder angekrochen, da mach ich mir gar keine Sorgen.«

»Warum ist Ihre Frau denn überhaupt weggegangen?«, fragt Rifkin.

»Wir hatten eine kleine Meinungsverschiedenheit.«

»Kam es zu Tätlichkeiten bei dieser Meinungsverschiedenheit?«

Er sieht Rifkin und Oda wütend an. »Was geht das Sie überhaupt an?«

»Oh, eine Menge«, klärt Oda ihn auf. »Wir wissen, dass es bei Ihnen in letzter Zeit zwei Polizeieinsätze wegen häuslicher Gewalt gab. Und das letzte Mal war es Pfarrer Santiago, der die Kollegen gerufen hat. Daran erinnern Sie sich doch bestimmt noch, oder?«

»Das war völlig übertrieben!«

»Ihr Nachbar hat also einfach mal so zum Spaß die Polizei gerufen, wollen Sie uns das erzählen?« Odas Gletscheraugen sind auf ihn gerichtet, als wolle sie ihn röntgen.

»Kann sein, dass es ein bisschen laut war. Ich bin ein temperamentvoller Mensch und Bea wird leicht hysterisch.«

»Wie hat sich denn Ihre Frau mit Santiago verstanden?«

»Meine Frau? Wieso? Gar nicht. Ich meine ... was soll die Frage?«

»Hat Ihre Frau sich ab und zu mit Pfarrer Santiago unterhalten? Hat sie ihm vielleicht sogar ihr Herz ausgeschüttet? Immerhin war der Mann Seelsorger. Wenn man so jemanden als Nachbarn hat, könnte es doch sein ...«

»Was haben Sie eigentlich dauernd mit meiner Frau?«, ereifert sich Kunisch. »Keine Ahnung, was die getrieben hat, wenn ich auf Arbeit war!«

»Nicht laut werden«, sagt Rifkin warnend.

Kunisch wirft ihr einen wütenden Blick zu, den sie kalt lächelnd pariert.

»Haben Sie sich deswegen neulich mit Santiago am Gartenzaun gestritten?«, fragt Rifkin.

»Ich habe mich nie mit dem gestritten.«

»Doch, haben Sie. Es gibt Zeugen dafür«, hält Rifkin dagegen.

»Ich habe ihm höchstens mal gesagt, dass er sich gefälligst aus meinen Angelegenheiten raushalten soll. Das ist ja wohl kein Verbrechen.«

»Sie geben also zu, dass es eine Auseinandersetzung gab«, stellt Oda nüchtern fest.

»Meinetwegen, ja«, stöhnt er genervt.

»Am letzten Freitag, nachdem Ihre Frau Sie verlassen hat, haben Sie ihm da noch einmal die Meinung gesagt?«, fragt Oda.

»Nein.«

»Herr Kunisch, lassen Sie uns das abkürzen«, schlägt Oda vor. »Ihre Fingerabdrücke wurden von der Spurensicherung in Santiagos Haus sichergestellt. Meiner Kollegin gegenüber haben Sie aber behauptet, Sie seien noch nie im Haus gewesen. Was stimmt denn nun?«

»Ja, kann sein, dass ich mal da war. Nur ganz kurz, das hatte ich vergessen. Ist aber schon eine Weile her.«

Oda schaut ihn beinahe mitleidig an. »Es ist nur so, Herr Kunisch: Ihre Fingerabdrücke waren auf der Küchenarbeitsplatte. Die Putzfrau sagt aus, dass sie die Platte am Vormittag gründlich abgewischt hat. Also müssen die Abdrücke nach 13 Uhr entstanden sein. Also denken Sie noch einmal nach. Waren Sie am Freitag, dem 26. August, in Santiagos Haus?«

Kunisch scheint zu überlegen, aber dann zieht er einen arroganten Flunsch und sagt: »Wissen Sie was? Ich beantworte jetzt gar keine Fragen mehr. Nicht ohne Anwalt.«

Oda sieht Rifkin an. »Du hast es gehört. Er will einen Anwalt.«

»Den würde ich an seiner Stelle auch wollen.«

»Aber wir müssen ja gar nichts mehr fragen, oder, Frau Kollegin?«, lächelt Oda Rifkin an. »Im Grunde wissen wir ja schon, was passiert ist.«

»Es ist ziemlich offensichtlich, ja«, antwortet Rifkin, die jetzt nur noch Oda ansieht und den Befragten keines Blickes mehr würdigt. »Man muss sich ja nur anschauen, was wir schon haben.«

»Wir haben einen verurteilten Gewalttäter. Wir haben Fingerabdrücke, die nur nach dem Besuch der Putzfrau entstanden sein können«, zählt Oda an ihren Fingern auf.

»Und wir haben sein Motiv«, ergänzt Rifkin.

»Genau, das Motiv. Santiago war ja wirklich einer, der sich in alles eingemischt hat. Gut möglich, dass er Frau Kunisch ermuntert hat, ihren Mann zu verlassen. Schon wegen der Kleinen. Eine Kindheit mit einem gewalttätigen Vater …« Oda winkt ab.

Rifkin: »Aber der Pfaffe, der sie aufgewiegelt hat, könnte vielleicht auch wissen, wo das Luder hin ist. Vielleicht hatte er sie sogar irgendwo versteckt.«

Oda: »Außerdem muss dem arroganten Kerl mal jemand die Meinung geigen, und zwar gründlich!«

Rifkin: »Ja, höchste Zeit für eine Lektion!«

Oda: »Nachdem meine Frau also schon mehr als vierundzwanzig Stunden weg ist, platzt mir der Kragen. Ich geh rüber und stell den Kerl zur Rede. Aber der will nicht rausrücken mit der Sprache, sondern kommt mir mit irgendwelchen dummen Pfaffenphrasen und macht mir noch dazu Vorwürfe.«

Rifkin: »Und damit er endlich seine Klappe hält, hau ich ihm eine aufs Maul.«

Oda: »Und wie er da so am Boden herumkraucht, mache ich Nägel mit Köpfen. Ich greife mir den nächstbesten stumpfen Gegenstand und zieh ihm das Ding über die Rübe.«

Rifkin: »Totschlag im Affekt, der Klassiker.«

Oda: »Ja, das sieht mir ganz danach aus. Der Mann hat sich ja häufiger nicht im Griff.«

Kunisch, der die Unterhaltung mit verkrampftem Kiefer verfolgt hat, springt auf. »He, ihr blöden Weiber, was soll denn das?«, schreit er. »Was wollt ihr mir da anhängen? Von wegen *stumpfer Gegenstand, Pfarrer umgebracht*? Ja, ich war sauer, das gebe ich zu. Der Kerl ging mir tierisch auf den Sack. Aber ich hab den nicht totgeschlagen. Als ich ging, war der noch am Leben, ihr bescheuerten, unverschämten Fo…«

»Hey!«, fällt ihm Rifkin mit schneidender Stimme ins Wort. »Ganz sachte jetzt. Setzen Sie sich wieder hin.«

Kunisch gehorcht.

»Herr Kunisch, Sie räumen also ein, dass Sie am letzten Freitag im Haus Ihres Nachbarn waren«, hält Oda mit milder Stimme fest.

»Ja«, kommt es widerstrebend.

»Wann war das?«,

»Gegen Abend. So zwischen sechs und sieben.«

»Hat er Sie ins Haus gelassen?«

»Ja, hat er. Meinte, wir müssten uns dringend *unterhalten*.« Er schnaubt verächtlich.

»Wie lief denn die Unterhaltung ab?«, will Oda wissen.

»Ich habe ihm in deutlichen Worten gesagt, dass er sich gefälligst aus meinem Leben raushalten soll.«

»Und was hat er geantwortet?«

»So, wie Sie's gesagt haben: Dass er nicht einfach wegschauen könne, wenn Unrecht geschieht. Dieses Arschloch! Der weiß doch gar nicht, wovon er redet! Einer, der wahrscheinlich zeit seines Lebens Ministranten gepimpert hat, will mir vorschreiben, wie ich meine Ehe zu führen habe. Das ist doch ein Witz!«

»Was ist dann passiert?«, fragt Oda, die nur zu gern wüsste, ob Fernando gerade im Konferenzraum vor dem Bildschirm sitzt und zuhört.

»Nichts.«

»Sie sind Rechtshänder, Herr Kunisch?«, fragt Oda.

»Ja, wieso?«

»Weil das zu der Blessur an der linken Wange von Santiago passt.«

»Die meisten Leute sind Rechtshänder.«

»Aber nur Sie waren zur Tatzeit am Tatort«, erwidert Oda. »Sie verfügen über die körperliche Konstitution, einen nicht gerade kleinen Mann wie Santiago niederzuschlagen. Sie sind vorbestraft wegen eines einschlägigen Deliktes. Es ist bekannt, dass bei Ihnen die Faust etwas locker sitzt, und Sie haben ein Motiv. Kurz gesagt: Das sieht nicht gut aus für Sie.«

Kunisch streckt Oda und Rifkin abwehrend die Handflächen entgegen, wobei die Handschellen etwas hinderlich sind. »Warten Sie. Jetzt mal ganz langsam. Okay. Okay, ich sag Ihnen, wie es war. Ja, ich war dort, und wir haben uns gestritten. Der Kerl wurde unverschämt, und ich habe ihm eine eingeschenkt. Nur eine! Er ist zurückgewichen, und ich bin gegangen. Da war er noch quicklebendig.«

»Wo standen Sie und wo stand er, als Sie ihm eine *eingeschenkt* haben?«, will Rifkin wissen.

»Wir standen beide neben diesem Küchentresen.«

»Was geschah nach dem Schlag? Ging er zu Boden?«, fragt Rifkin.

»Nein. Er taumelte ein paar Schritte, stieß gegen die Spüle und hielt sich die Fresse.«

»Und was taten Sie?«

»Hab ich doch schon gesagt! Ich bin gegangen. Er war nicht tot, der war putzmunter. Ich bin vielleicht hin und wieder mal unbeherrscht, aber ich bin kein Mörder. Ich versau mir doch nicht mein Leben mit so was. Bitte, das müssen Sie mir glauben!«

»Was wir glauben, ist unerheblich«, lässt ihn Oda in ruhigem Ton wissen. »Wir halten also fest für das Protokoll: Sie haben zwischen achtzehn und neunzehn Uhr am Abend des 26. August das Haus Ihres Nachbarn Hector Santiago betreten. Das Opfer hat Sie hereingelassen. Es gab einen Streit, und Sie haben ihn mit der rechten Faust auf die linke Wange geschlagen. Santiago taumelte gegen die Küchenzeile und hielt sich das Gesicht. Danach sind Sie sofort gegangen. Ist das so richtig?«

»Genau. Der hat noch gelebt. Kann ich jetzt gehen?«

»Nein, Herr Kunisch«, sagt Oda. »Wir werden Sie in Gewahrsam behalten, bis der Staatsanwalt entschieden hat, ob er einen

Haftbefehl beantragt oder nicht. Immerhin haben Sie den Tatbestand einer Körperverletzung zugegeben. Außerdem müssen wir uns überlegen, welche Maßnahme wir wegen Ihrer verschwundenen Frau in die Wege leiten.«

»Verflucht noch mal, die Schlampe ist abgehauen, wie oft soll ich es noch sagen?«

»Es ist jetzt 9:45 Uhr und ich erkläre die Vernehmung für beendet.« Oda nickt Rifkin zu, die das Aufnahmegerät abschaltet. Die Tür des Vernehmungsraums geht auf, und zwei Uniformierte führen Kunisch ab.

»Jetzt brauch ich erst mal einen Kaffee und eine Zigarette.«

»Bei Typen wie dem fällt es mir wirklich schwer, mich zusammenzureißen«, gesteht Rifkin, als sie den Flur entlanggehen.

»Typen wie der sind nicht mal die Schlimmsten«, meint Oda. »Dem Kerl sieht man den Schläger schon auf einen Kilometer an. Schlimmer sind die, von denen es keiner denken würde. Deren Frauen wird dann auch oft nicht geglaubt. Und ganz schwer haben es Männer, die von ihren Frauen geschlagen werden. Die schämen sich und haben Angst, dass man ihnen nicht glaubt oder dass man sie auslacht. Hab ich dir schon erzählt, dass Kunischs Frau im Frauenhaus ist?«, fragt Oda.

»Woher weißt du das?«

»Nach so vielen Jahren kennt man halt ein paar Leute an den richtigen Stellen.« Oda lächelt und verkündet: »Ich werde Beate Kunisch sogar heute noch besuchen, um ein bisschen Eheberaterin zu spielen …«

»Oha!«

»Muss aber keiner wissen. Das gehört ja eigentlich nicht zu meinen Kernaufgaben hier.«

»Ich hab nichts gehört.«

»Hi, Mädels! Echt cooles Verhör.« Fernando ist wie ein Schachtelteufel auf den Flur gehüpft und strahlt die beiden an.

Oda und Rifkin tauschen einen Blick aus.

»Dir auch einen voll coolen guten Morgen, Fernando, echt jetzt«, sagt Oda.

»Ich wollte auch nur sagen, dass Santiago nie seine Ministranten angegrapscht hat!«

*

Ilva und Henning sitzen auf dem Sofa in Ilvas Wohnung, jeder in einer anderen Ecke. Henning würde sie so gern in den Arm nehmen, aber er spürt, dass sie Distanz braucht, obwohl sie es ihm nicht gesagt hat. Sie umklammert eine Tasse Tee, die längst kalt geworden ist. Zwischendurch nimmt sie einen Zug von der Zigarette, die im Aschenbecher vor sich hin qualmt.

»Du hättest nicht extra herkommen müssen. Du musst doch zur Arbeit.«

»Scheiß drauf, hab mich krankgemeldet. Was wirst du jetzt machen?«

»Was meinst du?« Ihre Stimme klingt müde, bläuliche Schatten unter den Augen lassen ihre Nase noch schärfer als sonst hervortreten.

»Wirst du zur Polizei gehen?«

»Was soll ich denen sagen? Dass ich in einer beschissenen Hütte am Steinhuder Meer aufgewacht bin und mich an nichts erinnere? Die halten mich doch für verrückt.« Sie greift zu der Packung Papiertaschentücher, zieht eines heraus, schnäuzt sich und betupft sich die Augen. Ihr Haar ist noch feucht und klebt am Kopf. Sie kam gerade aus der Dusche, als Henning eintraf. Henning war dabei, sämtliche Krankenhäuser in der Gegend anzurufen, als ihn ihr Anruf erreichte.

Moritz, ganz klar. Die Hütte. Es muss die *Hütte gewesen sein.*

Das ist eine Botschaft von Moritz an ihn, so wie damals die tote Katze am Schuppen. Eine Lektion. Henning spürt, wie der Zorn in ihm hochkocht. »Es kann sein, dass das alles etwas mit mir zu tun hat«, hört er sich sagen. Es ist einfach so aus ihm herausgesprudelt.

Ilva hebt den Blick. »Hä? Was redest du da?«

»Das war eine Warnung an mich, ein Denkzettel. Es tut mir leid, dass du da mit reingezogen wurdest.«

Ilva sieht ihn mit ihren großen Augen verständnislos an. Kein Wunder, dass sie nichts kapiert. Wie soll man das auch erklären?

»Wieso, worum geht es da?«

»Das ist eine alte Geschichte.«

»Du weißt, wer das war?«, ruft Ilva fassungslos. »Jetzt rede schon!«

Henning beißt sich auf die Lippen. »Besser, du weißt nichts davon, bitte glaub mir. Dieser Typ ... der ist ... der ist ein Irrer.«

»Geht es um Drogen?«

»Nein!«

»Schuldest du dem Geld, oder was?«

»Nein, kein Geld.«

»Um was geht es dann?«

»Das ist was Persönliches. Der hasst mich einfach.«

»Hä? Und deswegen schleppt er *mich* in so eine Hütte? Woher kennt der mich überhaupt? Das ist doch vollkommen irre.«

»Sag ich doch«, bestätigt Henning. »Der Typ *ist* irre, definitiv. Irre und gefährlich. Ich kann dir nicht mehr darüber sagen.«

»Ist das seine Hütte?«

»Keine Ahnung«, behauptet Henning. »Weißt du denn, womit er dich betäubt hat?«

»Nein. Ich habe ihn ja nicht mal gesehen. Ich habe gar nichts gesehen, und ich erinnere mich an nichts! Das ist ein Scheißgefühl, wenn dir einfach für zwölf Stunden der Film fehlt und du nicht weißt, was mit dir passiert ist!« Ihre Stimme ist übergeschnappt, sie schluchzt auf, nimmt einen Schluck Tee und schnäuzt sich erneut. »Ich war am Auto und dann ... ich weiß es nicht. Äther vielleicht. Und später dann muss er mir K.o-Tropfen eingeflößt haben oder so was in der Art. Rohypnol. Davon kriegt man irre Kopfschmerzen und es bewirkt, dass man sich an nichts mehr erinnert.«

»Wirst du zur Polizei gehen?«, fragt Henning erneut.

»Nein! Wenn ich zur Polizei gehe, bringt er mich um!«

»Woher weißt du das?«

»Ich ... er hat es mir aufgeschrieben. Und wenn er so irre und gefährlich ist, wie du sagst … Bestimmt war er nicht so blöd und hat irgendwo Spuren hinterlassen. Henning, ich hab Angst!«

Er will nach ihrer Hand greifen, aber sie zieht sie ihm weg. »Das alles … ich muss das erst einmal verdauen. Bitte, lass mich allein.«

»Ilva, ich …«

»Bitte, Henning. Ich brauch ein paar Tage für mich. Ich bin mit den Nerven am Ende. Bitte, geh jetzt. Du kannst mir nicht helfen, lass mich allein, ich komm schon klar.«

Henning steht auf. Es ist, als würden Gewichte an seinen Armen und Beinen hängen, und in seinem Inneren ballt sich ein Kloß aus Angst und Wut zusammen.

»Ilva, ich verspreche dir, ich sorge dafür, dass dir nichts mehr geschieht.«

»Ich kann selber auf mich aufpassen. Bitte, geh jetzt. Geh schon! Geh!«

XXI.

»Colin, kehr da vorne mal um!«

»Wieso?« Polizeiobermeister Colin Suhr und seine Kollegin, POM Jessica Loos, haben gerade einen Randalierer in einem Dönerladen an der Schulenburger Landstraße verwarnt, nach Hause geschickt und passieren jetzt, auf dem Rückweg zur PI Mitte, den Nordstadtbahnhof.

»Der Junge auf der Brücke. Der kam mir komisch vor.«

»Und? Das ist die Nordstadt«, grinst Suhr.

»Aber der hing so komisch überm Geländer.«

»Vielleicht war ihm schlecht.«

»Witzbold. Jetzt mach schon, kehr um. Ich will mir den mal ansehen. Nicht dass der den Abgang auf die Gleise macht. Vielleicht wartet er nur auf den richtigen Zug.«

»Das brauchen wir jetzt echt nicht«, meint Colin, während er in den Rückspiegel schaut und dann eine Wende mit quietschenden Reifen auf dem Engelbosteler Damm hinlegt.

»Mann! Musste das sein?«, mault Jessica, aus deren Coffee-to-go-Becher trotz des Deckels ein paar Spritzer Latte macchiato auf der Uniformhose gelandet sind.

»Du wolltest, dass ich wende, also hab ich gewendet«, erklärt Colin. »Musik, die Dame?«

»Nein, auch kein Blaulicht. Fahr einfach rechts ran, ich schau mir das mal an.«

»Ich komm mit.«

Colin hält den Streifenwagen gegenüber dem Eingang zum Nordstadtbahnhof an, gute zehn Meter vor dem Jungen. Der richtet sich auf. Ein schmales, dunkelhäutiges Gesicht. Erschrockener Blick, kurzes Nachdenken, dann dreht er sich um und beginnt zu rennen.

Colin grinst und deutet über das Lenkrad: »Deiner. Fass!«

»Oh, *fuck*, ich hatte heut früh schon mein Training!« Jessica drückt Colin den Kaffeebecher in die Hand, springt aus dem Wagen und sprintet dem Jungen hinterher. Colin steigt aus und bleibt entspannt neben dem Wagen stehen. Er gibt dem Jungen maximal dreißig Sekunden, obwohl er recht fix ist. Der Ärmste hat aber auch wirklich Pech, ausgerechnet an eine Kollegin zu geraten, die für die Olympiade im Fünfkampf trainiert.

*

Das Meeting beginnt pünktlich um zehn Uhr. Hauptkommissar Völxen macht den Anfang: »Kollegen, ich darf euch die für den Fall Santiago zuständige Staatsanwältin vorstellen: Frau Birte Traut. Willkommen in unserem Dezernat, Frau Traut.«

»Danke, Herr Hauptkommissar.«

Völxen hatte sich schon vorher mit ihr in seinem Büro getroffen, um sie auf den neuesten Stand zu bringen, und als sie hereinkam – weiße Bluse, schwarzer Rock, brauner Haarknoten und nicht einmal halb so alt wie er selbst –, hat er nicht verhindern können, dass ihm der eine oder andere ziemlich chauvinistische Gedanke durch den Kopf ging: *Sie werden immer jünger. Oder ich immer älter? Warum gibt man einen so wichtigen Fall dem jungen Gemüse?* Außerdem befürchtet er, dass sie ihm und seinen Leuten auf die Nerven gehen und wegen jeder Kleinigkeit nachhaken wird, aus purer Unsicherheit und Angst, den Job zu vermasseln. Wie es halt so ist mit den Neulingen.

Nachdem alle über den momentanen Stand der Ermittlungen informiert wurden, darf jetzt ohne weitere Umschweife Ben Valensky loslegen, einer der Spezialisten vom LKA, der Santiagos Handy und Computer untersucht hatte.

Valensky steht auf. Ein Enddreißiger mit Waschbrettbauch, nadelgestreiftem Hemd und Föhnfrisur, der so gar nicht wie der zottelige Nerd aussieht, den Völxen erwartet hat.

»Beginnen wir mit dem Handy des Toten. Er hat es sehr wenig benutzt. Auffällig war, dass er etwa alle zehn bis vierzehn Tage dieselbe Mobilfunknummer angerufen hat. Dort meldete sich ein ›Pizzaservice Alberto‹. Einen solchen Lieferdienst gibt es aber nicht in der näheren Umgebung, und da wurde mir rasch klar, dass es nicht um Pizza geht. Ich habe noch einmal angerufen und versucht, *Alberto* zu Santiagos Adresse zu locken, aber der Kerl fragte mich nach dem Kennwort, und das war's dann, er hat aufgelegt. Als ich es wieder probiert habe, wurde nicht mehr abgenommen. Der Typ scheint extrem vorsichtig zu sein. Ich gehe davon aus, dass es um Drogen geht.«

»Drogen?«, wiederholt Völxen ungläubig.

»Das würde mich nicht wundern, Pfarrer hin oder her«, antwortet Valensky. »Gut, aber kommen wir zu den wirklich interessanten Dingen. Sein Laptop. Das Gerät wurde vor neun Monaten in Betrieb genommen. Auf den ersten Blick war da nichts Besonderes. Normales Surfverhalten, nichts Verdächtiges. Er hatte viele Fotos aus Haiti darauf gespeichert, hauptsächlich von Kindern. Und nein, es waren ganz gewöhnliche Fotos, kein Schmuddelkram, falls jemand so etwas gedacht haben sollte.« Valensky grinst selbstgefällig in die Runde, ehe er fortfährt: »Bei seinen Mails gab es ebenfalls nichts Ungewöhnliches. Jedenfalls nicht in seinem offiziellen Mailpostfach. Er unterhielt aber noch ein zweites. Von dort wurden keine Mails abgeschickt oder empfangen, sondern es diente als toter Briefkasten. Die Beteiligten haben die Zugangsdaten zu dem Mailkonto und können die Mails im Entwurf lesen und danach werden sie gelöscht. Wo keine Mail verschickt wird, kann auch niemand mitlesen. Wir wissen leider nicht, wer sonst noch Zugriff auf das Mailkonto hatte. In den Mails, die wir dennoch sicherstellen konnten, ging es um *die Lieferung vom April* via Flughafen Frankfurt. Die Kollegin Wedekin hat mir gestern von dem Konto in Liechtenstein erzählt und dass sie vermutet, dass Santiago haitianische Kunstgegenstände verscherbelt. Tatsächlich hat der Pfarrer eine Art Handel betrieben. Allerdings ging es nicht um Voodoo-Gedöns, sondern um Kinder.«

Valensky macht eine Pause, um seine Worte wirken zu lassen.

»Fahren Sie fort«, sagt Völxen, der derlei Theatralik noch nie viel abgewinnen konnte.

»Er hat Waisenkinder, angeblich jedenfalls, an kinderlose Paare vermittelt. Wie man weiß, ist in Europa die Nachfrage höher als …«

»Ja, auch das wissen wir«, unterbricht Völxen den Schwätzer.

Etwas beleidigt dreinblickend redet der Experte weiter: »Es gab eine versteckte Datei, die wir wiederherstellen konnten. Der gute Mann war anscheinend ein bisschen eitel und hat die Dankschreiben, die er von den Eltern der Kinder erhielt, eingescannt und in dieser Datei gehortet. Wir fanden achtzehn solcher Briefe samt Fotos und Kinderzeichnungen. Fünfzehn sind auf Deutsch geschrieben worden, drei auf Französisch. Die Kinder dürften bei der Adoption zwischen zwei und sechs Jahre alt gewesen sein. Die meisten Schreiben sind mit vollem Namen unterzeichnet. Die Briefe habe ich ausgedruckt.« Valensky klopft auf einen Pappdeckel, der vor ihm liegt. »Sie stammen alle aus den vergangenen fünf Jahren. Bis auf die letzten beiden wurden alle im Februar dieses Jahres eingescannt, also kurz nachdem der Laptop im Januar angeschafft wurde.« Er nickt in die Runde. »Das war's dann von meiner Seite.«

Völxen dankt ihm.

»Man kann nur hoffen, dass es wirklich Waisenkinder waren«, murmelt Fernando.

Raukel berichtet: »Es gab genau dreizehn Einzahlungen auf dieses Konto, immer zwei pro Jahr. Da wir schon achtzehn Briefe haben, heißt das, es wurden Zahlungen zusammengefasst.«

»Das macht ja auch Sinn«, fügt Jule hinzu. »Liechtenstein liegt ja nicht gerade um die Ecke.«

»Wenn er so eitel war, dann finden wir die Originalbriefe vielleicht noch irgendwo im Haus versteckt. Vielleicht sind es sogar noch mehr als die eingescannten«, überlegt Völxen. »Wir müssen noch einmal gründlich suchen.«

»Das kann ich heute noch machen«, meldet sich Jule.

»Er hat einen Haufen Bücher«, erinnert sich Rifkin. »Die haben wir letztes Mal noch nicht einzeln durchgeblättert. Wenn du willst, komm ich mit.«

»Ja, macht ihr beiden das«, antwortet Völxen.

Oda hat eine Idee: »Vielleicht war Joshua der Erste, der adoptiert wurde. Und weil das so gut funktionierte, haben der Pfarrer und seine Nichte ein Geschäftsmodell daraus gemacht.«

»Möglich wär's«, brummt Völxen. »Als Eheberaterin und Familientherapeutin, wie sie sich nennt, hat sie beste Verbindungen zur Kundschaft.«

»Es muss außerdem Leute auf Haiti geben, die gute Kontakte zu den Behörden haben. Denn die Kinder brauchen die entsprechenden Papiere für die Aus- und Einreise. Das Geschäft lief ja munter weiter, auch nachdem Santiago wieder in Deutschland war«, führt Oda aus.

»Also ein Kinderhändlerring«, bringt es Raukel auf den Punkt. »Mein lieber Herr Gesangsverein!«

»Vermutlich alles für den guten Zweck«, bemerkt Oda.

»Machte es das besser?«, entgegnet Völxen.

Staatsanwältin Birte Traut meldet sich erstmals zu Wort: »Die Leute, die die Kinder gekauft haben, müssen ausfindig gemacht und die zuständigen Staatsanwaltschaften und Jugendämter müssen verständigt werden. Ob wir an die Mittelsmänner auf Haiti herankommen, halte ich für fraglich. Aber diese Nichte sollten wir uns sofort vorknöpfen. Je mehr wir über den Ablauf dieser Transaktionen wissen, desto eher können wir beurteilen, ob sich daraus eventuell ein Mordmotiv ...« Sie hält inne, als es an der Tür klopft und Frau Cebulla den Kopf durch den Türspalt steckt.

»Der Junge ist gefunden worden«, sagt Frau Cebulla zu Völxen. »Er ist auf dem Weg hierher, er will mit Ihnen reden. Die Mutter ist auch schon verständigt.«

*

Jules freiwilliges Angebot, Santiagos Haus noch einmal zu durchsuchen, erfolgte nicht ganz ohne Hintergedanken. Allerdings hätte sie auf Rifkins Gesellschaft gut verzichten können. Trotzdem hat sie gleich nach dem Meeting von ihrem Handy aus im Sekretariat des Geschwister-Scholl-Gymnasiums angerufen, um sich nach dem heutigen Dienstplan des Lehrers Moritz Flemming zu erkundigen.

Auf dem Weg zu Santiagos Haus, so ihr Plan, könnte sie einen kleinen Abstecher nach Garbsen-Berenbostel machen und sich kurz mit dem Mann unterhalten. Allerdings musste sie erfahren, dass Flemming heute nur vier Stunden Unterricht hatte und vermutlich wohl gerade dabei war, das Schulgebäude zu verlassen.

Lehrer müsste man sein! Der liegt bestimmt schon am Baggersee und genießt die letzten Sommertage. Würde ich an seiner Stelle jedenfalls tun. Vielleicht, so hofft Jule, kann sie sich nach der Hausdurchsuchung von Rifkin abseilen und noch einmal bei Flemmings Wohnung vorbeischauen.

Sie hat inzwischen in der Akte nachgesehen, wer Moritz Flemming vor dreizehn Jahren befragt hat: Kriminalhauptkommissar Völxen und Oda Kristensen, damals noch Kriminaloberkommissarin. Das Protokoll ist kurz, gerade mal eine Seite lang, und hätte es an Flemming etwas Auffälliges zu bemerken gegeben, wäre es den beiden sicher nicht entgangen.

Rifkin will nach dem Meeting noch ein spätes Frühstück zu sich nehmen.

»Okay, treffen wir uns in einer halben Stunde unten«, sagt Jule.

Sie nutzt die Zeit, um Flemming zu überprüfen. Das Ergebnis: ein unbescholtener Bürger, der nur einmal, vor vier Jahren, wegen deutlich zu schnellen Fahrens in einer geschlossenen Ortschaft den Führerschein für vier Wochen abgeben musste.

Allmählich beschleichen Jule Zweifel, ob sie sich da nicht in etwas verrennt. *Wahrscheinlich ist das alles nur blinder Aktionismus von mir. Dann war das Mädchen eben in den Referendar verknallt, na und?*

*

Clara Wehner sitzt neben ihrem Sohn auf dem Sofa in Völxens Büro, als er und Oda eintreten. Den Gesichtern der beiden nach zu urteilen, scheint zwischen Mutter und Sohn dicke Luft zu herrschen.

Weder Völxen noch Oda erwähnen, dass Joshua von zu Hause abgehauen ist, die Schule geschwänzt hat und von der Polizei aufgegriffen wurde. Oda wendet sich an den Jungen und sagt lediglich: »Joshua, du hast den Wunsch geäußert, mit uns zu reden. Das kommt uns entgegen, denn wir müssen dich aufgrund unserer Ermittlungsergebnisse wegen des Tötungsdeliktes an deinem Großonkel Hector Santiago als Beschuldigten befragen. Deine Mutter hat dabei ein Anwesenheitsrecht. Du wiederum hast das Recht, die Aussage zu verweigern, und du darfst einen Anwalt deiner Wahl hinzuziehen. Hast du das verstanden?«, fragt Oda.

»Was? Wieso als Beschuldigten? Das ist doch lächerlich«, protestiert Clara Wehner, schon wieder auf hundertachtzig.

Keiner antwortet ihr. Oda fragt Joshua noch einmal, ob er die Belehrung verstanden habe.

»Ja, hab ich«, sagt er. »Ich will allein mit Ihnen reden.«

»Das lasse ich nicht zu«, sagt Frau Wehner. »Er ist minderjährig, ich bestehe darauf, bei der Vernehmung anwesend zu sein. Ende der Diskussion.« Der letzte Satz galt ihrem Sohn.

»Ich will aber nicht, dass du dabei bist!«, fährt Joshua seine Mutter an. »Ich bin alt genug.«

»Joshua, du hast gehört, was die dir anhängen wollen!«

»Wenn du dabei bist, sage ich kein Wort.«

»Was befürchten Sie denn, was er aussagen könnte?«, forscht Oda.

»Nichts, aber …«

»Es ist meine Schuld!«, ruft Joshua. »Ich habe Onkel Hector umgebracht.«

»Joshua, das ist nicht witzig!«, faucht seine Mutter ihn an.

»Siehst du mich vielleicht lachen?«, giftet Joshua zurück.

»Was redest du denn da für einen Blödsinn?«, kreischt Clara Wehner. »Du hast Onkel Hector doch gern gehabt, und außerdem warst du am Freitag zu Hause. Ich kann das beschwören.« Ihr Blick oszilliert zwischen Joshua, Völxen und Oda hin und her.

Joshua ist aufgesprungen. Jetzt fuchtelt er mit den Armen und schreit seine Mutter an: »Ich hab ihn gehasst, kapierst du das nicht? Er ist schuld daran, dass ich hier bin, in diesem Scheißland, wo mich alle scheiße behandeln. Wo ich nur der Nigger bin, den jeder verprügeln darf. Du hast doch keine Ahnung, was da draußen abgeht!«

»Joshua«, sagt Clara Wehner leise und eindringlich. »Schatz, das kommt alles wieder in Ordnung. Aber tu mir bitte einen Gefallen: Sag jetzt nichts mehr. Ich rufe Dr. Klenze an. Wenn du willst, dann bleibe ich der Vernehmung fern, aber ich möchte auf jeden Fall, dass du vorher mit Dr. Klenze sprichst und dass er dabei ist.« Sie wendet sich an Völxen und Oda. »Ich verlange, dass mein Sohn nur im Beisein seines Anwalts vernommen wird.«

»Wir haben es gehört«, bestätigt Oda kühl. »Allerdings müssen wir Joshua dann so lange in Gewahrsam nehmen, bis der Anwalt eingetroffen ist.«

»Für Sie gilt übrigens dasselbe«, sagt Völxen. »Wir müssen auch Sie vernehmen. Sie werden der Beihilfe zum Menschenhandel in mindestens achtzehn Fällen beschuldigt.«

*

Rifkin fährt. Sie trägt trotz der warmen Temperaturen ihre schwarze Lederjacke, und ihre Miene hinter der Sonnenbrille ist so unbewegt, als sei sie Jules Chauffeurin.

Jule wüsste nur zu gern, welche Gedanken Rifkin durch den Kopf gehen. *Und wenn ich sie einweihe?*

Im Grunde hat Jule es gehörig satt, ihre Zweifel und den Frust allein in sich hineinzufressen. Normalerweise hätte Jule das alles mit Oda besprochen. Aber Oda gehört in der Sache Simonsen leider zum anderen Lager. Fernando will sie nicht damit belasten und in einen Loyalitätskonflikt stürzen. Das hat sie in der Vergangenheit schon zu häufig getan. Bleibt eigentlich nur noch Rifkin. Rifkin ist schwer einzuschätzen, aber sie ist schlau und noch dazu eine scharfe Beobachterin. Und sie ist verschwiegen. Es könnte schlechtere Verbündete geben als Rifkin.

*

Die Sonne scheint schräg durch die Jalousien und wirft ein Streifenmuster auf den Tisch. Es ist Nachmittag geworden, bis Dr. Jürgen Klenze, der Anwalt von Clara und Joshua Wehner, in der Polizeidirektion eingetroffen ist.

Frau Wehner hat sich zuvor zwanzig Minuten lang mit Dr. Klenze besprochen. Nun hat der Anwalt neben ihr Platz genommen. Er hat ein gemütliches Vollmondgesicht mit kleinen, wachsamen Augen. Auf der anderen Seite des Tisches sitzen Völxen, Oda und Staatsanwältin Birte Traut, die unbedingt an der Vernehmung teilnehmen wollte. Das Aufnahmegerät läuft, gerade erklärt Dr. Klenze mit ruhiger, etwas schleppender Stimme: »Meine Mandantin räumt ein, in den letzten fünf Jahren insgesamt 22 Adoptionen aus Haiti an Paare aus Deutschland und Frankreich vermittelt zu haben. Sie verwahrt sich allerdings gegen den Vorwurf, dass diese Adoptionen illegal sein sollen. Dies schließt auch die Adoption ihres eigenen Sohnes Joshua Wehner mit ein. Sie stellt Ihnen die vom Staat Haiti ausgestellten Papiere gerne zur Prüfung zur Verfügung. Nach haitianischem Recht wurden die Adoptionen auf vollkommen legalem Wege abgewickelt, und auch die deutschen und die französischen Behörden haben alle Adoptionen im Nachhinein anerkannt.«

»Das werden wir überprüfen«, sagt Birte Traut kühl.

»Sicher werden Sie das«, antwortet der Anwalt, und er klingt dabei, als würde ihn das alles zu Tode langweilen.

Clara Wehner hält es jetzt nicht länger aus und bricht ihr Schweigen: »Das war kein *Kinderhandel*, es ging nicht ums *Geschäft*, wie Sie das ausdrücken. Mein Onkel war ein Idealist. Er hat mit Spendengeldern, die ihm über die Kirche zugewiesen wurden, und mit ganz viel Eigeninitiative eine Missionsschule aus dem Boden gestampft und später das daran angeschlossene Heim für Kinder, deren Eltern verstorben sind oder als vermisst gelten. Aber nach dem Erdbeben von 2010 wurden es einfach viel zu viele. Das Heim platzte aus allen Nähten, er musste Kinder abweisen und in unerträgliche Verhältnisse zurückschicken. Das konnte er nur schwer ertragen. Auf der anderen Seite gibt es hierzulande Menschen, die jahrelang auf ein Kind zur Adoption warten und ganz oft vergeblich. Es gibt Paare, denen der deutsche Staat aus fadenscheinigen Gründen nicht zugesteht, ein Kind zu adoptieren. Weil einer oder beide angeblich zu alt sind, weil es sich um gleichgeschlechtliche Paare handelt, weil das Paar nicht verheiratet ist oder weil irgendeinem Angestellten vom Jugendamt die Nase, die Lebensweise oder der Beruf nicht passt. Die Leute, die über meinen Onkel ein Kind adoptiert haben, sind allesamt gut situierte Menschen aus soliden Verhältnissen, davon habe ich mich in jedem Fall persönlich überzeugt. Warum sollte man also nicht beiden Seiten helfen, indem man den Kindern ein sicheres Heim und eine Zukunft in einem reichen Land bei liebevollen Eltern bietet, anstatt sie im Elend zu lassen, und gleichzeitig den Menschen hier ihren Herzenswunsch erfüllt? Was, bitte schön, spricht dagegen?«

»Das Gesetz«, sagt Oda.

»Sie selbst haben also die zukünftigen Eltern beurteilt«, hält die Staatsanwältin als Quintessenz der flammenden Rede fest.

»Ja, und zwar nach bestem Wissen und Gewissen. Ich habe ein Psychologiestudium absolviert und arbeite in der Familientherapie. Ich bin mindestens so qualifiziert wie die Leute in den Jugendämtern, die oft aus ganz anderen Bereichen kommen und meistens chronisch überlastet sind.«

Der Staatsanwältin ist anzusehen, dass sie Frau Wehners Einschätzung nicht unbedingt teilt.

Ehe die Befragung aus dem Ruder laufen kann, wechselt Oda nun das Thema: »Frau Wehner, Ihr Onkel besaß ein Konto in Liechtenstein, das auf den Namen seiner Stiftung läuft ...« Sie reicht dem Anwalt und seiner Mandantin eine Kopie der Kontoauszüge. »Wenn man die Gesamtsumme, die dort über die Jahre zu- und wieder abfloss, durch 22 teilt, kommt man auf etwa 31 000 Euro pro Kind. Wenn wir nun die Eltern dieser Kinder ausfindig machen, was werden die wohl aussagen, wem sie diese Bargeldbeträge übergeben haben?«

»Sie haben sie mir gegeben«, antwortet Clara Wehner. »Die Adoptionen waren, wie gesagt, vollkommen legal. Allerdings muss man auf Haiti mit Bargeld nachhelfen, um zu seinem Recht zu gelangen. Das ist dort nicht die Ausnahme, sondern die Regel.«

»Sie reden von Schmiergeldern?«, vergewissert sich Oda.

»Ganz genau. Haiti ist eines der korruptesten Länder der Welt. Im Ranking von *Transparency International* nimmt es den Rang 159 von 176 Ländern ein, wobei der Grad der Korruption mit jedem Listenplatz steigt. Je mehr Schmiergeld bezahlt wird, umso schneller geht es, und ohne Schmiergeld läuft gar nichts. Das ist ja nicht nur auf Haiti so. Fragen Sie doch mal deutsche Firmenchefs, die im Ausland investieren wollen, was da an Geldern fließen muss für die eine oder andere Genehmigung …«

»Ich frage aber Sie«, geht Völxen dazwischen, denn ebenso wie der verstorbene Santiago scheint auch seine Nichte dazu zu neigen, sich in Ausschweifungen zu ergehen. »Sie geben also zu, das Geld entgegengenommen und bei der Liechtensteiner Bank eingezahlt zu haben.«

»Ja. Die Paare wussten, dass es Schmiergeld war.«

»Ihr Onkel hat also nichts davon abgezweigt? Ich meine, nicht für sich«, fügt Oda rasch hinzu. »Er war ja ein Idealist reinsten Wassers, wie wir gehört haben. Nein, ich meine für den Fortbestand seiner Missionsschule und des Heims.«

Frau Wehner will antworten, aber der Anwalt gibt ihr ein Handzeichen und sagt: »Meine Mandantin war lediglich die Botin. Sie hat keinerlei Kenntnisse davon, was mit den Geldern passierte, nachdem sie sie eingezahlt hat. Das Liechtensteiner Konto wurde von Pfarrer Santiago online geführt.«

»So ist es«, bekräftigt Clara Wehner und nickt eifrig.

Die Staatsanwältin macht ein säuerliches Gesicht und sagt: »Wir brauchen von Ihnen die Adressen der Leute, die die Kinder adoptiert haben. Und zwar noch heute.«

»Meine Mandantin wird in jeder Hinsicht kooperieren«, versichert der Anwalt müde. »War's das? Kann ich mich nun mit meinem zweiten Mandanten besprechen?«

»Schöne Pleite!«, schimpft Oda, kaum dass Völxen die Tür seines Büros hinter sich zugemacht hat. »Ich hätte dieses selbstgefällige Muttertier so gern runtergeholt von ihrem verdammt hohen moralischen Ross! Was bildet die sich eigentlich ein?«

»Ich ebenfalls, glauben Sie mir.« Die junge Staatsanwältin wirkt reichlich bedröppelt. »Aber das dürfte schwierig werden. Ein Amtshilfeersuchen an die Behörden in Haiti zu stellen wird wenig bringen.«

»Ph«, ist alles, was Oda dazu zu sagen hat.

Völxen denkt laut nach: »Ich schätze, sie sagt die Wahrheit, zumindest teilweise. Santiago hat wahrscheinlich wirklich einen Teil des Geldes an die entsprechenden Leute bei den Behörden verteilt, und den Rest hat er für seine Projekte verwendet. Ich glaube nicht, dass er sich persönlich bereichert hat.«

»Wir könnten diese Papiere genau unter die Lupe nehmen. Vielleicht sind sie gefälscht«, überlegt die Staatsanwältin.

»Wäre möglich«, stimmt ihr Völxen zu. »Vielleicht wollte der Pfarrer das Schmiergeld sparen und lieber alles in sein Projekt stecken. Das würde ihm zumindest ähnlich sehen.«

»Aber was nützt es, wenn wir einem Toten Menschenhandel und Urkundenfälschung nachweisen?« Oda schaut die Staatsanwältin fragend an.

»Gar nichts«, antwortet die. »Aber die Jugendämter werden sich dafür interessieren, ob es wirklich legale Adoptionen waren – wenn auch nur nach haitianischem Recht – oder ganz einfach nur gekaufte Kinder.«

»Die Eltern werden so oder so behaupten, dass sie getäuscht worden sind«, hält Völxen dagegen. »Wie sollte ein normaler Mensch denn erkennen, ob die Papiere gefälscht sind oder nicht? Wenn es stimmt, was Frau Wehner sagt, und das ganz anständige Menschen sind, wäre es ja auch fatal, wenn man ihnen jetzt die Kinder wegnehmen würde, meinen Sie nicht?«

»Das müssen die Jugendämter entscheiden. Auf jeden Fall müssen die Familien überprüft werden«, beharrt die frustrierte Staatsanwältin.

»Was für ein Schlamassel«, seufzt Oda.

Völxen wendet sich an Birte Traut: »Frau Staatsanwältin, ich möchte Ihnen raten, sich in dieser Sache mit den Kollegen vom Organisierten Verbrechen in Verbindung zu setzen. Dieser Adoptionshandel ist kein Fall für unser Dezernat, es geht ja weder um ein Tötungsdelikt noch um Körperverletzung.«

»Sie haben recht, Herr Völxen, das werde ich«, antwortet die Staatsanwältin. Sie schaut auf ihre zierliche Armbanduhr. »Ich muss los! Was den Mord an Santiago angeht, halten Sie mich bitte auf dem Laufenden. Vor allen Dingen wüsste ich gern, was beim Verhör dieses Jungen herauskommt.«

»Selbstverständlich«, versichert Völxen.

Die Tür fällt zu und nur der Hauch eines herben Parfums bleibt zurück.

Oda zieht eine Schnute. »Das arme Ding. Dachte, sie ist einem Kinderhändlerring auf der Spur, und dann löst sich alles mehr oder weniger in Luft auf.«

»An das Gefühl gewöhnt sie sich am besten schon mal. Das wird sie noch öfter erleben«, brummt Völxen.

»Die wird nicht lockerlassen. Ich bin mal gespannt, was dabei herauskommen wird.«

»Gar nichts«, meint Völxen. »Wetten wir?«

»Lieber nicht«, lehnt Oda ab. »Ich glaube das nämlich auch.« Sie tippt auf ihrem Smartphone herum und murmelt: »Dänemark eins. Streber! Letzter Somalia. Deutschland 10, Frankreich 23, Spanien 41, Italien 60.«

»Was brabbelst du denn da?«

»Transparency. Die Liste, von der die Wehner geredet hat.«

»Platz zehn? Geht ja noch.« Völxen schaut auf die Uhr. »Okay, noch einen Kaffee und du kannst eine rauchen gehen, dann nehmen wir uns den Burschen mal vor. Vielmehr du, du kannst besser mit Teenagern als ich. Ich hör nur zu und schau ein bisschen grimmig.«

»Da wird nicht viel zu reden sein. Der Anwalt wird ihn zum Schweigen verdonnern und wir sehen alt aus, denn wir haben nichts gegen ihn in der Hand, außer den Fingerabdrücken auf der Figur, die weiß Gott wann entstanden sein können«, prophezeit Oda. »Aber seit wann kümmerst du dich eigentlich darum, dass ich mit meinem Zigarettenkonsum im Reinen bin?«

»Ich dachte nur, während du rauchst, könntest du mal Dr. Bächle anrufen und deinen Charme spielen lassen, damit er endlich mit der Obduktion der Leiche in die Gänge kommt.«

»Du bist so fürsorglich, Völxen, das wärmt einem das Herz.«

»Uneigennützig hast du noch vergessen.«

XXII.

Jule ist dabei, den Kühlschrank zu inspizieren. Besonders das Gefrierfach wird ja gerne als Versteck für so allerlei verwendet. Aber bei Santiago findet sich darin tatsächlich nur Tiefkühlgemüse und Erdbeereis. Sie hat bereits die Küchenschränke, Masken und die Figuren nach Hohlräumen oder doppelten Böden durchsucht, aber Fehlanzeige. Die Liebesgöttin Erzulie fehlt, die ist bei der Kriminaltechnik als Beweismittel. Auf dem Boden vor dem Schrank mit dem Telefon ist noch der unförmige Kreideumriss von Santiagos Körper zu sehen. Überall im Haus verteilt ist das Rußpulver der Spurensicherer. Wer immer hier putzen muss, wird seine helle Freude daran haben. Sie macht den Kühlschrank wieder zu. Vom ersten Stock, wo Rifkin sich die Bücher vorgenommen hat, ertönt Geklimper wie von einem Xylophon und dann der Ruf: »Ich hab was!«

Immer zwei Stufen auf einmal nehmend, hastet Jule die Treppe hinauf.

Rifkin steht in Santiagos Schlafzimmer, vor einer Kommode mit Familienfotos und einer rosa Spieldose in Herzform. Die kleine Balletttänzerin im pinkfarbenen Röckchen dreht sich vor dem kleinen Spiegel, der in den aufgeklappten Deckel eingelassen ist. *Claire de Lune*, erkennt Jule. Jetzt erlahmt die Musik, die Tänzerin kommt zum Stillstand. Rifkin hält zwei kleine Zellophantütchen mit einem weißen Pulver darin zwischen den Fingern. »Der LKA-Dandy hatte recht mit diesem dubiosen Pizzaservice. Das da war in der Spieldose.«

»Das wird ja immer besser! Ist das Koks?«

»Oder irgendein synthetisches Zeug, es kommt ja alle naselang was Neues auf den Markt.«

»Eher Kokain«, sagt Jule. »Einer, der Grand Crus trinkt und *Flor de Selvas* raucht, zieht sich bestimmt nicht irgendwelchen Dreck aus einem tschechischen Labor durch die Nase. Der bevorzugt den Klassiker.« Sie schüttelt den Kopf.

»Was?«, fragt Rifkin.

»Nichts, ich bin nur geschockt. Ich meine, er war ein katholischer Pfarrer, er wollte Fernando und mich trauen! Dass er die Bude voller Voodoo-Zeug hat, fand ich ja noch einen charmanten Spleen, aber der Kinderhandel … Und jetzt auch noch das. Verdammt, ich mochte ihn, ich hab ihm vertraut! Was sagt das denn über meine Menschenkenntnis?«

»Nichts Gutes«, antwortet Rifkin, einfühlsam wie immer, und schlägt vor: »Vielleicht sollten wir erst mal eine Nase davon nehmen. Nicht dass es doch Schnupftabak ist.«

Jule starrt Rifkin mit offenem Mund an.

»Hey, das war ein Witz. Hast du sonst was gefunden? Diese ominösen Briefe?«

»Nein, nichts. Ich hätte Lust auf einen Kaffee. Ich mach uns welchen.«

»Gute Idee«, findet Rifkin.

Wenig später sitzen sie auf Santiagos Terrasse und genießen die Aussicht auf den Garten.

»Du kannst mich nicht besonders gut leiden, oder?«, fragt Jule. Die Frage ist ihr einfach so herausgerutscht, und erst jetzt gesteht sich Jule bewusst ein, dass dieser Gedanke sie schon öfter beschäftigt hat.

Rifkin scheint darüber nachdenken zu müssen, was an sich schon Antwort genug ist. Dann sagt sie: »Mädchen wie dich hatte ich früher viele in der Schule. Ich habe mich ihnen gegenüber immer unterlegen gefühlt.«

»Warum?«

»Sie waren so wahnsinnig selbstbewusst. Ich spürte, dass die etwas hatten, was ich nie haben würde: diese Selbstsicherheit, dieses: *Hier bin ich, und an mir kommt keiner vorbei.* So was steckt in den Genen, das kann man nicht lernen. Wie die mit den Lehrern umsprangen … Und erst die Mütter! Wenn die Tochter eine Fünf geschrieben hatte, sind die zur Lehrerin gelaufen und haben die dafür verantwortlich gemacht. Wenn ich eine Vier hatte, hat mich meine Mutter zusammengeschissen und mir Hausarrest verpasst.«

»Ich hab schon Ärger bekommen, wenn ich eine Drei hatte«, bemerkt Jule.

»Wenn irgendwem in der Klasse was geklaut wurde, hat man mich verdächtigt«, sagt Rifkin und grinst Jule herausfordernd an.

»Mir wurde andauernd was geklaut«, kontert Jule.

»Und wenn ich zu Hause rumgejammert habe, hieß es, da müsse man eben durch, das Leben sei kein Ponyhof, und ich könne froh sein, in einem freien Land zu leben.«

»Ich musste zwei Klassen überspringen. Deshalb hatte ich nie Freunde, weil ich immer die Jüngste war«, trumpft Jule auf.

»Mit mir wollte auch niemand befreundet sein, ich war nur Russen-Gesocks.« Rifkin wischt sich eine imaginäre Träne von der Wange.

»Und ich war und bin die Klugscheißerin. Mich mochte keiner. Nur Kaspar Hauser war einsamer als ich!«, ruft Jule und legt sich in einer theatralischen Geste die Hand aufs Herz.

»Wer war das, euer Schuldepp?«

»Niemand«, sagt Jule und fährt fort: »Ich musste ins Ballett und wurde zum Klavierunterricht gezwungen.«

»Und damit willst du bei *Wer hatte die unglücklichste Kindheit* punkten?« Rifkin winkt verächtlich ab.

Ein siegessicheres Lächeln huscht über Jules Gesicht, ehe sie mit Grabesstimme erzählt: »Ich habe mich immer angepasst, weil ich dachte, dann tut es meinen Eltern vielleicht nicht gar so leid, dass mein Bruder mit vier Jahren an Meningitis gestorben ist und nicht ich.«

»Meinen Vater hat der KGB ermordet, als ich fünf war, und danach mussten wir fliehen, in ein fremdes Land, mit fast nichts, außer dem, was wir am Leib trugen.«

»Meine Mutter wurde auch ermordet!«

»Zählt nicht. Da warst du kein Kind mehr.«

»Okay. Aber ich hatte Läuse im Kindergarten!«

»Wie oft?«, fragt Rifkin.

»Einmal.«

»Lächerlich. Ich hatte zum ersten Mal *keine* Läuse, nachdem wir in Deutschland waren.«

»Okay, ich gebe auf!«, lacht Jule. Dann wird sie wieder ernst und fragt: »Bist du deshalb immer so unnahbar? Weil du dich unterlegen fühlst, wenn du etwas von dir preisgibst?«

»Ich bin unnahbar?«

Jule kann beim besten Willen nicht sagen, ob Rifkins erstaunte Miene echt ist oder Sarkasmus pur. Sie zählt auf: »Du willst nicht beim Vornamen genannt werden, du erzählst nie etwas über dein Privatleben, du hast immer diese Rüstung an ...« Sie deutet auf Rifkins Lederjacke, die über der Stuhllehne hängt.

»Ich bin eben nicht der Handtaschentyp. In die Jacke geht alles rein, was ich brauche.«

»Apropos Kleidung«, grinst Jule. »Das rosa Kleid ...«

Rifkin schließt die Augen, und zu Jules großer Verwunderung röten sich ihre Wangen.

»Es war prollig und billig«, urteilt Rifkin erbarmungslos.

»Nein«, wehrt Jule ab, obwohl Rifkins Worte haargenau zutreffen. *Ein billiges Fähnchen*, hat sie am Abend zu Fernando gesagt. »Es ist nur ... es war *rosa*. Und Raukel hat bestimmt noch immer schlaflose Nächte deswegen.«

»Ich weiß nicht, was ich mir dabei gedacht habe. Gar nichts, wahrscheinlich«, gesteht Rifkin.

Jule schweigt, und eine Weile hängen beide ihren Gedanken nach und lauschen dem Vogelgezwitscher. Schließlich sagt Jule: »Jetzt, wo wir uns ausgesprochen haben und allerbeste Freundinnen sind ... Kann ich dir was erzählen, ohne dass die anderen davon erfahren?«

Rifkin sieht sie mit gerunzelter Stirn an, dann nickt sie.

»Es geht um diesen alten Fall ...«, beginnt Jule. »Den Fall Simonsen.«

*

»Joshua, du hast heute Morgen behauptet, du hättest deinen Großonkel Hector Santiago ermordet«, beginnt Oda. »Möchtest du dazu eine Aussage machen?«

Joshua sucht Blickkontakt zu seinem Anwalt.

»Er möchte«, sagt Dr. Klenze und nickt seinem Mandanten aufmunternd zu.

»Dann erzähle uns doch bitte, wie das passiert ist«, sagt Oda, die ihrerseits einen erstaunten Blick mit Völxen gewechselt hat.

»Ich hasste ihn«, sagt Joshua. »Er hat mich aus Haiti weggeholt. Wenn er nicht wäre ... Ich meine, ich weiß, dass ich keine leiblichen Eltern mehr habe. Und dass ich dankbar sein müsste, hier zu leben, im reichen Deutschland. Aber ich passe nicht hierher.«

»Wer sagt das?«, fragt Oda.

»Jeder. In der Schule rufen sie mir üble Sachen hinterher und ...« Er senkt den Blick und verstummt.

»Ja, sprich ruhig weiter«, sagt Oda.

»Manchmal werde ich auch verprügelt, oder sie machen meine Sachen kaputt.«

»Hast du mit deiner Mutter darüber gesprochen?«

»Ja. Die hat sich bei der Schule beschwert, und einer kriegte einen Verweis. Aber das hat es nur noch schlimmer gemacht. Jetzt sind sie richtig sauer auf mich.«

»Du gibst also hauptsächlich deinem Großonkel die Schuld daran, dass es dir in Deutschland nicht so gut geht«, hält Oda fest.

Er schnaubt und sagt dann: »Ohne ihn wäre ich ja wohl nicht hier.«

»Und auch nicht ohne deine Mutter«, sagt Oda.

»Die hat mich doch nur genommen, weil man ihnen kein weißes Kind gegeben hat!«

»Gut. Jetzt möchte ich gerne, dass du mir die Tat schilderst.« Oda schenkt ihm ein ermunterndes Lächeln.

»Ich habe ihn verflucht.«

»Das habe ich verstanden. Aber was hast du *getan*, Joshua?«

»Sag ich doch. Ihn verflucht. Ich habe ein magisches Ritual durchgeführt. Aber ich wollte ihn nicht töten, ich wollte nur, dass es ihm auch mal schlecht geht. Dass er auch mal Prügel kriegt, das habe ich ihm gewünscht. Aber dann …«

Völxen und Oda wechseln erneut Blicke. Der Anwalt verzieht keine Miene.

Joshua schiebt trotzig die Unterlippe vor. »Sie glauben das nicht, ich weiß schon. Aber ein Voodoo-Zauber ist mächtig. Damit kann man Menschen schaden oder sie sogar töten.«

»Und du kannst so etwas?«

»Ich habe ein Wanga hergestellt.«

»Was ist ein Wanga?«

»Es kann alles Mögliche sein. Ein ganz harmloses Ding kann zu einem Wanga werden, wenn man es richtig bespricht.«

»Was für ein Ding war es in deinem Fall, Joshua?«, erkundigt sich Oda.

»Ein Huhn«, nuschelt er.

»Du hast ein Huhn geopfert? Wem denn?«

»Zuerst natürlich Legba.«

»Natürlich«, nickt Oda.

»Das muss man immer so machen, Legba öffnet die Tür zur Welt der Geister. Und dann habe ich mich an Erzulie gewandt.«

»Aber ist sie nicht die Göttin der Liebe und der Schönheit?«, fragt Oda, die ihre Hausaufgaben gemacht hat, und fügt im Stillen hinzu, *und die Schutzpatronin der Prostituierten und der Promiskuität.*

»Alle Rada-Loas haben einen Petro-Geist. Eine Tag- und eine Nachtseite, eine schwarze und eine weiße«, erklärt Joshua auf Odas fragenden Blick hin. »Die Petro-Loas sind für schwarze Magie und Schadenszauber zuständig.«

»Aha. Und warum gerade Erzulie?«

»Weil Onkel Hector sie beleidigt hat. Ich habe es selbst gehört, er hat sie eine eitle Mamsell mit dicken Hüften genannt. Das hat sie ihm nicht verziehen, das habe ich ihr angesehen. Da dachte ich, das macht die Sache einfacher.«

»Okay, Joshua, ich sehe da eventuell einen Verstoß gegen das Tierschutzgesetz, aber noch keinen …«

»Es war nicht lebendig«, unterbricht Joshua sie.

»Wie bitte?«

»Ich weiß, dass man ein lebendiges Huhn verwenden sollte, das Blut vor allen Dingen, aber ich hab nicht gewusst, woher ich eines kriegen soll. Also hab ich ein totes genommen.«

»Und woher hattest du ein totes Huhn?«

»Vom Supermarkt?«, erwidert Joshua in typischer Teenagermanier. »Tiefgefroren. Sie hatten kein frisches.«

Völxen gibt hinter vorgehaltener Hand ein undefinierbares Geräusch von sich.

»Okay, Joshua, du hast also ein Voodoo-Ritual mit einem Tiefkühlhähnchen durchgeführt, habe ich das richtig verstanden?« Oda bemüht sich krampfhaft um einen halbwegs seriösen Gesichtsausdruck, um Völxens Mundwinkel zuckt es verdächtig, und der Anwalt, dieser Teufel, grinst ganz unverhohlen.

Joshua beißt sich auf die Lippen und zupft an seiner Nagelhaut.

»Dieses Ritual ... wo hast du das durchgeführt?«, fragt Oda, noch immer gegen einen drohenden Lachanfall ankämpfend.

»Bei ihm zu Hause. Ich brauchte dafür ein paar ... Sachen von ihm.«

»Sachen?«

»Haare. Gegenstände, die er oft anfasst.«

»War das an dem Dienstag vor seinem Tod?«, dämmert es Oda.

Er nickt. »Ich habe gewusst, dass er da bei seinem Sprachkurs ist. Ich hatte den Schlüssel dabei, den Mama für das Haus hat. Sie hat das gar nicht gemerkt.«

»Du bist also ins Haus, und dann ...«

»Über das Ritual darf ich nicht sprechen, sonst fällt es auf mich zurück.«

»Sagt wer?«

»Madame Méry. Die Mambo«, antwortet Joshua.

»Mambo?«

»Eine Priesterin. Sie hat mir das magische Pulver gegeben, ohne das es nicht funktioniert hätte.«

»Du kennst eine Voodoo-Priesterin?«

Er nickt.

»Hier, in Hannover?«

»Ja.«

»Und wo finden wir die?«

»Das darf ich nicht sagen.«

»Sie hat dir das Pulver nicht *gegeben*, sondern sie hat es dir verkauft, richtig?«, vermutet Oda. »Wie viel hast du bezahlt?«

Er zögert, dann sagt er: »Hundert Euro.«

»Das ist eine Menge. Ist dir nie der Gedanke gekommen, dass Madame Méry eine Betrügerin sein könnte?«

»Wieso? Es hat doch funktioniert«, trumpft Joshua auf.

Dem weiß Oda nichts zu entgegnen. »Halten wir also fest: Du warst am Dienstagnachmittag im Haus deines Großonkels. Hast du die Figur der Erzulie angefasst?«

»Ja.«

»Wo stand sie?«

»Auf diesem Schrank mit dem Telefon.«

»Und das Huhn? Was hast du hinterher damit gemacht? Oder ist das auch geheim?«

Joshua scheint zu überlegen, dann sagt er: »Hab ich im Garten vergraben.«

»Hat dich dabei jemand beobachtet?«

»Nein, bloß als ich den Spaten wieder in den Schuppen getan habe, da hat mich dieser Proll von nebenan angeblökt. Da bin ich schnell abgehauen.«

»Kennst du den Mann?«

»Nein.«

»Aber du hast ihn einen Proll genannt.«

»Onkel Hector hat ihn so genannt. *Der Proll da drüben hat schon wieder seine Frau geschlagen*, hat er mal zu Mama gesagt, ich habe es zufällig gehört.«

»Nur noch eine Frage, Joshua: Wo warst du am Freitagabend?«

»Zu Hause. Hab mit einem Kumpel online gezockt.«

*

»Kristina Brandt war also verliebt in diesen Moritz Flemming, ihren Lehrer, und dessen jüngerer Halbbruder Henning Kramm war auf der Beerdigung von Oliver Simonsen. Das kann doch kein Zufall sein«, lautet Rifkins Urteil, nachdem Jule ihr alles über ihre Recherchen im Fall Simonsen erzählt hat, einschließlich der als Interview getarnten Befragung von Franziska Reuter.

»Und dieser Henning Kramm kommt mir auch nicht ganz koscher vor, so wie du ihn schilderst. Da ist doch was faul.«

»Ich bin froh, dass du das sagst«, atmet Jule auf. »Ich habe schon befürchtet, ich hätte mich in etwas hineingesteigert, wo gar nichts ist. Das Problem ist nur, dass Völxen von der ganzen Sache absolut nichts mehr wissen will, seit der Pfarrer tot ist.«

»Tja«, meint Rifkin. »Was man will und was man kriegt, sind zwei Paar Stiefel.«

Jule muss grinsen, weil sie gerade an Rifkins unterwürfiges *Jawohl-Herr-Hauptkommissar*-Gehabe denken muss.

Jetzt schlägt Rifkin vor: »Komm, wir hauen von hier ab und fahren zu dem Lehrer. Wir finden hier keine Briefe, wir verschwenden nur Zeit.«

»Wahre Worte.« Jule will gerade aufstehen, als ihr Handy klingelt.

»Seid ihr noch im Haus?«, will Oda wissen.

»Ja. Die Briefe haben wir nicht gefunden, dafür eine kleine Menge Kokain in einer Spieldose.«

»Ah, der Pizza-Bringdienst«, lacht Oda, die anscheinend bester Laune ist. »Jule, ihr müsst uns einen Gefallen tun …«

Nachdem das Gespräch beendet ist, erklärt Jule mit einem fassungslosen Unterton in der Stimme: »Oda sagt, wir sollen an der Terrasse Ausschau nach einem Busch mit rosa Blüten halten.« Sie sieht sich suchend um und zeigt dann in die linke Ecke. »Damit wird wohl die Hortensie da gemeint sein.«

»Sollen wir ihr einen Kranz daraus winden, oder will sie sie rauchen?«, fragt Rifkin.

»Wir sollen da ein Huhn ausgraben.«

»Und was sollen wir damit machen? Suppe kochen?«

»Das ... das habe ich jetzt gar nicht gefragt«, gesteht Jule.

Rifkins Blick verliert sich in den Tiefen von Santiagos Garten, ehe sie feststellt: »Sie werden immer verrückter, findest du nicht auch?«

*

»So eine Pleite. Erst haben wir zwei Verdächtige, und jetzt stehen wir mit leeren Händen da«, schimpft Völxen. Er lässt sich missmutig auf seinen orthopädischen Schreibtischsessel plumpsen. Das Verhör, so amüsant es auch in Teilen gewesen sein mochte, hat ihm gründlich die Laune verhagelt, denn selbstverständlich durfte Joshua danach sofort mit seinem Anwalt die Polizeidirektion verlassen.

»Und wenn dieser Voodoo-Zauber doch gewirkt hat?«, murmelt Oda.

»Dann schlag doch unserer ehrgeizigen Staatsanwältin vor, den Jungen wegen des Vergrabens eines Tiefkühlhähnchens anzuklagen«, erwidert Völxen und setzt hinzu, verarschen könne er sich selber.

Odas Handy piept. »Das war Jule. Sie haben tatsächlich ein verwestes Huhn im Beet neben der Terrasse gefunden. Sie lässt fragen, ob sie es zu dir ins Büro bringen sollen.«

»Was soll ich denn damit? Sie sollen es fotografieren und dann am besten wieder eingraben.«

»Aber wenn doch ein Fluch auf ihm lastet?«

»Jetzt hör aber auf!«

»Okay. Wundere dich aber nicht, wenn Jule und Rifkin dich für verrückt halten.«

»Ich wollte nur wissen, ob der Junge die Wahrheit gesagt hat.«

»Findest du es nicht unheimlich?«, fragt Oda, nachdem sie Jule geantwortet hat. »Joshua wollte, dass sein Onkel auch mal Prügel bezieht, und prompt hat Kunisch ihm eine verpasst. Und Santiagos Kopfwunde stammt eindeutig von dieser Erzulie-Figur, wer immer sie ihm auch über den Schädel gezogen hat. Ich finde das gruselig.« Oda schüttelt sich.

»Das nennt man einen Zufall im aufgeklärten Teil der Welt.«

»Was, wenn Joshua wirklich magische Kräfte hat? Es soll ja so Leute geben. Die meisten sind Scharlatane, schon klar, aber …«

»Vielleicht war's ja auch das Zauberpulver von dieser Mamsell … wie hieß sie? Die ihm hundert Euro abgeluchst hat für einen Beutel Salatkräuter aus dem Supermarkt?«

»Madame Méry. Ja, vielleicht ist sie diejenige, welche …« Oda nickt mit bedeutungsvoller Miene.

»Ich sag dir, was die ist: ein Fall für die Kollegen vom Betrug. Andererseits haben es die Idioten nicht besser verdient, die für so einen Mummenschanz zahlen, um anderen Schaden zuzufügen. Aber mal was anderes: Was hat eigentlich Bächle gesagt, können wir noch in diesem Jahr mit den Obduktionsergebnissen rechnen?«

»Ja, gute Nachricht. Noch heute Nachmittag wird er Santiago högschtpersönlich obduzieren. Aber ich geh da nicht hin, ich hab für heute genug getan«, setzt Oda vorsichtshalber gleich hinzu.

»Ich schick Fernando.«

»Der kotzt doch immer.«

»Dann eben Raukel. Der kommt sonst aus der Übung.« Völxens Miene hat sich ein wenig aufgehellt. »Wenigstens etwas. Wenn das so ist, dann machen wir Feierabend.«

»Jetzt schon? Es ist erst vier«, frotzelt Oda.

»Aber mir reicht's.«

XXIII.

Jule und Rifkin klingeln Sturm bei Flemming, aber es rührt sich nichts.

»Hm«, meint Jule enttäuscht. »Vielleicht hat er eine Freundin und ist selten zu Hause. Ich könnte ihn morgen vor der Schule abpassen. Da muss er ja wohl oder übel … Was machst du denn da?«

Rifkin drückt gerade mit der flachen Hand auf das Klingelbrett. »Vielleicht ist seine Klingel kaputt«, erklärt sie Jule augenzwinkernd. Der Summer ertönt, Rifkin wirft sich gegen die Tür, und sie betreten den Hausflur. Eine mopsgesichtige Frau, Erdgeschoss links, streckt den Kopf durch ihre Wohnungstür und sieht die Eindringlinge fragend und misstrauisch an.

»Dies ist ein Polizeieinsatz, bleiben Sie in der Wohnung!«, herrscht Rifkin die Frau an, die daraufhin mit einem ängstlichen Japsen zurückweicht und die Tür schließt.

Jule ist es gewohnt, etwas subtiler vorzugehen, aber sie sagt nichts, sondern denkt sich im Stillen, dass sich Fernando und Rifkin, was die Dienstauffassung angeht, nur allzu ähnlich sind. Zwei böse Bullen, ob das wohl auf die Dauer gut geht?

Im ersten Stock werden sie von einem Mann mittleren Alters grimmig beäugt. »Haben Sie geklingelt?«, raunzt er die beiden an.

»Der Herr grüße Sie an diesem wunderschönen Tag«, schmettert ihm Jule entgegen. »Hätten Sie einen Augenblick Zeit? Wir würden gerne mit Ihnen über Gott sprechen.«

»Nein danke«, schallt es ihnen entgegen, und schon wird die Tür zugeknallt, während man es von drinnen »Frechheit« schimpfen hört.

»Siehst du, das ist es, was ich vorhin gemeint habe«, grinst Rifkin. »Du und deinesgleichen, ihr habt einfach Stil.«

»Du willst jetzt aber nicht die Tür aufbrechen oder so was in der

Art?«, fragt Jule, während sie die Stufen bis zum zweiten Stock hinaufgehen.

Rifkin antwortet nicht. Erst als sie oben angekommen sind und vor der Tür mit dem Namen Flemming neben der Klingel stehen, sagt sie trocken: »Hat schon einer erledigt.«

*

»Du bist schon zu Hause?«, wird Völxen von seiner Ehefrau begrüßt. Zu seiner Überraschung sitzt auch Wanda auf der Terrasse, und wenn ihn nicht alles täuscht, hat sie ziemlich rote Augen. Auch ihre Stimme klingt belegt, als sie »Hi, Dad!« sagt und dann den Kopf wegdreht und so tut, als würde sie drüben beim Holzschuppen etwas besonders Spannendes beobachten. Nur Oscar benimmt sich wie sonst, umkreist sein Herrchen wedelnd und bellend, um sich dann vor den Küchenschrank zu setzen und die Dose mit den Leckerchen zu fixieren, die obendrauf steht. Hinter Wandas Rücken macht Sabine ihrem Gatten derweil ein Zeichen, dass er das Weite suchen möge.

Völxen schnappt sich Oscar, und zusammen gehen sie in Richtung Schafweide. Die Schafe sehen ihn kurz an und grasen dann weiter, nur Amadeus beobachtet ihn etwas länger, ehe auch er sein Haupt wieder senkt und sich der Nahrungsaufnahme widmet. Anscheinend kann man auch hier mit seinem Erscheinen zur tea time nichts anfangen, und Völxen kommt es fast so vor, als sei er nur zu ganz bestimmten Zeiten in seinem Heim willkommen. Drüben knattert Köpckes Rasenmäher, und irgendwo jault eine Säge. Still ist was anderes. *Vielleicht wäre ich zur Erholung besser in den Deister gegangen oder in die Herrenhäuser Gärten.*

Ein Mutter-Tochter-Gespräch also. Dies im Zusammenhang mit Wandas roten Augen kann nur eines bedeuten: Schwerwiegender Ärger mit Mr. Jaguar, denn sonst wäre Wanda nicht hier, um sich bei ihrer Mutter auszuheulen. Das arme Mädchen hat Liebeskummer. Sagt man das heute überhaupt noch? Und was hat dieser Unhold ihr wohl angetan?

Das Knattern ebbt ab, dafür schallt es nun über die Weide: »Na, Kommissar, schon Feierabend?« Jens Köpcke steigt von seinem neuen Lieblingsspielzeug, dem Aufsitzrasenmäher, und kommt auf ihn zu.

»Wie du siehst«, sagt Völxen, als der Nachbar neben ihm steht.

»Fall gelöst?«

»Nein. Aber ich habe mir trotzdem erlaubt, pünktlich zu gehen«, antwortet Völxen, der langsam die Nase voll hat.

Sein Telefon klingelt. »Herrgott!«, murmelt er, aber dann sieht er, dass es Dr. Bächle ist – was ungefähr auf dasselbe hinausläuft. Wenn der Schwabe mit der Einsteinfrisur ihn högschtpersönlich anruft, muss es etwas Sensationelles zu berichten geben.

»Dr. Bächle, womit kann ich dienen?«, fragt Völxen, und weil Köpcke Ohren hat wie Rhabarberblätter, geht er ein paar Schritte weiter weg. Schließlich könnten ja Dienstgeheimnisse zur Sprache kommen.

»Es verhält sich umgekehrt, *ich* kann Ihnen dienen«, sagt Dr. Bächle. »Und zwar damit, dass Sie gar keinen Mordfall haben.«

»Soll heißen?«, fragt Völxen.

»Der Pfarrer, der Herrgott hab ihn selig, verschtarb an einem schtinknormalen Herzinfarkt.«

»Sind Sie da sicher?«

»Ich muss doch bitten!«

»Verzeihung! Aber was ist mit der Kopfwunde?«, will Völxen wissen.

»Die schtammt freilich von der Figur«, bestätigt Dr. Bächle, erklärt jedoch, die Kopfverletzung sei relativ oberflächlich und hätte unmöglich zum Tod geführt, auch wenn aus der Wunde noch Blut ausgetreten sei. Dann erläutert Dr. Bächle seine persönliche Theorie, die er anhand der Fotos vom Tatort entwickelt habe: Santiago habe die Anzeichen eines akuten Herzinfarktes verspürt und wollte Hilfe herbeirufen. Vor dem Schrank mit dem Telefon sei er dann zusammengebrochen. Beim Versuch, das Telefon doch noch zu erreichen, muss er die Figur umgestoßen oder heruntergerissen haben, die ihm dann prompt auf den Kopf fiel. Möglicherweise sei er deswegen benommen gewesen und habe es dadurch erst recht nicht mehr geschafft, an das Telefon heranzukommen.

»Das klingt einleuchtend«, stimmt ihm Völxen zu.

Bächle fährt fort: »Der toxikologische Befund hat einen Blutalkoholspiegel von 1,0 Promille ergeben ...«

»Den Burgunder vom Feinsten haben Sie ja selbst gesehen«, wirft Völxen ein, obwohl er weiß, dass Bächle Unterbrechungen gar nicht schätzt.

»... außerdem hat er wenige Stunden vor seinem Tod ein Tropan-Alkaloid zu sich genommen.«

»Ein was?«

»Kokain, und das nicht zum erschten Mal, seine Nasenscheidewand war schon gehörig ramponiert, um es mal ganz ruschtikal auszudrücken.«

»Nicht zu fassen!«

»Dann war da noch diese Prellung an der Wange«, führt Bächle aus. »Das muss zwei, drei Schtunden vorher passiert sein. Ich tippe auf eine Fauscht. Der Gute hat sich eine eingefangen, salopp gesagt.«

»Kann der Schlag den Infarkt ausgelöst haben?«, will Völxen wissen.

»Högschtens indirekt, wenn er sich sehr drüber aufgeregt hat. Aber das zu beweisen dürfte nicht einfach sein, selbscht für eine Koryphäe wie mich«, antwortet Bächle. »Sein Herz war übrigens bereits angegriffen, er muss schon einmal einen leichteren Infarkt gehabt haben. Dazu der Alkohol und das Kokain ... wie soll man da zweifelsfrei nachweisen, was den Infarkt letschtendlich ausgelöst hat?«

»Ich verstehe. Also starb Santiago eines natürlichen Todes«, fasst Völxen den Bericht zusammen.

»Jawohl«, sagt Dr. Bächle und fügt in seinem gemütlichen Dialekt hinzu: »I wollt Ihne' bloß Bescheid gäbe'. Den Fall könned Se also zu de Akte läge.«

»Vielen Dank, Dr. Bächle. Oder vergelt's Gott, wie man bei Ihnen sagt.«

»Jesses!«, entfährt es dem Mediziner. »Bitte keine linguistischen Exkurse!«

»Dann noch einen schönen Feierabend.«

»Schee wär's!«, knurrt Bächle und legt auf.

Völxen geht wieder zum Zaun, wo sein Nachbar mit unverhohlenem Interesse im Blick auf ihn wartet.

»Fall gelöst!«

»Einfach so?«

»Ich habe gutes Personal.«

»Wer war's?«

»Herzinfarkt.«

»Och!« Der Nachbar tippt sich enttäuscht an seine Schirmmütze und meint: »Na dann. Muss wieder. Bin ja kein Beamter.«

Ein natürlicher Tod. Den Fall zu den Akten legen. Schon wieder spürt Völxen, wie ihn eine Woge der Erleichterung davonträgt, deren Ursache er jetzt nicht ergründen mag.

Er atmet tief ein und aus. Weil er keine Lust zum Reden hat, tippt er umständlich eine SMS mit den Worten *Laut B. starb S. am Herzinfarkt* und sendet sie an Oda. Dann pfeift er Oscar heran und schickt sich an, nach Frau und Tochter zu sehen, die hoffentlich mit ihrem vertraulichen Gespräch durch sind. So langsam bekommt er nämlich Hunger. Vielleicht sollte er sich vorher noch um einen vergrämten Gesichtsausdruck bemühen, denkt er, während er seine Schritte in Richtung Haus lenkt. Nicht dass Wanda auf falsche Gedanken kommt.

Sein Handy klingelt erneut. Sicher Oda, der er jetzt den ganzen Sermon, den Bächle von sich gegeben hat, wiederholen darf. Doch das Display verrät ihm, dass es Rifkin ist. Was, zum Teufel, will die denn jetzt von ihm?

*

Moritz Flemmings Wohnungstür steht einen Spaltbreit offen, und das Holz des Rahmens ist um das Schloss herum gesplittert.

Rifkin und Jule sehen sich kurz an, dann drückt Rifkin vorsichtig die Tür nach innen auf.

»Verdammte Scheiße!« Sie weicht einen Schritt zurück, um nicht in die Blutlache zu treten, die sich auf den Fliesen des kleinen Flurs ausgebreitet hat. Sie prallt gegen Jule, die an ihrer breiten Schulter vorbeispäht. Der Leichnam ist eindeutig Moritz Flemming, Jule hat sein Foto auf der Webseite der Schule gesehen. Er liegt zusammengekrümmt vor einem Schuhschrank. Über die Todesursache muss man nicht lange rätseln, denn das Messer steckt noch in seiner Brust, ein größeres, dem Griff nach zu urteilen. Das Blut ist zum Teil schon getrocknet. Flemming trägt ein helles Hemd, und jetzt, nachdem Jules Augen sich an das Dämmerlicht des Flurs gewöhnt haben, kann sie erkennen, dass der Körper mehrere Stichwunden aufweist.

Jule spürt, wie ihre Knie weich werden. Sie taumelt rückwärts in den Hausflur und lässt sich auf die Stufen sinken, die zum Dachgeschoss führen. Sie spürt Rifkins Hand an ihrem Arm und hört ihre Stimme, ungewohnt sanft: »Komm, ich bring dich hier raus.«

»Gleich«, keucht Jule, die den Kopf an die Wand gelehnt hat und gegen die aufsteigende Übelkeit ankämpft. Sie hat Angst, zusammenzuklappen, wenn sie aufsteht. Gleichzeitig möchte sie nichts lieber als weg von dem Grauenhaften, das da hinter der Tür lauert. Die Messerschnitte … das Blut … *wie bei meiner Mutter.* Nicht mehr daran denken! Weg mit dem Bild, weg damit! Wie durch eine Wand aus Watte hört sie Rifkins Stimme. »Nein, nicht mit dem Motorrad! Es sei denn, du willst, dass sie dir vom Bock kippt. Ich schick dir die Adresse, beeil dich.«

»Wir müssen die Nachbarn befragen, die müssen doch was mitgekriegt haben.« Jule ist aufgestanden und stützt sich an der Wand ab.

»Du befragst gar niemanden, du gehst mit mir runter, an die frische Luft, los.« Rifkin ergreift ihren Arm und führt sie die Treppen hinab.

Tatsächlich geht es Jule draußen gleich ein wenig besser, nachdem sie im Schatten der Hauswand ein paar Mal tief Luft geholt hat. Nur ihre Knie zittern immer noch.

»Fernando ist unterwegs.«

»Danke. Tut mir leid.«

»Muss es nicht.«

Während Jule versucht, sich wieder in den Griff zu bekommen, erledigt Rifkin diverse andere Anrufe – Notarzt, Spurensicherung – und zuletzt scheint sie Völxen am Apparat zu haben: »Tod durch mehrere Messerstiche, Opfer ist der Wohnungsinhaber, männlich, 36, ein gewisser Moritz Flemming. Er war der Lehrer von Kristina Brandt. – Ja, natürlich können wir erklären, warum wir dort sind. – Jawohl, Herr Hauptkommissar.«

»Wir müssen ihn festnehmen«, sagt Jule, als sie neben Fernando in Odas Golf sitzt. Oda ist mit Rifkin am Tatort geblieben und hat Fernando ihren Wagen überlassen, damit er Jule nach Hause bringen kann.

»Wen?«

»Henning Kramm, den Bruder von Flemming. Er wollte schon am Sonntagabend zu ihm, und er war stinkwütend.«

»Woher weißt du das?«

»Ich war hier, ich hab ihn gesehen.«

»Hat das mit diesem alten Fall zu tun, in dem du gar nicht mehr ermitteln sollst?«

»Ja. Das erkläre ich dir alles, aber jetzt gib Gas.«

»Das könnte dir so passen«, erwidert Fernando. »Ich fahr dich nach Hause, du bist weiß wie eine Wand.«

»Es geht schon wieder, es war nur der Moment.«

Fernando haut gegen das Lenkrad. »Verdammt, es war extra mit Völxen ausgemacht, dass du Innendienst machst, und jetzt musst ausgerechnet du diese Leiche finden. Was hat sich Rifkin nur dabei gedacht?«

»Das war meine Idee, ich wäre auch ohne Rifkin da hin. Jetzt lass uns zu Kramm fahren, bevor er noch abhaut. Ich weiß, wo er wohnt.«

»Gut, aber ich geh da rein und du bleibst im Auto.«

»Ja, ja«, murmelt Jule. »Da vorn musst du rechts abbiegen.«

Fernando setzt den Blinker.

»Wie hast du das eben gemeint: Es war mit Völxen ausgemacht, dass ich Innendienst mache? Wer hat das mit ihm ausgemacht?«, fragt sie weiter.

»Das hat er doch angeordnet«, weicht Fernando aus.

»Fernando, versuch nicht, mich anzulügen, ich merke es immer.«

»Ja, gut, es war *mein* Vorschlag. Aber ich habe damit offene Türen bei ihm eingerannt. Ich hab mir eben Sorgen um dich gemacht, nach der Sache mit deiner Mutter.«

Jule schweigt.

»Bist du jetzt sauer?«

Sie schüttelt den Kopf. »Nein. Es ist schön, dass du dir Sorgen um mich machst.«

Er drückt kurz ihre Hand, und Jule erwidert den Druck.

»Habt ihr bei Santiago was gefunden?«

»Keine Briefe, aber ein paar Gramm Koks. Und gerade als wir gehen wollen, ruft Völxen an und lässt uns im Garten ein Huhn exhumieren.«

Fernando sieht sie an, als sorge er sich um ihren Geisteszustand. »Ein Huhn? Was für ein Huhn?«

»So eines, wie man es bei Rewe kauft. Nur sind sie dort frischer.«

»Und was habt ihr damit gemacht?«, will Fernando wissen.

»Es wieder eingegraben. Auf Anweisung von Ihro Gnaden.«

»Wird der Alte langsam irre?«, lacht Fernando.

»Das würde ich so nicht sagen, aber ich finde, seit dem Tag, an dem Santiago auf der Dienststelle aufgetaucht ist, ist Völxen nicht mehr derselbe.«

Fernando scheint darüber zu grübeln, aber dann fragt er: »Hast du über die Sache mit dem Haus nachgedacht?«

Es sollte beiläufig klingen, aber Jule hört die Anspannung in seiner Stimme.

»Wir haben am Freitagnachmittag einen Termin mit dem Besitzer.«

»Wirklich?«, strahlt Fernando.

»Ja, und deshalb kam mir die Idee, dass ich zum Verhandeln den Finanzberater meines Vaters mitnehmen könnte.«

»Müssen wir unbedingt deinen Vater mit reinziehen?«

»Müssen wir unbedingt zu deiner Mutter ziehen?«

Fernando seufzt.

»Das hat gar nichts mit meinem Vater zu tun«, versichert Jule. »Der Typ sorgt nur dafür, dass man uns nicht über den Tisch zieht. Ich habe schließlich noch nie ein Haus gekauft und du auch nicht.«

»Ist schon in Ordnung«, versichert Fernando.

»Wirklich?«

»Ja, wirklich.«

Jule streicht ihm über den Nacken, wo sich das dunkle Haar kringelt. »Wir sind ein Bilderbuch-Ehepaar, findest du nicht? So kompromissbereit und harmonisch.«

Er verdreht die Augen, aber die gute Neuigkeit hat ihm ein Lächeln aufs Gesicht gezaubert, das so rasch nicht weichen will.

»Deine Dienstwaffe hast du nicht mitgenommen?«, fragt Jule.

»Nein. Ich nahm an, du kommst auch ohne Waffe mit mir mit.«

»Rifkin hat immer ihre Waffe dabei.«

»Warum hast du deine nicht dabei?«, erwidert Fernando.

»Weil ich nur nach Briefen suchen sollte.«

»Sollen wir lieber Verstärkung anfordern?«

»Ach was«, wehrt Jule ab. »Da ist es, das mit den Sonnenblumen am Zaun.«

Fernando bringt den Wagen auf der gegenüberliegenden Straßenseite zum Halten. Beide bemerken jetzt die junge Frau, die auf den Eingangsstufen sitzt. »Kennst du die?«, fragt Fernando.

»Nein«, antwortet Jule und mustert die Person mit den kurzen, platinblonden Haaren, die aufmerksam zu ihnen hinübersieht.

»Was machen wir?«, fragt Fernando.

»Was wohl?«, sagt Jule und steigt aus.

»Warte! Du solltest doch im Wagen bleiben!«

»So gefährlich sieht sie nicht aus, oder?«, sagt Jule und geht auf die Frau zu, deren dunkle, müde Augen auf sie gerichtet sind.

»Ilva Maniok«, antwortet sie auf Jules Frage, nachdem Jule ihr den Dienstausweis gezeigt hat und Fernando näher gekommen ist.

»Wohnen Sie auch hier?«

»Nein.« Sie wirkt nervös, gleichzeitig strahlt sie aber auch eine traurige Lethargie aus. Als wäre schon das Heben der Augenlider eine unzumutbare Anstrengung.

»Was tun Sie dann hier?«

»Ich warte auf Henning.«

»Sind Sie seine Freundin?«, will Jule wissen.

Sie zuckt mit den Schultern.

»Kommt er gleich? Wir würden nämlich auch gern mit ihm sprechen«, sagt Fernando.

»Weiß ich nicht.«

»Wo ist er?«

»Keine Ahnung.« Sie legt den Kopf auf den angezogenen Knien ab. Ihre Jeans hat ein Loch, aber vielleicht gehört das so.

»Sie wissen nicht, ob Sie seine Freundin sind, und Sie wissen auch nicht, wann er wiederkommt«, fasst Jule, um Geduld bemüht, zusammen.

Sie nickt.

»Hatten Sie beide Krach?«

»So ähnlich.«

»Ist er vielleicht noch bei der Arbeit?«, versucht es Fernando.

»Hat sich krankgemeldet.«

»Vielleicht ist er da drin und macht nur nicht auf?«, fragt Jule, die einen kindischen Streit unter Liebenden vermuten würde, wäre da nicht der erstochene Moritz Flemming in seiner Wohnung.

Ilva schüttelt den Kopf. »Sein Auto ist nicht da.«

Jule geht in die Hocke, um auf Augenhöhe mit ihrem Gegenüber sprechen zu können. Sie legt ihr die Hand auf den Unterarm und fragt in mitfühlendem Ton: »Was ist denn eigentlich los?«

»Ich weiß es nicht!«, stößt sie heftig hervor, und dann fängt sie zu schluchzen an.

Völlig fertig, das Mädchen, erkennt Jule.

Fernando hat sich neben sie auf die Stufen gesetzt. »Sagen Sie uns doch einfach, was passiert ist. Vielleicht können wir Ihnen helfen.«

Zuerst schweigt sie, aber als Jule schon aufgeben will, bricht es aus ihr heraus wie ein Wasserfall. »Bis gestern war noch alles in Ordnung«, beginnt sie. »Ich wollte gerade von zu Hause aus losfahren, wir waren hier verabredet …«

Jule und Fernando wechseln hin und wieder einen Blick, während Ilva Maniok berichtet, dass sie entführt worden und am nächsten Morgen in einer Hütte am Steinhuder Meer wieder aufgewacht sei. Sie erinnere sich an nichts, was zwischen Sonntagabend und Montagmorgen geschehen war. Zu Hause habe sie dann die Warnung entdeckt, die man ihr mit ihrem Lippenstift auf den Bauch geschrieben hatte. Dann sei Henning zu ihr gekommen und habe angedeutet, dass das alles mit ihm zu tun haben könnte.

Jule sucht Ilvas Blick und fragt vorsichtig: »Haben Sie … wurde Ihnen etwas angetan, gibt es dafür Anzeichen?«

Sie schüttelt den Kopf. Nein, das glaube sie nicht. »Diese Schrift auf dem Bauch hat mir schon gereicht«, versichert sie.

»Was hat Henning gesagt, warum sollte diese Entführung mit ihm zu tun haben?«

»Er wollte nicht darüber reden. Da bin ich wütend geworden und habe ihn praktisch rausgeschmissen. Ich war so fertig nach all dem … Aber vorhin wollte ich mich entschuldigen. Er geht einfach nicht ans Telefon, und deshalb bin ich hergefahren. Ich hab solche Angst.«

»Hat Ihr Freund mal von seinem Halbbruder gesprochen?«, fragt Jule.

»Er hat einen Halbbruder?«, kommt es erstaunt.

»Also nein?«

»Wir … wir kennen uns noch nicht so lange«, erklärt sie. »Eigentlich erst seit der Beerdigung von seiner Oma. Ich war ihre Friseurin.«

»Hat er mal den Namen Moritz Flemming erwähnt?«, fragt Jule.

»Nein, aber er hat mal mit jemandem telefoniert. Ist schon eine Woche her. Ich hatte irgendwie den Eindruck, dass ihm der Anruf unangenehm war. Er ist dazu in den Garten raus. Ich hab ein bisschen gelauscht. Dachte, es wäre eine Frau dran. Aber ich hörte nur, wie er *Tschüss, Mo* gesagt hat. Ich hab ihn gefragt, ob alles okay sei, weil er so ein ernstes Gesicht machte, und er sagte ja, aber ich habe ihm angesehen, dass etwas nicht stimmte ... Dieser Bruder, ist der älter als er? So ein Poser, blond?«, fragt Ilva.

»Ja, so könnte man sagen.«

»Der war auf der Beerdigung«, fällt Ilva ein. »Aber Henning hat nie etwas über ihn gesagt.«

»Beschreiben Sie mir doch mal diese Hütte, in der Sie aufgewacht sind«, bittet Jule.

»Total versifft. Ich hab auf einer Liege gelegen, mit stinkigen Decken drauf. Viele Bierkisten standen herum, das weiß ich noch. Ich bin aber sofort da raus. Vor dem Haus lag auch jede Menge Gerümpel. Die Hütte liegt direkt am See, sogar mit einem Steg.«

Jule wendet sich an Fernando. »Wir fahren hin. Ich weiß, welche Hütte das ist, ich war mit Völxen dort.«

»Glauben Sie, dass Henning dort ist?«, fragt Ilva.

»Es wäre eine Möglichkeit«, antwortet Jule.

»Oder er ist bei diesem Halbbruder?«, spekuliert Ilva.

»Da ist er nicht«, sagt Jule und wirft Fernando einen kurzen Blick zu. Nicht dass er jetzt von dem Mord an Flemming anfängt.

»Dann will ich mit«, verlangt Ilva.

»Okay«, sagt Jule und streckt die Hand aus, um ihr in die Höhe zu helfen.

»Hältst du das für eine gute Idee?«, fragt Fernando, als sie zu dritt auf Odas Golf zugehen.

»Ich bin nicht sicher, ob ich die Hütte sonst wiederfinde«, gesteht Jule. »Wir sind ja von der Wasserseite her gekommen, als ich mit Völxen da war.«

Jule hält die Tür auf, und Ilva setzt sich auf die Rückbank.

»Wie – von der Wasserseite?«, fragt Fernando, als sie losfahren.

»Wir waren mit dem Boot da.«

»Hä?«

»Mit einem Ruderboot«, präzisiert Jule.

»Warum denn das?«

»Weil ich Lust auf eine Bootsfahrt hatte.«

Fernando gibt etwas mehr Gas, als nötig gewesen wäre. »Ich hör wohl nicht recht? Du hast eine fröhliche Ruderpartie mit Völxen auf dem Steinhuder Meer unternommen?«

»Wir haben einen ...«, Jule senkt ihre Stimme, ».. einen alten Tatort besichtigt. Von *fröhlicher Ruderpartie* kann gar keine Rede sein.«

»Ich glaub's nicht! Mich und Rifkin schickt er zu diesem Haustier-Kurs und mit dir schippert er auf dem Steinhuder Meer herum!«

»Das war nach deinem Lehrgang«, verteidigt sich Jule. »Außerdem ist alles mit Sitte und Anstand zugegangen, was denkst du eigentlich von deinem Vorgesetzten und von mir?« Sie schnaubt entrüstet.

»Warum hast du es mir dann nicht erzählt?«, erwidert Fernando, noch immer beleidigt.

Jule verfällt erneut in einen Flüsterton: »Weil es um diese ... *Sache* ging, über die ich zunächst nicht sprechen sollte.«

»Das ist auch so ein Ding! Mir hättest du es trotzdem sagen können.«

»Es war eine Dienstanweisung«, erwidert Jule. »Außerdem hat Völxen den Ausflug ganz sicher bereut. Er hatte hinterher einen fürchterlichen Muskelkater und Blasen an den Händen«, setzt sie munter hinzu und denkt: Das kann doch jetzt nicht wahr sein, dass er sich darüber so aufregt.

»Geschieht ihm recht!«, faucht Fernando.

»Sei nicht so kindisch!«, herrscht Jule ihn an, der es langsam zu bunt wird. Dann dreht sie sich zu Ilva um und erklärt verlegen: »Wir sind nicht nur Kollegen, wir sind auch seit drei Tagen verheiratet.«

»Gratuliere«, schallt es von der Rückbank.

Auch Ilva erinnert sich nicht mehr so genau an den Weg, den sie bei ihrer Flucht genommen hat, und so kurven sie eine Weile auf holprigen Sträßchen zwischen den Freizeitgrundstücken herum, bis Ilva ruft: »Hier runter! Da! Da ist sein Auto!«

Sie parken dahinter.

»Sie bleiben im Wagen«, sagt Fernando zu Ilva. »Versprechen Sie mir das, oder muss ich Ihnen Handschellen anlegen?«

»Ich bleibe hier, versprochen, ich ... ich bin nicht scharf darauf, die Hütte noch einmal von innen zu sehen.«

»Komm schon, Fernando«, drängelt Jule.

Vorsichtig nähern sie sich der Hütte. Fernando schleicht an der Hauswand entlang, vorbei an einer rostigen Badewanne, in der eine grünliche Brühe vor sich hin modert. Er biegt um die Ecke und späht durch das große Panoramafenster.

Jule hält sich dicht hinter ihm.

»Scheiße!« Fernando eilt zur Tür und versetzt ihr einen herzhaften Tritt, sodass sie krachend aufspringt. Er geht auf die leblose Gestalt zu, die sich auf der Liege zusammengekrümmt hat. Das Haar hängt strähnig in Henning Kramms wachsbleiches Gesicht, auf dem Boden liegt eine leere Flasche Wodka neben einer Pfütze Erbrochenem. Entsprechend riecht es in dem kleinen Raum.

Fernando hält zwei Finger an Kramms Halsschlagader. »Er lebt noch, ruf den Rettungswagen!«

»O verdammt«, sagt Jule, denn noch während sie auf den Aufbau der Verbindung wartet, hat sie die leere Schachtel Tabletten auf der Spüle entdeckt. Dann hat sie die Leitstelle an der Strippe, aber es gibt ein Problem: »Die Adresse? Die weiß ich nicht genau«, gesteht Jule verzweifelt. »Es ist diese Siedlung am Nordufer mit den ganzen Feriengrundstücken ... wissen Sie was, wir fahren denen entgegen. Geben Sie denen meine Nummer ...«

»Henning!« Ilva steht in der Tür und schreit erschrocken auf, dann stürzt sie auf Fernando zu, der gerade versucht, den Bewusstlosen mit kleinen Ohrfeigen ins Diesseits zurückzuholen.

»Henning! Henning, was hast du gemacht? Wach auf, los, wach auf!« Sie rüttelt ihren Freund verzweifelt an der Schulter.

»Ich fahre bis zur Kreuzung vor, sonst finden die uns nie!«, ruft Jule über Ilvas Geschrei hinweg Fernando zu.

»Okay.«

»Versuch ihn noch mal zum Erbrechen zu bringen.«

»Immer krieg ich die tollen Jobs!«, stöhnt Fernando, aber Jule ist schon davongeeilt, das Telefon am Ohr.

*

Es ist schon nach acht, und Völxen hat seit vielen Stunden nichts mehr gegessen. Pedras spanischer Laden mit Imbiss hat leider schon geschlossen. Also blieb nur die Dönerbude in Linden, die er durch Fernandos Empfehlung kennt. Jule und Rifkin leisten ihm – auf sein Geheiß hin – Gesellschaft. Während ihr Essen von dem jungen Mann hinterm Tresen zubereitet wird, beichtet Jule sichtlich zerknirscht, wie es überhaupt dazu kam, dass sie Flemmings Leiche gefunden haben.

»Du hast also als Journalistin getarnt weiterermittelt«, fasst Völxen abschließend zusammen.

»Ja«, gesteht Jule.

Völxen nimmt dies ohne eine Miene zu verziehen zur Kenntnis. Die drei Gerichte sind soeben fertig geworden, und der Hauptkommissar widmet sich erst einmal ausgiebig seinem Döner mit Salat. Auch Rifkin schweigt klugerweise, legt aber ebenfalls einen gesunden Appetit an den Tag, während Jule angespannt in ihrem Salat mit Schafskäse herumstochert.

Noch während Völxen isst, piept Jules Handy. »Von Fernando, aus der Klinik. Er schreibt, dass Kramm wohl durchkommen wird.«

»Mhm«, lässt sich Völxen mit vollem Mund vernehmen, dann schweigt er wieder und schlingt seinen Döner hinunter.

»Ich bin bereit, die Konsequenzen für mein Handeln zu tragen«, sagt Jule, als Völxen fertig gegessen hat und seinen Teller mit einem zufriedenen Seufzer von sich geschoben hat.

»Soso.« Völxen betupft sich mit der Papierserviette den Mund. Dann sagt er zu Jule, sie habe vollkommen richtig gehandelt, es sei sein Fehler gewesen. »Wer A sagt, muss auch B sagen. Ohne dich würde dieser Kramm jetzt nicht mehr leben. Auch wenn er wohl die nächsten Jahre im Knast verbringen wird, falls die Fingerabdrücke auf dem Messer die seinen sind.«

Jule sieht man an, wie ihr eine Last von den Schultern fällt.

»Vielleicht hätte ich damals auch etwas mehr Ungehorsam zeigen sollen«, räumt Völxen ein. »Vielleicht hätten wir dann …« Er spricht nicht weiter, und auch Jule und Rifkin sitzen schweigend da.

»Laut den Akten bist du diesem Flemming schon einmal begegnet«, sagt Jule schließlich vorsichtig. »Du und Oda, ihr habt ihn als Zeugen befragt, er war einer von Kristinas Lehrern. Bio und Chemie, ein junger Referendar. Erinnerst du dich?«

Völxen denkt nach. »Nein. Es ist so lange her, und es waren so viele Leute, mit denen wir gesprochen haben. Vielleicht erinnert sich Oda.«

»Ist nicht so wichtig«, meint Jule. »Er hat nur das gesagt, was alle anderen Lehrer auch über Kristina gesagt hatten.«

Für eine Weile herrscht erneut schwermütiges Schweigen am Tisch.

»Herr Hauptkommissar …«

»Ja, Rifkin?«

»Warum mussten wir dieses Huhn in Santiagos Garten aus- und wieder eingraben? Warum war da überhaupt ein Huhn vergraben?«

Völxen sieht sie erstaunt an, dann erscheint ein winziges Lächeln auf seinem Gesicht. »Stimmt, das Huhn. Die Geschichte kennt ihr ja noch gar nicht. Na, das wird euch gefallen …«

*

Als Völxen zum zweiten Mal an diesem Tag sein trautes Heim betritt, ist Wanda längst wieder weg, Sabine hat es sich vor dem Fernseher gemütlich gemacht und der Platz neben ihr wird von Oscar besetzt. Oder warm gehalten, wie Völxen es auszudrücken pflegt.

»Willst du noch was essen?«

Völxen winkt ab. »Wir hatten eine Dienstbesprechung in einem Dönerladen«, gesteht er.

Sabine hebt kurz die Augenbraue, sagt aber nur: »Du siehst fertig aus.«

»Bin ich auch«, sagt Völxen, scheucht Oscar vom Sofa und lässt sich auf die angewärmte Stelle plumpsen. »Bin ich auch«, wiederholt er, legt den Kopf in den Nacken und schließt für einen Moment die Augen. Es ist nicht nur die Anstrengung dieses Tages, es ist jene bleierne Erschöpfung, dieses Gefühl des Ausgelaugt- und Reif-für-die-Pension-seins.

»Magst du darüber reden?«

Das will er eigentlich nicht, aber dann sagt er doch: »Ein junger Kerl hat seinen Halbbruder erstochen – höchstwahrscheinlich – und danach hat er versucht, Selbstmord zu begehen. Tabletten und Wodka. Jule hat ihn rechtzeitig gefunden, er wird's wohl überleben.«

»Was war der Grund?«

»Wissen wir noch nicht.«

Es gäbe noch mehr zu erzählen. Nämlich, dass Völxen inzwischen dazu tendiert, Santiagos Ansicht zu teilen, dass mit Oliver Simonsen möglicherweise der Falsche für Kristinas Tod gebüßt hat. Denn dass Henning Kramm, der junge Mann, der Simonsens Trauerfeier besucht hat, seinen Selbstmordversuch ausgerechnet in dieser Hütte verübt hat und dass Flemming die Freundin Kramms ebenfalls dorthin gebracht hat, das kann ja wohl alles kein Zufall mehr sein.

»Soll ich dir ein Bier holen?«, erbarmt sich Sabine.

»Das wäre großartig«, lächelt Völxen.

Ein Bier, ja, das kann er jetzt gebrauchen.

Nach einem großen Schluck aus der Flasche fragt er: »Was war mit Wanda? Liebeskummer?«

»Ich glaube, es ist aus.«

»Bin ich daran schuld?«

Sabine schaut ihn verwundert an. »Nein. Wieso?«

»Weil ich doch immer an allem schuld bin.«

Dies ist Sabine nicht einmal eine Antwort wert.

»Warum dann? Gab's Krach?«, forscht Völxen weiter.

Sabine schüttelt den Kopf. »Es sind doch selten die großen Auseinandersetzungen. Es sind doch immer die kleinen, verräterischen Sätze, die einem plötzlich offenbaren, dass es nicht passt.«

»Ah«, sagt Völxen, der nicht sicher ist, ob er versteht, was sie meint.

»Er hat zu ihr gesagt: Nettes Kleid, wo hast du das her? Und Wanda hat gesagt: von Soundso, ich hab's vergessen, was sie gesagt hat, H & M glaub ich, ist ja auch nicht so wichtig. Jedenfalls hat er gemeint, das sei ein Proletenladen und sie solle doch mal mit seiner Mutter einen Einkaufsbummel machen, die hätte Stil.«

Völxen verzieht das Gesicht, als hätte er Zahnschmerzen, verkneift sich ein *Ich hab's dir doch gleich gesagt* und tröstet seine Frau stattdessen mit den Worten: »Sie findet schon noch einen, der zu ihr passt und der es auch wert ist.«

Sabine lächelt. »Sicher. Ist mir ja auch gelungen.«

Es könnte einer dieser Glücksmomente sein, für die sich die ganze Mühsal des Daseins überhaupt nur lohnt. Aber Völxen kann gerade nur Scham empfinden über sein sattes, zufriedenes Leben.

XXIV.

Zähneknirschend setzt Kunisch seine Unterschrift unter das Vernehmungsprotokoll. »War's das jetzt?« Er sieht Oda und Raukel, die ihm gegenübersitzen, giftig an. Die Nacht in der U-Haft hat seine Laune nicht gerade verbessert.

»Nicht so schnell mit den jungen Pferden«, antwortet Raukel und verschränkt die Hände über seiner Bauchkugel.

Oda erklärt: »Sobald der Staatsanwaltschaft der vollständige Obduktionsbericht vorliegt, wird man prüfen, ob gegen Sie Anklage wegen Körperverletzung mit Todesfolge erhoben wird.«

»Todesfolge? Aber ich habe doch nur ...«

»Mir müssen Sie das nicht erklären, das liegt jetzt im Ermessen der Staatsanwaltschaft«, wiegelt Oda ab.

»Also kann ich jetzt nach Hause?«

»Sie können gehen, aber nicht nach Hause«, sagt Oda. »Hiermit erteile ich Ihnen einen befristeten Platzverweis für das gemeinsam mit Ihrer Frau bewohnte Haus. Der Platzverweis gilt für vierzehn Tage. Außerdem dürfen Sie Ihrer Frau nicht näher als 500 Meter kommen. Dasselbe gilt für Ihre Tochter. Außerdem besteht nach Paragraph 2 des Gewaltschutzgesetzes das Verbot, Ihre Frau oder Ihre Tochter zu kontaktieren, egal auf welchem Weg. Wenn, dann nur über ihre Anwältin. Die schriftliche Anordnung händige ich Ihnen hiermit aus.« Oda schiebt das Dokument über den Tisch, während Kunisch die Kinnlade herunterklappt.

»Haben Sie das verstanden?«, hakt Oda nach. »Wenn Sie sich nicht daran halten oder wenn Sie Ihrer Frau auf irgendeine Weise drohen, hat das ernste Konsequenzen für Sie.«

»Dieses Miststück!«, schreit Kunisch. »Das ist mein Haus! Die kann mich doch nicht aus meinem eigenen Haus aussperren!«

»Nein, Herr Kunisch. Der Verweis kommt nicht von Ihrer Frau, sondern erfolgt durch mich in meiner Funktion als Polizistin.«

»Was?«

»Ich hatte gestern ein Gespräch mit Ihrer Frau und der Opferhelferin, die Ihre Frau betreut, und ich bin zu dem Schluss gekommen, dass von Ihnen eine *erhebliche gegenwärtige Gefahr* ausgeht und damit die Voraussetzung für einen Verweis erfüllt ist. Darum habe ich mich zu dieser Maßnahme entschlossen. Um Ihrer Frau den nötigen Freiraum zu verschaffen, sich neu zu orientieren.«

Kunisch stemmt sich in die Höhe, beugt sich über den Tisch und brüllt: »Das könnt ihr nicht machen! Was bildest du dir eigentlich ein, ...«

»Hey, hey, hey! Ganz ruhig, Freundchen.« Raukel ist ebenfalls aufgestanden. »Oder willst du gleich wieder rüber?« Er streckt den Arm aus und zeigt demonstrativ aus dem Fenster, auf die Verwahrzellen des alten Polizeipräsidiums.

»Sehen Sie. Genau das meine ich«, sagt Oda zu Kunisch.

Der lässt sich missmutig wieder auf den Stuhl fallen.

»Ich wende hier lediglich Paragraph 1 des Gewaltschutzgesetzes an. Im Volksmund heißt das *Wer schlägt, geht*«, erklärt Oda. »Sie sollten sich unbedingt daran halten, sonst landen Sie gleich wieder im Bau, dafür sorge ich, verlassen Sie sich darauf.«

»Ja aber ... wo soll ich denn jetzt hin?«, fragt Kunisch, auf einmal recht kleinlaut.

»Hotel?« Oda steht auf und öffnet die Tür. Kunisch, der offenbar die Welt nicht mehr versteht, trottet kopfschüttelnd hinaus. Oda atmet tief durch.

»Danke, Erwin, du bist mein weißer Ritter.«

»Gern geschehen«, lächelt Raukel selig.

Es hat schon Tage gegeben, die haben schlechter angefangen, denkt Oda, während sie sich eine Zigarette dreht, um vor der Morgenbesprechung noch rasch eine zu rauchen.

Völxen hingegen ist in keiner guten Stimmung, und das ist noch reichlich untertrieben. Er hat eine Nacht mit wenig Schlaf und viel Grübelei hinter sich. Als alle versammelt sind, beginnt er mit matter Stimme: »Falls es sich noch nicht herumgesprochen haben sollte: Pfarrer Hector Santiago starb eines natürlichen Todes. Er erlitt einen Herzinfarkt, in seinem Blut fand man Spuren von Alkohol und Kokain. Fragen dazu?«

Da die dicke Luft schier greifbar ist, wagt sich keiner mit einer Frage aus der Deckung, lediglich Raukel murmelt vor sich hin, dass der Gottesmann ja wohl die Kerze an beiden Enden angezündet habe. »Zigarren und Rotwein, in Ordnung, Rotwein soll ja gut fürs Herz sein. Aber Kokain in seinem Alter und wenn man schon mal einen Herzkasper gehabt hat …«

Völxen lässt die Bemerkung unkommentiert und fährt fort: »Dafür haben wir, wie ihr alle wisst, einen neuen Mordfall auf dem Tisch. Moritz Flemming. Laut Bericht der Spurensicherung stimmen die Abdrücke auf dem Messergriff mit denen seines Halbbruders Henning Kramm überein. Es gibt keine anderen Abdrücke auf dem Messer, vermutlich gehört es Kramm und wurde in Tötungsabsicht zum Tatort mitgebracht. Die Tat ist gestern um die Mittagszeit herum geschehen. Die Obduktion steht noch aus, aber es war zu sehen, dass der Täter insgesamt sieben Mal auf sein Opfer eingestochen hat. Ein klassischer Overkill, wie es so schön heißt. Das Motiv ist noch unklar. Ist Henning Kramm schon wieder vernehmungsfähig?« Die Frage ist an Fernando gerichtet, der die Aufgabe hat, Kontakt mit dem Krankenhaus in Neustadt am Rübenberge zu halten, wo Kramm zurzeit noch liegt.

»Die Stationsärztin lässt ausrichten, dass man ihn voraussichtlich heute Nachmittag vernehmen kann.«

»Sehr gut. Dann wird sich da ja hoffentlich so einiges klären. Wird er bewacht?«

»Ja. Es sitzt ein Beamter bei ihm. Ich dachte, das wäre besser, wenn der im Zimmer ist. Weil er doch selbstmordgefährdet ist.«

»Das war klug von dir«, lobt Völxen ungewohnt milde. »Es darf niemand zu ihm, auch diese Freundin von ihm nicht.«

»Klar.«

»Herr Hauptkommissar?«

»Rifkin?«

»Ich habe mir die Smartphones von Kramm und Flemming mal

genauer angesehen. Auf Kramms Handy war ein Trojaner, und Flemming war derjenige, der die Daten abgegriffen hat.«

»Was heißt das genau?«

»Flemming konnte Kramms Kurznachrichten und Mails mitlesen, er hat gesehen, mit welcher Nummer Kramm wann und wie lang telefoniert hat, auf welchen Webseiten er gesurft hat, und natürlich hatte er auch Zugriff auf das Adressverzeichnis. Also praktisch auf alles, außer dem Inhalt der Telefongespräche. Es sieht so aus, als habe Flemming seine ausgedienten Handys jeweils an Kramm weitergegeben – mit der Schadsoftware darauf.«

»Danke, Rifkin.«

»Da ist noch etwas, Herr Hauptkommissar. Das da haben der Kollege Rodriguez und ich heute früh in Henning Kramms Haus gefunden.« Rifkin legt eine Wanderkarte des Weserberglandes auf den Konferenztisch. Es ist auf einmal mucksmäuschenstill im Besprechungsraum, während sich Völxen über die Karte beugt und dort so regungslos verharrt, als wäre er eingefroren.

In einer Waldgegend in der Nähe der Ortschaft Lauenau ist mit schwarzem Filzstift ein Bereich eingekreist. Ein Pfeil deutet auf den Kreis, und am Ende des Pfeils steht *Kristina*.

XXV.

Die Rückenlehne ist aufgerichtet, sodass der Patient einigermaßen aufrecht sitzt. Durch einen Schlauch tropft eine Nährlösung in den Zugang an seinem Handgelenk. Vor ihm, auf der Bettdecke, liegt das Aufnahmegerät.

»In Wirklichkeit hat Moritz mich gehasst. Wenn ich nicht geboren worden wäre, hätte unser Vater seine Mutter nicht verlassen. Das hat er zumindest geglaubt. Aber er wollte mich trotzdem um sich haben. Er brauchte jemanden, den er tyrannisieren und herumkommandieren konnte. Manchmal war er ja auch ganz nett, so wie ein großer Bruder sein sollte. Aber dann wieder ...« Henning Kramm sieht die drei Polizisten, die um sein Bett herumsitzen, der Reihe nach an. Völxen wollte unbedingt Oda dabeihaben, aber auch Jule hatte gebeten, mitkommen zu dürfen, und nach allem, was passiert war, konnte Völxen es ihr nicht abschlagen.

Kramm ist über dem Berg, aber er sieht mitgenommen aus. Die Augen liegen tief in den Höhlen, die bläulich verschattet sind, der Rest seines schmalen Gesichts ist kalkweiß.

»Nachdem Oma Irmchen tot war ...« Er unterbricht sich, unternimmt einen neuen Anlauf. »Ich hab es nicht länger ausgehalten. Ich wollte es jemandem erzählen. Nicht der Polizei. Dem Pfarrer. Santiago. Ich habe den vorher gar nicht gekannt, der war eigentlich nur aushilfsweise bei Oma Irmchens Beerdigung. Aber wie der gesprochen hat, das hat mir gefallen, das konnte man verstehen. Ich dachte, ich könnte ihm alles anvertrauen und er würde mir dann sagen, was ich tun sollte.« Kramm senkt den Blick und streicht eine unsichtbare Falte der Bettdecke glatt.

»Aber Sie haben es nicht getan, oder?«, fragt Oda.

Er schüttelt den Kopf, noch immer den Blick gesenkt. »Dann ist Ilva aufgetaucht, bei der Beerdigung von Oma Irmchen. Da haben wir uns kennengelernt. Sie hat mir ihre Telefonnummer gegeben. Ich hab sie angerufen und sie ist gekommen und hat mir die Haare geschnitten.« Er hält inne und fährt sich durch das verschwitzte Haar. »Dann habe ich gehört, dass Simonsen gestorben ist, und da dachte ich: Was soll es noch für einen Sinn machen, etwas zu sagen?« Er sieht Oda fragend an.

»Sie sind zu seiner Trauerfeier gegangen«, sagt Jule.

»Ja. Das war sicher nicht schlau, aber ich musste da einfach hin, ich weiß auch nicht, warum. Da waren die Eltern von Kristina. Die taten mir so leid, und ich wollte hinterher, als wir vor der Kapelle gestanden haben, Santiago fragen, ob ich mal mit ihm reden könnte. In dem Moment muss Moritz mit dem Auto vorbeigefahren sein ...«

»Sind Sie deswegen so hastig verschwunden?«, fragt Jule, die sich an die Szene vor der Kapelle erinnert.

»Ja. Ich war mir erst nicht sicher, ob er es wirklich war, aber ein paar Tage später, am Samstag, kam er dann vorbei und hat mich deswegen zur Rede gestellt. Dann hat er plötzlich von Ilva gesprochen. Bis zu dem Zeitpunkt dachte ich, dass er gar nichts von ihr wusste. Dann wurde mir jedoch klar: Nichts hat sich geändert.«

»Wie ging es weiter?«, fragt Oda.

»Am nächsten Tag habe ich gehört, dass der Pfarrer ermordet worden ist. Ich bin ausgerastet. Ich habe nicht nachgedacht, ich hab Moritz angerufen und ihn gefragt, ob er damit was zu tun hat. Er war ganz schön wütend. Hatte mich gefragt, ob ich jetzt völlig durchdrehe. Das war ein Fehler, dieser Anruf. Sonst wäre vielleicht alles andere auch nicht passiert.«

Henning muss husten, Oda reicht ihm ein Wasserglas, das auf dem Nachtschränkchen steht, und er trinkt es aus.

»Als wir uns am Sonntagabend vor dem Haus Ihres Halbbruders begegnet sind – hatten Sie da schon die Absicht, ihn zu töten?«, erkundigt sich Jule.

Er schüttelt den Kopf. »Da wollte ich nur wissen, wo Ilva ist. Ich hatte da schon den Verdacht, dass Moritz dahinterstecken könnte. Ich dachte, vielleicht hatte er ihr irgendeinen Scheiß über mich erzählt. Aber er war ja wohl nicht da, also bin ich wieder nach Hause. Für den Fall, dass Ilva doch noch auftaucht ...«

»Was geschah dann am Montag, also gestern?«, fragt Oda.

»Ilva rief mich endlich an, am Vormittag, und ich bin sofort zu ihr gefahren. Sie war fix und fertig. Sie erzählte mir, sie sei betäubt worden und dann in einer Hütte am Steinhuder Meer wieder zu sich gekommen. Ich wusste sofort, welche Hütte das war und warum Moritz sie ausgerechnet dahin gebracht hatte. Es war eine Warnung an mich. Ich hätte Ilva vielleicht nicht sagen sollen, dass das etwas mit mir zu tun hatte. Das war dumm von mir.« Ein bitteres, kleines Lächeln stiehlt sich über sein Gesicht. »Ich mache in letzter Zeit wohl nur dumme Sachen. Ilva sagte, dass ich gehen sollte, und ich wusste – oder dachte es jedenfalls –, dass es jetzt zu Ende war mit uns. Da wurde ich dermaßen wütend auf Moritz ... Ich bin zu ihm gefahren. Jemand kam gerade durch die Haustür, da bin ich dann rein und hab oben geklingelt und an die Tür geklopft und ihn angeschrien, er solle sofort aufmachen. Er hat nicht reagiert, aber ich habe drinnen Geräusche gehört. Also habe ich einfach die Wohnungstür eingetreten. Da kam er mir im Flur entgegen und hat so spöttisch gegrinst, so typisch halt, wie er immer grinste, und da habe ich auf ihn eingestochen ...«

»Wie oft?«, fragt Völxen.

»Weiß nicht. Paar Mal. Bis das Messer ... das ging auf einmal nicht mehr raus, ich muss wohl einen Knochen getroffen haben. Dann bin ich gegangen.«

»Das Messer – woher kam das?«

»Lag im Handschuhfach. Ist mein Anglermesser, das liegt da immer.«

»Also hatten Sie vor, Ihren Halbbruder damit umzubringen?«

»Ja. Es musste endlich ein Ende haben.«

»Wohin gingen Sie nach der Tat?«, fragt Oda.

»Nach Hause. Ich habe mich hingelegt. Ich muss tatsächlich eingeschlafen sein, ich hatte ja die Nacht zuvor so gut wie gar nicht geschlafen. Aber dann, als ich wieder wach wurde, wurde mir erst so richtig klar, was ich getan hatte. Dass das jetzt das Ende ist, dass ich in den Knast komme dafür. Da habe ich beschlossen, Schluss zu machen. Die Schlaftabletten waren noch von Oma. *Bei Vollmond krieg ich ohne die sonst kein Auge zu*, hatte sie immer gesagt. Dazu hab ich den Wodka getrunken, ich dachte, das wirkt besser, und sonst hätte ich mich vielleicht gar nicht getraut.«

»Warum die Hütte am Steinhuder Meer?«, fragt Völxen.

»Ich wollte nicht ... ich weiß nicht ... ich wollte das nicht in Oma Irmchens Haus machen. Klingt vielleicht blöd, aber das wäre ihr nicht recht gewesen. Deswegen bin ich zu der Hütte gefahren. Ich dachte, es soll dort zu Ende gehen, wo es angefangen hat. Und ... und damit man mir glaubt.«

»Was soll man Ihnen glauben?«, fragt Oda.

»Die Sache mit Kristina. Dass ich weiß, wo sie ist.«

Oda zeigt ihm die Wanderkarte mit dem Pfeil. »Das meinen Sie?«

Wieder nickt er.

Oda nimmt die Karte wieder weg und sagt: »Herr Kramm, bitte erzählen Sie uns doch der Reihe nach, was an jenem Abend vor dreizehn Jahren mit Kristina Brandt passiert ist.«

Henning Kramm, der ein wenig nach unten gerutscht ist, richtet sich wieder auf. Er scheint zu überlegen, wo er anfangen soll.

»Wo haben Sie an jenem Abend Kristina getroffen?«, hilft Oda ein wenig nach.

»Auf der Straße, die von diesem Gutshof nach Frielingen führt. Moritz und ich waren auf einer Party, aber es war dort stinklangweilig, also sind wir ziemlich früh gegangen. Ich weiß nicht mehr, wo wir hinwollten, ich glaube, wir sind einfach nur so herumgefahren. Wir hatten noch Bier und Wodka dabei, im Auto. Da stand sie plötzlich mitten auf der Landstraße vor uns. Sie sah ganz erschrocken aus, sie hatte Angst. Aber sie ist auch nicht weggelaufen. Stand einfach nur da.«

»Haben Sie Kristina gekannt?«, fragt Oda.

»Nein. Aber Moritz hat sie erkannt. Sie war eine seiner Schülerinnen.«

»Hatten Sie getrunken?«, fragt Völxen.

»Ich … ja, ich hatte etwas getrunken und Moritz auch. Ich glaube, deswegen hat er auch diesen Schleichweg genommen, weil er auch nicht so ganz nüchtern war.«

»Was passierte dann?«

»Wir haben natürlich angehalten und sie ist eingestiegen.«

»Wo im Auto hatte Kristina gesessen?«, will jetzt Jule wissen.

»Hinten. Es war ein Golf, ein Zweitürer. Ich bin ausgestiegen und sie ist hinten eingestiegen. Sie hat wirres Zeug geredet, dass sie mit dem Rad nach Hause wollte und dass dieser Typ ihr aufgelauert hätte. Moritz sagte, sie solle sich doch erst einmal beruhigen. Moritz kann … konnte sehr überzeugend sein, wenn er es darauf angelegt hat.«

»Würden Sie sagen, er war manipulativ?«, fragt Oda.

»Wenn er nett war und seinen Charme spielen ließ, vertrauten ihm die Leute. Sogar ich bin immer wieder auf ihn reingefallen. Und seine ganzen Freundinnen sowieso.«

»Aber zu der Zeit hatte Moritz keine Freundin?«, will Oda wissen.

»Glaub nicht, nein.«

»Und Sie?«

»Ich? Ich war … ich war sechzehn. Ich sah ziemlich scheiße aus. Pickel und so. Nein, ich hatte keine Freundin.«

»Wussten Sie, dass Moritz der Schwarm sehr vieler Schülerinnen war?«, fragt Jule.

Henning Kramm nickt. »Er hat damit angegeben. Meinte, die Hühner würden allesamt auf ihn stehen. Aber er sei ja nicht blöd. Er würde sie erst flachlegen, wenn sein Referendariat zu Ende sei.«

»Die Sommerferien hatten gerade angefangen. War sein Referendariat damit zu Ende?«, fragt Oda.

»Kann sein. Weiß ich nicht mehr.«

»Wie ging es weiter?«, fragt Völxen.

»Moritz hat vorgeschlagen, wir könnten noch eine kleine Party feiern. Kristina sagte, sie müsse nach Hause. Da meinte Moritz, es sei noch früh am Abend und er würde dann schon mit ihren Eltern reden. Er sagte: Kristina, ich beobachte dich schon das ganze Schuljahr. Du bist so hübsch, aber du musst aufhören, so ein braves Mädchen zu sein. Brave Mädchen sind nämlich langweilig. Darauf hat sie genickt.«

»Dann fuhren Sie also zu Rolf Mefferts Hütte am Steinhuder Meer«, sagt Oda.

»Ja.«

»Wieso dorthin?«

»Diese Hütte … die kannten wir. Moritz und ich.«

»Woher?«, fragt Oda irritiert.

»Von Meffert. Er hat oft Jungs dorthin eingeladen. Man nannte Meffert die Pornoschwuchtel.«

»Sie waren auch dort?«

»Einmal.«

»Und Moritz?«

»Auch. Wie oft, weiß ich nicht.«

»Das kapiere ich jetzt nicht«, gesteht Völxen. »Ich würde nicht mit jemandem in dessen Hütte mitkommen, der als Pornoschwuchtel bekannt ist. Hat er ihnen Geld gegeben, oder warum sind die Jungs mit ihm dorthin?«

»Man war dort nie allein mit ihm. Immer zu dritt oder zu viert. Es gab immer Schnaps zu saufen, und man rauchte Gras und schaute sich Porno-DVDs an.«

»Entschuldigen Sie, Henning«, mischt sich Oda ein. »Auch damals gab es schon Internet. Also, wenn ihr Jungs Pornos sehen wolltet …«

Henning schüttelt den Kopf. »Es ging nicht um die Pornos. Das Ganze war so eine Art Spiel. Wenn man sich getraut hat, mit der Pornoschwuchtel in die Hütte zu fahren, dann war man wer. Dann war man erwachsen oder so was in der Art. Natürlich nur, wenn man es schaffte, dass er einen nicht hinter die Büsche zerrte und angrapschte«, schränkt Henning ein. »Man musste immer zusammenbleiben, durfte ihm keine Chance geben, einen allein zu erwischen. Es war so eine Art Mutprobe.«

Völxen fasst zusammen: »Also wussten etliche Leute, wo die Hütte war.«

»Ja. Aber das war natürlich nichts, was man seinen Eltern erzählt hätte.«

»Schon klar«, nickt Oda. »Dieses eine Mal, als Sie in der Hütte waren, war da Mefferts Neffe Oliver Simonsen mit von der Partie?«

»Nein.«

»Moritz fuhr also zu der Hütte. Wic kam er hinein?«, will Oda wissen.

»Er wusste, wo der Schlüssel versteckt war. Wir haben Gläser geholt und sind raus auf den Steg und haben was getrunken. Irgendwann fing Moritz an, Kristina zu küssen. Dann sind sie in die Hütte gegangen. Ich bin auf dem Steg geblieben. Aber nach einer Weile rief Moritz, dass ich reinkommen sollte.«

»Wie lange waren Sie auf dem Steg?«, unterbricht ihn Oda.

»Weiß nicht. Eine Viertelstunde vielleicht.«

»Dann sind Sie reingegangen.«

»Ja. Kristina saß auf dieser Liege. Ich hab gesehen, dass sie ihr T-Shirt plötzlich falsch herum anhatte. Moritz hat zu Kristina gesagt, sein Bruder – also ich – hätte noch nie ein Mädchen geküsst, und ob sie mich nicht küssen würde, nur um ihm, Moritz, einen Gefallen zu tun. Kristina hat den Kopf geschüttelt und gesagt, sie wolle das nicht tun. Und ich habe auch gesagt, dass ich das nicht will. Aber Moritz hat keine Ruhe gegeben. So war er immer, er hat kein Nein akzeptiert. Er sagte zu mir: Los, küss sie, du Feigling. Da habe ich mich neben sie gesetzt, und wir haben uns schnell auf den Mund geküsst.«

»Sie hat sich nicht gewehrt?«, fragt Oda dazwischen.

»Da nicht. Sie dachte wohl genau wie ich, dass Moritz dann Ruhe geben würde. Moritz meinte aber, das sei gar kein richtiger Kuss gewesen, und ich sollte es noch mal machen, dieses Mal jedoch mit Zunge. Ich wollte sie noch einmal küssen, aber sie war aufgesprungen und hat *iih* oder *bäh* gerufen, ich weiß nicht mehr so genau. Da bin ich auch wütend geworden, bin ebenfalls aufgesprungen und habe zu ihr gesagt, dass sie auch nicht so toll sei. Dann habe ich sie weggestoßen, und dabei ist sie über eine leere

Flasche gestolpert und voll hingeknallt. Sie war ziemlich betrunken, das hab ich dann erst gemerkt.«

»Hingeknallt. Auf den Boden oder wohin?«, fragt Oda.

Henning lässt ein paar Momente verstreichen, ehe er leise weiterspricht: »Da war so eine Metallkiste. Die war abgeschlossen, darin hatte Simonsens Onkel, glaub ich, den Schnaps. Sie muss mit dem Kopf auf der Kante der Kiste aufgeschlagen sein. Jedenfalls hat sie sich plötzlich nicht mehr gerührt, und dann haben wir das Blut gesehen ... Moritz hat geschrien: Was hast du gemacht, du Idiot?! Ich wollte die Polizei holen, aber er brüllte mich an: *Auf gar keinen Fall! Ich ruinier mir doch nicht meine Zukunft wegen einem Trottel wie dir und einer kleinen Schlampe!* Dann sind wir erst mal raus, auf den Steg, und Moritz hat geraucht und gemeint, er müsse nachdenken. Dann hat er gesagt, dass die Leiche da weg muss – weit weg, nicht in den See, dort würde man sie finden. Also haben wir sie zum Auto geschleppt und in den Kofferraum gelegt. Moritz hat einen Spaten mitgenommen, und wir sind auf die A2 gefahren und dann in Lauenau wieder runter und in so ein Waldstück. Da haben wir gewartet, bis es dämmerte. Dann haben wir ein Loch gegraben, abwechselnd, und sie dort hineingelegt und es wieder zugeschaufelt. Vorher hat er ihr noch den Anhänger abgenommen, den sie um den Hals trug. Ein Kreuz war das, aus Gold. Das würde ja nicht verrotten, hat er gemeint. Aber ich hatte den Verdacht, dass er den aufbewahren wollte, damit er für alle Zeiten etwas gegen mich in der Hand hat. Dann sind wir zurück und haben das Fahrrad gesucht, von dem Kristina erzählt hatte. Es lag im Graben, ganz in der Nähe, wo wir sie getroffen hatten. Wir sind zu Moritz gefahren, haben Putzzeug geholt und sind wieder in die Hütte, denn Moritz meinte, wir müssten unsere Spuren beseitigen, auch die Fingerabdrücke und vor allen Dingen das Blut. Wir haben versucht, das Blut vom Boden wegzukriegen, aber das war gar nicht so einfach. Moritz kennt sich mit Chemie aus. Er sagte, man bräuchte dazu Bleiche, aber die hatten wir nicht. Mit Kloreiniger ging es einigermaßen. Zumindest hat man auf den ersten Blick kein Blut mehr gesehen. Schließlich meinte Moritz, wir sollen es gut sein lassen. Niemand käme auf diese Hütte im Zusammenhang mit Kristina. Meffert, falls er überhaupt etwas merkte, würde denken, dass irgendwelche Jungs hier gewesen waren. Die Metallkiste haben wir dann auch mitgenommen wegen der Blutspuren und damit es für Meffert wie ein Einbruch aussah. Die Kiste und das Fahrrad hat Moritz später irgendwo entsorgt, keine Ahnung, wo, ich habe ihn nie gefragt.«

»Der Anhänger von Kristina wurde aber später in der Hütte gefunden«, sagt Völxen. »Wie kam er da hin?«

Henning senkt den Kopf. »Etwa zwei Wochen später hat mir Oma Irmchen erzählt, dass man jetzt den Oliver Simonsen im Verdacht hätte, weil der Kristina die ganze Zeit über nachgestiegen sei. Da konnte Moritz sich ausrechnen, dass früher oder später auch die Hütte von Olivers Onkel durchsucht werden würde. Da hat er sich gedacht, jetzt, wo die Polizei schon einen Verdächtigen hat, würde es nicht schaden, wenn man das Beweisstück dort platzierte, wo Oliver regelmäßig verkehrte. Jetzt war es sogar ganz gut, dass die Blutspuren nicht ganz rausgegangen waren.«

»Hat er Ihnen das so erzählt?«

Henning nickt. »Er behauptete, er hätte mir damit den Arsch gerettet. Aber so war es nicht. Es war die Hölle. Ich habe jeden Tag bereut, dass ich nicht gleich zur Polizei gegangen bin.«

»Sie hätten es immer noch tun können«, sagt Oda.

Er beißt sich auf die Lippen, bis sie weiß sind, dann sagt er: »Moritz sagte zu mir, dass der Simonsen auch kein Heiliger sei, ganz im Gegenteil, der sei pervers und im Knast gut aufgehoben. Das habe ich ihm sogar geglaubt. Ich wollte es glauben, das hat es ein bisschen leichter gemacht. Aber ich musste trotzdem dauernd daran denken. Ich meine, ich kannte den doch, von der Feuerwehr. Ich hab ihn zwar nicht besonders gemocht, niemand mochte den besonders. Aber trotzdem ... Ein paar Mal hab ich mit dem Gedanken gespielt, ihn im Knast zu besuchen. Aber wenn Moritz das zu Ohren gekommen wäre ... Ich weiß nicht, was er dann getan hätte. Moritz hat mir von Zeit zu Zeit immer wieder eingeschärft, den Mund zu halten. Einmal sagte ich zu ihm, es sei ja auch seine

Schuld gewesen, er habe Kristina schließlich in diese Hütte verschleppt, sie betrunken gemacht und zu ihr gesagt, dass sie mich küssen sollte. Das würde die Polizei vielleicht auch so sehen, habe ich noch gesagt. Moritz meinte dann nur so beiläufig, ich müsse gut aufpassen, was ich sage. Nicht dass Oma Irmchen etwas zustoße. Manchmal hatte ich das Gefühl, dass Moritz die ganze Sache mit Kristina ganz gelegen gekommen war. So hatte er mich in der Hand und konnte nach Belieben mit mir umspringen. Und ich habe das mitgemacht. Bis Oma Irmchen gestorben ist. Dann ging plötzlich alles so schnell. Kurz danach starb Simonsen und dann der Pfarrer ... Aber als er dann Ilva entführte ... Das war zu viel. Es tut mir nicht leid, dass ich Moritz erstochen habe. Nur das mit Kristina, das schon.«

Er verstummt. Keiner sagt zunächst etwas. Dann fragt Völxen mit heiserer Stimme: »Die Stelle, wo Kristina vergraben ist – würden Sie die wiederfinden?«

»Grob zumindest«, nickt er.

»Wann werden Sie hier entlassen?«

»Morgen früh.«

»Gut«, sagt Völxen. Er nimmt das Aufnahmegerät von der Bettdecke. »Ende der Vernehmung von Henning Kramm am 30. August um 16:45 Uhr.«

*

Die Abendsonne scheint in Völxens Büro, wo Raukel, Oda und Völxen zusammensitzen. Raukel hat gerade die Aufzeichnung der Vernehmung gehört. Jetzt steht er am Fenster, kratzt sich nachdenklich am Hintern und meint: »Ihr könnt sagen, was ihr wollt, aber der kleine Scheißer tut mir irgendwie leid.«

»Mir auch«, sagt Oda. »Obwohl er ein verdammter Feigling war.«

»Hatten wir damals eine Chance, die beiden zu erwischen?«, fragt Völxen.

Oda zuckt mit den Achseln. »Das ist die große Frage.«

»Warum haben wir nicht mitgekriegt, dass so viele diese Hütte gekannt haben? Warum hat Simonsen das nicht gesagt?«, wirft Völxen in den Raum. »Wir hätten Meffert ausquetschen können …«

»Hätten, hätten«, murmelt Raukel unwillig.

»Vielleicht war Simonsen immer allein mit seinem Onkel dort«, überlegt Oda.

Raukel ist noch etwas eingefallen: »Ich bin inzwischen sicher, dass es der alte Simonsen war, Olivers Vater, der mir den Tipp mit der Hütte gegeben hatte. Im Anschluss an die Hausdurchsuchung bei ihnen. Er hatte durchblicken lassen, dass es ihm nicht gefiel, dass sein Sohn so oft dort war. Aber kein Wort davon, dass der Onkel die ortsbekannte *Pornoschwuchtel* war und die halbe Dorfjugend dort verkehrte.«

»Wahrscheinlich hatte er das auch nicht gewusst«, sagt Völxen.

»Unsere Ausgangslage war damals eine völlig andere«, gibt Oda zu bedenken. »Wir hatten erst lange keinen Verdächtigen, und dann hatten wir plötzlich Simonsen, einen einschlägig vorbestraften Spanner. Da suchst du nicht nach Dingen, die ihn entlasten, sondern nach Beweisen, die ihn überführen.«

»Stimmt genau«, sagt Raukel. »Wir hatten damals keinen Santiago, der die Saat des Zweifels in uns gesät hätte.«

»Saat des Zweifels! Geht's noch?« Oda rollt mit den Augen.

»Stattdessen hatten wir einen Kotzbrocken von Chef, der seinen letzten Fall unbedingt abschließen wollte«, ergänzt Raukel.

»Wir hätten uns davon nicht beeinflussen lassen sollen«, beharrt Völxen. »Ein bisschen mehr Ungehorsam hätte uns nicht geschadet.«

»Ja, das mag sein«, räumt Oda ein. »Ich habe mir das Vernehmungsprotokoll von Flemming noch einmal angesehen, aber ich erinnere mich nur ganz schwach an den Mann. Selbst wenn wir damals schon gewusst hätten, dass Kristina für ihn schwärmt … Was hätte das geändert? Dass Simonsen trotz dünner Beweislage verurteilt wurde, haben nicht wir zu verantworten. Also hör endlich auf, dir Vorwürfe zu machen, Völxen.«

Der sieht sie mit gerunzelter Stirn an, dann nickt er.

»Völxen, du bist zu dünnhäutig. Wenn wir mit solchen Dingen nicht leben können, müssen wir Buchhalter werden«, meint Raukel.

»Schon wahr«, sagt Oda. »Nimm zum Beispiel Jules Vater, den Professor. Mir hat er auf der Hochzeit erzählt, dass jeder Arzt ein paar Leichen im Keller hat, zumindest jeder gute. Man trifft Entscheidungen, weil man sie treffen muss, und hinterher ist man immer schlauer. Ich hoffe, die Suchmannschaft findet morgen Kristinas Leiche.«

»Ich werde dabei sein«, sagt Völxen. »Ich lass keinen weg, ehe wir sie nicht gefunden haben.«

XXVI.

Freitag, 23. September

Ein strammer Wind reißt die ersten Blätter von den Bäumen und weht sie auf das frisch aufgeworfene Grab mit dem provisorischen Holzkreuz. Völxen und Jule halten sich ein wenig abseits und betrachten das Ehepaar Brandt, das nun, nachdem sich die zahlreichen Trauergäste zerstreut haben, allein vor dem Grab ihrer Tochter steht. Ein Meer von Blumen bedeckt den kleinen Grabhügel. Vorhin, als Völxen hingegangen ist, um den beiden förmlich sein Beileid auszusprechen, hat Frau Brandt sogar ein wenig gelächelt, und Herr Brandt hat sich bei ihm bedankt, was wiederum Völxen in Verlegenheit gebracht hat.

»Lass uns verschwinden«, sagt Völxen zu Jule, die darauf bestanden hatte, ihn zu begleiten.

»Ja, mir reicht es jetzt auch für eine Weile mit Friedhöfen. Das ist schon meine zweite Beerdigung in dieser Woche.«

»Wieso die zweite?«, fragt Völxen.

»Santiago.«

»Stimmt, ich habe die Traueranzeige gesehen. Davor habe ich mich gedrückt.«

Sie gehen langsam, wie es sich auf einem Friedhof gehört, den Kiesweg entlang.

»Clara Wehner will das Haus verkaufen und mit Joshua für einige Zeit nach Haiti gehen. Mit dem Erlös aus dem Hausverkauf will sie das Kinderheim und die Schule dort unterstützen. Hat sie mir jedenfalls erzählt«, berichtet Jule.

»Das wäre sicherlich in Santiagos Sinn«, nickt Völxen. »Aber vielleicht will sie auch nur vor dem langen Arm des Gesetzes in die Karibik fliehen.«

»Dass du auch immer das Schlimmste vermuten musst.«

»Berufskrankheit. Aber du hast recht, die Beweise für eine Anklage gegen sie reichen nicht aus. So munkelt man jedenfalls bei der Staatsanwaltschaft«, weiß Völxen.

»Joshua wird es gefallen. Zumindest wird es ihn von einigen allzu romantischen Vorstellungen über sein Herkunftsland abbringen.«

Von irgendwoher hört man Kirchenglocken läuten.

»Wann holt ihr denn nun eure kirchliche Hochzeit nach?«

»Ich weiß es nicht«, sagt Jule. »Jetzt kaufen wir erst mal das Haus von Pedra, renovieren ein bisschen, ziehen um …«

»Wahrscheinlich klappt es erst wieder zu eurer Silberhochzeit«, prophezeit Völxen.

»Nein, das wird Pedra nicht zulassen, und außerdem passe ich dann bestimmt nicht mehr in mein Kleid. Vielleicht machen wir es in Spanien. Dann muss die ganze Mischpoke nicht noch mal herfliegen.«

»Jule?«

»Hm?«

»Das hast du gut gemacht. Das mit … dem alten Fall.«

»Danke.«

»Ich hab übrigens was läuten hören. Es gibt eine freie Hauptkommissarstelle beim LKA. Im Grunde dieselbe Abteilung wie wir, nur eben auf Landesebene. Die Stelle wird demnächst intern ausgeschrieben. Ich kenne den Dienststellenleiter, ich könnte ein Wort für dich einlegen.«

»Echt?«

»Ja, echt«, sagt Völxen und verdreht die Augen. »Nicht dass du mich falsch verstehst, ich will dich nicht loswerden. Aber es gibt eben diese Vorschrift, dass Ehepaare nicht im selben Dezernat arbeiten dürfen.«

»Ja, ich weiß.«

»Macht ja auch Sinn. Stell dir vor, er baut bei einem Einsatz Mist. Du als Ehefrau hättest ein Zeugnisverweigerungsrecht …«, beginnt Völxen.

»… oder ich beerbe dich eines Tages auf deinem Chefsessel und müsste ihn dann jedes Jahr beurteilen«, ergänzt Jule.

»Was für eine Vorstellung!« Völxen grinst und meint dann: »Beim LKA kommst du vielleicht schneller voran und musst nicht an meinem Stuhl sägen.«

»Das stimmt«, sagt Jule. »Okay, bis morgen, Völxen. Und danke!«

»Dafür nicht«, sagt Völxen. Dann geht sie zu ihrem Auto und er zu seinem.

*

Am Abend steht Völxen am Zaun seiner Schafweide und beobachtet seine Tochter, die zwischen den Schafen herumgeht und offensichtlich damit beschäftigt ist, mit bloßen Händen Schafsköttel aufzusammeln und in einen Eimer zu werfen. Sicherheitshalber hat sie Amadeus mit einem Strick am Apfelbaum angebunden. Die vier Schafe und der Bock beäugen ihr Tun mit Misstrauen, ebenso ihr Vater.

»Kind, was um alles in der Welt treibst du da?«, fragt Völxen, als sie mit dem vollen Eimer auf ihn zukommt. »Wollt ihr damit das Gemüse düngen?«

»Ich mache aus Scheiße Geld«, verkündet Wanda strahlend.

»Interessant.«

»Ich verkaufe den Schafsdung an ein Restaurant in Linden. Die bieten dort nämlich ein Gericht an, das heißt *Über Schafsdung geräucherte Forellen.*«

»Willst du mich verarschen?«

»Nein! Das ist wahr. Das ist eine isländische Spezialität. Ich kenne den Koch, der auch der Inhaber ist, ein junger Typ, der gern neue Sachen ausprobiert. Ich habe ihm versprochen, ihn regelmäßig mit Schafscheiße zu beliefern.«

Wanda reicht ihm den Eimer rüber und klettert dann über den Zaun.

»Und was bringt so ein Eimer Schafsdung, wenn ich fragen darf?«, fragt Völxen. »Müssen wir über Prozente reden, die ich als Schafsbesitzer kriege?«

»Nicht so viel«, gesteht Wanda verlegen. »Ich darf da mal umsonst essen. Aber als Studentin muss man ja sehen, wo man bleibt.«

Völxen lächelt und kann gar nicht wieder aufhören. Das ist seine Tochter, wie sie leibt und lebt. »Ist er nett, dieser junge, innovative Koch?«

»Ganz süß, ja. Wieso fragst du?«

»Nur so.«

»Wir können ja mal alle zusammen dort essen gehen«, schlägt Wanda vor.

»Gute Idee. Ich nehme dann aber was anderes«, meint Völxen.

»Feigling. Das schmeckt toll! Aber heute esse ich hier, wenn's recht ist.«

»Wasch dir aber vorher die Hände.«

Sie lacht, schnappt sich den Eimer und geht in Richtung Haus.

»Wanda?«

»Ja, Dad?«

»Hast du nicht was vergessen?«

»Was denn?«

»Den Bock wieder loszubinden.«

»Das kannst du machen. Du bist doch hier das Alphatier.«